阅读越美丽
开卷好心情

白鹭未双 著

江苏凤凰文艺出版社
JIANGSU PHOENIX LITERATURE AND ART PUBLISHING

图书在版编目（CIP）数据

楼边人似玉 / 白鹭未双著. -- 南京：江苏凤凰文艺出版社，2024.3
ISBN 978-7-5594-8185-6

Ⅰ.①楼… Ⅱ.①白… Ⅲ.①长篇小说-中国-当代 Ⅳ.①I247.5

中国国家版本馆CIP数据核字(2024)第008066号

楼边人似玉

白鹭未双 著

责任编辑	张 倩
出版统筹	曾英姿
选题策划	石 颖
特约编辑	王亭 森森
封面设计	白砚川
插画绘制	与 荷
出版发行	江苏凤凰文艺出版社
	南京市中央路165号，邮编：210009
网　　址	http://www.jswenyi.com
印　　刷	长沙金鹰印务有限公司
开　　本	880mm×1230mm　1/32
印　　张	10.5
字　　数	355千字
版　　次	2024年3月第1版
印　　次	2024年3月第1次印刷
书　　号	ISBN 978-7-5594-8185-6
定　　价	46.80元

江苏凤凰文艺版图书凡印刷、装订错误，可向出版社调换，联系电话 025-83280257

第七章 不要脸的失忆	第六章 勾水圣物	第五章 逐渐踏入的陷阱	第四章 同枝喂魄	第三章 常硕内丹	第二章 掌灯千年	第一章 似是故人归
152	126	100	077	051	026	001

目录 CONTENTS

第八章 蛇族之人	175
第九章 回溯与勾水	202
第十章 他若能重回人界	226
第十一章 我带他回家了	252
第十二章 好大的醋味	272
第十三章 从没舍得咬我	295
第十四章 事情的真相	315

第一章
似是故人归

子时的烟霞镇,血月当空,照得整个镇子说不出地阴森可怕,楼似玉却正抱着她的被子做美梦。她梦见天上哗啦啦地往下掉钱,外圆内方的盛世通宝被光照得一闪一闪的,全落进了她的货仓里,伸手那么一薅,沉甸甸的。

"哈哈,发财了!"楼似玉蹦起来扑到钱堆上头,吸溜一下口水就开始打滚儿,乐得见眉不见眼。

"掌柜的!掌柜的!"

她都有这一仓库的钱了,还掌什么柜啊?不掌了,不掌了!楼似玉不耐烦地摆摆手,然后继续数钱,一边数一边想,这么多钱,能买下几个客栈呢?

然而,不等她数清楚,胳膊上就是一疼。

"哎哟!"楼似玉头皮发紧,痛呼出声,眼前的金光霎时散去,梦游的魂儿也归了位。她睁眼坐起来,眼前半个通宝都不剩,只有个小丫头死死拽着她。

"掌柜的,您可算醒了!外头……外头出事了!"这声音里带着哭腔,小手快把她的胳膊上的肉掐下来了,活像是见了鬼。

楼似玉瞥一眼窗台上的红色月光,打了个哈欠:"我说般春啊,你都来这儿一个月了,遇事能不能沉稳些?叫这么大声,是想跟镇上的打鸣公鸡竞争上岗还是怎么的?"

"我……他……外头……"般春急得满头是汗,舌头也打结,比画半天没说出个所以然来，干脆拉起她，把她推去窗边。

今天是祀神节，夜晚家家户户门窗紧闭，寂静的街道上笼着烟瘴，霭色昏沉，半丝风也不见。楼似玉将窗户推开一条缝，正好能看见岔路口旁的那棵黄果树。

黄果树长得高大，却正值落叶的时候，半黄不绿的叶子堆在树下，好似个人形。

嗯？人形？楼似玉觉得不对劲，又推了推窗扇，想再看仔细些。

然而，她这客栈老旧得很，木窗都是许久没上油的，她这一推就发出了吱呀一声，如老叟夜半干咳，立刻就惊了那树下的"人形"。

树叶扑簌簌地落下，那"人形"从树影中跨出，手里拎着具没了内脏的人尸，一双蓝幽幽的眼睛直往她所在的二楼看过来，原本无风的街上登时卷起一股腥腐之气，冲得人无法呼吸。

楼似玉当机立断地扣上了窗。

般春已经面无血色了，抓着她的寝衣袖子抖啊抖："掌……掌柜的，那是什么？"

楼似玉低咒一声，戳了戳她的脑门儿："你傻啊，没看那东西长什么样？"

"狼？"般春要哭了，"可我见过的狼都是四条腿走路的啊！"

"正常的狼都是四条腿走路的。"楼似玉镇定地拿过窗闩，努力卡住窗扇，"但也有不正常的，比如外头那个用两条腿直立行走的，叫狼妖。"

话音刚落，一团黑影猛地砸上了她们面前的窗户，巨大的阴影挡住了月光，随着砰的一声巨响，腥臭的黑爪抓破窗扇，直扑般春的面门。

般春吓呆了，一动不动。旁边的楼似玉却没傻，一把将她拉住，狠狠往房门的方向甩去，然后躲过狼爪，冲出闺房，提起般春的衣襟就往楼下跑。

窗上的木料被一爪一爪地撕开，狼妖蛮横地撞了进来。楼似玉头也不敢回，三步并作两步跑去大堂，推门就进了堂下第一间房。

"掌柜的？"李小二正穿衣裳呢，还没系好腰带，就见一坨东西被扔了过来。

"把瞒天符拿出来！"

楼似玉的声音又低又急，李小二也顾不得多问，接住呆若木鸡的般春放在一边，然后打开箱子就抽出几张发白的符纸。

烟霞镇是荒州边上的小镇，临三江交汇之地，又处岐斗山之北，阴气极重，楼似玉备了几张符纸以防万一。

瞒天符是所有保命符中最便宜的一种，只要以唾液贴于天灵上，就能盖住人气，躲过妖怪的耳目。

楼似玉刚贴上符纸，身后的门就被破开了，风卷着血腥气翻涌而至，漫天碎屑兜头扑来，逼得屋子里的三个人纷纷屏住了呼吸。

这狼妖掉毛啊，楼似玉皱眉，双眼盯着落在自己鼻尖上的狼毛，有点儿嫌弃。

然而下一瞬，狼妖那双蓝幽幽的眼睛就看向了她。

不会吧？楼似玉无声地咽了口唾沫，觉得这应该是个巧合。她都贴了符了，这妖怪怎么还能看见她？

可是，她往左挪挪脖子，面前这狼妖的瞳孔就往左移了移，她再往右动动，人家的瞳孔也往右转了过来。

楼似玉心里一沉，哭丧了脸："这符好像……放坏了？"

李小二是真佩服他们这掌柜的啊，关乎性命的东西也敢省钱！

"快跑！"

不用他喊，楼似玉已经凭着本能跳了出去，蹬着门槛借力，如离弦之箭。身后杀气凛然而至，她一边躲闪一边侧头，余光都能隐约瞧见狼妖口中猩红的牙龈。

"救命啊——"顾不得半夜扰民的问题了，她一边跑一边号，纤弱娇小的身体上蹿下跳，拼死躲过狼妖的利爪。

客栈里的人都被这动静惊醒了，纷纷拿着棍棒出来救人，可那狼妖足有两个人高，浑身筋骨结实得很，它尾巴一扫，上好的梨木桌就碎成了齑粉，众人一时也不敢靠近。

血盆大口近在咫尺，楼似玉实在跑不动了，腿下一软，整个人就往门口摔去。身后的狼妖没有一点儿犹豫，扬爪挥下，当即便要将她撕成两半。

千钧一发之际，门口传来了一声响动。

丁零零——

清脆的声音像空山新雨之后露水落湖，涟漪荡漾开去，抚了一池的碧波。远处有竹海声声，摇来盈袖清风，霎时肃清天地。

楼似玉怔了怔，猛地抬眼看向门的方向。

客栈门楣之上是她挂着的一串银铃，许久没打理，已经黑得看不出材质，可是它竟然响了。

空气里的腥臭味淡了不少，她再侧头，就见狼妖的动作僵住了，利爪一点点收敛，眼里的凶光也变了。

少顷，它竟后退两步，惊恐地扭头，仓皇地越窗奔逃。

"……"

"掌柜的，您没事吧？"

"快扶她起来坐会儿。"

"茶，茶，茶，茶来了！"

被人七手八脚地扶起来，楼似玉轻喘一口气，眼神有茫然，还有一丝震惊。待反应过来，她推开面前的茶杯，跌跌撞撞地跑出了客栈。

街上的雾霭愈加浓厚，混着红色的月光，缭绕成一片赤境。楼似玉皱眉盯着前方，觉得那雾里好像有什么东西走了过去，可再定睛看，又什么都没了。

"掌柜的？掌柜的！"李小二从没见她失态至此过，连忙跟上去看了看，"您在找什么？"

"没……"她收回目光，怅然失笑，"我什么也没找。"

"那您先进来，咱们关上门。看这外头的景象，保不齐等会儿又有什么东西跑出来。"李小二将她拉进客栈，仔仔细细地关上门，上了闩。

客栈里乱成一团，几个住客和厨子、丫头都站在大堂里，七嘴八舌地议论——

"我长这么大，第一次看见那么大的狼，怎么回事啊？"

"掌柜的说是狼妖。"

"怎么可能？虽有很多人闲得无事写什么志怪传奇，可大家伙儿心里都清楚，这世上哪儿有什么妖怪？依我看，那就是长得大了点儿的野狼。"

"也太吓人了，咱们报官吧。"

"等天亮了再去，这会儿谁敢出门？"

般春越过人群，小心翼翼地摇了摇楼似玉的手："掌柜的，您伤着了吗？"

楼似玉这才回神，浑身打了一个激灵，抬眼看了看四周。

"天哪！"

她一嗓子吼出来，大堂里的人都以为野狼又回来了，纷纷拿起手里的棍棒，可定睛一看，哪儿有什么狼啊，只有他们的楼掌柜，突然跟疯了似的抱着断裂的桌子腿号啕大哭。

"我的百年梨花桌！你伴我多年，情深又值钱，怎么说走就走了？！"

"还有我这空景青瓷大花瓶！现在那卖瓷器的人可不好骗了，再想一贯钱买这么大的瓶子可去哪儿买呀？我的心肝儿！我的宝贝儿！你怎么也碎了呀？！"

"还有我这十年的花雕酒！雕雕！雕雕！你睁开眼看看我！"

众人："……"

般春战战兢兢地问李小二："刚才那狼妖是不是把掌柜的吓过头了？"

在客栈多年的李小二从容地摇头："不是，咱们掌柜的就是这德行。"

让她损财，比让她殒命严重多了。

李小二长叹一口气，招呼众人收拾残局，留他们掌柜的一人继续痛哭。

楼似玉是真伤心啊，现在混口饭吃多不容易，哪儿磕着碰着都要花钱。小打小闹也就罢了，狼妖这么一折腾，她损失惨重，这一个月可算是白忙活了。地租咋办？这一客栈人的工钱咋办？

也没心思管什么铃铛不铃铛了，她飞快地上楼，收拾闺房，清点细软。半个时辰之后，她得出了损失的财产数目——五十吊钱。

楼掌柜两眼一翻，当即昏厥在地。

才黎明时分，楼似玉就被般春叫起来了。经过昨夜一番折腾，她显然是没睡好的，盯着般春看的眼神大有"你没有事敢叫醒老娘老娘就让你出事"的意思。

般春也没办法啊，硬着头皮道："掌柜的，昨儿大家都睡得晚，不知怎么回事，这一觉起来已经有人去报官了，眼下霍捕头正带着人四处搜查客栈呢。"

楼似玉一听，脸色登时更黑，胡乱裹了衣裳坐在梳妆台前，暴躁地打开胭脂盒："你先下去应付着，我待会儿就去。"

看着那被拍得直晃的妆台，般春惊恐地咽了口唾沫，扭头下楼。

楼下一众官差还等着，般春绝望地想，这完蛋了啊，掌柜心情那么糟糕，怎么应付这一大群人？俗话说民不与官斗，万一等会儿起些口角，这客栈会不会关门大吉？阿弥陀佛，她好不容易才找到这份活儿，还不想回家喝西北风啊。

"姑娘，你们掌柜的人呢？"有人抬头问了她一句。

般春挤出个难看的笑容，企图打掩护："咱们掌柜的昨儿受了惊，眼下身子不太舒服,恐怕……"

她话音还没落地,背后就响起了开门声,接着就有人哎哟一声,一阵风似的从她旁边掠过下楼。

"霍捕头,您可算是来了!"楼似玉凤眼含笑又含怨,捏着香风罗裙,莲步款款地移到人前,打着团扇嗔道,"您是不知道,昨儿我这小客栈可是遭了大劫啊!"

妆容精致,风情万种,她这哪儿还像刚刚屋子里那个恶狠狠抠胭脂盒的女人啊,简直是仙女下凡,又娇又软,饶是那一直板着脸、捏着刀的霍捕头,也被她三言两语说红了脸。

"楼掌柜,在下……在下接到报案……"

"我知道,这么大的事哪儿能不报案哪?霍捕头既然来了,那就快看看我这客栈,被野狼弄成这样,官府有没有修葺补贴啊?"她长睫毛直眨,委屈巴巴地说,"这也能算是天灾吧?"

霍良消受不住这美艳的掌柜,红着脸左顾右盼,轻咳着后退半步:"在下没接到关于野狼的报案,只听有人说掌柜的这地方死了人,故而前来。"

像是印证他的话似的,旁边搜查结束的捕快上前拱手禀告:"捕头,后院发现一具尸体。"

霍良眼神顿变,抬步就跟着人走。

楼似玉有点儿茫然,尸体?她昨儿都没死,客栈里哪儿还有别的尸体啊?

嗯?等等?尸体?!

楼似玉骤然反应过来,慌忙跟去后院。

被狼妖掏空了肚子的男尸以一种诡异的姿势挂在后院的墙上,十步之内恶臭难闻,捕快围了里三层外三层,见霍良到了,才让开一条路。

"楼掌柜,您可能得跟我们去一趟衙门。"霍良粗略查看了四周,正色道,"这客栈也得暂时查封,以保留现场的蛛丝马迹。"

楼似玉急了:"这是昨儿那野狼叼来的,又不是在咱们这儿死的,你们封了客栈,我以后还怎么做生意啊?"

"掌柜的见谅。"

"我体谅你们,你们也不体谅我。"楼似玉跺脚,"就没个折中的法子吗?"

霍捕头为难地看着她,低声道:"不是我不给你情面,楼掌柜,咱们县新来的县令昨日刚到任,镇上就发生这样的大事,怎么也是放不过去的。"

新来了县令？楼似玉嘴角微抽，心里叫苦不迭。完蛋了，新官上任三把火，她这可不是送上去给人立典型吗？到时候命案一立，整个镇都知道了，谁还敢来她的客栈打尖住店？

楼似玉的瞳仁直打转，她将霍良拉去一旁，避开耳目，赔笑道："大人，您看我这孤苦无依的女儿家，出来做生意是当真不容易。您也是个体贴人，就帮我一把如何？"

说着，楼似玉忍痛掏出荷包，闭了闭眼，塞进他的袖子里。

霍良涨红了脸，慌忙将东西塞回给她："掌柜的莫要如此，能帮的话在下自当尽力，可这么大的事情……"

"大人不用着急，我倒是有个法子。"楼似玉笑得眼睛眯起来，妩媚又可爱，"就是得劳烦大人多走一趟了。"

霍良表情茫然地看着她。

掌灯客栈门口的人越围越多，不明真相的百姓指指点点，议论纷纷。

般春焦急地往楼上探头，扯着李小二的袖子问："掌柜的做什么去了？"

"我哪儿知道？"李小二看了一眼窗外，叹道，"我只知道这事要是真闹大了，咱们就得关门回老家。"

"那咱们能做点儿什么？"般春急得团团转，"总不能这样干等着！"

"你且等着吧。"李小二说，"最心疼这客栈的是咱们掌柜的，整个客栈里最聪明的人也是她，她要是都没办法，那咱们一起完蛋。但她若是有办法……"

话没说完，楼上门就开了，楼似玉抱着一堆红色布料，大步流星地走了下来。

李小二见状，释然一笑，接着说："她若是有办法，那咱们定能逃过一劫。"

般春傻愣愣地盯着楼似玉，就见她大大方方地走出客栈大门，朝围观的百姓嫣然一笑，而后猛地将怀里的红幡抛出。

布料撕裂之声干脆利落，苍劲有力的笔画逐一拉开，被风一吹，招展现世——

贺大人履新之喜，掌灯客栈洗盏以候。

楼似玉将红幡撑在门口，屈膝朝外行礼，笑道："县令大人初上任就看中了我掌灯客栈，即将莅临体察民情，故而最近几日客栈都做不得各位大老爷的生意了，得罪之处，还请多多包涵。"

门口众人哗然，惊叹不已，不过见风使舵是人天生的本事，等众人看清幡上的字，那一片质疑之声就变成了异口同声的恭喜之语。

楼似玉谦虚地受着他们的奉承，然后朝旁边的捕快点头示意。

小捕快佩服地看着她，立马带人上前守住客栈出口，疏散百姓。

楼似玉那一张脸啊，在人都走了之后迅速黑了下去。她回头看看大堂，苦恼地揉揉眉心，示意李小二将红幡收了。

"掌柜的，妙啊！"李小二笑嘻嘻地说，"这等办法都能想出来，坏事都成好事了。"

"别得意得太早，这不过是权宜之计，坏事还在后院里摆着呢。"楼似玉叹息，"更何况，县令大人来不来还得另说呢。"

"什么？大人不一定来，您就敢写这幡子？"般春咋舌，"掌柜的，您胆子也忒大了。"

楼似玉抬眼看她，哼笑："我可是吃虎胆长大的，什么场面没见过？这点儿小事，有何不敢？"

逼急了她，恭迎圣上驾到她都敢写。

般春："……"

楼似玉将闲着的捕快都安置妥帖了，并且上了茶水点心，一张俏脸见谁都笑，把一众官差哄得高高兴兴的。

待里里外外忙了个遍，她才得空在堂前的空桌边歇会儿。

要说也是她运气不好，谁承想狼妖闯客栈还带零嘴儿？也就是没人注意到那尸体，不然怎么着也不至于把客栈牵扯进来。

不过楼似玉都想好了，那县令要是不来，她就对外宣称"受县令大人青睐，前往衙门接受纳税大户礼印"，然后光明正大地跟着霍捕头走，至少客栈名声没损失。

小算盘打得啪啦啪啦响，楼似玉打了个哈欠，望望还没动静的门口，趴在桌上微合了眼。

"你满身罪孽，天地可还有能容你之处？"雾气缭绕之中，有人轻声问她。那声音好像是从山洞寒潭里传出来的，空阔又清冷。

楼似玉皱眉，心头闷痛不已。她伸出爪子想去抓，却一抓一个空。

丁零零——

清脆的铃铛声回响在山洞里，恍惚又是一场踏马飞驰的梦境，无边野草、枝上新花，还有那人给她熬的鸡汤，咕噜噜地冒着雪白的泡泡。

"那你跟着我好了。"那人叹息。

…………

楼似玉几近窒息，猛地睁开了眼。

正在旁边打算叫醒她的般春被吓了一跳，愕然地看着她眸中透出的凶光："掌……掌柜的？"

楼似玉长出一口气，闭眼再睁，眼里就换成了懒散的笑意："怎么？"

"刚刚有人来知会了，说县令大人马上就到。"

嗯？县令竟然肯来？楼似玉乐了。这县令还挺好说话的，那待会儿她可得好生套套近乎，说不定人家看她顺眼，这客栈的修葺补贴就给了呢。

捏了菱花镜补了妆容，楼似玉提起裙摆去大门口候着，并在腹内想好了一百多句赞美青天大老爷的话。

半炷香之后，有马车停在了街口。

一只皂靴踩上车边矮凳，接着就是一袭黛青缃袍扫了下来。

楼似玉立马迎上前，规规矩矩地行了拜礼，抬眼就笑："大人如此体恤民意，实乃……"

她的双眸骤然望进面前这两汪寒潭，剩下的话通通卡在了喉咙里。

丁零零——

门楣上的银铃又响了，不是梦境，是真真切切响得欢悦，像是等了很多年的故人终于归来。

荒州在西北边境，虽然也算繁华，但从京都过来的路上也少不得要受罪。

宋立言到地方之后本打算休沐一日，谁知道大早上的霍良就来禀告："大人，有人在邻街的掌灯客栈里发现了前几日失踪的刘师爷的尸体，但那客栈的掌柜不肯来县衙，还说她知道重大案情，一定要在客栈里同大人禀告。"

宋立言觉得好笑："掌柜的不肯来，你们就由着他不来了？这刀鞘里装着的东西是干什么用的？"

霍良心虚地移开视线。

面前这位大人不过二十四五岁，细皮嫩肉的，模样清俊，看起来分明是个不知事的少爷。可是不知道为什么，他身上有股说不出的阴冷沉寂感，随意开口说句话，众人便心头一沉，大气也不敢出。

"看你的意思,还想替那掌柜的说话?"宋立言觉得稀奇,上下打量这捕头一番,目光落在他的靴子上,眼神突然变了,"那客栈在哪儿?"

霍良还以为自己死定了,谁知道突然峰回路转,神色一凛,立马拱手:"就在县衙出去往南百步的街口。"

"走。"

宋立言这态度转变得莫名其妙,霍良赶紧跟着走。他看着这位大人的背影,又在"阴冷沉寂"这个印象后头加了个"心思莫测"。

任何刚到任的官员都会在府邸里待上几日,先了解当地情况,再抖官威。尤其是他们浮玉县烟霞镇,前八任县令都死在任上,按理说后头来的人应该更谨慎才是。

但不知道这位宋大人是胆子大不怕死,还是根本不知道这里发生过什么,说走就走,连随从都只带了一个,就这么毫不避讳地站在了掌灯客栈门口。

这楼掌柜也不知道是怎么回事,一向八面玲珑惯了的人,眼下站在大人面前,竟是连奉承话都没能说完就愣在了原地,一双眼盯着大人,眼里有震惊、恼怒,还有一丝丝的委屈。

"掌柜的?"霍良觉得气氛太诡异了,忍不住出声提醒。

楼似玉垂眸,飞快地敛好神思,再抬眸,便又笑得跟寻常无异:"大人如此体恤民意,实乃我烟霞镇百姓之福,快里头请。"

宋立言忍不住打量这个人。他怎么也没想到一家客栈的掌柜会是个女子。

不过面前这位掌柜看起来倒是落落大方,淡黄罗裙配上绛紫裹腰,艳而不俗,脸上略施脂粉,颇有颜色。她手里还捏着一册半旧的账目,看起来跟她的身份相符,没有丝毫不妥之处。

如果不是她那格外突兀的话语停顿以及过分复杂的眼神,宋立言是不会太注意她的。

"听霍捕头说,掌柜的有案情要禀?"他收回目光,往客栈里走去。

楼似玉深吸一口气,扭头跟上他,低声道:"是,昨夜有野狼闯入我客栈里,还带来了一具尸体,我想,大人若不来亲眼看看,恐怕不会相信小女子的说辞。"

野狼?宋立言抬头。

半旧的客栈里有不少打斗的痕迹,但最显眼的,还是戳在中央的那根顶梁柱上一丈多高处的四爪抓痕。

"那狼形状如何？"

"回大人，外形与普通的狼无异，但有两人高，且为站立行走。"

一听她这话，旁边的霍良就笑了："楼掌柜，大人面前莫要胡编乱造，这世上哪儿有站立行走的狼？"

楼似玉眨眼，很是无辜地说："我这一客栈的人可都瞧见了，大家都能做证。"

霍良一噎，还是不信地摇头，小声对宋立言说："大人，有些情况您还是先知道为好。"

"说。"

霍良侧身挡住楼似玉，压低声音道："这位楼掌柜不是坏人，但就是有些神神道道的，信什么妖魔鬼怪之说，去年还被发现在城隍庙外偷设祭坛。"

宋立言挑眉，深黑的眸子再往他靴子上瞥去："你鞋面上的灰，是在哪儿沾的？"

没想到他会突然问这个，霍良疑惑地低头："属下今日就只走了县衙和这客栈两处地方，路上来回都是骑马。"

"那便行了。"宋立言拂袖，"你带人去验尸吧。"

霍良有点儿蒙："大人，您不去看看？"

"验尸一事，还是齐岷更为在行，他在就行了。"

那您过来干什么的？霍良很想这么问，但看看大人那明显不想解释的表情，咕噜一声就把话咽回去了，老实地拱手退下。

宋立言回头，看着楼似玉问："掌柜的，可否将昨日的情形详细说说？"

楼似玉垂眸没看他，脸上倒还挂着笑容："般春当时也在，就让她先来禀告大人，大人若还有疑惑，再问奴家不迟。"

言罢，她屈膝朝他行礼，将般春推了出来。

不知道为什么，宋立言感觉到了一股敌意。面前这掌柜的虽然笑着，可眉梢紧绷，语气也不太友善。分明方才她还定定地盯着他瞧，眼下却连抬眼都不愿，还后退半步，站去了一侧。

难道有什么隐情？

他来不及多想，那被推出来的姑娘已经开口了："奴婢般春，回禀大人，昨夜子时奴婢起夜，听见客栈外头有奇怪的叫声，便从窗户缝隙里往外看了看……"

宋立言收敛心神，认认真真地听她说完经过，将她的话与客栈里的痕迹进行比对，很容易就得出结论——她们没撒谎。

客栈是真的进了狼，只不过不是一般的狼，而是狼妖。

狼妖好吃人脾肺心脏，昨夜是祀神之夜，阴气极重，保不齐就有贪婪的妖物控制不住自己，出来觅食。

只是据般春所说，这楼掌柜不仅自己从狼妖手里成功逃生，还救了她一命？

宋立言再度看向楼似玉，这人身子骨娇小，看起来不像练家子。但普通女儿家，看见狼妖近在咫尺，会镇定地逃跑吗？

楼似玉正盯着自己的鞋尖发呆。

她今儿受的刺激比昨天晚上的还厉害，眼下只能自己慢慢消化。只是她再怎么消化，也受不住这个熟悉的声音一直在耳边响起。

"狼是自己跑走的？什么时辰？"

"可否将你说的符纸拿来与本官一看？"

"这东西是哪儿来的？"

楼似玉越听心里越痛，仿佛有把钝刀在她心上来回拉扯。她捏紧账本，千万句粗话就堵在嗓子眼儿里。

然而这时候，她听见宋立言问："楼掌柜？"

楼似玉浑身一震，忙收了情绪，抬起头来："何事？"

旁边的李小二递了符纸到她手里，小声提示："大人在问这符纸哪儿来的。"

楼似玉恍然，绾了绾鬓发，将符纸呈上："这是从一位云游的大师那儿买的，五文钱一张，说是能辟邪。"

宋立言伸手，骨节分明的手指有点儿凉，接符纸的时候不小心与她的手指碰触，又不着痕迹地收走了。

楼似玉浑身一震，一股酸麻感从心窝直蹿四肢，逼得她打了个寒战。

楼似玉这回忍不住了，真的骂了句脏话。

宋立言："……"

楼似玉扭曲着脸说下去："操之过急的话，那大师说了，这符就容易不灵。"

她说完，倒是越笑越自然，淡红的嘴唇抿着，脸上露出一副天真无邪的样子来，仿佛方才的狰狞表情都是别人的错觉。

宋立言眼眸微合，扫了两眼那符纸，说道："想不到当今盛世还有人会信这些怪力乱神之说。"

"大人不信吗？"楼似玉侧头，"可是信总比不信好，您瞧，要是没有这符纸，昨儿我这一客栈的人说不准要将命都搭上。"

"荒唐。"宋立言将符纸收拢入袖，正色道，"早在建朝之初，妖物就已经同上清司一起湮灭于世，朝廷也有明文，不许任何人妖言惑众，扰乱民心，楼掌柜开口之前还是想清楚的好。"

楼似玉噎了一下，撇了撇嘴，顺从地低下头："大人说的是。"

宋立言似乎对她这敷衍的语气不是很满意，别开脸道："这客栈里味道重得很，宋洵，点些香来。"

"是。"

一根看起来普普通通的檀香插在了她供着的财神爷面前，楼似玉斜眼看着，心里直骂这人事多，给她添堵就算了，还去给财神爷添堵。

然而，当青蓝色的烟雾袅袅升起之时，楼似玉脸色骤变，几乎是想也不想就冲上前，一把将账本扣在了闪着暗火的香头上。

刚燃起的香被账册的油皮封面压灭，发出"刺"的一声响。香案周围烟雾霎浓，很快又消散了个干净。

楼似玉屏住呼吸，表情严肃极了，待看见那香再也冒不出烟来，才松了一口气，收回账本。

客栈大堂里鸦雀无声，楼似玉后知后觉地想起来旁边还坐了个人。她僵硬地扭头，对上了宋立言不太友善的目光。

"掌柜的身手敏捷，真不愧是从狼爪下逃生之人。"他轻叩桌面，皮笑肉不笑地夸她。

楼似玉的冷汗当即就下来了，她抱着账本挡在身前，企图解释："这香味儿太大了，怕是人闻着伤身子，我那儿有淡些的檀香，这就拿来给大人点上？"

缁衣的袖口拂过板凳，又被宋立言拢起捏住。他起身慢慢走到楼似玉跟前，垂眸看她，眼神跟刀子似的，将她脸上僵硬的笑意一点点刮了下去。

"可我若是偏爱这香，就喜欢点它呢？"

楼似玉不笑了。两个人离得太近，她能清晰地闻到他身上的气息，初闻是沉沉木香，再嗅却是一股香灰味儿。

这种味道她爱极也恨极，她曾在前调里得到过安稳一觉，也曾在余香里经历过肝肠寸断。如今再闻着，她只觉得窒息。

楼似玉的脸有点儿发白，手也有点儿发抖，她侧过头，尽量用平静的语气回答他:"浮玉县境内,大人为尊,大人喜欢,那便点,我拦不得。"

宋立言的直觉告诉他,这位掌柜的有问题,并且问题很大。

"掌柜的认识这香?"他伸手将佛龛前的香抽出来,放在她眼前。

楼似玉不看他,只拨弄账本:"怎么可能不认得呢?不就是檀香吗?隔壁街上的制香铺子里什么样的都有。"

"是吗?"他颔首,将香重新递给宋洵,眼睛却盯着楼似玉,一半探究,一半怀疑。

楼似玉装作没发觉,径自低头翻着账册。

青蓝色的烟重新缭绕在大堂中,不一会儿就经过窗户和楼梯,蔓延到后院和二楼。

如果在场的人都能看见这烟的话,那他们会很惊奇。不过半臂长的一根细香,烟雾却起得很大,如高山瀑布般从香头涌出,翻滚欢腾地卷过客栈的每一处,场面蔚为壮观。

然而,除了楼似玉,没人能看见,而楼似玉就算看见了,也只能低头装瞎。

这是夺神香,乃上清司得意之作,一旦点燃,百步之内妖气必消,是上等的宝贝。并且,它很贵,十两银子一根,不还价。

有钱真是好啊,楼似玉想,这么点儿妖气也值得他花十两银子。

翻腾的烟雾没过了她的膝盖,这人却毫无反应。宋立言不死心地观察了好一会儿,然后不得不放弃怀疑——

这掌柜的不是妖,因为没有妖怪能在夺神香的烟雾里站着。

可是,既然夺神香于她无害,她为什么这么紧张?

"大人,仵作那边有进展了。"

宋立言收回神思,立刻带着众人去往后院。

楼似玉自然也是跟着走的,只是,她撩开后院门口的帘子时,问了李小二一句:"人呢?"

李小二低声道:"走了。"

楼似玉轻舒一口气,放了帘子跨过门槛。

后院墙上的男尸已经被取了下来,盖上了白布,背着木箱的仵作恭敬地朝宋立言拱手:"大人,此人身上的致命伤为咽喉处的兽齿咬痕,内脏全无。就血迹和身上的刮痕来看,客栈不是其咽气之地。"

宋立言颔首,接过仵作的笔录又看了一遍,方道:"将尸身抬去义庄复检,这后院暂时封锁。"

听前半句，楼似玉跟着点头，觉得这人做事尚算谨慎。可听着后半句，她没忍住跳了出来："大人，仵作都说这儿不是案发地了，怎么还要封锁？"

宋立言侧头看她："案子未结之前，此地理应封锁，这是规程。"

那她的生意怎么办？楼似玉暗自跺脚，想开口争辩，可一看这人，又硬生生将话咽了回去。

"掌柜的有话说？"宋立言斜眼看到她，侧头问道。

楼似玉咬着牙笑："哪儿敢啊？大人说封，那就封吧，就是可怜了我这客栈里的伙计，下个月不知道还能不能吃饱饭。"

她说完，装模作样地捏起袖口抹了抹眼泪。

霍良偷偷打量大人的面色，心里发怵，正犹豫着要不要上前打个圆场，却听得宋立言慢条斯理地开口："掌柜的放心，客栈的生意耽误不了。官邸要修葺，出入不便，你这客栈既然离衙门近，那本官就住上两日，直到结案。"

楼似玉："……"

要是说这话的是个普通县令，那她肯定当场给人磕头行礼，欢天喜地地迎接大人入住，顺便再把那收起来的红幡堂堂正正地挂在门口。

然而眼下，她笑不出来，也不能哭，整个人傻愣愣地站在他跟前，握紧拳头。

"怎么？掌柜的还是不满意？"

"没……"楼似玉深吸一口气，仰脸咧开嘴角，"满意，这能有什么不满意的？大人屈尊，我掌灯客栈自是万分荣幸。小二，快去收拾客房。"

"好嘞。"

"大人。"霍良有些不放心，"您若住在此处，是否要多调派些差人？"

"不必。"宋立言反身回到前堂，"你们照常做事便是。"

他这么说，霍良却不敢当真，跟着往外走，轻轻拉了拉楼似玉的袖子："掌柜的，你可得多费点儿心。大人真在这里住下，若是有什么差池，那可就麻烦了。"

楼似玉应付地笑着，心想这人还用别人担心呢？他不去让别人有差池都算好的了。

之前她还一直想不明白，那穷凶极恶的狼妖怎么会在即将得手的瞬间止住动作，甚至眼里充满了恐惧之色，转身就跑？

如今见着这位，楼似玉猜到了原因。

怕是昨夜他刚好抵达烟霞镇，从邻街去往官邸，所以十丈之内群妖

015

退避，碰巧救她一回。

他修为还是不低啊，却在那儿跟她说什么不信怪力乱神。

楼似玉心里这么想着，还是对旁边的殷春招了招手，低声吩咐："让厨房做些糕点给大人备着。"

"是。"

夺神香的烟雾消失殆尽，客栈各处重新变得清晰，好像干净了不少。宋立言跟着小二上了二楼，见头一间房门口很是随便地挂着个"天字一号"的牌子，就推门进去，灰尘扑面。

"……"

"大人见谅，这间房许久没人住过了。"李小二赔着笑，进去擦桌子、换枕头被褥，"马上就能收拾干净，委屈大人稍等。"

宋洵站在宋立言身后，眉头皱得死紧："大人，您确定要住在这里？"

"既来之，则安之。"跨过门槛，宋立言在擦干净的凳子上坐下，看向正在忙碌的李小二。

"你们掌柜的开这客栈多久了？"

李小二想了想，笑答："小的也不清楚，许是有几年了。咱们掌柜的是个苦命人，听闻许过夫家，但夫家命不好，还没成亲就因病去世了。再嫁也不合适，所以掌柜的就自己出来做生意。"

"倒是稀奇。"宋立言又问，"那这客栈里可来过什么可疑的人？"

"瞧您这话说得，咱们客栈人来人往，什么人都有，哪儿说得上谁可疑不可疑呢？"李小二铺好床，回头笑，"大人若有什么吩咐，只管叫一声，小的随时候着。"

"有劳。"

房门关上，宋洵嫌弃地推开了窗扇，正好看见后院小门处楼掌柜正打着扇子跟送菜的人讨价还价。

"五文一斤？来，你让我看看这白菜是不是镶金边了？"

"掌柜的，咱们这赚的都是血汗钱。"

"谁的钱里没血汗啊？这么多年我指着你送货，就是因为便宜，你要是坐地起价，那我立马去找蔡大婶，从她那儿买。"

"…………"

牙尖嘴利，咄咄逼人，这人分明是个美人，却一身铜臭，叫人怪不舒服的。

"这掌柜的真抠门儿。"宋洵忍不住嘀咕。

宋立言起身过去,看了下头一眼:"宋洵,依你看,这掌柜的可有问题?"

"大人怀疑她是妖?"宋洵觉得不可能,"夺神香已经点过了,她若是妖,早该露出原形。"

"但这客栈里不止一股妖气。"宋立言道,"霍良鞋上的灰是在这儿沾的,有狼妖的腥臭,也有一股狐狸的臊臭。"

"狐狸?"宋洵更是摇头,"若那掌柜的是狐狸,哪里敢站得离大人那么近?"

上清司世代缉妖,他家大人又是嫡系里修为最为卓越之人,但凡妖族,见着他都得绕道走。

"再查查吧。"宋立言垂眸,又想起那掌柜的看他的眼神,皱眉道,"把她上三辈都查清楚。"

"是。"

后门处的楼似玉好像终于谈到了自己满意的价钱,侧身让送货的人进门,不经意回头,却发现二楼有人在看她。她顿了顿,打着香扇朝他嫣然一笑,眼角弯弯,媚气又俏皮。

宋立言眼角微抽,拉过窗扇,啪的一声合上。

烟霞镇水船往来,南货北通,若只以人的眼睛来看,这是个商贾发家的风水宝地。

只可惜,在有修为的人看来,此地瘴气盖顶,妖孽横生,光午夜子时弥漫的妖气都能克死几个无辜的路人,更别说有大妖作祟,令八任县令暴毙,引人非议。

宋立言已经将与案情相关的文书都看了个透。怪象是从今年年初开始的,八任县令都死于凶兽啃咬,在任最长的不过两个月,最短的只有两天。可没人抓得住凶兽,甚至连目击者都没有。

这掌灯客栈的位置也是奇妙,临三岔路口,煞气正冲,按理说久居此地之人少不了遭些天灾人祸,可这当家的掌柜偏生是个女子,经营这么久,也没出任何事。宋洵去打听,除了听说这掌柜的抠门儿,再也没打听到别的有用的消息来。

宋立言很好奇,那看起来娇娇弱弱的掌柜,是怎么顶住事的?

"大人。"房门被叩响,楼似玉的声音恰好传了来,"午膳备好了。"

宋立言心念微动:"进来。"

门"吱呀"一声被推开,一只纤纤玉手十分稳当地托着放满了饭菜的托盘伸进门来,接着才是那张略为狐媚的脸,带着一种应付的笑意朝向他。

"也不知大人的口味,就让厨子多做了些,还望大人不要嫌弃。"

宋立言看向她,发现后者虽然面对着他笑,眼睛却没看他。她往桌上放了菜,便将还剩着饭菜的托盘递给旁边的宋洵:"这位官爷想必也饿了,楼下有空桌,隔壁也有空房。"

"多谢。"宋洵接过托盘捧着,依旧站在他身侧没动。

桌上放了五盘菜,荤素皆有,还带了只鸡,色香味都勉强算好的,但宋立言看了一眼,突然开口说:"等等。"

楼似玉正打算退出去,被他这一喊,半截身子在门外,一只脚还在门里,整个人形状十分扭曲。她回头假笑:"大人还有何吩咐?"

"掌柜的与本官,可有什么渊源?"宋立言提筷,拨弄了两下盘子里的菜,眼里充满疑惑之色。

楼似玉心里咯噔一声,她站直了身子,深吸一口气,十分镇定地问:"大人何出此言?"

"这几道菜没放葱花。"他抬眼,"掌柜的怎么知道本官的饮食偏好?"

宋立言对葱花的厌恶堪比楼似玉对金钱的热爱,但知道这个事的只有他身边的几个人。原以为只是厨子碰巧不爱放葱花,可他看宋洵手里的饭菜,分明是有葱花的。

楼似玉嘴角一抽:"这……"

"掌柜的有什么事不妨直言。"宋立言皱眉,"从你我见面第一眼起,你的表现就颇为古怪。"

古怪?楼似玉摇了摇香扇,觉得没道理啊,她自认为表现很好,除了初见之时太过震惊,有些失态,其余地方并无错漏。

他诈她呢?

楼似玉低眉莞尔,阿谀地说:"大人误会了,方才厨子是先做的托盘里的几道菜,结果到后头小葱用完了,故而没法儿给大人也撒上些……怎么,大人不爱吃葱花吗?"

宋立言微微不爽地眯眼,觉得面前这位掌柜的狡猾得跟狐狸似的,找的理由天衣无缝,配上她这无辜的眼神,当真让人无话可说。

但他相信自己的直觉,这掌柜的绝对有问题。

宋立言垂下眼眸,放低了姿态,伸手作请:"掌柜的想必也没用膳,不妨坐下一起用。"

"这就免了吧?奴家一介平民,哪里敢同大人……"

"坐下。"

"好的。"

楼似玉规规矩矩地坐在这人对面,认命地吐了口气,而后继续朝他假笑。

"听小二说,这掌灯客栈开了很多年了,可看掌柜的岁数不大。"宋立言慢条斯理地开口,"是什么时候开的客栈?"

又是这个问题,楼似玉勾唇:"这客栈是我的祖辈开的,世世代代传下来,如今正好传到我手里罢了。"

"这么说来,楼掌柜一直在浮玉县。"他看向她,"那你对这里的前几任县令可有了解?"

"您这话可就问对人了。"楼似玉拍了拍手,"这里的历代县令,奴家都打过交道。"

"哦?"

"前些年,周大人坐镇浮玉县时,咱们这儿那叫一个风调雨顺,商税少,商贸分外繁荣,掌灯客栈一年能挣不少钱呢。但从一年前开始,赵大人来接任,衙门的人前一天还在我的客栈里给他办洗尘宴,结果第二天,他就死在了自己的官邸里。"

宋立言皱眉道:"死因呢?"

"这奴家哪里知道呀?"楼似玉不客气地拧了个鸡腿下来,"只是自此以后,咱们县就跟中了邪似的,命案频出,后头继任的县令也都没活过两个月。有人说是衙门修葺,更换了门口的石敢当,坏了风水。"

"第二任县令也来过这客栈?"

"是啊,咱们掌灯客栈是离县衙最近的一家客栈了,但凡新官上任,接风洗尘大多在咱们这儿,就连您的洗尘宴,前些日子霍大人也来定下了,就在明日。"

楼似玉斯斯文文地啃掉一个鸡腿,脸上的笑容都真诚了些:"大人要是还有什么膳食偏好,记得提前告诉奴家一声啊。"

她分明在戒备他,嘴倒是快,仿佛这烤鸡是什么天下难得的美味,吃得满手是油。

宋立言有点儿嫌弃,顺口便道:"本官不爱吃鸡肉。"

楼似玉顿了顿,神色分外复杂地看了他一眼,伸手将桌上盛烧鸡的盘子揽过来,小声嘀咕:"真难伺候。"

"楼掌柜,"宋立言很客气地提醒她,"本官耳力一向不俗。"

"……"楼似玉立马反手轻抽自己一巴掌,弯眼道,"大人别见怪,奴家这嘴有时候就是管不住,会自己冒些不敬之语,奴家回去一定好生管教。"

说完,她端起烧鸡就往外撤。

"大人?"宋洵皱眉询问,宋立言却摇头。

这人不是个善茬儿,没那么好对付。

楼似玉抱着盘子边吃边下楼,大堂里空荡荡的,只有般春坐在桌边发呆,见她来,般春飞似的跑到她跟前。

"掌柜的,按照霍大人的意思,普通房客都退房了,只有些熟客,也是留在房间里不出来的。"

"知道了。"楼似玉塞给般春一块儿鸡肉,问她,"明儿的洗尘宴可准备好了?"

"准备好了,就是林厨娘突然不见了。"般春道,"昨儿早晨我还看见她在洗菜呢,结果不知什么时候就走了,到现在也没看见人。"

"她啊,回家省亲去了。"楼似玉满不在乎地摆手,"你去帮着钱厨子些就是。"

省亲?般春下意识地摇头:"不可能啊,她洗了一半的菜都还放在水井旁边呢,房间里的衣物也没少,哪会突然……"

"小丫头,话怎么这么多?"楼似玉捏了鸡翅膀塞她嘴里,眯着眼睛道,"客栈里掌柜的最大,掌柜说什么就是什么,不许多问,明白吗?"

"可是……"

"没有可是。"楼似玉瞪她,"再多嘴扣你的月钱。"

般春两眼无辜地看着她,伸手捏住了自己的嘴。

楼似玉下意识地回头看了一眼楼上,然后将般春拉去角落,低声道:"咱们客栈里现在有贵客,什么该说什么不该说,你自己拎着些,别被人轻易套了话,明白吗?"

这有什么不明白的?般春挺着腰杆就应下了,她这么机灵的小丫头,能被谁诓了去?

然而,两个时辰之后,般春傻愣愣地戳在宋立言面前。

宋立言似是沐浴过了,换了一身玄锦常服,闲散地往后院里一站,回眸问她:"你们家掌柜的平时都爱做些什么?"

七月的风有些燥热，可从他的方向吹过来，带了些干净的清香。

般春脸上微红，下意识地后退小半步，搓着袖口道："我们掌柜的……是个好人，平时除了监工、买食材、招呼客人，就没别的事做了。"

"你别紧张。"宋立言摆手，"我不过是对你们掌柜的有些好奇，又不是要审案。"

这嗓音温柔得紧，又带着些委屈，听得般春怪过意不去的，她连忙道："小的没有撒谎，我们家掌柜的的确没什么爱好，除了……"

她歪头想了想，突然拍手："除了每天傍晚都亲自去点客栈门口的灯，然后在门口坐着直到日落余晖尽。"

点灯看日落？宋立言颔首记下，又问："那她就没考虑过嫁人？难不成要一辈子守着这客栈？"

此话一出，般春再傻也听出点儿别的意思来。她眨巴眨巴眼，突然恍然大悟："大人是对咱们掌柜的……"

"……"

"小的冒犯。"般春忌讳着官威，连忙捂住嘴，话没敢说全。可她看着这大人的神色，越看越觉得就是自己想的那么回事。

眼下他突然失语，可不就是心思被拆穿后慌张？般春再回想大人对她家掌柜的那独一份的关心和好奇，多么与众不同啊，他可没问李小二嫁人不嫁人，独独问掌柜的。

这不是有意思是什么？

般春激动地看看他，又回头看看前堂她家掌柜的所在的方向，眼里涌上欣慰之色："我家掌柜的也是女儿家，遇见合适的人定是会嫁的。大人还想知道咱们掌柜的什么消息，小的都告诉您！"

宋立言觉得这人肯定是误会了点儿什么："本官只是随便问问。"

"小的明白！"

"不，你好像不太明白……"

"大人放心，"般春笑道，"小的嘴巴可严了，绝对不会外传的！"

凡事只会越描越黑，宋立言也懒得多话了，人家既然这么说，那他干脆就接着问："你们家掌柜的可喜欢外出？一般喜欢去何处游玩？"

"掌柜的平时都不会离开客栈，除了偶尔去衙门交税，大多时候守在客栈里。"

"那她一般什么时候去衙门交税？"

"每个月初一。"般春想了想，又说，"但也有例外的，上个月二十掌柜的也去了一趟衙门。"

六月二十？宋立言脸色微变："去了很久吗？"

"这个小的倒是没注意，小的只是在洒扫的时候刚好碰见掌柜的外出……"

"般春。"楼似玉的声音从前堂传了过来，"小丫头跑哪儿去了？快来帮忙搬东西！"

"哎，来啦。"般春吓了一跳，慌忙朝他行了个礼，急匆匆地往前跑了。

宋立言站在原地想了片刻，抬步跟上。

先前一场大乱，客栈里东西损得七七八八，为了明日的洗尘宴，楼似玉带李小二去添置了不少东西回来，眼下正一手叉腰一手捏扇，边喘气边指挥："都给老娘轻点儿！这木桌贵死了，轻拿轻放！"

"那个花瓶，给我摆上位正中，擦亮点儿。"

"还有这石敢当，放门口右侧招财的，别摆歪了。"

"厚德，来把明儿要用的肉给抬进去，刚刚顺路看见集市上在便宜卖。"

"什么？要新鲜的？哪儿赶得及啊，先弄进去，快！"

她这边吩咐完，那头就来了个小胡子商贩，笑嘻嘻地呈上账单："掌柜的，货都送到了，账您结一下。"

楼似玉接过单子一看，好悬没晕过去。她倒吸一口气掐着自己的人中："怎么这么贵？！"

小胡子商贩赔笑："已经给您便宜很多了，都是老熟人，我也不会坑您不是？"

楼似玉咬牙摸出荷包，一边清账一边念叨："这怎么说也是天灾啊，衙门该发发补贴的。"

般春放好了几张长凳，闻言凑到她身边来，小声道："掌柜的，这事您跟大人说说，我觉得能成。"

楼似玉哼了一声："你还真以为当官的好说话啊？"

"别的官我不知道，但县令大人对您……"她挤眉弄眼地停顿了一下，笑得嘴巴都要咧到耳根了，"那是跟别人不一样的。"

楼上暗中观察的宋立言："……"

她说好的嘴巴可严了，绝不外传呢？

楼似玉眼神古怪地看着她："你一天不好好干活，都瞎寻思什么呢？"

"不是我瞎寻思，大人他……"

"行了，行了，你赶紧去后厨帮忙，眼看着天要黑了，晚膳还没弄出来呢。"将她往厨房的方向一推，楼似玉扭头继续招呼人摆放物件，似是完全没将她的话放在心上。

宋立言站在二楼走廊的雕花木栏边往下看，那楼掌柜就像个转得停不下来的陀螺，忙完摆件忙对账，又将要进门的客人挡了挡，好一番解释。从太阳偏西一直到日头沉沉，她连水都没喝两口。

外头天色渐暗，已经到了上灯的时辰，按照般春的说法，这个时候楼似玉应该会去门口点灯坐着。然而，宋立言等了许久，也没见她有什么动作。

"掌柜的。"李小二端着晚膳出来，顺嘴问，"今日咱们不点灯了？"

楼似玉看也没看门口，只摆了摆手："不用点了。"

李小二很意外。他来这客栈好几年了，每天这个时候楼掌柜都会去点灯，然后在门口坐上许久，谁叫也不理，他都已经习惯了。结果怎么的？突然就不用点了？

"去送菜吧，送完去后头一起吃饭。"楼似玉拿扇子拍了拍他的肩，"今天晚上加菜，有酒。"

"好嘞，谢掌柜的！"

夕阳余晖落尽，月色悄悄染夜，客栈后厨外的空地上摆起了方桌，四个人围坐桌边。除楼似玉外，众人都惊讶地看着这难得丰盛的菜色。

"掌柜的发财了？"李小二难以置信地掰了个鸭腿。

楼似玉啐他一口："还发财呢，都快亏死了。"

"那咱们怎么吃这么好？"

楼似玉哼笑一声，拎起一坛坛身满是老泥的酒，半合着眼笑："凭老娘高兴，今儿就让你们开开嘴，尝一尝这坛藏了八十年的美酒。"

钱厨子闻言就笑了："八十年？传家宝啊。"

"可不是吗？"她盯着这坛子看了一会儿，眼底有些湿意。

"掌柜的？"般春好奇地看着她。

楼似玉垂眸敛起失态的神色，一掌拍开酒坛封泥，笑着给自己倒满酒："来，不醉不归！"

"好。"众人都笑起来，李小二伸手就想去接她手里的酒坛，谁承想掌柜的完全没有要放手的意思。她一手拉着坛口，另一只手端起酒碗就喝了个底儿朝天。

"啊,真好喝。"楼似玉愉快地擦了擦嘴,又给自己倒了一碗酒,抓上两口酥花生,又一饮而尽。

殷春拉了拉李小二的袖子,小声问:"掌柜的是不是心情不好?"

"我看不像。"李小二琢磨道,"咱们掌柜的心情不好的时候只会去数钱,不会喝酒。"

有道理,殷春拿起筷子,决定埋头吃菜。

楼似玉边喝边吃,越喝笑得越欢,一坛子酒没到半个时辰就全进了她的肚子里,酒气醺得她脸上泛红,愈加娇艳。

"明儿的洗尘宴,你们可要好好弄。"她撑着下巴,伸手去戳殷春的额头,却怎么也戳不中,"咱们新来的县令大人了不得,可了不得了,不能怠慢。"

殷春问:"掌柜的,您是不是认识那位大人啊?"

"不认识。"楼似玉摇头,"我怎么会认识他呢?他也不认识我。我只知道他很厉害,他一直很厉害!"

半醉不醒的声音穿过墙边几丛绿竹,落进人耳里,带着些酒香。

宋立言默不作声地站在暗处听着,眼里满是不解之色。

"大人。"宋洵从后头过来,轻声禀告,"打听消息的人回话了,说这楼掌柜往上三辈都是经营掌灯客栈的,只是似乎都是女掌柜,没怎么见过男当家的。毕竟不是什么重要的人,衙门里也没有别的备案。"

"这家客栈开了多久了?"宋立言问。

宋洵皱眉道:"至少九十年。镇上年纪最长的人说,这客栈他出生的时候就在了。"

这还真是祖传的客栈。

隔着竹子看了看那桌边摇摇晃晃的身影,宋立言给了宋洵一个眼神。宋洵会意,躬身退下。

楼似玉吃饱喝足,满意地起身,撑着桌子道:"待会儿收拾干净啊,明儿还得早起准备,可别都睡过头了。"

"放心吧,掌柜的。"

楼似玉朝他们挥挥手,东倒西歪地往自己的房间走去。

顺着木梯上二楼,往左边是天字一号客栈,右边是个茶室,茶室再往右,就是她的闺房。

她熟门熟路地上去,进门就嗅到了一股陌生的味道。

她耳朵一动,停下步子,余光往屏风的方向一瞥又收回来,若无其事地打了个酒嗝儿,跨进门去。

屋子里安安静静的,显然蛰伏的人武艺极好,楼似玉跌跌撞撞地摸到自己的床,仰躺上去就鼾声大起,完全没有防备之意。

门被风吹得关上,屏风后头的宋洵随之而动,趁着黑暗悄无声息地潜去床边,提起长剑就横上了她的脖颈。

雪白的剑身被月光一晃,粼粼寒光全照在了楼似玉闭着的眼皮上,杀气无声蔓延。但凡有些本事的人,都会本能地做出保命反应。

可床上这人睡得安安稳稳,像是完全没意识到危险,甚至还咂了一下嘴,睡得香甜。

宋洵皱眉,收回长剑,再出剑,剑气萧萧,将她散落的青丝都拂至一旁,杀意更加露骨。然而,床上的人还是一动不动。

宋洵泄气地站直身子,不甘心地四处翻找,却只找到些细软和私房钱,还有一摞半人高的账本,除此之外,着实是没别的物件了。

搜罗小半个时辰也没什么收获,宋洵耷拉着脑袋回去复命。

"没有破绽并不能证明她无辜。"宋立言手握卷宗,指腹摸着上头几行关于案发时间的字,"上个月二十,前任县令刘知恩在衙门里遇害,而般春说,当日他们掌柜的去过县衙。"

更巧的是,历任遇害的县令生前都来过这掌灯客栈。哪怕是鬼门关,索命也没这么准的。

宋立言兴致盎然,捏着卷宗的手都忍不住蜷曲起来。

"大人,那明日的洗尘宴……"

"让霍良他们好生准备。"宋立言回过神,微微扬眉,"我倒想看看,这掌灯客栈里到底有什么乾坤。"

雾云胧月,家家户户都熄了灯,空旷的巷子里响起两声低低的兽鸣,却被打更的声音盖了去。幽蓝的夜色之中,梨木牌匾上的"掌灯客栈"四个字泛起了光,透出几分阴森气息。

第二章
掌灯千年

洗尘宴定在第二日午时,般春和李小二一大早就起来忙活了。后厨的菜一道道地往外送,汗水也一颗颗地往下流,衣衫袖摆交错之间,酒香和鞭炮硝烟味卷在一起,热热闹闹的全是人间烟火气息。

楼似玉今儿着了一身水红的罗裙,正倚在门口笑:"霍捕头紧张什么呀?里头都准备好了,只待人到齐,便可开宴。"

霍良眼下乌青,显然是没睡好。他拱手应道:"宴席有掌柜的帮衬,在下倒是不担心,只是……唉。"

"怎的了?"楼似玉挑眉,左右看了看,拿扇子挡住嘴,"大人同奴家还有什么好瞒的?奴家又不是碎嘴的人。"

霍良略微犹豫,还是低声道:"前几任县令的死因还没查出个所以然,这儿又多死了个师爷,上头刚下了文书,要咱们一个月之内给出交代。宋大人刚刚到任,什么也不知道,我怎么可能不紧张?"

万一他们查不出来,这罪名可不得落在他身上?

霍良越想越着急,摆手道:"今日这洗尘宴咱们就不劝酒了,散场之后我就得回衙门去。"

楼似玉扬眉,眼珠子轻轻一转,打着扇儿笑道:"大人也真是辛苦。"

"哪里,为朝廷办事罢了。"霍良叹气,转身往客栈里走去,一边走一边念叨,"也不知道宋大人酒量如何……"

——他酒量很好,一个人能把这一客栈的人都喝趴下。

楼似玉弯着眼睛笑,在心里回了他一句,眸子里带着晶亮的光。只是……她转过头,看向门外右侧放着的石敢当,又不笑了。

两年前赵县令来赴任的时候,觉得石敢当这种镇压邪祟的东西太过多余,遂将衙门外的石敢当扔至荒山,所以这石敢当外面糊着一层黄泥,连雕刻的是哪路武神都看不清了。

但幸好,该在的东西都在。

楼似玉轻出一口气,拎起裙子款步走到石敢当旁边,从怀里掏出一个小瓷瓶,将里头黏稠腥臭的液体倒在那糊成一团的石敢当身上,乌黑的血漫延而下,慢慢渗进黄泥里。

"掌柜的,时辰快到了。"李小二在里头喊了一声。

"哎,来了。"楼似玉起身收好瓷瓶,笑盈盈地跨进了门。

背后的石敢当发出细微的龟裂之声,但四周无人注意。衙门的人已经齐聚掌灯客栈,七嘴八舌地寒暄起来,外头偶有百姓路过,都被守着的衙差瞪远了去。

宴席开始。

宋立言位于上坐,换了一身竹青薄衣,衙内几个地位高些的人都站在他身侧端了酒,挨个儿奉承道:"大人能来我浮玉县,是这一方百姓的福气啊。听闻大人文武双全,胆识过人,往后我等便请大人多多栽培了。"

"大人年少有为,弱冠之年便屡立奇功,声名远播,吾辈实在佩服,这杯酒,小的敬您。"

"您快尝尝这里的菜色,别光喝酒伤了身子。"

楼似玉带着李小二和般春在酒席之间穿梭上菜,微微一侧眼,就能看见宋立言正带着一种有礼而疏离的笑容与人抬盏,酒滑入喉,眼底也没暖起来。

他不是个喜欢这种场面的人,但耐心极好,任凭几个老油条把溜须拍马那一套在他跟前走了个遍,也没露出半点儿不悦之色。

只是,他似乎若有所思,食指将杯口微微一捻,抬眼就朝她这边看了过来,眼神略为锐利,刮得楼似玉浑身一颤,立马收回了余光。

"大人慢用啊。"放下酒菜,楼似玉笑着退到后头,又多放了两坛子酒上来。

掌灯客栈的酒入口不烈,但后劲十足,十桌官爷,不过两轮推杯换盏,喝迷糊了的就有一大半,剩下的一小半,再来几坛子,也就扯开衣襟开始划拳行令了。

霍良没喝,正一脸愁容地想着案子的事,突然就见旁边的宋立言放下了酒盏,身子陡然紧绷。

"大人?"霍良茫然地左右看看,没发现什么异常,只当他是喝醉了,便道,"可要扶您回去歇息?"

"你在外头安了人手?"宋立言问。

"是,陈生、赵武他们守着。"

"让他们进来。"宋立言起身,四下环顾一圈,神情严肃,"把人都带上楼。"

霍良很是意外,酒席刚过半,这是做什么?

然而宋立言没有要同他多解释的意思,掠过一众半醉了还想敬他的酒的人,带着宋洵去了门口。

方才还烈日当空,一转眼却阴云密布,墨色浸透了天际,像烟熏过的瓦罐盖子,硬生生地往烟霞镇上空扣了过来。街上起风了,可这风半点儿不凉爽,反而带着一股黄土的味道,又闷又涩地吹在人脸上。

远处好像有旅人走来,几个参差不齐的影子,牵着驮着行李的驴,和着一声声蹄子磕地的动静,慢慢朝这边靠近。

宋洵一看就知道不对,立刻将客栈大门拉过来关上,拿佩剑卡住门环:"大人,来者不善。"

宋立言"嗯"了一声,目光落在那几个影子上一动不动,眼神略疑惑:"这些东西怎么会在这个时候出现在这里?"

他修上清之道已至臻界,十丈之内万妖不敢靠近,敢朝他这么走来的妖,修为必定在百年以上。可百年以上的大妖,怎么会随意出现在城镇里?

他怎么看他们也不可能是路过打尖住店的。

风越发紧了,吹得掌灯客栈前的两个灯笼乱飞,空气里有股淡淡的腥臭。那一行人走到客栈跟前,纷纷停下了步子。

为首的佝偻老人深吸一口气,混浊的眼珠子里露出贪婪的光。他盯着客栈门口的石敢当,舔着嘴唇就想上前。

"不要命了?"有人轻声开口,声音不急不缓,却像沉木撞钟,梵音霎时响彻空街。

这行人都惊了惊,往后退了两步。老者转动眼珠看向他,打量许久才开口:"我当是谁,原来是上清司的小儿,怪不得这地方一股腐朽的味道,呸。"

"上清司?"后头高高瘦瘦的男人嘟囔了一声,"那东西不早被灭了吗？怎么还有余孽？"

"管他呢，拿东西要紧！"后面的女子按捺不住，伸长指甲就扑了上来。她身体极软，力道极大，宋立言侧身躲过她的一击，那袖袍甩在石阶上，"轰"地就砸出了个坑。

客栈里正喝酒的众人都愣了愣，醉醺醺地问楼似玉："怎么？外头天塌了？"

楼似玉笑着替他们斟酒，摇头道："官爷这是醉了，天塌下来还有房梁撑着呢。"

霍良皱眉起身："不太对劲，我得出去看看。"

"哎，霍捕头。"楼似玉一把拉住他，掩唇浅笑，"急什么呀，宴席都还没散。"

"可是……"

哪儿这么多可是？楼似玉客套地勾着唇，伸手往他的背心轻轻拍了一下："您还是再吃些菜吧。"

霍良想说：我哪里还吃得下？但这话没能说出来，他就觉得自己像是喝醉了似的，舌头发麻，脑袋也发昏。他挣扎着想再说句话，可话到喉咙，终究还是被眼前的黑暗给压了回去。

"嗯？霍捕头也喝醉了？"有人醉醺醺地推了他一把，"怎么酒量这么差？"

楼似玉笑而不语，将晕过去的霍良扶正靠在椅背上，然后抬头看向门口。

门外杀气四溢，妖气迅速蔓延了进来，可也就才进了一尺，那瘴气一般的东西就突然一滞，像是被什么制住似的，霎时退了出去。

打斗的声音没了，楼似玉收回目光，忍不住轻轻给他鼓了鼓掌。

他还是这么厉害呀。

宋立言倒不是顷刻之间就制服了三只大妖，而是利落地点燃了无往符。

无往符专生结界，以用符者的修为定厚薄，阻隔人耳目眼鼻。二十两一张，很贵，但宋立言好歹是没浪费，结界一生，任凭里头地动山摇，也不会波及外头的无辜之人。

"还算有点儿本事。"老者跺了跺这结界，心里有数，沙哑着嗓子说，"不过我等今日前来，也不是为了拼个你死我活，你只消让开，我保证不伤那客栈中人。"

029

这妖态度还算诚恳，开的条件也挺有诚意，可宋立言半个字也没往耳朵里去。他只知道面前三个东西是妖，既然是妖，那他就该拔剑。

那老者察觉到杀气，勃然大怒："敬酒不吃吃罚酒？"

"酒"字音还没落，宋立言就一拍结界，从空隙里抽出獬豸剑，影随身动，直指其首级。可对面毕竟是上百年的妖，也不是一击就倒的小角色，那老者堪堪躲过这一剑，愤怒地拉扯嘴角，整个人皮都跟着裂开，猛地化出原形，凶残反扑。

"蛊雕。"认出他这原形，宋立言下手更重，迎面一击，不但不退，反而硬生生用剑刃抵着他将他翻身砸入地下，腥气四起，蛊雕的尖啸声穿天破地。

后头的一男一女哪里会只站着看，蛇妖善毒，犬妖齿利，二者登时都朝宋立言冲来。扑面而至的妖气呛得后头的宋洵咳嗽两声，他暗道不妙，连忙上前相助。

百年的大妖怪，一只就有毁掉半个镇子的破坏力，更别说面前是三只，光是击退已是费力，而宋立言不仅要击杀三只大妖，还要稳住无往符。

宋洵飞快地替他守阵，动作尚算麻利，可心里着实没底。他们在京都从未遇见过这种场面，就算大人修为不俗，当真遇见实战，那也……

还没来得及往下想，宋洵就觉得眼前一红，利爪撕开皮肉，有血雾飞洒出来。

妖怪最喜人血，普通人的血带铁腥味儿，可宋立言的血是甘甜的，此等诱惑，完全不输后面那石敢当里的东西。蛊雕贪婪地舔了舔自己的爪尖："上清司子弟虽然是废物，但是美味得很。"

"大人！"宋洵脸色发白，急喝一声。

宋立言没看手臂上的伤口，脸上也没什么慌张的神色，持剑而立，任凭三只大妖朝他冲来，岿然不动。

空气里的血雾与飞起的黄沙搅和在一处，沙砾碰着血滴，突然融合了。

冲在最前头的蛊雕刚张开嘴，动作倏地一僵。四周白光乍出，将他们化为剪影，三步之外，宋立言任凭伤口血雾喷出，眼里半分慈悲之色也没有。他沉声念道："吾为天地师，驱逐万鬼堂。吾含天地气，咒毒杀妖方——"

"方"字音落，溶血黄沙登时化为丈方巨石，带着咒文破空砸地。蛊雕变了脸色，蛇妖却还想用尾力将石头击碎，犬妖狠拉她一把，大喝："快跑！"

就这说话的一瞬，三妖都没了逃窜的可能，巨石一块块封死退路，埋没了蛇妖和犬妖，蛊雕惊慌奔走，还想说什么，一回头也被巨石埋没。

绿褐色的血从石头下蜿蜒而出，结界里是三妖的凄厉怒吼声，震动得宋洵跑都跑不稳，踉跄几步才走到自家大人身边。

宋立言将眼神从巨石上头收回来，又望向西侧。

奔腾而至的妖气，一点儿也不比刚才那三个大妖的低。

还有硬仗要打。

午时已过，街上恢复了人来人往的场景，掌灯客栈里众人醉得东倒西歪。李小二一边把人往客房里扛，一边抱怨："这都怎么回事啊？喝这么多。"

般春也觉得奇怪，左看看右看看："咱们客栈的酒有那么好喝吗？"

楼似玉背对着门口站着，打着扇儿笑："我这是立招牌的酒，能不好喝吗？你们也别废话了，把人安置好了就去休息。"

"是。"般春应下，又看了看那紧闭的大门，"酒味儿这么重，掌柜的要不要开门透透气？"

像是应她这句话似的，楼似玉感应到背后白光破天，透过门扇照进来，将她的发丝都照成了黄褐色。她没有回头，只抬起下巴，瞳孔跟着一缩。

剑面磕地后的金鸣声回荡开去，听得人脑袋发晕，可也只一会儿，那声音就消失了。

"掌柜的？"

"啊，不用。"楼似玉回过神来，垂眸道，"外面风大。"

风大不是正好吗？般春自然是不明白掌柜的在说什么，在她看来一切正常，没有白光，也没有冲天妖气，只有她家掌柜那略微紧绷的小身板，掌柜死死抵着客栈大门像是在忍耐什么似的。

未时末，喝醉的人都被塞进了客房，般春和李小二也已经里里外外收拾妥当下去休息了。

大堂里只剩了楼似玉一个人，她没再站在门前，倒是闲散地倚在了柜台边，若无其事地翻起账册来。

门"吱呀"一声被推开，有人跨步进来，浓厚的妖血腥臭随之而至。

楼似玉抬头，像是什么也不知道一般，惊讶地看向来人："大人这是怎么了？"

一抹红绽放在竹青的锦料上，意外地有些好看，只是宋立言的脸色实在不佳，阴沉沉的，像乌云下见不着光的山峦。他扫了一眼空荡荡的大堂，目光就定在了她身上。

"门口的石敢当是你弄来的？"

"是啊。"楼似玉眨眼，"卖那玩意儿的人说放在门口招财，奴家便买了。"

宋立言冷笑，提着剑反手横上她的咽喉，眼里血色翻涌："你找死。"

楼似玉浑身一颤，愣怔地看了他两眼，小嘴一撇，眼里就涌出泪花来："大人这是干什么呀？……"

"大人！"后头的宋洵连忙上来拦住他，急声相劝，"这掌柜的非妖且无罪，您三思！"

"无罪？"宋立言捏着剑的指节发青，"若不是我在，今日整个烟霞镇的人都要被她害死，你说她无罪？"

"大人在说什么？"楼似玉眼睫一合，滚烫的泪水砸在他的剑身上，"奴家当真是听不明白。奴家好端端地开门做生意，怎么就要害了全镇的人了？"

"你还狡辩？"剑刃更近了一寸，宋立言怒不可遏，反手就要去抓她。然而宋洵横着身子来挡，楼似玉也抱着账本溜得飞快。

眨眼她就绕去了方桌后头，委委屈屈地哭："开堂问审好歹还要列罪证，难不成因为您是大人，无缘无故便可杀人吗？"

左行右动都有宋洵拦在前头，宋立言恼怒地把獬豸剑往他怀里一塞，拂袖坐在方桌前。

楼似玉抬步又想跑，然而还没来得及迈步，就听见宋立言沉声道："坐下。"

"大……大人？"

"掌柜的请吧。"宋洵收了剑，赶紧朝她使眼色——剑都放了，大人便不会再动手。

楼似玉抱着账本犹豫了好一会儿，才摸着桌角战战兢兢地蹭着长凳边儿坐下。

"那石敢当从何处买的？"宋立言问。

楼似玉二话不说，立马从账本里抽出隔壁街商贩给的收据，往来明细俱在，收讫清楚。

宋立言噎了噎，眼里的血色到底是退下去了。他有些不自在地问："你买回来的时候没有异样？"

"哪儿有什么异样呀？"楼似玉捏着小手绢擦眼泪，"不就是块儿破石头吗?奴家实在不知道大人为何发怒,奴家……"

这说哭就哭的本事,整条街楼似玉认第二,没人敢认第一,那小嘴唇一咬,眼泪就跟珠子似的往下滚。偏生她那双凤眼生得多情,微红起来楚楚动人,像是把全天下的委屈都盛在了里头。

宋立言平生从未见过女子哭,或者说他从小在上清司长大,就没怎么跟女人打过交道,至多宴席上遇见些,也都是端庄大方带着笑意的,哪儿会有人跟他哭?

更可怕的是,这楼掌柜哭得也太委屈了,饶是铁石心肠的人,多看两眼也会心生怜悯之情。

"本官没有责怪你的意思。"

"责便责了,奴家不过是个没依没靠的女儿家,有什么打紧?"楼似玉哽咽地说着,眼睛更红了,"可大人倒是说个道理来,奴家做错了什么?"

"……"

宋立言僵硬地侧身,看向后头的宋洵。

向来行事胸有成竹的大人,头一回朝他求助,宋洵愕然,看看那哭得梨花带雨的女掌柜,又看看自家大人略微慌乱的眼神,一个没忍住就笑出了声。

宋立言:"……"

"喀,掌柜的,大人也是一时情急错怪了人。"宋洵正色道,"您别往心里去。"

"错怪了?"楼似玉顿了顿,眼神哀怨地看向宋立言。

杀妖宋立言在行,可对付楼似玉这样的人,他实在不太擅长。迎着她这目光,他只觉得头皮发麻,心里没来由地生出一股古怪的情绪。

"那石敢当是邪物,放在门口会招致大祸患,方才情况实在危急,本官也无意迁怒于你,还请掌柜的见谅。"

"大人之前还说怪力乱神都是无稽之谈,怎么现在又说那破石头是邪物?"楼似玉撇嘴,"这世上不是早没妖怪了吗?"

宋立言:"……"

眼瞧着自家大人第二次回头朝他求助,宋洵控制再控制,好歹没笑得太夸张。他咧着嘴朝楼似玉拱手:"掌柜的既然都有瞒天符,这世上有没有妖怪,您心里自然是清楚的。大人身上还有伤,掌柜的就饶他这一回吧。"

宋立言在这里,那敢冲石敢当来的定是方圆十里之内的大妖怪,方才一役想来也不会太轻松。楼似玉斜眼瞥了瞥宋立言胳膊上的伤口,到底把哭腔咽了下去,撇撇嘴,扭头去柜台后头翻出瓶金创药递给宋洵。

"石敢当历来是镇压邪祟之物,奴家哪里知道它会变成邪物?"她捏着小手绢一点点地揩掉眼泪,整个背影都透着无辜之意,"大人明察秋毫,可不能冤枉了人。"

宋立言沉默。

他是在杀到第三拨妖怪的时候才发现那石敢当有问题,可具体哪里有问题他又察觉不到,只是那些个妖怪宁可吃他的獬豸剑,也要扑石敢当,那这石头里定是有什么令妖怪趋之若鹜的东西。

他以符咒暂时封了那石头,后续没妖气再现,更证实了他的猜想。

但现在楼掌柜说这个石敢当跟她没关系,宋立言看着她的背影,想相信,又总觉得不能全信。

这个掌柜的知道很多东西,但现在,她显然不愿意告诉他。

宋立言去自己的房间包扎了伤口更了衣,侧头吩咐宋洵:"你回官邸,替我再拿些换洗衣物。"

宋洵愣了愣:"大人,刘师爷的尸身复检明日许就出结果了,您还要住在这客栈里?"

"嗯。"简单明了的回答,宋立言连个解释都不给。

宋洵傻戳了半晌,挠挠头,还是扭身出了门。

楼下的女掌柜正在清账,葱尖似的手指拨起算盘灵活极了。见人下楼,她停下动作弯眼笑:"官爷,要结账吗?"

宋洵叹了一口气,走去柜台前,又放了三吊钱:"账不用结,先记着吧,大人还要再住几日。"

楼似玉的手指僵在了算盘上,她咬着牙抠了一下算珠:"还……还住啊?"

"大人的决定,我等也无法左右,就劳烦掌柜的多照顾了。"宋洵朝她拱手,然后一脸愁容地走了。

楼似玉看着他的背影消失在门外,忍不住伸手揉了揉额角,心想楼上那位爷是跟她杠上了还是怎么的?她这小破客栈,一没衙门气派,二没官邸舒适,他住这儿图个什么?

"掌柜的。"

"哎——"

楼上天字一号的房门开了,楼似玉立马扭身仰头朝上笑:"大人有何吩咐?"

宋立言换了身浅白常服,整个人看起来清雅俊朗。他在二楼撑着栏杆朝她说:"本官初来乍到,不认识路,还请掌柜的帮个忙。"

楼似玉嘴角微抽:"奴家这还要做生意……"

"刘师爷的案子还没结,洗尘宴也已经结束,掌柜的能做哪门子生意?"

"……"

"走吧。"他边说边下楼,"去找卖石敢当的商贩。"

楼似玉抓着柜台一角,不甘不愿地假笑:"奴家今日身子不太舒服……晌午又忙了宴席,还没好好休息……"

"这是谢礼。"没听完她说话,宋立言就在她面前放了个五两的小银锭,"有劳掌柜的。"

白花花的官银,足斤足两,线条圆润,被阳光一照,散发出梦幻般的银光。

楼似玉瞪圆了眼,伸手抓过银锭就咬了一口。

真的!

现在流通的货币多是通宝,银子实在稀少,上清司也是有钱得很,随便一出手就这么大方。

她眨巴着眼用衣袖将银子擦了擦,诌媚一笑:"大人客气了,能为大人效劳是奴家的福气,哪儿用这么破费……您请,咱们现在就走。"

说罢,楼似玉扔了算盘和账本,捏着小香扇给他开路。

门外经过一场大战,常人什么也看不见,但楼似玉一跨出去就感觉到了遍地的妖血和怨气。她微微一惊,飞快地看了四周一眼。

若是普通小妖,被打死也就没了,可这外头死的是百年修为的大妖,而且不止一只,断肢残骸犹有幻影,踏足怨气之中,她似乎都能感受到被獬豸剑切肉开骨的尖锐疼痛。

"怎么?"

头顶传来宋立言询问的声音,楼似玉立马回神,若无其事地继续往前走:"没事,奴家只是在想有没有忘带什么东西。"

怨气滚滚,见罪魁祸首出来,更是翻腾不休。楼似玉努力镇定地平视前方,余光却瞧他那怨气拧成一股,凶恶地朝后头的人扑了过去。

她心里一紧,下意识地放慢了步子。

然而,背后的人冷哼了一声,声音极轻,带着不屑和冷漠砸下来,像高山坠湖,怨气顿时如波澜涤荡开去,顷刻间消散无踪。他的衣摆扫过的地方,连魂烟都没剩下一缕。

"……"楼似玉硬生生地将自己的震惊情绪憋下去,青着脸继续往前走,一边走一边暗骂自己。担心个什么劲啊,瞧人家厉害得压根儿不把这种场面放在眼里。

"这东西,"宋立言跨出门,侧头看向右侧,"掌柜的记得吩咐下去,谁都别动。"

石敢当立在客栈大门外,黄泥之中的隐隐血色已经消失无踪,它看起来就是座普通的石雕。

楼似玉瞥了好几眼也没看明白他是怎么封印住那东西的,干笑一声,应了个"是"。

摆件铺子开在邻街街尾,她带着宋立言穿小巷子过去的时候,秦掌柜正坐在门口的太师椅上剔牙。

一见着楼似玉,秦掌柜连滚带爬地站了起来,带着发自内心的恐惧感慌忙摆手:"今儿我店里可没有不要的东西!也不半价出货!"

宋立言挑眉,看向身边这人。

楼似玉脸皮再厚也觉得尴尬啊,咬着牙上去踹了秦掌柜一脚:"瞎说什么呢,谁要你半价出货了?"

"不就是您吗?昨儿还抢了我那石雕,半吊钱就拿走了,您也好意思?"

"我呸,那一看就是个老物件儿,放角落里落灰的,我帮你拿走腾地方还给你钱,亏的是我好不?"

"楼掌柜,您这嘴是真能说,那可是古董!古董您明白吗?什么叫放角落里落灰?灰越多才越值钱呢。"

这两个人一掐起来就没完,活像是要在这街上支个摊子唱双簧,宋立言轻咳一声,十分有礼地打断他们的对话:"你们说的石雕,可是放在掌灯客栈门口的石敢当?"

"正是。"秦掌柜这才发现旁边还有个人,上下一打量,立马撇了楼似玉迎到他身边,躬着身子笑,"这位大人气度不凡,想必出手也阔绰,不妨来看看店里新到的摆件,大到石雕假山,小到玉如意,咱铺子里什么都有。"

宋立言朝他颔首:"别的倒是不缺,就想问问掌柜的,那石敢当可还有一样的?"

秦掌柜噎了噎,为难地搓手:"那东西是个古董,孤品,就那么一件儿。"

"那敢问掌柜的是从何处得来的宝贝?"

"这……"秦掌柜笑了笑,显然是不愿意说的。做他们这行的人,把底儿都透给人了,那不是自砸饭碗吗?

然而,秦掌柜刚打算找个借口搪塞过去,就听见旁边的楼似玉幸灾乐祸地说:"忘了给你介绍了,老秦,这位是咱们浮玉县新上任的县令大人,今日微服出访,为的就是看看咱们这些商贩是不是本分诚信。你说话可仔细着点儿,万不能敷衍了事。"

"……"

什么叫狐假虎威,什么叫狗仗人势!瞧瞧她这嘚瑟的小样儿,秦小刀脸都绿了,可楼似玉抠门儿归抠门儿,也不是个会在这种事上吓唬他的人哪,面前这人真是县令,那他就得罪不起。

秦小刀犹豫片刻,连忙赔着笑脸给宋立言行礼,请他进去上座。

"大人既然是我们的父母官,那小的定没有胡扯蒙混的道理。"秦小刀喝了口茶,老实交代了,"这东西其实就是底下伙计最近在岐斗山上发现的,觉得看起来气派,能卖价,就给拉了回来。"

楼似玉没忍住又踹了他一脚:"不是说是古董吗?"

"哎,是古董,就算是挖的,那也是古董啊。"秦小刀一边躲一边说,"我做这行这么久了,什么东西没见过啊?这玩意儿是官制品,底下刻着盛庆年间浮玉县的官印呢,就算不是什么好材质,但到底也算个官货,卖你半吊钱那是人情价!"

"官印?"宋立言似是想起了什么,看向楼似玉,"楼掌柜是不是说过,浮玉县衙门动过风水?"

"是啊。"楼似玉眨眼,"就在前两年——哎,您这么一说我想起来了,这石敢当好像就是当初放在衙门口那东西。"

宋立言看着她,微微眯眼:"掌柜的买回去的时候就没认出来?"

"奴家哪儿认得出这个啊。"楼似玉摇着扇子笑,"秦掌柜清楚,奴家买东西向来是买店里最便宜的,这东西恰好又便宜又能撑场子,奴家就让人搬回去了。"

秦小刀朝他感叹地说:"这话楼掌柜没说错,她就是这么个人。"

宋立言沉默,目光落在楼似玉的脸上,晦暗不明。后者却是一脸坦荡的表情,任凭他怎么看,嘴角的弧度都没变一下。

"大人要去那岐斗山上看看吗?"她体贴地指了指秦小刀,"秦掌柜定是可以带路的。"

"不必。"宋立言起身,"本官还有别的事要办,还请楼掌柜随本官回一趟衙门。"

楼似玉一听这话就垮了脸:"大人,奴家一没犯事二没拖税,您带奴家回衙门做什么?"

宋立言看着她,似笑非笑地给了个让人无法拒绝的理由:"本官不认得路。"

楼似玉:"……"

与秦掌柜打了招呼,她跟着这人继续往外走,仍想反抗:"大人,奴家怎么说也是个姑娘家,总跟您在一块儿走,难免惹人非议。"

"非议?"宋立言淡漠地说,"世间千人千口,我若无愧于心,何必顾他人言语?"

"话不是这么说啊。"楼似玉撇嘴,"古人还说'众口铄金,积毁销骨'呢。"

宋立言停下步子,回头说:"那楼掌柜觉得,本官怎么做才合适?"

"好说。"楼似玉舔了舔嘴唇,狡黠又正经地比画,"大人若是能跟下头打个招呼,说我掌灯客栈受官府照应,那您走哪儿带着奴家都没问题!"

生意人哪,真是个精打细算的生意人。宋立言有礼地弯了弯嘴角,深深地看她一眼,点头:"好。"

用这点儿甜头就能捆住一个大案的重点怀疑对象,他觉得不亏。

浮玉县的衙门修得不错,气派又庄重,七月的凤仙花在衙门各处盛开,紫红一片。

宋立言满意地看了两眼花园,正色道:"县衙里这接二连三的命案不是没有人查过,去年州府还派了高官下来,将县衙里外外查了个透,可惜一无所获。"

"是……是吗?"

"衙内上下本官也都打过招呼,不会有人约束你。"宋立言扭过头看着她,"掌柜的可以放松些。"

"放松?"楼似玉牙都要咬碎了,抱着飞檐上的小麒麟石雕瑟瑟发抖,

"大人,这世间少有女子能站在衙门公审堂的屋顶上还能放松的!咱们就不能去地面上说话吗?"

这公审堂的屋顶离地面足足有三丈,她若从这儿滚下去,那就真是要放松地去见阎王了。

宋立言不以为意,环顾四周,说道:"此处可观衙门各处状况,也免了腿脚之乏,甚是方便。本官刚上任,连路都不清楚,还请掌柜的介绍介绍,这下面都是什么地方?"

你一个官府衙门的头儿,让她这个做客栈掌柜的人来介绍衙门是什么地方?楼似玉很想破口大骂,但转头想想她是收了人家的银子的,掌灯客栈的宗旨就是——给银子的都是大爷。

楼似玉深吸一口气,颤巍巍地指向前门:"大人,衙门是个三进院,那边是衙门的正大门,石敢当以前就放在右边的石狮子之侧。再往里就是前庭,这边一排厢房奴家也不知道是办什么事的,奴家来这儿只管交税。从左侧回廊绕过小花园,再往前走,那个院子就是交税的地方,奴家只在那儿喝茶,然后就从侧门离开。"

宋立言顺着她指的路线看了看,如果她没撒谎,走这样的路线,是怎么也不可能接触大多在后庭和审查院办事的县令的。

"六月二十当日,楼掌柜来县衙,也只走过这些地方?"他问。

"六月?"楼似玉眨巴着眼努力回想了一番,有些躲闪地说,"记不太清了。"

宋立言嗤笑:"才过去一个月不到,掌柜的就记不清了?"

楼似玉抱着飞檐不吭声,身子缩成一团,微微抖了抖,看起来无辜又可怜。

然而宋立言压根儿不吃这一套,冷声道:"在这地方问话的确不太合规矩——掌柜的可知天牢在哪个方向?"

"不必去天牢,奴家好像又想起来了。"本着识时务者为俊杰的原则,楼似玉放弃了抵抗,老实说,"六月初一奴家来衙门交过税,到六月二十开始清账的时候,奴家才发现税款不对劲,奴家多交了三吊钱,于是便来衙门打算跟税官讨个公道。"

"可是碰巧,当日税收院没人,奴家在院门口左顾右盼,正打算找人来问问,就听见后庭的方向传来一声惨叫。只一声,就没了下文。奴家当时被吓了一跳,可衙门里巡逻的衙差都没反应,奴家也就没将此事放在心上。"

惨叫声？宋立言皱眉："大约什么时辰？"

"巳时左右，太阳还没到顶呢。"

案卷上记录，刘知恩刘县令死亡的时辰就是巳时前后，衙门里的其他人都说当时没听见任何动静，这掌柜的却说她听见了一声惨叫？

宋立言敛下眉目，轻声道："掌柜的所言非虚？"

"您瞧奴家有撒谎的胆子吗？"楼似玉可怜巴巴地抬头，"撒谎也没好处呀，奴家就是个开客栈赚银子的人，万万不想被卷进命案里头，可大人都这么问了，奴家也只能照实说。而且大人……"

她咽了一口唾沫，左右看了看，放低了声音："奴家当真觉得这衙门是动了风水惹着了什么仙家，所以才接二连三出事的。"

"哦？"宋立言蹲下身子，撑着屋脊坐在她身侧，"掌柜的懂风水？"

"不懂，但您瞧啊，浮玉县这么多年都顺风顺水的，一动石敢当就出了事，哪儿有这么巧的？再说了，若是普通的凶杀、仇杀，案子早该破了，怎么会一连八个大人的命案到现在都没结呢？"

她倒是个明白人。宋立言看向县衙大门的方向，若有所思。

石敢当里有什么东西他不知道，但显然它是个祸端。可他想不通的是，那石敢当在两年前就被挪走了，县衙怎么还会死人呢？就算有妖怪想要那石敢当，也该冲岐斗山去，而不是在县衙里杀人。

"还有个消息，不知道大人感不感兴趣？"

宋立言回过神，说道："请讲。"

"前几任大人遇害的日子都是衙门的'开仓日'。"

"开仓日？"

"浮玉县是商贸大县，所以农耕之人甚少，官府为了鼓励事农，每月二十都会开仓给务农一年以上且不从商之人放粮。奴家前后算了算，没错，每位大人出事都是在月二十，至多有两位是失踪，具体哪天出的事，衙门并未传出消息。"

宋立言轻吸一口气，皱眉问道："你怎么不早说？"

"这种话奴家敢同谁说啊？"楼似玉撇嘴，"都是些小道消息，加上是奴家自己瞎猜的，真当口供说出去，还不得让人怀疑奴家和那一串儿命案有关？好处没有，白惹一身麻烦，奴家又不傻。"

"……"作为一个正在怀疑她的人，宋立言略为心虚地别开了头。

"奴家是看在大人与别的县令不同的分儿上，才同大人说这么多，还望大人千万别怪罪奴家才好。"楼似玉委屈地揉了揉疼痛的腰，"还有，

040

大人，咱们能下去了吗？"

宋立言应了一声，扶住她的手臂，带她下了屋檐。

脚终于踩着实地，她大大地松了一口气，脸上也恢复了血色，又笑得明媚灿烂："该说的奴家都说了，奴家还忙着回去清账，就不陪大人闲逛了，奴家告退。"

"等等。"

刚迈出去的步子戛然而止，水红的裙边划出几道好看的弧线，那人回过头来，表情茫然地看向他，缓缓地眨了眨眼睛，样子无辜又纯良。

宋立言顿了顿，还是问她："本官为何与别的县令不同？"

楼似玉茫然的脸上慢慢绽出一抹笑容，那笑意点上眼角，叫眸子都亮了两分。她回望着他，认真地说道："大人比之前的几位大人厉害，也比他们会办案，最重要的是……"

长长的睫毛扇了扇，楼似玉笑得更是娇艳："大人比之前任何一位大人，都更加清雅俊朗，举世无双。"

"……"

夏风拂过，凤仙花随之摆动，明艳灼人，粉嫩的颜色被风一吹，散在空气里，染了美人的裙角，也染上宋立言的脖颈。

到底是接触的女子太少，他沉着脸看看那跑得飞快的人，心想师父说得没错，要入世才看得清人界百态。等听惯了花言巧语，他才不会再因这两句调戏之言失态。

但……不管怎么说，眼下他的确是有点儿恼羞成怒。

"大人？"有衙差过来朝他行礼。

宋立言回过神，轻咳一声，拂袖说道："派人去一趟粮仓，蛇虫鼠蚁，只要是能找着的祸害，通通将窝巢封住，回来禀我。"

蛇虫鼠蚁？衙差有点儿摸不着头脑，这位新来的大人不查案，怎么还做上防虫除害的事了？

宋立言看着他表情疑惑地退下，倒也没生气，这才是一个凡人该有的反应。在凡人的眼里，天地万物除了人，其余的东西都不该拥有感情。只有少数人理解，万物都有不甘情绪。

水不甘流浪四方，树不甘固于一处，狐不甘只活十载，犬不甘终身为奴，此皆化妖之契机也。一旦生妖，便非常人所能灭的了。

宋立言轻叹一口气，负手往后庭走去，决定再去看看经常出事的那几个地方。

楼似玉已经回到了客栈，灌下两杯茶之后，一边扇着扇子一边吩咐李小二："这博古架上还是空了点儿，小二，你替我去隔壁广进当铺选些好货来充个数。"

李小二俯身过来："掌柜的，什么样的货叫好货？"

楼似玉笑了笑，从腰包里抠出半吊钱来："好看又便宜的货就是好货，你只管盯着那种大气又能撑场子的花架子买，多买几个。"

就半吊钱，能买些什么啊？李小二撇嘴，揣着钱去隔壁当铺，按照她的要求搜罗了一通。

"楼掌柜要的货是吧？"高高的柜台后面坐着个小老头，眯着眼睛笑，"老主顾了，买这么多东西，那我便再送掌柜的一件。"

说罢，他打开一个大箱子，又从里面抽出一个小箱子，再解开层层布包，最后将一个漏了洞的铜鼎放进了李小二买的一堆东西里。

这破铜烂铁的……李小二有点儿嫌弃，心想这跟掌柜的要求的"花架子"也差太远了吧？不过看在不要钱的分儿上，他还是收下了。

破烂铜鼎跟一堆杂物一起被包进了麻布里，叮当作响。李小二提起来，倒不觉得多重，大步便往外走了。

可是，李小二刚回到掌灯客栈，一跨进门槛就感觉手里的包袱突然一沉，像是被半大的孩子抱着往下坠似的，包袱砰的一声砸在了地上。

这动静不小，惊得般春都跑过来看："怎么了？什么东西？"

李小二诧异地看了看自己的手，再看看砸在地上的包袱，重新伸手提起来，又不觉得重了，仿佛刚刚那千钧的力道都是错觉。

"奇了怪了……"他将包袱放在堂桌上，嘟囔着拆开。

乱七八糟的廉价物件都没摔坏，破铜鼎本身就是坏的，他更不用担心。李小二招呼般春把东西往博古架上摆，正要拿起铜鼎的时候，旁边伸出一只手来。

楼似玉很是小心地将那巴掌大的铜鼎捧进手里，眼里的光温柔得不像话。她转来转去将铜鼎仔细打量过，又捏起手帕仔细地将上头的陈泥擦去，最后竟咧嘴笑了，笑得分外开心。

"掌柜的？"李小二莫名其妙地打量着她的表情，"这……该不是小的捡着宝了？"

"一个破物件，能是什么宝？"楼似玉嘴上这么说着，手上却是小心翼翼地将铜鼎放进了博古架最中央的格子里，左右看看，满意地点了点头。

"都别动，就这么放着。"

"是。"

李小二困惑地念叨两句，搭了帕子就要去洒扫。

"哎，等等。"楼似玉叫住他，侧头看了看外面的天色，"把点灯的引子拿来。"

日近西山，又到了该掌灯的时候。可李小二不明白："您不是说不点了吗？"

"那是昨日，今日我又想点了，你也要多话？"楼似玉横眼过去。

李小二闭了嘴，顺从地去拿了火引和长竿递给她。

余晖四降，街上尽是繁华退后的萧条空落，宋立言踩着自己的影子往掌灯客栈的方向走着，眉头皱得死紧。

他派去查粮仓的人回禀说发现了不下六个耗子窝，通通以开水浇灌，打死逃窜的活鼠二十余只，除此之外别无异象。

鼠妖一向小气，断不是任别人在自己的老窝撒野却忍气吞声的主儿。上清司的《万妖录》里写过：鼠族之王，常硕也，睚眦必报，锱铢必较，凡人犯其半分，皆遭毁家灭门，不得安宁。

他都让宋洵去提前守着了，谁想夺神香也没派上用场，从开巢捣穴到剿灭鼠害，鼠妖一族一直不曾出现过。

是他算错了？还是楼似玉撒谎了？这县衙里会不会压根儿没有妖怪？

宋立言心里疑窦迭起，他眯眼想着那狡猾的客栈掌柜，冷哼了一声，拂袖就想去找人问话。

然而，他一抬头，恰好看见一盏橙黄色的灯在屋檐下头莹莹亮起，有人支着长竿抬头往上瞧着，脸上的笑意恬淡安静，鬓发被暖光一照，呈现出一种温柔的颜色。

宋立言愣了愣，停住了脚步。

楼似玉撑着长竿将两盏灯都点亮，笑着叹了一口气，那气很绵长，像数不尽多少年的相思，又像是担忧着什么般惆怅。她抬眼看向他，仿佛早就知道他在这儿了一样。

她屈膝行礼："恭迎大人。"

晚风吹过，客栈门口挂着的银铃也响了，像是同那掌柜的一起，在诚心诚意地欢迎他。

宋立言眉梢微挑，突然觉得有种古怪的熟悉感，这样的场景他好像在哪里见过？

不过只片刻，这种感觉就消失了，他走上台阶，垂眸看着她问："两天之后的开仓日，掌柜的可有空？"

楼似玉眨眼，撇了撇嘴："奴家有没有空，还不全是大人说了算？大人允我这客栈重新开门做生意，那奴家自然就没空了。"

宋立言点头："那就不允了。"

楼似玉："……"

宋立言越过她走进大堂，正想同她说粮仓的事，不经意间抬眼，却瞧见了一个东西。

不打眼的破铜鼎放在柜台后头的博古架上，发着微弱的、只有他能看得见的白光。他走近两步，铜鼎上的饕餮纹也清晰起来，黑云勾绕，从三足到鼎耳，中间乍然破开一个口子，在木架上漏下一个光点。

他神色骤变，大步走过去将那铜鼎拿了下来。

"哎，大人！"楼似玉从后头跟上来，作势要拦他，"这可是奴家刚得来的宝贝。"

"你得来的？"宋立言捏着铜鼎没放，眼神有些凌厉，"你从何处得来的？"

楼似玉被他吓了一跳，撇着嘴小退两步："从……从隔壁当铺呀，小二刚刚买回来，才摆上去没多久……"

宋立言知道自己失态了，闭眼，稍稍收敛了神色。

这不能怪他，他手里拿着的铜鼎是上清司失落千年的圣物灭灵鼎，上清司费尽了人力、物力也没能寻回，却让他在这么个小破客栈里看见。此等刺激，谁受得了？

只是，这传闻里刀枪不入的宝贝怎么会破了一个洞？灭灵鼎灵气尽失，怪不得他们寻不到。

"大人很喜欢这东西？"楼似玉小心翼翼地问。

宋立言回神，"嗯"了一声，心里还有点儿不好意思，想着要是这掌柜的顺势送给他，他算不算受贿？

然而，面前这位楼掌柜闻言绽出笑容来，手在裙摆上擦了擦，一点儿也不羞愧地朝他摊过来："大人想要的话，那奴家给大人便宜点儿，五十贯钱。"

"……"

是他多想了,在楼掌柜这儿,谁都不可能占了便宜去。

"宋洵,给钱。"

宋洵递上钱袋,楼似玉笑着接过去,眼睛都眯成了月牙儿:"多谢大人!大人福厚至此,必定行大运有好报!"

宋立言哪里在意这些奉承,捏着铜鼎疾步上楼。楼似玉抱着钱袋,去账台后头哗啦啦地倒出银钱,乐呵呵地开始数。

"掌柜的。"李小二从旁边溜过来,看看她手里的碎银通宝,心虚地搭了搭帕子,小声说,"您连县令大人的竹杠都敢敲?万一被大人知道这东西是半吊钱都不值的破烂……"

"你懂什么?"楼似玉点好碎银,指腹温柔地描摹着通宝上的花纹,眼里有些暗光,"大人想要的东西,就算是五百贯也值。"

李小二没听明白,但也是真的挺佩服他家掌柜的,半吊钱出去,赚五十吊回来,这样的本事,整个浮玉县也没第二个人有。

只是,往常赚这么多钱,掌柜的定会开心得上蹿下跳,今儿钱捏在手里,她的神色却有些飘忽,眼角的余光时不时往楼上瞟。

天字一号房的门已经关上了,窗户也上了闩,宋立言将铜鼎放在桌上仔细打量过,沉默半晌,轻笑出声:"叫师父他老人家知道这东西只消五十贯钱就买回来了,怕不是要再杵烂几根雪尾拂尘。"

灭灵鼎以名观之,能灭万物之灵。任何带有妖气的东西,进去不过一日,定是灰飞烟灭。因此它曾在千年之前护苍生、弑万妖,是上清司最为得意的法器。

但很可惜,妖王被封之后,灭灵鼎就失踪了。如今再见,这鼎破了,已经失去封印妖怪的本事,里头干干净净的,什么也没有。

"也真是巧了,我正愁拿门口那东西没办法,竟就寻到了宝贝。"宋立言想了想,以指划刀刃,挤出几滴血来,放进鼎里。

鲜红的血慢慢滑过锈迹斑斑的鼎壁,原本微弱的白光一时大盛,惊得宋洵连连退去了门口。宋立言倒是不惧,人被笼在白光里,反倒显出了几分温柔气息。他垂眸看着自己的血被鼎飞快地吸收,像在看什么贪吃的宠物,微微一笑,便又多挤了些。

鼎身破口的地方吃了血,竟像人的伤口一般开始发红。

"大……大人?"宋洵有些着急,"翟大人说过,断不能随意以血祭法器!"

"封住石敢当的符只能撑三日,三日之后若没有解决的办法,还会

045

有大妖来犯。眼下我别无选择，你也无须多话，替我守住门就是了。"宋立言头也不抬，朝他摆了摆手。

宋洵叹气，深知自家大人的脾性，大人心里一旦有了主意，任谁说都没用。可眼看着那灭灵鼎吸走大人的血，他心里总有些不安。

这法器，当真是碰巧出现在掌灯客栈的吗？

灭灵鼎地位卓然，非常人所能驾驭，一旦损毁，更是非常人所能修也。宋立言只是抱着试试看的想法，不求修复，但求能使其恢复些灵力，好替他封住石敢当里的邪祟。

然而，不知道怎么回事，几口血喂下去，那铜鼎竟颤个不停，还不断朝他发出柔和的嗡鸣声。它分明只是个物件，却明显表达出了自己的喜悦和兴奋之情。

白光越来越盛，穿透门扇窗扉，将客栈大堂里红漆的顶梁柱照得惨白。楼似玉坐在桌边撑着下巴看着，眼里有担忧之色，可只那么一瞬，她又歪着脑袋笑了，手指轻轻一拨算珠，跷着二郎腿的脚尖得意地晃了晃。

若是她背后有尾巴，此时肯定也狡黠地摇了起来。

"掌柜的？"般春伸了脑袋过来好奇地看着她，"何事这么开心？"

楼似玉回神，伸手在她的额心轻轻一点："小丫头问这么多做什么？"

"我就是觉得意外。"般春小声嘀咕，"好像自打宋大人来了之后，您每天都在笑。"

楼似玉微微一顿，挺直了背，一本正经地说："县令大人住在咱们客栈里呢，这么长脸的事，我当然要笑。时候不早了，你还瞎晃悠什么呢？赶紧回屋睡觉。"

般春点头，打着哈欠就往后院厢房去了。李小二已经回房，钱厨子也打起了鼾，整个客栈里除了天字一号房，别的人都没了动静。

踩在木梯上的绣鞋停住，楼似玉抬眼看了看二楼紧闭的房门，似笑非笑地抬了抬嘴角，然后悄无声息地转身，飞快地出了掌灯客栈的大门。

门依旧关得好好的，没半点儿声响，只有檐上亮着的纸灯笼跟着晃了晃。

月入重云，郊外伸手不见五指，唯独土地庙还燃着香火，透出两分光。一个黑影缩在角落里，看不清楚形状，她像是突然听见了什么，有两只耳朵倏地立了起来。

"梨花？"楼似玉的声音在土地庙门口响起。

黑影顿了顿，猛地扑出去，毛皮被烛火一照，呼啦啦地卷出一片浅粉色。硕大的尾巴像朵云似的，直接将楼似玉半个人都卷在了里头，她睁开一双狐眸，委委屈屈地朝楼似玉叫了一声。

"连人形都维持不住，还好意思撒娇。"楼似玉摸了摸她蹭过来的脑袋，佯怒道，"平时让你好生修炼你不听，这回长记性了？"

"这能怪我吗？"林梨花耷拉了耳朵仰头看她，"谁知道烟霞镇这样的小破地方会来那等高人？我已经跑得够快了，不像客栈地窖里那几只傻愣愣的鼠妖，活活被灭神香熏死了。"

提起这事，楼似玉严肃了些，伸手摸了摸这大狐狸的毛，低声道："两日后的开仓日，你记得知会他们，有多远走多远。"

"您放心，常硕大人麾下那些个机灵鬼早就跑了，只留了些不知事的子孙，听说被官府给一锅端了。"

林梨花说着，又打量了楼似玉两眼，吞吞吐吐地问："那人……是不是您要等的那位？"

楼似玉点头。

林梨花哀号一声，立马往后仰倒，在稻草堆上打起滚儿来："这才多少年哪，他怎么又来了？每次他来就没好事，咱们能不能不管他？八十年前就是他埋下的祸患，如今一人做事一人当，让他自己去收拾烂摊子，您别插手成不成？"

楼似玉失笑，眉眼弯弯地揉了揉她毛茸茸的小肚子："不成。"

"主子！"林梨花气得四爪朝天，狐眸都要瞪成铜铃了，"他到底有什么好哇？"

这个问题楼似玉听了太多遍，已经懒得回答了，只将这不顶事的小狐狸拎起来，往她的天灵穴上一点，莹润的光从指尖渗过去，林梨花的皮毛瞬间光亮不少。

"再在这儿待两日，等那东西被封住之后，你再回来。"

"两日？"小狐狸抖了抖耳朵，有点儿意外，"那东西当年闹得天翻地覆，还添上了无数人命，如今两日就能被封住了？"

楼似玉想起旧事，眼里骤染痛色，但转眼又得意地仰起了下巴，笃定地说："能。"

宋立言已经拿到了灭灵鼎，有办法修好的，只要把石敢当里的东西往鼎里一放，便大功告成。

上天已经为难了她快一千年，这一世她终于顺遂，总不至于还弄出什么幺蛾子来。

047

楼似玉蹲在地上又撸了会儿狐狸,低声嘱咐她:"不管发生什么事都别露面,他的修为越来越高,如今保不齐一剑就能废了你这不成气候的小妖精。"

"放心吧主子。"小狐狸毛都炸了,"我看见他都是绕着走的。"

楼似玉安心地点头,将她搁回土地庙里,只身返回客栈。

浮玉县家家户户门窗紧闭,少有会通宵点灯的地方,于是掌灯客栈就成了衙门那一片唯一一处光亮,在黑寂的夜色里给人温柔的指引。

楼似玉心情甚好地回到门口,正打算上楼,余光却瞥见一道人影。

"谁?"她警惕心顿起,回头环视,周围一片安静,目之所及,没有半点儿生人气息。

是她眼花了?楼似玉皱眉,不放心地闭眼再睁眼,乌黑的眸子变成了璀璨的金色,仔仔细细地将方圆十丈都扫过。

没人。

金瞳消失,楼似玉暗骂一声自己老眼昏花,甩甩袖子便潜回了自己的房间。

夜风袭来,掌灯客栈门口的纸灯笼被吹得晃了晃,连带着投下的光影也摇晃起来,像撒了欢儿的孩子似的,来来回回不肯安静。

突然,一只皂底黑面的锦靴踩了上来。

光影倏地顿住,连夜风都一起僵滞。本都是自由自在的东西,却仿佛被这靴子踩住了命门,不敢妄动。

灯笼里爆了一个小火花,灯光骤亮,接着又暗下去不少,微弱的烛火在地上勾出一个朦胧的人影。那人影扭了扭脖子,极轻地笑了一声。

云散月消,天光乍破,浮玉县又迎来了一个大晴天。

楼似玉一大早就在门口张罗,忙得脚不沾地。宋立言下楼来,还没开口问她在干什么,就被她塞了一碗猪蹄黄豆汤。

"这是早膳,大人先用着。"她说了这么一句话,冲他笑了笑,然后又跑去跟李小二商量怎么写楹联。

"本官要是没记错,眼下还不到年关。"宋立言困惑地搅了搅浓汤,"她这是在张罗什么?"

宋洵扶他去桌边坐下,低声道:"刘师爷的命案已结,楼掌柜这是在准备重新开张之事呢,看样子隆重得很。"

宋立言哼笑,看向那窈窕的身影:"后日官府开仓,她自己都说那日最易出事,却还这么宽心地张罗这些。"

楼似玉耳朵尖得很,闻声就转过头来笑:"天总要下雨,衣裳也不能不洗吧?奴家就是个普通老百姓,甭管发生什么大事,日子总是要过的。"

说着,她拿了楹联纸过来,谄媚地捧到他跟前:"大人若是有空,不如给奴家题一副对联?"

"没空。"宋立言漠然地抿了一口汤。

楼似玉小脸一垮,双手合十地抵在鼻尖上,朝他直眨眼:"举手之劳嘛。"

"这词本官用来自谦可以,从掌柜的嘴里说出来,有些不对味。"宋大人完全不买账,低头饮汤,脸上半分动容之色也没有。

要是一般人,见势不对肯定就放弃了,毕竟宋立言板起脸也着实让人无法亲近,有股令人畏惧的阴冷之气。然而楼似玉像是没感觉一般,依旧凑在他跟前念叨:"我以前写过对联,我觉得写得挺好的,但不知道为什么他们不让我用。"

"你写的什么?"宋立言问。

楼似玉颇为自信地说:"上联——金是钱银是钱金银是钱,下联——你是人我是人你我是人。横批——人财两得!"

"噗——"后头站着的宋洵一个没忍住,将刚喝的茶全数喷了出来。

楼似玉被他吓了一跳,瞪着双无辜的眼问:"怎么了?不好吗?"

宋立言饶是再镇定,也被她逗乐了,拿拳头抵着唇憋了好一会儿,才正色回答她:"的确像是掌柜的写的。"

楼似玉泄气地垮了脸,低头小声道:"我也想会写对联,可小时候家里穷,没钱上私塾。我娘为了凑钱,经常去帮人扛货。扛了半个月,好不容易攒够了钱,谁知道却被官府当税征走了,我娘当晚就气病了,没过多久就与世长辞……"

她说着说着眼眶就红了,哽咽不已:"要是有机会,谁不想学富五车,对联张口就来呀?"

宋立言听得愣了愣,皱眉问:"官府征税如此蛮横?"

"都是好些年前的旧事了,不提也罢。"楼似玉吸了吸鼻涕,将楹联纸卷起来,"大人继续用早膳便是,这对联……奴家再想想。"

她勉强笑着,神色凄凉,手指按在楹联纸上,苍白地颤抖着。

宋立言不是个心软的人,也不会乱发善心,但……也不知怎么回事,他的手下意识地伸了出去:"拿来。"

楼似玉二话没说,唰地把楹联带纸塞到他手里,方才还梨花带雨、凄凄惨惨的一张脸扭头就带了笑容:"小二,把笔墨给大人奉上!"

"好嘞。"李小二应声过来,摆上砚台。

"……"

宋立言捏着毛笔,觉得自己好像被骗了。他眯眼瞪了楼似玉半晌,可后者不但毫无羞愧之意,反而极其殷切地望着他,眼睛都不眨一下。

他到底脸皮薄,叹了一口气,随手落笔。

"大人好书法。"李小二看得惊叹,直拉楼似玉的袖子,"这么一副对联挂在外头,咱们客栈可是脸上有光啊。"

"废话。"楼似玉拿扇子挡着嘴,眯着眼睛笑,"县令大人的墨宝,咱们客栈可是整个浮玉县第一家得了的,等开张的时候,你可记得好生宣扬出去。"

为了不让人家听见,她说得很小声,但显然没什么用,宋立言沉着脸听完,分外冷漠地写完最后一个字,放了笔便往外走。

"大人路上小心哪。"楼似玉十分狗腿地恭送他到门口,看着他的背影消失在马车的门帘之后,才回头看了一眼桌上的墨宝。

轻风微起,镇纸之下的楹联微微翻飞,上头的笔迹苍劲有力——

迎送四海贵客留酒百世,冷暖八方旅人掌灯千年。

第三章
常硕内丹

留酒百世，掌灯千年。

楼似玉愕然地盯着最后四个字，有那么一瞬间，甚至怀疑这人是不是想起了什么，睫毛忍不住颤抖起来。

然而，她仔细思量，苦笑一声，神色渐渐平静。

"去裱好挂起来。"

"是。"

"掌柜的，"霍良进得门来，朝她拱手，"奉大人之命，门口的石敢当我们就抬走了。"

"哎，大人。"楼似玉看了看他身后的衙差，连忙问，"这是要抬去哪儿啊？"

霍良也不知道宋大人为什么突然对这个石雕感兴趣，自觉不是什么秘密，便如实说："岐斗山，大人吩咐不得耽误，这便要出发了。"

楼似玉的眼珠子滴溜溜地转，她笑着应好，看着他们将石敢当抬上牛车，还体贴地说："路上当心。"

霍良领首，带队去跟走在前头的马车。

岐斗山乃妖气极盛之地，连绵几座峰峦皆用此名。山脚的百姓不管是打猎还是砍柴，都不会往主峰上走。

也曾有那么几个胆大的和尚，扬言要在岐斗山主峰上修寺庙，不过也只是扬言罢了，别说寺庙，就连说话的和尚，后来都没人再见过。

上清司有个不成文的规定，司内子弟皆不可踏足岐斗山主峰，若有违背，生还则受刑，死归则剔名，不为上清司所容，所以宋立言只选了山北的矮峰，遣散众人，独留宋洵替他守阵。

石敢当立在黄泥之上，被封印得老老实实，就像块儿普通的破石头。

宋立言拿出灭灵鼎，眼里仍有疑惑之色。

一夜的血祭，这灭灵鼎竟在他手里恢复了原样。原本是传说里不可妄动的上等法器，现在躺在他手里却乖巧得像从街边顺手买来的小香炉。

他怎么看都觉得不太对劲。

"大人。"宋洵站好了阵眼，出声提醒。

宋立言微微颔首，不再多想，祭出灭灵鼎横于石敢当上空。白光大盛，霎时将那破石头罩住，光华流转之中，被封印的石敢当裂开了一条缝。

那缝隙初如发丝，转眼就粗如手指，里头有红黑色交杂的东西透出光来，妖气一时大盛，整片山林卷起狂风，黄土与枯叶齐飞，叫人睁不开眼。

若是普通的妖气，至多让人觉得背脊发凉，可这一股妖气，清清楚楚地让宋立言察觉到了威胁和杀气。

"不对。"

"大人？"宋洵担忧地问，"怎么了？"

"这里头到底是什么东西？"宋立言沉声开口，眼里涌上戒备之色，"众妖相争，不畏魂灭，妖气强盛，怪乎寻常。"

宋洵不解，但看形势不妙，连忙说："不管是什么东西，只要有妖气，收进鼎里便是。"

宋立言有些犹豫，像在回忆这股强大的妖气是属于谁的。白光依旧笼罩着石敢当，石敢当微微颤动，却没有马上被封进灭灵鼎。

不远处的大石头后面，有罗裙的衣角一晃而过，然而宋立言在祭鼎，没能分神察觉。

楼似玉笑眯眯地看着那冲天白光，眼珠子滴溜一转，分外不怀好意地舔了舔嘴唇。她葱白的指尖一晃，凌厉的妖气冲出，倏地将那毫无防备的白光打出一个窟窿。

石敢当的妖气大泄，红黑之光激荡开去，整个地面为之一震。

宋立言眼神一凛，看也不看就朝楼似玉的方向扫去一剑，可楼掌柜机灵惯了，打完就跑，没站在原地等报应。

剑气破开巨石，一阵白灰飞散，他侧头看了一眼，没看见什么东西，眉头皱得更紧。

红黑妖气荡至山间,岐斗山上突然响起一声妖鸣,绵长凄厉,带着撕心裂肺的嘶哑,听得人心里发怵。宋立言知道再耽误不得,便以双手注气,想强封石敢当。

灭灵鼎飞快旋转变大,不过半炷香时间,鼎口便大过了石敢当。宋立言手势一放,这带着白光的圣器就以一种灭顶之势朝石敢当盖下去。

"当——"

铜鼎落地的声音响彻山林,楼似玉笑眯眯地看着,眼眶有点儿发红。可算大功告成啦,往后她就能安心数钱,高枕无忧……

她的笑意还没来得及放大,眼前变故突生,落叶翻飞,狂风大作。矮峰之上突然出现一个人,闪身至灭灵鼎一侧,拔出上清司的佩剑,急急朝白光挥去。斗笠垂下青灰色的绢纱,盖住他的半个身子,让人看不清其面容。

宋立言侧头看他,眼里闪过一丝诧异之色,连忙将灭灵鼎从石敢当之上移开。沉重的铜鼎缓缓升起,石敢当仍在白光之中,却没再被封印。

"见山师兄怎么在这里?"宋立言平了气息,开口问。

叶见山收回长剑,斗笠青绢后的眼睛仍盯着石敢当:"我奉师父之命前往荒州办事,昨夜途经此地,察觉到浮云镇有不同寻常的气息,知你在此,便一路找来了。幸好,还没酿成大错。"

大错?宋立言不解:"何意?"

"这东西入不得灭灵鼎。"叶见山说道,"八十年前我上清司力斩鼠妖之王常硕,有前辈以身镇之,将其内丹封于此石敢当中。师弟,这里头是常硕的内丹,你我怎能妄自以灭灵鼎毁之?"

常硕的内丹?宋立言脸色顿变,心下豁然开朗。怪不得那么多妖怪来抢这石敢当,常硕乃万年之妖,得他内丹者必能一步登天,故而这东西只要泄漏妖气,就会引来八方妖魔。

可是这东西怎么会在浮玉县?

"快收了这鼎。"叶见山从斗笠下头拿出个漆黑的罗盘,"用四合阵封住它更为妥当。"

四合阵也是上清司的高阶法器,但只封不灭,比灭灵鼎温和得多,两个月之内封住妖王内丹不成问题。

然而,灭灵鼎可不是什么好脾气的宝贝,察觉到宋立言想将它收回,改用别的法器,这厮灵光大盛,竟脱了祭主的意识,妄图自己吞掉石敢当。

"师弟小心!"叶见山急急后退,宋立言倒是反应得快,抽回自身之气,反手横剑,硬将灭灵鼎的灵光斩断,伸手去捉。

"大人,不可硬来!"

宋立言没听,带着一股蛮力将灭灵鼎捉住,运气化形,霸道地压制着它。

哪儿有这么胡来的人?叶见山急得直叹气:"师弟,这是上清司最厉害的宝贝,以你我的修为都不足以驾驭,更别说冒犯。你快松手,松手啊!"

"松不得。"宋立言的唇边溢出一丝血,他将灭灵鼎的白光一点点地往回压,半分商量的余地都没有。灵气相冲,天地微颤,宋洵和叶见山皆被逼退几步,堪堪站稳。

灭灵鼎像个耍脾气的孩子,猛烈震动,使劲儿跳蹿,见他不肯让步,还气愤地喷出两道白光。直到宋立言的血滴落到鼎耳上,它才顿了顿,慢慢地收敛气焰,变回最初大小,安安静静地躺回他手里。

叶见山见状松了一口气,立刻上前,用四合阵收了石敢当里的妖王内丹。但泄漏的妖气引来不少东西暗中窥视,宋立言抬袖擦了嘴边血迹,环顾四周,沉声道:"快走。"

身后杀气凛然而至,宋洵连忙扶起他冲向山间小路,叶见山随后跟上,三个人都觉得背脊发凉,明显能感觉到一股妖气直冲他们而来。若是在别的地方还好,但在这岐斗山上,妖有天然的助力,他们与之打斗太过吃亏,还是走为上计。

宋立言神色严肃,右手捏着獬豸剑,哪怕在疾走中也维持着随时出手的姿态。他明白妖王内丹的吸引力有多大,也明白方才已经惊动了岐斗山里蛰伏的大妖,这一回,他们未必能平安走出去。

然而,他们疾走出半里路后,身后的妖气并没有追上来,反倒是淡了。

宋立言觉得奇怪,忍不住回头看了一眼。

怪石嶙峋的山顶上有一抹雪白的东西一晃而过,快得让人看不清楚是什么。

他心里有种异样的感觉,收回目光,捏紧了手里的灭灵鼎,继续往山下走去。

雪白的尾毛轻轻扫过枯叶青草,像山尖雪、天上云,又软又白,却带着一股劲风,将欲追下山的几只妖怪通通拦在了山顶。

几只精怪朝她龇牙,煞气滚滚,为首的一只纯黑巨蟒化出人形,冷眉冷眼地说:"又是你。"

楼似玉摇着灵动的大尾巴，踩着绣花鞋，罗裙飘飘地走上前，眯着眼睛笑："美人姐姐，好久不见呀。"

"谁是你姐姐。"美人蛇横尾扫过去，带着凌厉的杀意，"你既注定要挡我的道，那不如今日就做个了结！"

"别呀。"楼似玉舔了舔嘴唇，九条灵动的大尾巴乘风而起，带着她躲过这一扫。发髻上步摇晃得厉害，她伸手捏住，歪着脑袋笑："怎么也算半个故人，见面还没叙旧呢，动手多没礼貌。我今日拦着姐姐也不是要惹事，而是有两句常硕的遗言带到，不知道姐姐听是不听？"

常硕。

一听见这个名字，美人蛇的动作戛然而止，她不甘心地看了一眼宋立言离去的方向，眼里猩红血色不消："你若只是想拿这个拖住我，那就等着给整个浮玉县的人收尸！"

"姐姐言重了。"楼似玉屈膝行礼，"常硕大哥以一己神身换鼠族上下得以幸存于世，是了不起的英雄，我再如何，也不至于拿他消遣。他神灭的时候我正好在场，得他一丝魂音，可惜那场大战之后姐姐便入岐斗山再不出来，我也就一直未能传达。"

八十年前上清司曾以朝廷调派之名，集结三百修为极高之人于浮玉县剿灭鼠妖，鼠王常硕与上清司众人血战三日，力竭之前化了自己的三魂七魄，保了鼠族遁逃。

常硕虽为鼠，但生得坦荡，临死也不过长舒一口气，以魂音告诉她："孤心愿已了，但愧对殷殷。你若有朝一日见了她，替孤致歉——千丈岐斗，万里月明，孤答应她的事，终究是做不到了。"

想起当时常硕的语气，楼似玉仍旧感叹，低声将话一字一顿地复述给美人蛇。

美人蛇愣怔地听着，冰冷阴鸷的蛇瞳里涌出泪来。她猛然尖啸，蛇尾一甩，将旁边一片古树齐腰斩断，木裂之声震天。树干砸落，鸟惊兽走，连脚下所踏之地都隐隐颤动。

楼似玉小退半步："姐姐息怒。"

"息怒？"美人蛇又悲又恨，蛇瞳盯着她，"我想杀那与你无关的上清司之人你尚且来拦路，而他们杀了我挚爱之人，你却只是让我息怒？先前是我伤重幽闭，如今我有力气了，势必要他上清司上下陪葬！"

"何苦呢？"楼似玉叹息，"八十年前姐姐战不过他们，八十年之后又有何不同？"

055

"自然是不同的。"美人蛇冷笑,"至少,宋清玄已死。"

楼似玉浑身一震,身后九条大尾突然僵硬,带着些戾气高扬起来。

"瞧瞧,劝别人利索,轮到自己,不是一样无法释怀?"美人蛇侧着蛇瞳嘲笑她,"常硕因上清司而死,宋清玄何尝不是?你与其在这里拦我,不如随我一道,杀他个片甲不留。"

"我拦姐姐不过是为着常硕大哥,他想姐姐好好活着,而不是白白送死。"楼似玉垂眸,飞快地收拾好情绪,轻声劝道,"上清司立世千年,各种法器层出不穷,姐姐就算出了关,莽撞冲上去,也是必败。"

说罢,她收起尾巴让开一条路:"姐姐若觉得我是在护着上清司,那您只管追。"

反正她现在去追,肯定也是追不上的。美人蛇看了看下山之路,察觉不到上清司之人的气息,恼恨地长啸一声。可她仔细一想,又觉得楼似玉说得没错,八十年前她败在冲动迎敌上,如今总不能还不长记性。

美人蛇狠甩蛇尾,又扫断几棵古树,化身而去。一片黑雾之中传来威胁声:"下回遇见,你若再挡我的道,我便是打不过上清司,也要与你论个高下!"

楼似玉微微一笑,朝她离去的方向屈膝。山上狂风渐平,乱飞的枯叶终于缓缓落下。楼似玉回头看了看后头,寂寂山林,也已经没了人的踪迹。

宋立言在山下找到马,带着叶见山等人往城里赶去。一路上他都没说话,捏着灭灵鼎,眼里的光明明灭灭,脸色看起来不大好。

叶见山问他:"师弟,你从何处得来的灭灵鼎?"

"在一个客栈里无意间看见的。"

"客栈?"叶见山语调都变了,"这等宝贝怎么可能随随便便放在客栈里!那是个什么客栈?"

"师兄误会了,那客栈也就是个普通人开的,已经点过灭神香,没有异常。"

叶见山摇头:"师弟你这是第一次离开京都出来走动,那些妖怪的狡诈手段你还没见识过。灭神香虽能灭普通妖怪,但绝不足以撼动大成的老妖。临出京都的时候,师父特地嘱咐我照顾师弟,既然在这里遇见,我便随你们一起去看看。"

这位叶师兄打出生起就在上清司,据说在一次灭妖大战中毁了脸,故而出入都戴着青绢斗笠。他为人不错,就是唠叨了些。

叶见山想去掌灯客栈看看，宋立言自然不会拒绝，毕竟，他也有些看不穿那楼似玉。

几匹马踏着烟尘黄土一路飞奔，日头刚偏，掌灯客栈的招牌已经遥遥可见。宋立言眯着眼睛看了一会儿，发现楼大掌柜也真是会做生意，竟还挂出了喜迎县令大人莅临的红幡，而她自己就倚在门口摇着香扇笑。

"各位别急，等那官邸修葺妥当，我掌灯客栈必定擦亮酒盏、长桌等着各位客官来。"

"哎，哪里，哪里，都是小本生意，有幸得大人垂青，说什么飞黄腾达呢，奴家也不过是个开客栈的罢了。"

她这左右逢源、如鱼得水的模样，看得宋立言冷笑一声，他勒了缰绳，胯下之马长嘶一声。

"哎哟，大人回来了？"楼似玉转眼一看，抱着账本迎了上来，凑到他马边殷勤地说，"大人这一趟去得够久的，还没用午膳吧？奴家特地让厨子候着呢。"

她眼波一转，又看向旁边那戴着青绢斗笠的人："这位贵客是……"

"再准备一间客房。"宋立言显然是不会同她解释的，跨步就进了客栈，身后官差跟上，将门口围着的人通通驱散。

楼似玉也不介意，朝叶见山笑了笑，转身跟着进门。

叶见山侧头看了看她，他的脸被青绢挡住了，看不见表情，只是拿着剑的手微微紧了紧。

身段婀娜、风韵动人的女掌柜，身上没半点儿妖气，的确只是个普通人。然而，旁的普通人多是不敢接近师弟的，不管是顾忌身份还是因他身上的煞气，鲜少有人能与他说上几句话，这位掌柜的倒是胆子大。

师弟在桌边坐下，她也跟着站过去，笑道："大人这是怎么了？出去一趟罢了，脸色怎么都发白了？"

宋立言看她一眼，将灭灵鼎放在了桌上。

"呀，这铜鼎怎么修好了？"楼似玉表情惊奇地伸手。

"掌柜的！"宋洵吓得出声喝止，宋立言却抬手挡住他，一双眼盯在楼似玉的手上，看着她将灭灵鼎拿在手里。

"怎么了？"她睁着一双无辜的眼，将灭灵鼎放在手里掂了掂。

法器大多不为妖物所近，尤其是灭灵鼎这样的上等宝贝，哪怕是有修为之人，修为不够敢朝它伸手，怕是都要当场魂飞魄散。可楼似玉不但拿了，还随意把玩。

只能说明她是个普通得不能再普通的凡人。

宋立言收回目光,放下戒备心思,只问她:"这鼎到底是怎么来的,掌柜的可还有印象?"

"奴家不是说了吗?是李小二从隔壁当铺买回来的,其余的事,奴家也不知道呀。"楼似玉眨眨眼,招手喊来小二。

李小二躬身来答:"大人,小的做证,掌柜的没说谎。"

"师弟。"叶见山低声说,"这件事不可能是巧合。"

宋立言也知道不可能,常硕内丹多年不曾现世,怎么可能碰巧就出现在掌灯客栈门口?这灭灵鼎也不是随手能捡到的东西,没道理偏生让掌灯客栈的人给买回来了。

可是,办案讲究证据,楼掌柜作为被怀疑对象,已经充分证明了自己无辜,就算他心里怀疑,也不能凭直觉定她的罪。

宋立言略微一思量,起身说:"午膳送去房间,辛苦掌柜的。"

楼似玉受宠若惊:"不辛苦,不辛苦,大人楼上请。"

灭灵鼎被收进了他的袖袋,楼似玉侧眸看了一眼,心里止不住地焦虑和担忧。

常硕内丹没有被毁,后患无穷。可也不知道这个上清司的师兄是什么来头,他不让封印,宋立言就真停手了。眼下内丹被封在四合阵里,既不能毁,又不能吸引四周大妖来夺。

开仓日在即,她得再想想法子,无论如何都不能让这东西被拿回京都!

开仓日是个热闹的日子,天色还没亮,街上就已经响起来来往往的脚步声。平日务农之人都拿了大大小小的麻袋去粮仓附近排队,也有其他人穿了补丁衣裳打算浑水摸鱼,不过官差向来眼睛尖,没一会儿就从队伍里扔出去不少人。

宋立言起得早,已经站在门口等了许久。他脸色不太好看,可身后紧闭的房门里还传出女子甜软的小调:"日出东南隅,照我秦氏楼。秦氏有好女,自名为罗敷。"

他实在没忍住,转身再叩了一次门。

"大人别急呀,女儿家出门是要慢些的。"楼似玉坐在妆台前笑吟吟地说,"光涂脂抹粉就得小半个时辰,更别说还要梳发更衣。大人若实在不耐烦等,不妨先走,奴家寻得到地方。"

带着她为的就是时刻盯着她,他怎么可能先走?宋立言闷头转身,继续敲着雕栏等。

又过了一炷香时间,后面的房门终于吱呀一声开了。

宋立言转头,本是想斥责她的,开仓放粮又不是什么宴席,哪里用得着打扮得花枝招展?结果他定睛一看,眼前这人薄施脂粉,发髻简单大方,耳上只着一双明月珰,衣裳也难得没有大红大紫,藕色的丝绢更衬得她肤色如珠,眉清目秀。

看惯了她风情万种的模样,乍见这小家碧玉、温婉端庄的打扮,宋立言怔住了,一时没移开目光。

楼似玉朝他行礼,清亮的眼眸抬起来,触及他失神的眸子,她一个没忍住,勾起了嘴角,露出她特有的狡黠得意笑容。

宋立言回神,移开目光,冷漠地说:"原形毕露。"

"瞧大人这话说的。"楼似玉嗔他一声,又往他身后看了看,"宋洵大人和那位贵客呢?"

"已经先走了。"宋立言抬步下楼,"也就掌柜的架子大,难请。"

"大人言重了。"她连忙跟上,出门上车,很是厚脸皮地蹭了人家的车驾。

宋立言是个喜欢安静的人,马车的铸造材料特殊,帘子一落下,嘈杂声瞬间被隔绝在外。可很不幸,今日车内进来一个"嘈杂"的人。

"大人气色还是不太好,昨日的猪蹄黄豆汤不知道喝完了没有?

"今日的官差够不够?万一突然有什么危险,奴家可护不住大人哪。

"大人今日为何要穿官服?明知道有危险,就该让别人穿您这衣裳挡一挡嘛。"

楼似玉叽叽喳喳地说个没完,宋立言很想知道他都不搭腔,她一个人怎么能说得这么兴高采烈的?她不会尴尬吗?

显然不会。楼掌柜颇有说书的潜质,一双眼就盯着他看,半点儿不避嫌。车厢里地方小,他躲无可躲,稍稍一抬眼,就能看见她那亮晶晶的双眸。

"咦?大人,这是什么?"这人胆子大起来,伸手戳了戳他鼓起的袖袋,"您把客栈里的盘子给带出来了?"

宋立言皱眉,瞪她一眼,伸手将四合阵拿出来:"掌柜的什么东西都敢碰,也不怕哪天碰着要命的?"

黑漆漆的罗盘上用金笔画了八道常人看不懂的符文,像蜘蛛网一样

059

列着。罗盘中心有颗半拳大的铜珠,隐隐绕着煞气。

楼似玉眼神微动,想伸手又克制住了,装作不知道地问:"这是什么呀?"

"石敢当里的东西。"宋立言不动声色地打量她,"掌柜的可认识?"

"大人也说那石敢当里有大祸害,奴家这等小女子哪里能认识什么?"楼似玉咋舌,脸上诧异的表情天衣无缝,"既然是祸害,大人怎么还带在身上?"

"已经被封印住了,再招不得祸,若是不带着,万一弄丢了反而麻烦。等开仓日一过,本官便派人将此物送回京都。"

楼似玉点头,似乎对此不是很感兴趣,手里把玩着小香扇的扇坠,连个余光也没再给那四合阵。

宋立言收回目光,将四合阵重新放回袖袋里。

粮仓附近有重兵把守,农人只能从放粮口开始排队。里头的粮仓外已经摆开了架势,红绸高悬,五谷齐活,只等县令大人来开那最后一道门。

粮食是立民之本,故而粮仓的钥匙在他到任那天就被送到了他手里。宋立言下车整理衣冠,迎上宋洵,低语两句,便带着宋洵和楼似玉一起前往大门。

将钥匙放进锁眼里,咔嚓一声,复杂的广锁应声而开,厚重的门扇向两边退去,门楣上簌簌落下灰尘。宋立言进了半步,里头却突然起风,吹得他墨发扬起,缓缓落回肩后。

四周的官差什么也没察觉到,只低声道这夏风凉爽。宋洵却突然捏紧了手中佩剑,往楼似玉身边站了站。

楼似玉抬眼看向粮仓里头,小声赞叹:"咱们浮玉县可真是富裕。"

她似乎对粮食格外感兴趣,一双凤眼里满是赞叹之色,小嘴不停地念叨:"好多啊。"

宋洵只当她在说粮食,没多注意,可楼似玉的眼睛看见的是满粮仓的鼠妖,大大小小的有数百之多。修为高些的妖,敢朝走进去的宋立言龇牙,修为不够的,也躲在仓垛后头扬起细细的尾巴。

宋立言站在门口,倏地冷笑了一声。

众鼠妖动作一僵,少顷,竟纷纷隐去身形,消失不见了。

楼似玉跟着跨进门来,在他身后问:"大人怎么了?"

"无妨。"四周妖气未散,宋立言反而放了心,回头示意官差进来搬粮食,然后便出去监管放粮。

午时一到，宋立言就带着楼似玉和宋洵回了衙门。

旁的官差都被遣散，独他们三个人走在回廊之中，四周庭院安静，都没什么人声。

"大人。"楼似玉搓了搓手臂，小声说，"奴家可以先回去吗？"

"不是你说历任县令都是在开仓日这天出事的吗？"宋立言跨进宗政堂，回眸看她，"本官还没出事，你回去做什么？"

闻言，楼似玉垮了脸："大人，奴家随便说说的，您信则信，不信也没什么大碍，做什么非要拖着奴家一起呀？万一真的出事……"

"嗯？"宋立言眯眼。

楼似玉噎了噎，当即改口："就算真的出事,奴家也愿意舍身保护大人，保护我浮玉县一方安宁……但是大人，奴家有点儿冷。"

整个县衙阴风阵阵，虽是夏日未尽，背脊也有股莫名其妙的寒意往上爬。楼似玉穿得单薄，小脸惨白惨白的，一双眼无辜地看着他，有点儿可怜。

宋立言去屏风上取了披风递给她："坐下喝杯热茶。"

她哪儿敢坐啊？楼似玉悄悄抬眼看向房梁，好家伙，鼠族好几只过了百年的大妖都在上头蹲着呢，虽是收敛了妖气，表情可不太友善。

"大人。"外头过来四个衙差，奉上几个托盘，"县丞大人吩咐我等将大印和官绶给您送来。"

宋洵见状，上前去接。

"当心！"宋立言突然开口，几步上前，拉着宋洵猛地后退。

宋洵愕然，抬眼就见那几个衙差手上指甲猛长，双爪如钩，从他的脖颈间堪堪挥过，爪尖上还冒着绿油油的光。

宋洵倒吸一口凉气，长剑出鞘，宋立言反手在茶桌上拍下无往符，原本敞开的大门瞬间啪的一声合上。与此同时，房梁上的鼠妖纷纷落下，黑压压的一片，将三人围进角落。

"什……什么东西？！"楼似玉夸张地尖叫，"来人哪！救命哪！有妖怪！"

"没用的，别喊了。"宋立言伸手将她护在身后，沉声说，"无往界已生，外头听不见这里的任何动静。"

楼似玉瞪大了眼："您这是干什么？这么多妖怪，肯定要让人来救咱们呀，光凭咱们几个……"

她话还没说完，前头几只按捺不住的鼠妖已经扑身上来。它们的原

061

形比人大一倍,灰褐色的皮毛带着潮湿的恶臭,尖锐的牙和爪子都挂着绿浆,劈头攻下来,让人躲无可躲。

"啊——"楼似玉一嗓子号出去,顺势抱住了宋立言的腰。

宋立言反应极快,一拍结界抽出獬豸剑,剑身白光大作,将这几只不要命的妖怪狠狠震开,砸在结界壁上。

其余鼠妖发出威胁的龇牙声,都察觉到这不是个好惹的主儿,四个能化人形的鼠妖上前来,其余鼠众都往后退了两步。

"闻说鼠妖一族向来胆小,今日一看,倒是传记谬误。"宋立言将剑持于身侧,看向为首那几个鼠妖,"尔等从我踏入这浮玉县就有所察觉,纷纷躲避,今日为何上赶着送死?"

"你接任了浮玉县县令。"站在最前头的鼠妖开口,是个女子的声音,她阴狠地说,"既然赴任,我管你是人是神,今日都要死在这里!"

"青訾,莫要妄动。"后头的老者拉住她,精明的小眼睛看了看宋立言,"这是上清司的人。"

"上清司?"被唤青訾的鼠妖闻言更是恼恨,"好哇,上清司的人更好,新账旧账一起算。今儿哪怕拼了这条命,我也必定杀了他!"

宋洵提剑防备,宋立言却是若有所思,盯着这群鼠妖的爪子和牙看了一会儿,轻声开口:"浮玉县的历任县令原来都是死在你们手里。"

"是又如何?"青訾戗他,"下一个就轮到你。"

"要打要杀都无妨,但有几个问题我想不明白,几位可否解惑?"宋立言将獬豸剑一横,"若这惑解了,我便弃剑不用。"

獬豸剑白光更盛,逼得鼠众抬爪遮眼。这东西是上等灵剑,有它在,鼠妖们想杀持剑之人麻烦得很,没想到这傻子竟会主动说弃剑?

青訾回头看了看其余的人,鼠目一转,大家心下就明白了,这买卖定是不亏。

"你想知道什么,问吧。"青訾上下打量他,"但说好弃剑,你可别使诈。"

宋立言颔首,将剑往地上一掷,半个剑身没入结界之下。他用指尖抵着剑柄,抬眼问道:"浮玉县历任县令,除我之外都只是普通人,与你鼠妖一族有何龃龉?"

青訾捏紧拳头,冷眼看他:"我瞧你年岁小,不知道旧事也不足为奇——八十年前浮玉县一役,上清司集结众人围剿我鼠族,当时的县令便落井下石,趁机坑杀我族未得道晚辈数千,以至我鼠族几近灭族。此等血海深仇,我等难道不该报?"

宋立言皱眉:"做事的是当时那一任县令,你们何至于杀后来这么多人?"

"当时那位县令说了,他做的是一个县令该做之事。好得很,县令该与我鼠族为敌,吾辈就杀县令。我倒要看看,这天下有多少个人能来当这浮玉县县令!"青甯龇牙,四周鼠众也群情激愤。

宋立言掐指算了算,更疑惑了:"八十年前的一个县令做错事,你们这么多年都无动静,却只在这两年疯狂报复?"

"托你上清司的福,吾王内丹被封于石敢当内,吾辈便是被那石敢当镇压多年,难以得见天日。"青甯恨道,"但凡吾辈能早些出来,还有你们的活路吗?"

鼠族胆小是真,但睚眦必报也是真。石敢当本将它们镇压得好好的,不承想赵县令突发奇想将石敢当移走,鼠妖便逃出生天,以粮仓为老巢养精蓄锐,开始报复。

从赵县令开始到后来的历任县令,只要开仓放粮,就等于打开鼠族老巢对它们喊:新县令来送命啦——

这些妖怪会化为人形,假扮衙差,案发之后被人问起,甚至会做假口供。这也是为什么楼似玉说她听见了惨叫声,当时衙差们的口供却是"什么也没听见"。

无怪乎这案子一直破不了了。

厘清来龙去脉,宋立言的表情柔和了下来,他将獬豸剑彻底送入结界之中,侧头对抱着自己没撒手的楼似玉说:"你的嫌疑被排除了。"

楼似玉仰头瞪眼看他:"大人,您还一直怀疑奴家呢?奴家有什么可疑的呀?"

"可疑的地方太多了。"宋立言眯眼,"但现在真相大白,凶手不是你。"

"那可真是谢谢您了!"楼似玉直翻白眼儿。

宋立言低头看了看,这才发现她一直环抱着他,两个人贴得很近,他甚至闻见了她身上淡淡的香味,像是沉香,却又带着一股人界特有的烟火气。

他身子一僵,说道:"掌柜的,男女授受不亲。"

"你还管什么授受亲不亲呢?"楼似玉看向四周,分外惊恐地说,"他们看起来想活吞了我们啊!"

没了獬豸剑的光,四周鼠族大胆地凑了上来,就连最前头那四个化出人形的鼠妖也一把撕开皮囊,朝他露出獠牙。

"听闻上清司的人比普通人好吃许多。"那老者舔着尾巴说,"我想尝尝。"

最后一个尝字落音,硕大的身子猛地朝宋立言冲了过去,带着一阵腥风,宋立言就算只是被撞一下,怕也要落个重伤。楼似玉吓得直接缩去宋立言身后,宋洵见状也要上来阻挡,却不想宋立言早有准备,气灌指尖,朝那鼠妖的眉心轻轻弹了一下。

砰的一声巨响,血花飞散,地上只剩了老者零碎的血肉。宋立言慑人的气势如海浪般在结界中荡开,骇得青訾连连退了好几步。

"你……"

"我允了你们不用剑,可没说不会还手。"宋立言拂袖挥散面前的血雾,左手已然捏了一张黄符。

"撤!"见势不妙,青訾大喊一声,化身为鼠,飞快逃窜,其余鼠辈也欲奔走。可黄符已然出手,飞至上空结成一张带刺铁网,泛着粼粼白光,兜头朝它们罩了下去。

若是普通的网还好说,可这是带了极高修为的东西,压根儿不是轻易能躲开的。他们稍微一停顿,原形就被卷了进去,扎穿脾肚,身形俱灭。不过眨眼间,已有数只鼠妖中招,连惨叫声都没发出,就化为了齑粉。

宋立言对妖怪向来没有任何仁慈之心,一旦出手,必定赶尽杀绝。他脸上半点儿表情也没有,双眼从一群鼠妖上扫过,像是什么也没看见,漠然收拢手指。

随着他指动,刺网再次张开卷拢,带着狠绝的杀意,扑向青訾。

青訾与残余众妖奋力相抗,祭出各自法力,硬生生顶住刺网,有红了眼睛的大鼠妖,再一次朝宋立言扑将过来。

螳臂当车。

宋立言摇头,翻手作印。他估量了一下这妖怪的修为,料想只需一个杀招,就能让其当场毙命。

然而,这印还没结出去,面前陡然多了道影子。

"啊啊啊!"楼似玉不知从哪儿抽来一根桌子腿,挡在他跟前,闭着眼,发了疯似的挥舞,并且嗷嗷号叫,"我打死你!"

桌子腿被她舞得虎虎生风,也不知是碰巧还是怎么的,还真把扑上来的鼠妖打飞了出去。但与此同时,她的虎口被震裂,桌子腿脱手,砰的一下砸在了他的手腕上。

宋立言："……"

楼似玉捂着手半蹲下去，颤抖地睁开半只眼看了看，欣喜地发现鼠妖真的被自己打到了，立马回头邀功："大人您看，奴家打中了！"

宋立言沉默地看着她，将自己微微发抖的右手递到她面前。

"嗯？怎么了？"楼似玉将他的手翻来翻去地看了看，茫然地问，"您抽筋了？"

"……"宋立言将袖口抖开些，露出发青的手腕，意思是这是外伤，跟抽筋没关系。

"您怎么这么不小心呀？"楼似玉完全不觉得这是她做的好事，反而嗔怪他。

饶是一贯无悲无喜，宋立言也被气得翻了个白眼儿。

他一分神，那边众妖瞬间挣脱刺网，有几个修为高的立马隐出结界没了踪迹，余下几个也看见了逃生的希望。

"想往哪里跑？"他回神侧眸，几根缠妖丝飞出去，瞬间将他们的手脚绊住，硬生生拖拽回来。

楼似玉看着他，脸上维持着浮夸的惊慌之色，心里却震惊得很。宋立言这一世不过二十余岁，按理说不该有如此高的修为。今日所来鼠妖起码有五只修为过了百年，余下的也离百年之期不远，就算是上清司那老不死的东西来也得费点儿力气。

可宋立言竟完全不慌，一抓一杀，果断孤勇，像对自己的实力充满了自信，连放这群妖怪一马的想法都没有，非要挨个儿杀个干净。

这八十年里又发生了什么她不知道的事？抑或是谁从中作梗，对他动了什么手脚？

她心生焦躁情绪，身上气息也透出不安。离她最近的青訾抓住这点儿破绽，突然扑身上来，利爪飞快横于她的脖间。

凌厉的杀气呛得楼似玉咳了咳，宋立言扭头一看，脸色微沉："放开她。"

青訾喘着粗气笑："今日是我有眼不识泰山，冲撞了大人物，可我鼠妖一族好不容易保下来的余火，总不能说没就没了。大人想要这女人活，那就收了你的黄符和法器，放我们走。"

宋立言嗤笑，眼角眉梢透出轻蔑之色。他手一动，一丝缠妖绳就横在了青訾的利爪之下。

"是我动作快,还是你反应快,你可要试试?"他一字一顿地轻声说,"一条凡人命,让你鼠族众妖陪葬,好像也不亏。"

青訾心里刚生出一点儿绝望感,就觉得自己的手陡然一沉。

利爪刺破了人娇嫩的肌肤,绿色的毒液渗进去,在楼似玉的脖颈上绽开了一朵诡异的花。

这动作来得太突然,青訾自己都没料到。她震惊地看向面前那女子,几乎是同时,胳膊之下的缠妖绳猛然蹿上,绳头交叉一错,硬生生地将她的整条胳膊给切了下来。

"啊!"鲜血四溅,青訾惨叫一声化出原形,倒在地上挣扎两下,拖着长长的血印便往结界外逃窜。

宋立言的脸色难看得紧,眼里有震怒和一点点失措之色。他抬步就想再下杀招,可楼似玉毕竟是个凡人,受了妖毒,半个身子都麻了,软绵绵地朝他倒过来,他也不能任由她摔在地上。

"哟——"楼似玉被人搂住,痛吸一口气,半合着眼去摸自己的脖子,"什么东西啊,这么疼?"

"鼠妖之毒。"宋立言沉声答道,"肮脏凶狠,入骨毙命,你若再乱动,神仙都救不了你。"

他说着,还想伸手催符,好将剩下的鼠妖一网打尽。

"我……我会死吗?"怀里的人骤然颤抖起来,葱白的指尖毫无预兆地缠上了他伸出的手,手心微微出汗,她几乎是从喉咙里挤出的声音,"这毒怎么解啊?"

斗法向来是须臾之间定胜负,他这边一松,黄符不稳,无往符所生结界也跟着动荡,四下的鼠妖尚有保命之力的,立马抽身而逃,剩下些半死不活的,也就认命地被刺网卷了进去。

"大人。"宋洵收拾干净几只小妖,回头看了看楼似玉脖子上的伤口,皱眉说道,"这不太妙啊。"

原本只有指甲盖那么大的青绿色痕迹,转眼已经蔓延成了掌心大小。他们身上都带了黄符和法器,可都是捉妖用的,没一种能用来救人。见山大师兄倒是精通医术,可眼下他也不在这里,楼掌柜怎么说也是个女儿家,不知道还能撑多久。

无往结界砰的一声碎裂开,外头新鲜的风吹开了令人窒息的妖血味儿,也吹得藕色罗裙起了涟漪,轻飘飘地缠上缁色官服的衣摆。

宋立言看了看怀里的人，略微一思忖便低声说道："宋洵，你将这里收拾干净。"

"是。"宋洵拱手，目送自家大人扶着楼掌柜去往后头的歇目阁，心想大人终于仁慈了一回。

但是刚往前跨一步，他心中突然一凛。

大人会解毒吗？

宋立言自然是不会的，但基本的东西他明白。毒既然是刺破皮肤染进去的，那能弄出来多少是多少。

"大人？"楼似玉刚躺上软榻，一张俊脸就突然朝她靠近，她吓得哆嗦了一下，小手抵着他的胸口，结结巴巴地问，"您做什么？"

宋立言俯身，冷漠地问她："你的嘴巴能碰到自己的脖子吗？"

楼似玉被毒得不太清醒了，认真地想了许久，才缓缓摇头。

"那不就得了？"宋立言低头抓住她抵抗的手按在软枕上，略显冰冷的嘴唇碰上她发热的脖颈，抿在伤口上轻轻吸着。

"好了吗？"楼似玉颤巍巍地开口。

"这只能止住毒的扩散，不能治本，余毒还是要请大夫看看。"

"大夫？"她茫然，"这不是妖毒吗？普通的大夫能治？"

"普通大夫自然不能，但有的大夫习上清之道，能解妖毒。"

就像他们这些上清司弟子从来不以上清的名头入仕一样，上清司出来的大夫也是隐姓埋名过常人生活，只为不引起民间恐慌。

毒被吸出些，楼似玉也没那么晕了，终于有力气贫嘴："先前大人还骗人说妖怪和上清司一同湮灭了，如今不仅带着奴家看了妖，还要让奴家去看上清司的大夫，难为大人竟然脸不红心不跳。"

宋立言眯眼："此乃朝廷机密，妄言者都进了死牢，掌柜的也想填个牢房？"

"不，不，不。"楼似玉摆手，弯着眼睛朝他笑，"奴家说笑而已，这些东西定是不会外传的。只是大人，奴家去哪儿找能解妖毒的大夫啊？"

上清司的人开门立户都会有特殊的标记，宋立言想了想，说道："本官带你去。"

楼似玉身子还虚，上了马车就被晃得东倒西歪的，宋立言没说话，只伸手扶了她一把，一双眼乌沉沉的，脸色也晦暗。

楼似玉瞧了瞧，小声问他："大人不高兴？"

他能高兴吗？原本有机会将那一拨鼠妖全灭，谁承想失手了不说，

067

还让一个普通人受了伤,他哪里遭遇过这样的挫败?怎么想都难免恼怒。但这些话他没法儿跟外人说,只能沉默。

楼似玉可不是个懂得安静的人,哪怕脸色尚且苍白,她的小嘴也是说个没完:"别不高兴了呀,您瞧我这无辜的小女子差点儿丢命不也还笑嘻嘻的?人生就没有多少过不去的坎儿,就算真的过不去了,那歇一歇再使劲儿,没道理把自己逼得愁眉苦脸的。"

宋立言斜眼看她,问道:"你头不晕了?"

"晕啊,现在眼前还发花呢。"她苦兮兮地揉了揉额角,"可奴家看大人愁闷得很,想替您排忧解难吗不是?"

"不必。"他漠然说道,"你我本就不是一路人,我所听所闻都是你见所未见的。"

这人还是一如既往的固执,带着孤傲和抵触态度,将自己与众生分隔开,半点儿不肯对人敞开心扉。

楼似玉微微晃神,感觉自己又见到了多年以前的那个人,他脸上分明是人畜无害的笑意,却固执地和她保持着三步的距离,她近他便退,死也不肯妥协。

"大人见过春天开的花吗?"她叹了一口气,轻声问。

宋立言觉得这人很无聊,可想了片刻,还是点了点头。

"那夏天的湖水呢?秋天的落叶、冬天的白雪,这些大人都应该见过吧?"

"你想说什么?"

"大人见过的东西,奴家大多见过。至于那些奴家没见过的,大人可以多让奴家见一见。反正今日这一遭过了,奴家也没什么好害怕的了。"楼似玉又笑起来,凤眼弯弯,手还抓着他的袖子轻轻晃了晃,"等所有的奴家都见过了,就与大人是一路人了。"

面前这人有股奇特的灵动劲儿,此时左右晃动着肩,他就总觉得她身后该有一只尾巴,摇得妩媚生情……

打住!他哪儿能想这些乱七八糟的事?

宋立言闭眼定了定神,漠然开口:"楼掌柜又想要什么好处?如此巴结本官。"

楼似玉挑眉,将身子退后些笑着说:"大人真是明察秋毫,慧眼如炬。奴家也没别的贪念,就是今日这伤也算护驾有功,能不能申请个衙门补贴?"

她还真是能赚就绝不亏的好商人,宋立言轻哼一声,别开了脸:"允了。"

"谢大人!"楼似玉双手举过头顶,朝他拜了拜。

被她这么一闹腾,宋立言也不再去想什么挫败不挫败的了,这浮玉县的妖怪,他早晚是要一网打尽的,也不急于这一时。

"大人。"马车缓缓停下,车辕上的宋洵回头说道,"找到地方了。"

宋立言应了一声,扶着人下车。

浮玉县很大,就算是楼似玉也没把每个角落都走遍,至少眼前这个院落她没来过。白墙青瓦,褐色木门,这儿看起来像个幽静的茶庄,只不过空气里飘的不是茶香,而是一股奇怪药味儿。

"大人有礼。"门童出来迎客,晃着头上的双髻笑着说,"我家先生已在内室恭候,两位里面请。"

楼似玉感激地看向宋立言:"大人竟还提前安排好了,奴家实在受宠若惊。"

宋立言皱眉:"本官没安排。"甚至连提前知会也没来得及。

那这是怎么回事?楼似玉不解,跟着他一起进门。这院子倒是不大,不过每一隅都造得极好,花竹山水错落有致,偶有几处雕栋,雕工精湛,显然是花了不少银子。

"你们上清司的人都这么有钱吗?"她忍不住小声嘀咕,"大人出手大方,这处的大夫看起来也颇有家底。"

宋立言睨她一眼,没答。朝廷每月都会拨给上清司一大笔钱财做"护国"之用,司内之人的确是衣食无忧。不过这事可不能告诉她,依她的性子她若是知道了,定嚷嚷着要加入上清司。

前头就是内堂,进去之前楼似玉想过,按这雅致的院落来看,里头的大夫多半是个修身养性的老头子,一大把白胡子,切脉时还会眯起眼睛的那种。

然而一进门,她还没来得及看清里头光景,眼前就倏地出现一道莲灰色的影子。

"怎么还伤到姑娘了?哎呀,小可怜,来让我看看,伤口在哪儿?"

这声音像一把玉珠子从桌上倒下去似的,噼里啪啦响成一片,就算挺好听的,楼似玉也觉得头疼,抬眼就发现面前站着个年轻貌美的玉面郎君。

他披散着的墨发只拿根锦带系着,发髻都没梳,一双眼却亮得可怕,上下打量她一圈儿，拍手说道："好个貌美的小娘子！"

楼似玉："……"

宋立言的眼里毫无掩饰地流露出质疑之色，他侧头看了看室内，确认这里没有第二个人了之后，才开口："你怎么知道有人受伤？"

俏郎君回头瞧他，眼眸更亮了："你就是立言？上个月我就接到了文书，说咱们上清司里最有出息的小徒弟要过来当县令，我还以为是个不知事的孩子，谁承想竟已是个颇有风华的大人了——你要问我怎么知道的？县衙方向那突如其来的无往结界，旁人察觉不到，我还察觉不到吗？那么长时间，哪儿能没人伤着呢？"

这还是个挺厉害的大夫啊？楼似玉咋舌。坦白说她当真没看出来，毕竟有修为的人，不管是人是妖，身上都会有一股独特的气。宋立言的上清之气能驱逐十丈之内的小妖，常硕当年的妖气更是能震慑十里之内的人神。但面前这人身上干干净净的，什么气也没有。

这人莫不是像她一样藏起来了？可没道理啊，上清司的人有什么好藏的？

楼似玉心里疑窦丛生，她笑着问："大夫贵姓啊？"

"非衣裴，字献赋，你们只管称我小裴。"

这等人物，楼似玉可不敢乱喊，眼珠子一转就甜甜地说："裴大夫，我这伤着脖子了，您给看看？"

裴献赋心疼地朝她招手："来，来，来，过来坐下，好好的美人，可不能留了疤才是。"

楼似玉依言过去，刚坐下，下巴就被他捏住了。

"哎呀，鼠妖的毒，还抓破皮了，这可真是难办。"他凑近了瞧她的脖子，又惊奇地说，"咦？吸过毒了？"

宋立言不自在地别开了头，楼似玉轻咳一声，问道："还要紧吗？"

"自然要紧。世人常说蛇毒狠戾，可忽略了鼠毒也要命，尤其这鼠妖一族啊，心眼儿小，报复心强。他们的毒，发作起来都痛苦得很，解毒也麻烦，小娘子可能要吃些苦头。"

楼似玉闻言就皱了脸："要花很多银子？"

宋立言甚是无语地转头看她："你心疼个什么？又花不着你的。"

倒也是？楼似玉放了心，笑着问："需要怎么做？"

"内服十帖药，外用药水早晚两次沐浴，得坚持小半个月才成。"裴献赋伸手碰了碰她的伤口，戏谑地笑了笑，"还有这儿，毒没吸干净，小娘子得再忍一忍。"

楼似玉愣了愣,还没来得及反应,面前这人的脑袋就已经凑了过来。然而,裴献赋唇还没碰上他,肩就被人捏住,瞬间止住了动作。

他挑眉回头,就见宋立言垂眸看着他说:"过了。"

"嗯?大人这是何意?"裴献赋很是无辜,"我可是大夫,做的是救命的事,断没有轻薄之意。"

若是这毒还能吸出来,那就是没有轻薄之意,可楼似玉的脖子里的那点儿余毒已经无法再吸出来了,他一个大夫显然比宋立言清楚,却还在这儿耍浑,不是轻薄是什么?

宋立言眼含责备之色,就这么看着他。

"好吧,好吧,你在意这美人得紧,那我也就不闹了。"裴献赋粲然一笑,从袖袋里掏出一贴膏药,轻轻覆上楼似玉的伤口,然后回到桌边,正儿八经地给她开了两个药方。

楼似玉站回宋立言身边,看着那哼着小调写着字的大夫,小声说道:"大人,您确定这人靠谱?"

宋立言也在想这个问题,可门口的上清司图徽是真的,并且这大夫也真有点儿本事,起码那药方应该是对的。

"你回去试试。"他说道,"本官就在你隔壁,若有问题,来知会一声便是。"

"好。"楼似玉点头,又朝他弯了弯眼,"今日多谢大人了。"

有什么好谢他的?她本就不必来蹚这浑水,说是无辜受牵连也不为过。宋立言有些不好意思,垂了眼没再说话。

他白把人当嫌疑犯试探了这么久,人家不但不跟他计较,反而企图救他的性命。

这样广阔的胸襟实属难得,也难怪她一个女子竟能撑起一个客栈。宋立言突然有点儿好奇,她究竟是经历过什么,才修炼成这样一副心性?

"药方拿好。"裴献赋吹了吹墨迹,将方子放到楼似玉手里,"诊金就不用给了,小娘子若是有空,请在下吃顿饭可好?"

这娴熟的搭讪手段,若非面前的是一张人畜无害的脸,楼似玉定要觉得他是在勾栏酒肆里混惯了的浪荡子。不过宋立言都说了不用她花银子,那她请吃饭,账也定是他来结。如此一来,在掌灯客栈里请一顿饭,她还能倒赚钱。

心里的小算盘打好,她笑着说道:"大夫若是有空,只管去掌灯客栈,奴家那儿别的没有，饭菜管饱。"

"当真？"裴献赋眼眸一亮，拍手说道，"择日不如撞日，现在就去吧，正好快到晚膳时辰了，这儿的药童做饭太难吃了，我得出去打打牙祭。"

说着，他扭身去屏风后头穿了外袍，半点儿不畏生地推着他们往外走。

楼似玉这叫一个感叹："上清司真是人才济济，包罗万象，能出多说一句话都嫌烦的知县大人，也能出少说一句话就憋得慌的神医。"

宋立言侧头看她，目光很不友善。

楼似玉眨眨眼，立马笑着说道："少说话好啊，少说话有威严，咱们浮玉县缺的就是大人您这样有威严的好官！裴大夫话多也好，亲近，当大夫的，可不就是要亲近病人吗？"

好话都让她一个人说尽了，当真是巧舌如簧。宋立言嗤之以鼻，裴献赋却高兴得很："小娘子嘴巧，人也讨喜，这么好的姑娘，不知道许了人家没有？"

一提起这个，楼似玉脸上僵了僵。

宋立言想起李小二说她未婚夫病故之事，再看她这反应，想来确有其事。也不知道是出于什么想法，他开口打岔："裴大夫是何时来的浮玉县？"

裴献赋迷糊地想了好一会儿，说道："算不清了，上一回我这院子有外人来，还是八十年前的事了。"

此话一出，楼似玉和宋立言齐齐愣在了原地。

裴献赋没注意他俩，还在继续往前走，一边走一边嘀咕："是了，都八十年了，那回上清司来的人多，还给我抬了具尸体，死活让我救人。人都凉透了，三魂七魄尽散，我说救不了，清怀那不懂事的小家伙还非跟我拼命，茶杯都给我摔烂好几套。"

清怀，赵清怀，宋立言之师，如今上清司的掌司。

面前这个人看起来不过弱冠，却将赵清怀说成小家伙。八十年前这人就在此处行医？楼似玉脸色发白，眼里暗光几转，似是想起了什么，她将帕子捏得死紧。宋立言则是觉得惊奇，愣过之后几步追上去，问道："大夫贵庚？"

裴献赋转头，一张脸垮了下来："大人，您这话就问得不讨人喜欢了，谁愿意去记自己的岁数啊？不过要是说起来，我应该比你师父大几轮，按辈分⋯⋯算了，不按辈分了，你还是管我叫裴大夫我更开心些。"

"裴大夫。"宋立言定神看着他，"如此说来，您也知道八十年前那一场大战？"

"这有什么不知道的？"裴献赋轻笑，"我还知道当初是谁封印了常硕的内丹。"

院子里骤然风起，三个人衣角皆扬，宋立言眼里燃起探知的欲望，裴献赋笑得轻松潇洒。

独楼似玉一个人站在后头，唇上最后一丝血色也褪了个干净。

八十年有多长呢？日落两万九千两百次，她要点五万八千四百盏灯，而每天的灯燃尽，她都不知道那个人会不会再回来。此时这人说出来是轻轻巧巧的，一个没分量的年数罢了，可她听过之后，昔日那令人窒息的漫天鲜血和刨开心口似的疼仿佛通通涌了上来。

"我听人说，常硕是很厉害的妖怪。"宋立言走在前头，语气平淡。

裴献赋笑道："哪儿能不厉害呢？千年之前妖王被封，胡、黄、白、柳、灰五大妖族那可是撑起了一片天，上清司与之斗争多年，终于将最厉害的常硕斩于浮玉县。至此，五大妖族覆灭，人界终于得以安居乐业。这一切都得感谢那个叫宋清玄的人，我虽没能救回他，但永远记得他。"

"宋清玄？"宋立言皱眉，"也是上清司之人？"

"自然，按辈分来说，他是你的师祖，你师父赵清怀是他一手带大的。"

还有这等事？宋立言摇头："我从未在司内听人提起过这个名字，师父也不曾说起。"

"那是因为宋清玄以自己的三魂七魄封印常硕，自身死不入轮回，是上清司一大悲事。"裴献赋转身，发现后头的小娘子没跟上，她站在原地，伸手紧紧地按着自己的头。

裴献赋不知从哪儿摸出一把羽扇，笑着摇了摇："千年之前的妖王只是被封印，而非神灭。若没有五大妖王的内丹为阵，继续加固封印，恐怕离妖王重现人界之日也不远了。"

宋立言浑身一震，恍然想起见山师兄说的内丹毁不得，原来是这个原因，那他还真是差点儿酿成大错。可是这些事，为什么师父在他临走之时不告诉他？难道是因为师父压根儿没想到他会寻到灭灵鼎？

如此一想，在岐斗山上的时候，暗中似乎有人故意捣乱，想引他快些将常硕内丹送入灭灵鼎。他本不明白为什么，如今看来，有人也知道这个秘密，而且已经盯上了他。

宋立言神情凝重，捏了捏袖子里的四合阵。

"哎,小娘子是怎么了?"裴献赋扭身往回走,凑到楼似玉身边扶她一把,"头疼吗?"

楼似玉微微发抖,眼前一片花白。她像被扔在地上的鱼,挣扎呼吸,嘴巴张合了好一会儿,才勉强找回自己的声音:"疼……"

宋立言回神,大步走到她跟前,伸手探她的额头,冰凉入骨,再看她这摇摇欲坠的样子,竟比来的时候还严重些。

"怎么回事?"

裴献赋摇头:"在下也不明白,已经用了药,应该是好些了才对。"

楼似玉颤巍巍地抓住宋立言的衣袖:"我想回客栈。"

"好。"宋立言一把扶过她往外走,裴献赋大步跟上。

三个人上了马车,马一跑,楼似玉被晃得东倒西歪,一个拐弯就撞向了对面的裴献赋。裴献赋倒是不介意,伸手就想接她,可他的手刚伸一半,上位的宋立言就将人捞了过去。

"前辈见谅。"他朝裴献赋颔首,"这掌柜的与我算是有些交情,眼下她神志不清,也没个规矩,冒犯了。"

裴献赋挑眉,目光从楼似玉身上移去宋立言身上,轻喷一声:"我记得他们来的书信里说,小徒弟是个不苟言笑、远离红尘之人,今日一看倒是不像啊。你对这小娘子不只上心,还在意得很。"

"前辈误会。"宋立言说道,"她只是个普通人,今日因护我而受伤,我总不能置之不理。"

"话是这么说,可你不觉得这小娘子实在容色动人?"裴献赋摸了摸下巴,"我活了这么多年,人世间的好颜色都看了个遍,还没见过这样的。她就算通身上下没什么打扮,也亮眼得很。"

楼似玉虽是半昏半醒,可好歹也在这里,裴献赋当着人家的面说这个,也不怕人家听见?宋立言有些尴尬,侧头看了楼似玉一眼,发现她闭着眼没什么反应,才低声说道:"前辈慎言。"

"这有什么好慎言的?好看的人和物都值得当面夸赞,我又没有冒犯之意。"裴献赋轻笑,"你啊,一看就是在上清司待久了,习得一身你师父那顽固不化的作风,当心以后娶不了媳妇儿。"

宋立言脸上微红,皱着眉说:"身为上清司之人,岂会以红尘俗事为重?前辈也说如今上清司责任重大,晚辈哪儿还有心思谈儿女情长?"

"就等你这句话。"裴献赋拍手,狭长的眼笑起来,"我同你不一样,我太恋着红尘俗事了。这小娘子你若是不喜欢,那我可要下功夫了。"

宋立言："……"

"大人，到了。"外头的宋洄喊了一声。

宋立言收敛神思，扶着楼似玉下车，刚进门就见李小二和殷春迎了上来。

"掌柜的？掌柜的这是怎么了？"殷春将楼似玉接过去，一脸焦急地问，"出去的时候不还好好的吗？"

宋立言垂眸，低声说了句抱歉，就让他们将楼似玉扶去厢房。也不知道是他们动作太大还是怎么的，楼似玉刚进房门就醒了，低声吩咐："小二，给外头那位客官准备一桌上好的酒菜。"

顿了顿，她又补上了一句："最贵的那种。"

宋立言气极反笑："都什么样子了，还想着赚钱？"

"伤可以受，钱不能不赚。"楼似玉在床上躺下，抬眼看了看，发现裴献赋没有跟进来，才轻咳两声，问他，"大人相信那位大夫的话？"

这有什么相信不相信的？裴前辈说的也不过是经年旧事。至于常硕内丹之事，他再问问见山师兄不就好了？

楼似玉从他的神色里得到了答案，唇色更白，眼里暗光几转，说道："我娘从小告诉我，人世险恶，除了自己，别的谁都不能相信。"

"你想说什么？"宋立言低头看着她，"你觉得前辈在骗我？"

"怎么会？"楼似玉勉强勾唇，"奴家又不知道旧事，也不认识那位前辈，只是觉得他所言无凭无据，太过虚妄。"

"想不到掌柜的还在意这些事。"宋立言往她床边走近两步，"说来本官也好奇，掌柜的不仅知道这世上有妖怪，还会用瞒天符，甚至敢朝妖怪动手，眼下关心的又是妖怪之事——你与妖族，到底有何渊源？"

楼似玉别开眼："大人又开始怀疑奴家了。"

"这只是询问。本官今日受你一恩，自是愿意多相信你两分，但你若一味搪塞，那本官只能继续查你这掌灯客栈，看看到底有什么猫腻。"

他说继续查客栈，言下之意：你掌灯客栈别想重新开张。

楼似玉鼻尖一皱脸一垮，活生生是个被官老爷迫害的小可怜。她委委屈屈地抬眼看着他，眼里泪光盈盈。

宋立言不为所动："说。"

楼似玉叹了一口气，摆手让李小二和殷春都出去，顺手带上房门。

"这些话要是说给别人听，奴家定要被绑去以妖言惑众之名烧死，但大人既然是上清司之人，那奴家直说，只求大人相信奴家，也还我客

075

栈安宁。"

她的表情诚恳起来,语气也分外正经:"十几年前,奴家随母去邻县进货,路过岐斗山山脚的时候遇见了山贼。我们孤儿寡母的,哪里是山贼的对手,眼看就要丢命,山上却突然飞下来一个人——没错,我记得很清楚,那人是直接从山上飞到我们跟前的,身后六条大尾巴缠上山贼的脖子,瞬间夺走了他们的性命。

"娘亲抱着我瑟瑟发抖,都没来得及感谢人家,那人好像也没想要我们感谢,带着山贼的尸体就要走。我年少不懂事,觉得这人是个好人,便喊了一声大哥哥。那人回过头来,对着我笑了笑。我记得那笑容,好看得像山上升起的朝阳。

"可是后来娘亲说,那人是妖怪,没有人会有六条尾巴,也没有人会瞬间来瞬间去。我们害怕妖怪,但我们的命也是妖怪救的。就像人有好人坏人一样,妖怪也有好妖和坏妖。打那以后,我每年都会跟着母亲去岐斗山山脚上香祭拜,哪怕后来我继承客栈,没空再上山,也会想办法开设祭坛,只为感谢当年那妖怪的救命之恩。"

宋立言沉默地听着,突然想起他第一次跨进掌灯客栈时霍良说的话——"这位楼掌柜不是坏人,但就是有些神道道的,信什么妖魔鬼怪之说,去年被发现在城隍庙外偷设祭坛,引起不少议论。"

原来是这么回事,他抿唇,心下对她的最后一丝怀疑也终于消散。

第四章
同枝喂魄

这世间信妖怪之说的人很少，但不影响妖的存在。宋立言相信楼似玉说的事是真的，但还是说："妖有好妖，但万中无一，人有好人，却是十之八九，二者不可相提并论。你记着妖的恩情可以，但别把妖当什么好东西。"

"……"楼似玉使劲咬了咬后槽牙。

"你身子不舒服就先休息，本官去看看前辈。"

"大人慢走。"

楼似玉目送他出门，气得从床上坐起来，恶狠狠地捶了捶枕头。这人怎么说不动呢？妖怎么就不是好东西了？她就是个顶好顶好的东西！都这么久了，上清司也真是有本事，每回都把他养成个疾恶如仇的老古董，压根儿不管当年那人究竟是怎么想的！

她正踢被子呢，闺房里突然响起一声老叟的咳嗽声。

楼似玉顿了顿，侧头看向屋角。

原本普普通通的一把扫帚突然慢慢化出了人形，穿着一身不打眼的麻布衣裳，佝偻着身子叹了一口气。

楼似玉嘴角一抽，低声骂道："您一把扫帚，能不要学人那么长吁短叹的吗？"

扫帚，或者说是隔壁当铺的木掌柜，上前说道："这也不是小老儿想叹气，实在是造化弄人。千年前上尊对人族和妖族一视同仁，斩恶护善，如今他好不容易再世为人，却说妖不是什么好东西了。"

"要怪就怪上清司那群老东西，这也不是他的本意。"楼似玉斜眼说道，"他现在什么也不记得。"

"小老儿知道，您是必定护着他的，这么多年了都一样。"木掌柜摇头，"只是，小老儿还是劝您一句，他本是不该再轮回的，八十年前您亲眼看着他魂飞魄散，三魂七魄一丝一毫也没留下。如今他突然再出现，必定有人冒了天下之大不韪，行逆命之事，这背后指不定有什么阴谋。"

楼似玉垂眸，指尖捏着锦被，微微发抖。

是，她很清楚。宋清玄死的时候她就站在离他三步远的地方，看着上清司众人如飞蛾扑火般冲向常硕，看着他突然拈起符咒，以自身所有修为加上三魂七魄，像千年前那样，不顾一切地念出封妖诀。

他甚至都没回头看她一眼，也压根儿没想起早晨说的要同她一起看夕阳，替她这小矮子点那高高挂着的灯笼。

在他眼里，苍生安危比什么都重要，比她重要，也比他自己的命重要。哪怕她已经等了他那么久，哪怕她一次又一次地被他抛下，一年又一年孤独地守着掌灯客栈等他回来，他都没有心疼过她。

甚至那一次，他连自己的三魂七魄也不要了，连等，都不再给她机会。

有时候楼似玉想，不如就这么算了，他不打算再回来，她也就不等了。她是最难驯养也是最骄傲的狐狸，没必要为个凡人这么痴情不悔，跌份，难看。可是，每每入梦，她还是能听见那清脆的银铃声。

那人站在离她三步之外，犹豫了许久，终于没有再退，而是慢慢朝她走过来，拎着一小串铃铛问她："你喜不喜欢？"

"隔壁的婶婶给她的猫儿买了小铃铛，我看你盯了很久，便也给你买了。"

"老娘不是宠物！是狐妖！狐妖你知道吗？很厉害的那种，会吃人的！"

"不喜欢这个样式？摊儿上还有别的，要我去换吗？"

"你有没有听我说话？我才不稀罕什么破铃铛，难看死了！"

丁零——清脆的声音在她的脖子间响起，银色的小铃铛被托在蓬松的白毛上，十分可爱。

他轻笑着摸了摸她的脑袋。

像一滴水落进湖里，整个平静的画面破碎开去，飞散成无数片，有他笑着的，有他安静打坐的，有她伸着爪子去偷人家屋檐下的腊肉的，有他抱着贪玩熟睡的小狐狸回房的……煮得正好的鸡汤在黑色的砂锅里翻滚着奶白色的泡泡，香气四溢间，小狐狸在软榻上懒洋洋地翻了个身，咂着嘴问:"还要煮多久?"

"快了,你再等等。"

"好。"她应了一声,就这么一声随口而出的应承,却在后来真的成了漫长孤寂的多年等待。

她的鼻尖发红,连带着眼眶也发红,她抱着膝盖坐在床上,突然很想大哭一场。

"哎……您别这样,小老儿也不是故意要惹您伤心。"木掌柜原地转了几个圈,着急地说,"您这模样,叫梨花那小丫头片子知道了,她还不得把我那铺子拆了?"

楼似玉吸了吸鼻子,瓮声瓮气地问:"梨花在你的铺子里?"

"是的。这客栈里全是那位大人的气息,她进不来,又不能总住土地庙,就来霸占我那铺子了。小老儿给她戴了能收敛妖气的宝贝,她暂时不会被那位大人发现。其余鼠族也都安顿好了,您不用操心。只是,听说常硕大人的内丹已经出世,您不想想法子?"

"还能有什么法子?硬抢就是了。"楼似玉说道,"眼下浮玉县就三个上清司的人,宋立言是不会轻易离开的,其余两个要送内丹回京都,到时候寻机截下便是。"

说着,她想起还有个人,连忙下床,朝木掌柜招招手,让他透过前窗往大堂里看。

"那个人,"她指了指裴献赋,问道,"你认识吗?据说他在浮玉县很多年了,是上清司出来的大夫,可我没见过他。"

"在浮玉县还有您没见过的人?"木掌柜顺着她指的方向看去,眼里满是疑惑之色,"好个标致的男子,这样的皮相和风度,若是当真在浮玉县多年,定是被人口口相传,享誉一方的。"

楼似玉也觉得奇怪,就算裴献赋闭门不出,可他是个大夫,总要给人看病吧?一旦有人发现有这么个天仙大夫偏居一隅,还不得敲锣打鼓传遍整个县?按照他的说法,他在这里至少八十年了,但这么多年,她一次没碰见过他就算了,连听都没听过,会不会太令人匪夷所思了?

想想他跟宋立言说的话,楼似玉眯眼,觉得这人是个骗子的可能性非常之大。

"小老儿是老花眼了吗?怎么看不清他身上的气?"木掌柜使劲揉了揉眼睛,"不对呀,旁边宋大人身上的气就明显得很,那人既然也是上清司出来的,怎么会一点儿气都没有?"

"你也看不见？"楼似玉说道，"我从看见他的第一眼起就发现他身上的气息收敛得干干净净，本还想不通缘由，现在倒是明白了点儿。"

说着，她扶了扶有些凌乱的发髻，稍稍整理了衣裙，打开门往外走，木掌柜也瞬间消失。

"呀，小娘子好些了？"裴献赋发现楼似玉下来了，笑道，"方才你可是吓坏我们了。"

宋立言闻声转头，微微不悦："不是不舒服吗？"

"躺了一会儿觉得睡不着，想起裴大夫是客人，总不好怠慢，便下来了。"楼似玉笑眯眯地在裴献赋对面坐下，"怎么样？这里的菜可还合口味？"

"合，佳肴配美酒，美酒衬美人，这一遭在下走得可值当了。"裴献赋笑着敬她一杯，抬袖喝了，又看了看客栈四周，"只是……有件事我觉得奇怪。"

"哦？大夫请说。"

四下环顾一圈，裴献赋定定地看了看楼似玉，半合着眼说："这客栈这么多年了，竟一直开着，就连掌柜的都没换一个，难道不奇怪吗？"

此话一出，宋立言夹菜的手顿了顿，他抬眼看向裴献赋："前辈以前来过这里？"

"原本还没想起来，眼下坐在这儿，倒是有那么些印象，这里当年也有个女掌柜，姓楼。"他晃了晃脑袋，目光定在对面之人身上，"楼掌柜，芳龄啊？"

一股凉意顺着背脊一路往上爬，楼似玉脸上在笑，心却沉了沉。她伸手撑在桌沿上托着下巴，嗔怪地眨了眨眼："您先前还怪大人说话不讨喜，眼下这么问奴家，不是同样不讨喜吗？年岁是女儿家的秘密，奴家是断不能说的，不过大人说的楼姓女掌柜，奴家倒是认识。"

"嗯？不是小娘子你吗？"

"您说笑了。"楼似玉掩唇，看看宋立言又看看他，意味深长地说，"常人哪儿能活几十年还长一张这么年轻的脸呀，那非得是妖怪才行。"

是人就会生老病死，只有妖怪才会永葆青春。楼似玉这话意有所指，宋立言也反应过来，看了一眼裴献赋那半点儿不见岁月痕迹的脸，微微敛眸。

楼似玉接着说："我楼家先祖发迹，但几代人生的都是女儿，故而结亲多是招人入赘，后代都随母姓楼。这客栈也是一代代传下来的，奴家不知大夫看见的是楼家哪一代的女掌柜,但总归奴家之前是没见过裴大夫的。"

裴献赋笑了,替她斟了杯酒,眼里满是钦佩之色:"如此说来,倒是在下误会了。"

宋立言放了筷子,侧头问宋洵:"见山师兄可回来了?"

宋洵摇头。大师兄一早说去处理昨日没做完的事,天黑前回来,现在外头已经没光亮了,却还没看见他的人影。

岐斗山多妖怪,宋立言想了想,有些不放心,便起身说道:"前辈,晚辈要前去接应师兄,失陪一二。"

"你只管去忙。"裴献赋摆手,"不用跟我守那么多规矩。"

宋立言颔首,带着宋洵跨出门。两个人一前一后上马,宋洵看了看客栈里头,小声问:"大人觉得这裴大夫可有问题?"

宋立言扬鞭策马,盯着前头的夜色说:"所知太少,分辨不清。与其诸多怀疑,不如去找见山师兄问个清楚。"

他不知道的事,师兄兴许知道,裴献赋若是真的撒谎,必定会露出破绽。

宋洵点头,随他赶路,两个人很快消失在黑暗里。他们身后的掌灯客栈亮起了灯,在寂寂夜色里温暖而祥和。

然而,宋立言一走,客栈里头的气氛却祥和不了了。

"您还喝吗?"楼似玉摇着酒壶,似笑非笑地问对面的人,"一大把年纪了,喝这么多酒,不怕伤了身子?"

裴献赋一手撑着脑袋,一手捏着酒杯在鼻下晃,脸上泛起陶醉之意,语气却陡然冷了下来:"狐妖酿酒,千载难逢,一壶才一百文钱,不多喝点儿,不是可惜了?"

门外没来由地刮起狂风,大堂中央坐着的两个人纹丝不动,只有衣袖翻飞起来,像鼓胀的船帆。紧张之感在空气里迅速蔓延,远处收拾桌椅的李小二和般春突然觉得很困,不约而同地打了个哈欠,齐齐往后院走。

"你果然有问题。"大堂里没人了,楼似玉闭眼再睁,一双灿烂的金瞳盯着裴献赋,"早先就觉得有什么不干净的东西来了,倒不承想还穿着人皮。"

裴献赋从容地迎着她的目光,还夸赞了一句:"你这眼睛是真漂亮。"

"过奖。"楼似玉不动声色,"四下无人,你还穿着这皮,不觉得累吗?"

"楼掌柜误会,这可不是皮,是爹生娘养的骨血,比那些魑魅魍魉

081

胡乱编织出来的可生动多了。"裴献赋捏了一粒酥皮花生扔进嘴里，轻叹了一口气，"想想你也是可怜，撑着这人形在这里等了这么多年，肯定都忘记自己的原形是什么样子了。"

这人知道她的原形，可她盯着他看了半晌，也没能看穿他是个什么。金瞳破妖，就算是常硕化了形在她面前也是藏不住的。

裴献赋没撒谎，他真是人。

楼似玉心生焦躁感，沉着脸直接问："你想干什么？"

"好好的美人，怎么脾气这么大？"裴献赋坐直了身子，轻笑，"小娘子不必这么紧张，我只是个玩儿心重的过路人，一不来收妖，二不来挡道，就是看小娘子有两分姿色，想同小娘子开个玩笑。"

这玩笑一点儿也不好笑，楼似玉眯眼："你不是上清司的人？"

"上清司传我医道，我也受上清司福荫，可我周身无气，来去自如。你要非说我不是他们的人，也不是不行。"裴献赋拿过她手边的酒壶，仰头灌了两口，眼睛满足地眯了起来，"但我可不会帮你做坏事啊。"

楼似玉气不打一处来，翻了个白眼。她从出生到现在，除了偷过邻居家的腊肉、咬死过村里人的几只鸡、骗过一个小孩儿的糖葫芦吃，再没做过别的坏事了。眼前这人虽然嬉皮笑脸没个正经样，但她能感觉到，他身上没有良善之气。

"时候不早了，我也该回去了。"裴献赋起身，脚下踉跄两步，扭头笑道，"改明儿再来。"

这哪儿能轻易让他走了？楼似玉轻哼，一拍方桌，敞开的客栈大门突然合上，四周连窗户都自动上了闩。九条大尾呼啦啦卷出来，瞬间塞满了半个大堂。

裴献赋转身，打量她两眼，费解地摸着下巴问："你这么多尾巴从哪儿钻出来的？裙子不会破吗？"

"……"楼似玉不打算跟他贫嘴，尾巴从四面八方朝他卷过去，几乎堵死了所有的退路，她笃定能抓到他。

然而，雪白的毛翻滚紧缠之后，她皱眉看过去，原先裴献赋站着的地方却是连头发丝都没了。

门窗没动，活生生的一个人凭空消失了，楼似玉乌黑的发髻里冒出一双狐狸耳朵，前后颤了颤。

风声、灯笼摇晃的沙沙声以及夜色里赶路的脚步声尽收入耳，她定神寻了许久，才听得一里之外有人低笑："今日酒菜着实合我胃口，掌柜的就别留了,咱们有的是机会相见。"

狐尾和狐耳一起消失,楼似玉恶狠狠地踹了一脚长凳。

什么凡人肉胎,她就不信有人能在她的眼皮子底下转瞬跑出那么远!一定还有什么她不知道的事,抑或是她看走眼了。

来者不善,她得小心应付了。

楼似玉一边捏着毛笔把这一桌酒菜记在账本上,一边暗想,等宋立言来结账,她定要敲笔竹杠才行。

正在山脚找人的宋立言莫名其妙地打了个喷嚏。

"大人?"宋洵担忧地说,"这夜间风冷,要不咱们还是先回去?"

"驿站的人说师兄未时就出发了,不可能现在还没到。"他神色有点儿凝重,"再找找。"

叶见山虽然是大师兄,但幼时受过很严重的内伤,修为一直无法精进。他若是遇见什么大妖怪,那还真是麻烦。

黑黢黢的山间突然亮起一道光,只一瞬,又暗淡下去。宋立言察觉到了,立刻上马朝发光的地方跑,马蹄声在寂静的山林间格外响亮,他行至半路,干脆弃马,吩咐宋洵在原地等着,只身前往。

茂密的丛林藤蔓横生,参天的枝叶将月光挡了个严实。树林深处的水潭边,叶见山浑身是血地靠在树根上,青绢斗笠已经被染成了深蓝色。他微微颤抖着,想把腿从水潭边收回来,但不知何故,半晌也动不了。

水潭里泛起涟漪,覆着黑色鳞片的蛇吐着芯子游过来,头一出水便化成个长发如瀑的美人,纤长的手伸上来,缓缓抓住他的脚踝。

"不……不要!"叶见山吓得紧闭了眼,喉咙里发出微弱的声音。

然而,他等了一会儿,身子不但没被蛇妖拖入水潭,脚上的力道还突然松了。叶见山愣怔地睁眼,就见宋立言横剑站在他跟前,獬豸剑发出纯白的光,逼得蛇妖退回了水潭中央。

"是你。"美人蛇眯眼,"上回放你一马,这次你倒是主动送上门来了。"

宋立言皱眉,显然不记得这个妖怪是在何时放过他一马,不过蛇妖一族自妖王勾水被灭之后就再没了消息,上清司之人都以为是灭族了,谁承想竟还能在这里看见。

眼前这一条蛇修为不低,身上血腥味甚重,显然是造过不少杀孽。

在宋立言看来,妖怪都是必须杀掉的,而杀孽重的妖怪更是死罪难逃,要杀身毁魂以偿人命。所以美人蛇一动,他便抢先出手,獬豸剑白光大盛,破水而斩,与蛇妖甩过来的巨尾"铿"的一声撞上,山林大震,乌鸦群飞,宋立言脚下退了半步,美人蛇也尖啸一声。

黑雾弥散,四周已经不是人眼能视的了。叶见山左右看了看,慌张地说:"师弟,找机会快走,此地不宜久留!"

宋立言正踩着枯木借力躲开蛇芯,哪里有空答他的话。宋立言一个鹞子翻身落在旁边的古树枝丫间,闭目细听,袖子里飞出三道黄符,立于跟前。

"黑白目神,却障卫真,心之所明,道气常存。"

他念得飞快,"存"字落音,第一张符即燃,他的双眼上有光闪过,再睁眼视之,黑雾中美人蛇的身影慢慢显出,正在东南一侧劈头朝他喷来毒水。

宋立言躲也不躲,化气于掌,直接将那毒水震散,手上飞快捏诀,第二张符也瞬间燃起。火光闪了一瞬,刺得美人蛇咆哮一声,化妖气为无数毒蛇,朝他缠来。

人与妖的较量,招式只伤皮肉,本身的修为和用在招数里的气的多少才能定生死,用恰好高出对方一点儿的气化解招式可以保命,但用高出对方许多的气,便是还击。上清司之人总喜欢传授"以保命方式为主才是稳妥"的观念,可宋立言觉得太麻烦了,能几招打死的妖怪,为什么还要留活路?

所以第三张符燃起的时候,叶见山哪怕看不见别的,也看见了那冲天而上的白光。

"师弟!"他咳着血喊了一声。

美人蛇毫无感情的眸子在黑雾里显得格外阴冷,她看了看那白光冲起的高度,蛇芯一吐,一颗裹着红光的内丹便浮在了她眼前。那光闪得妖冶,虽不刺眼,但四周杀气登时更浓了,带着一股让人喘不过气的瘴雾,隐隐有种即将鱼死网破的悲凉之感。

宋立言一点儿不惧,略微算过自己能有半条命剩下,抬袖便要动手。

然而,他刚抬起手来,突然觉得袖子里一沉,有什么东西重得让他半个身子都往地面倾斜。右手捏的诀被拉乱,整只手甚至再提不起来。

对面的美人蛇抓住这片刻破绽,吞回内丹,倏地吐出一口毒气。宋立言拿左手化气去挡,谁知这股毒气看起来寻常,却带了内丹之力,他化出来应付的气不够,毒气冲破白光朝他袭来。

千钧一发之际,饶是他反应再快也来不及出手,只能侧头躲开要害。

然而，毒气刚刚触及他扬起的发尾，他身上就冒出一层不属于他的金光，替他将毒气通通承下。

金光流转，像一层罩在他身上的琉璃，可琉璃被染了黑色，渐渐出现裂纹，不消片刻就"砰"的一声炸开，散成无数光华，落进草丛树林，像被行人惊起的萤火虫，星星点点。

这是什么？宋立言不解，下意识地伸手去捞，可张开手，什么也没捞住。

正在往广进当铺二楼走的楼似玉突然捏着扶栏吐了一口血。

"掌柜的？"她旁边的木掌柜吓了一大跳，扫帚的原形都给吓出来了，他惊慌失措地钻去她手心里撑着她，"这……这是怎么回事啊好端端的？"

楼似玉眼里一片了然之色，她拿帕子擦干净嘴角的血，又整理好衣裙，低声说道："有人遇着点儿麻烦而已，小伤，不碍事。"

什么人遇着麻烦能让掌柜的吐血？扫帚一想，急得直跳："掌柜的，他一贯是个不要命的人，您怎么能跟他同枝？万一他这一世再死了……"

"他这一世就算再死了，也得带着我一起。"楼似玉笑着打断他的话，低头捏着裙摆，眉目温柔得不像话，"我不但用了同枝，还将一魄糅在那猪蹄黄豆汤里与他吃了。"

木掌柜愕然，一个没站稳，直接从楼梯上滚了下去，滚得噼里啪啦的，重重地砸在了地面上。

同枝乃妖族秘术，将自己与某人用某种物件维系在一起，如此一来某人若受妖气伤害，那伤便会由护他之妖承了，保其安然无虞。而更深一步的便是喂魄，妖也有三魂七魄，一魄喂与人，便自此与其同生共死，哪怕那人轮回也紧紧跟着。

但，若是妖先死了，魂魄自散，与人无关。

楼似玉咽下血沫，笑着想他怎么能说妖怪不好呢，妖怪痴情起来，可比人死心眼儿多了。

"木掌柜？下头是什么声音？"林梨花从楼上探出个毛茸茸的狐狸脑袋，正好奇呢，目光落在楼似玉身上，她立马呀了一嗓子，摇着尾巴扑了下来，"主子！您怎么来了？"

"来看看你把人家的铺子拆了没有。"楼似玉伸手接住她，摸了摸她浑圆的肚子，甚是嫌弃地说，"怎么又胖了？"

林梨花毛都奓了："我没胖，我只是毛多！"

"你也好意思说出口。"楼似玉将她扔去地上，抬了抬眼皮，"化人形，别偷懒。"

林梨花吐了吐舌头,原地一转化出个玲珑可爱的小丫头,下巴尖尖的,眼睛大大的,很是可爱,但她的小肚子的确是凸了出来,显然吃多了。

"主子,您脸色怎么这么差呀,没睡好?"林梨花凑近楼似玉看了看,眨巴着眼问,"还是李小二和般春那丫头不听话累着您了?"

"没有。"楼似玉接着往上走,"我出门的时候粉擦多了。"

林梨花点头,又挽着楼似玉的手说:"主子我跟您说,上头那几个可不老实了,我花了好大的力气才吓住他们。"

楼似玉哭笑不得:"谁让你吓他们了?"

"不吓不听话呀,他们还非要往外跑。"林梨花噘嘴,"有那个人在,我都不敢出门,他们这些残兵败将还想报仇?简直做梦。"

这话声音大了点儿,二楼隔间的铁笼里发出了抗议的碰撞声。

楼似玉点了点她的额头示意她闭嘴,然后走近铁笼,蹲下来笑着说:"又见面了。"

青昔抱着自己的断臂双眼血红地坐在角落里,听见她的声音猛地抬头。

"果然是你。"看清来人的脸,她激动起来,扑到笼边,"我就觉得奇怪,还没有动手,爪子怎么会自己划破你的脖子?是你!"

她说得语无伦次,楼似玉却知道她的意思,笑着点头:"是我。"

青昔看着楼似玉说:"你既然要帮我鼠族,又为何与那县令为伍?"

"你要明白,我不是想帮你们,只是不忍心常硕大哥用魂魄保下的鼠族就么断送了而已。"楼似玉垂眸看着她,"至于现任的县令,你们杀不了,我也不会让你们再动手。之前死了那么多县令,仇怎么也算报完了,你们换个地方好生过日子吧,别再回浮玉县了,明日一早,我就让人送你们走。"

子时一刻。

整个浮玉县都沉睡在静谧的夜色里,安乐街上却响起嗒嗒的马蹄声。宋洵半扶着叶见山坐在马上,看着他的血顺着手指往下滴,虽着急,却也不敢疾驰。宋立言捏着缰绳行在旁边,正听叶见山虚弱地说着话。

"知道岐斗山不安生,我特意走的小道,谁承想会撞见那蛇妖呢?更奇怪的是她好像知道很多事,张口就要我交出四合阵,我交不出来,她便动了手。"

叶见山吃力地从腰带里掏出一颗玉珠子,递给宋立言:"这是从蛇妖身上掉下来的,我看着不像妖物,就随手收了。"

碧绿色的玉珠,品质不是很好,许是姑娘家嵌在发髻步摇上的。宋立言接过来仔细看了看,觉得有点儿眼熟,可一时又想不起在哪里见过。

"师兄可知道一个叫裴献赋的人?"他将珠子收起来,问道,"是一个在浮玉县的大夫。"

"裴前辈?"叶见山竟是知道的,咳嗽两声点头说,"师父常说起他。他是个怪人,本可以回京都享受高官厚禄,却执意要过潇洒日子——师弟碰见他了?"

宋立言皱眉,捏着缰绳想了好一会儿才说:"我觉得他有些古怪。"

"他本就古怪,上清司里的长者都知道。他还经常炼些奇奇怪怪的丹药,说什么长生不老,也没人信他。我上一回见他,还是二十多年前跟着师父来游学的时候。"

如此一说,裴献赋还真没撒谎。他是上清司的人,也的确是位前辈,至于容颜不老,也许当真是那华容丹的功劳。宋立言颔首,不再多虑。

掌灯客栈门口依然亮着灯,远远看着就让人心里觉得踏实,宋立言长吐了一口气,才发现自己原来一直紧绷着身子。他摇摇头,翻身下马去扶叶见山。

"大人?"楼似玉不知是被吵醒了还是没睡,披着外衣提着灯笼迎出门来,揉着眼睛问道,"怎的这么晚才回来……哎?这位怎么伤得这么重?"

宋立言扶着叶见山进门,说道:"遇上只修为不低的蛇妖。"

楼似玉惊了,边提灯替他引路边回头看他:"大人没事吧?"

"那蛇妖半路遁逃,我倒是没事,但师兄伤重,明日一早得请裴大夫过来看看。"宋立言将人扶回客房,让宋洵替叶见山重新包扎止血,便带着楼似玉出去。

"他受的都是外伤,普通大夫来看就行了,没必要再请裴大夫。"二人站在走廊间,楼似玉撇嘴说道,"那人怎么看怎么不正经。"

"到底是医术高明的前辈,他来看我放心些。"

楼似玉不屑地翻了个白眼:"这世上什么人都有,不能随便来个人说上两句话就全信,大人还是多点儿戒心为好,以免被人骗。"

宋立言低头打量她,感叹道:"这三更半夜的,楼掌柜竟还点了妆。"

芙蓉面,丹樱唇,颊上淡淡胭脂红,一身妃色罗绮不说,发间还插了步摇,怎么看她都像是精心打扮的,而不是突然起夜。

小心思被戳穿,楼似玉别开脸,咬牙说道:"已经这么晚了,大人还是回房就寝吧。"

宋立言颔首,不经意抬眼,却看见了她头上的步摇的坠珠。

碧绿色的玉珠,品质不是太好,符合它主人一贯抠门儿又要面子的作风。六缕丝绦被晃得缠在一起又分开,若不仔细看,谁也不会注意到有一缕丝绦上少了一颗珠子。

宋立言心里一沉,止住了步子。

楼似玉正低着头懊恼呢。她也不是故意要点妆的,可受了内伤还没调理好,脸色难看得跟鬼似的,不点妆定要被察觉。谁想她随意打扮一番,竟还被他调戏了。

从来都是她调戏他,什么时候她被人家几句话就说得恼羞成怒过啊?这简直是奇耻大辱!

想着想着,她发现宋立言又朝自己靠近了些,皂靴踩过来,靴尖几乎抵上了她的绣鞋,缁色的衣料也拂上她的裙摆,她只要稍稍一抬头,就能触碰他的呼吸。

胸腔里的东西漏跳一拍,楼似玉眨眨眼,偷偷掐了自己一把,确认不是在做梦之后,想再往后退,腰却已经抵上了后头的围栏,熟悉的木香混着点儿血腥味萦绕上来,让人无处可逃。

宋立言一句话也没说,只伸手轻轻抚上她的发髻。

这……这是干什么啊?楼似玉屏住呼吸,努力控制自己别乱想,可心头那么多年的期盼还是不可抑制地冒头——会不会这一次大家都不用折腾了,就一帆风顺地两情相悦,然后白头到老?

说来她也真没出息,这么多年了,两个人什么样的纠葛都有过了,如今她再站在他面前,还是像春心萌动的少女,脸上很热,心跳很快,甚至想伸出尾巴对着他热烈地摇一摇。

太跌份了!

心思几转,手微微发抖,楼似玉刚想开口问他,宋立言却突然后退半步说道:"掌柜的可知这浮玉县哪家镖局靠谱?"

镖局?她惊醒,站直身子,回过神来:"要说靠谱,那定然是镇远镖局了,大人有东西要押送?"

宋立言点头:"明日还请掌柜的带个路。"

"好说。"楼似玉定了定神,朝他屈膝,"大人明日只管吩咐。"

闺房里烛火未熄，映得窗扇通明，相隔不远的天字一号房却是黑漆漆的一片，雕花窗半开，月华落在窗台上，将那碧绿色的玉珠照出莹莹幽光。

宋立言盯着这珠子发呆，良久，伸手轻轻一拨，它便骨碌碌地滚了滚，无辜纯良得像某个人一样。

"大人。"宋洵安顿好叶见山，回来复命。

宋立言侧头，眼里晦暗不明，想了片刻才说："明日你去问霍良抽调些人手，等我下令。"

"是。"

县衙的命案跟楼似玉没关系，灭灵鼎和内丹的出现也跟她没关系，可恰巧是这么个没关系的人，在这件事的每个过程里都有身影。

师父常说，世上扑朔迷离之事甚多，真相往往被藏在极多的遮挡之下，想看穿看透，便略去一切浮草，只观事情之本。

那么这件事原本是怎样的呢？

宋立言端正坐在椅子里等了半个时辰，丑时一到，他起身，无声地潜入了隔壁房间。

楼似玉太累了，洗漱完倒进被子就睡了过去，连绣鞋都只脱了一只。宋立言站在她的床边，飞快地给她贴上昏聩符。他一低头就能看见她的脸，半边埋在枕头里，半边被窗外的月光映着，惨白得不像话。

他微微皱眉，下意识地探了探她的额头。

没有发热，那她为什么脸色这么苍白？

宋立言茫然地想了一会儿，突然意识到自己不是来当大夫的，手一收，转身去翻找她挂在屏风上的衣裙。妃色罗绮是她方才穿着的，他随手翻了翻，几点喷状的血迹映入眼帘。

干涸的妖血星星点点地凝在裙角，并不多，但他明显能闻见鼠族那股阴臭之气。宋立言垂眸回想，脑子里掠过开仓之日她挡在自己身前的画面，那时候的楼似玉穿的是藕色绢裙。

一瞬间，无数蛛丝马迹在他的脑海里齐涌而上，像被风吹起来的满室文书，纷纷扬扬，铺天盖地。白花花的一片渐渐落下的时候，宋立言想起这人曾说的话：

"我娘从小告诉我，人世险恶，除了自己，别的谁都不能相信。"

"奴家又不知道事，也不认识那位前辈，只是觉得他所言无凭无据，太过虚妄。"

"这世上什么人都有，不能随便来个人说上两句话就全信，大人还是多点儿戒心为好，以免被人骗。"

那双凤眼无辜又单纯，自下而上仰视着他，像把全天下的敬仰和真诚之情都装在里头了。可这些话，到底是关怀忠告，还是意图挑拨？见山师兄已经佐证裴献赋没有问题，那反而言之，有问题的人是谁？

宋立言侧头看向这屋子里的其他地方，半蹲下来，将楼似玉放在床边的几双绣鞋翻转，借着月光查看鞋底。

般春说过，她家掌柜的不爱出门，除了去衙门交税，其余时候都是在客栈里。可有一双绣鞋翻过来，鞋底沾了黄泥，还是属于岐斗山的黄泥，带着一股蛇妖的味道。

宋立言微微眯眼，起身看向床上那熟睡的人。

楼似玉贴着昏聩符，睡得很安稳，也不知道做了什么美梦，嘴角微微勾起，看起来很高兴。

楼似玉正在梦里过大年，自然是高兴得很。大街小巷里都弥漫着鞭炮硝烟，还有一股腊肉味儿，她嗅着味道一路朝人家家里冲去，趴在墙上动了动耳朵，确定四下无人，一蹦就挂在了屋檐下的腊肉上。

真香啊！她吸了吸小鼻子，张口就想咬。

"你又偷人家的东西。"背后突然伸来一只手，甚是生气地捏着她的后脖颈将她拎了过去。

"呀！"楼似玉挣扎，小脑袋往后一仰就看清了来人的脸，气鼓鼓地说，"放开我，我这不是偷，这肉挂在这里没人拿，我这叫捡！"

那人直叹气："强词夺理。"

"我不管，你放开我，我要吃这个！"四只爪子胡乱蹬起来，她像个撒泼的小孩子。

那人没理她，拎起她就往回走。

小狐狸气得抄起双手，跷起二郎腿，在他手里一晃一晃地说："我真是倒了几千年的霉才遇见你，要不是法力全失，我定要把你也做成腊肉挂在屋檐下头。"

话音刚落，拎着她的后颈的手陡然松开。

楼似玉轻巧落地，茫然地回头，发现方才还热闹的大街突然没了人，白雾一层层卷上来，那个人也消失不见了。她动动耳朵，往前走了两步。

她心里一慌，四爪齐刨。跑过大街小巷，她化出金瞳，一遍遍地喊："我开玩笑的，不把你做腊肉，你回来，我找不到回家的路！"

"你回来呀!"

"掌柜的?掌柜的。"

般春的声音像一把斧子,将黑寂的世界劈开,带着窗外的鸟语花香闹喳喳地将楼似玉从无边孤寂里拉了出来。

楼似玉猛地睁眼,翻身坐起来看看四周,愣怔了好一会儿,才抹了一把脸。

"怎么了?"

"宋大人在楼下等着,说是您应承了今日要引他去镖局。"般春说道,"我看您屋子里半晌没动静,料想您是又睡过头了。"

好像是有这么回事,楼似玉连忙下床更衣点妆:"大人等了多久了?"

"也不久,您不必慌张,我看宋大人今日心情甚好,脸上一直带着笑呢,就算您迟些,想必他也不会怪罪。"

心情好?楼似玉挑眉,简单梳好发髻就开门下楼。

宋立言坐在方桌边,像是刚用过早膳,正拿帕子擦着嘴,侧眼瞧见她,便说道:"掌柜的今日出门倒是利索。"

"大人过奖。"楼似玉掩唇笑了笑,接过李小二递来的包子,"大人既然有事,那咱们就直接出发吧,镖局离这儿还远呢。"

"好。"宋立言起身,将桌上放着的四合阵收入袖中。

楼似玉忍不住多看了一眼。

两个人一起上车,楼似玉发现宋立言今日的确心情不错,她一路叽叽喳喳他都没嫌吵,眼里还隐隐有笑意。

楼似玉忍不住问他:"大人有什么喜事吗?"

"历任县令暴毙一案已破,本官写了文书上禀,算是卸下了一个大包袱。"宋立言说道,"也要多谢掌柜的,帮了不少忙。"

"哪里,哪里,奴家一介小女子,能帮什么忙?都是大人英明。"楼似玉笑眯眯地奉承,转念一想又觉得好奇,"命案是鼠妖做的,大人的文书上如何写?"

"鼠疫。"宋立言垂眸,"朝廷定天下无妖,便是天下无妖。任何离奇之事,都能归于寻常之理。"

自欺欺人哪?楼似玉撇嘴,又看向他袖袋里那鼓起的一团。

"这东西你知道就罢了,切莫外传。"顺着她的视线,宋立言收了收袖口。

"奴家明白。"楼似玉拿扇子挡了嘴,笑道,"奴家外传也没好处,自然是愿意替大人保守秘密的。"

说是这么说,但这秘密她显然是守不住的。

她安抚了鼠妖残众,能镇住他们不再对宋立言下手,可是无法阻拦他们抢夺常硕内丹之心。更何况还有个美人蛇在侧虎视眈眈,压根儿不知道什么时候会出手。

这东西放去镖局,会发生什么事呢?

马车在镇远镖局门口停下,楼似玉跟着宋立言往里走,心里正想着事呢,就听得他问:"县上除了这一处,可还有别的镖局?"

楼似玉回答:"浮玉县商贸往来甚多,镖局也是极多的,除了这一处,还有好几家名声不错的,大人要再挑挑?"

宋立言点头,却继续往里走,找了镖师写下单子,便将四合阵交出去,让他们放在箱子里锁好。

楼似玉愕然地看着,刚想说这也太草率了,就听得宋立言说:"继续去下一家,劳烦掌柜的指个路。"

他还有什么东西要押送的?楼似玉不解,却见他翻手又从袖袋里掏出一个四合阵来。

"……"这玩意儿还挺多?

"本官听人说,妖怪手段多端,所以总要有些准备。"宋立言上车,神色依旧轻松自若,"有劳掌柜的了。"

楼似玉干笑两声,摆了摆手:"不辛苦,不辛苦,为大人做事是应该的。"

车行过集市,隐隐能听见外头热闹的吆喝声,宋立言侧头,突然喊了一声:"宋洵。"

马车停下,宋洵掀开车帘:"大人,有何吩咐?"

"去买些吃的。"

宋洵应声而去,楼似玉好奇地问:"大人刚用过早膳,这就饿了?"

"倒不是本官饿。"宋立言回眸看她,"掌柜的早起只吃了半个包子,待会儿还要去许多地方,还是先垫垫肚子为好。"

他竟然这么体贴?楼似玉很不适应,呆愣愣地看着他,一时不知道说什么好。宋洵回来得也快,将纸包递给宋立言便继续驾车。

"味道不错,掌柜的尝尝?"宋立言打开纸包,将糯米烧腊递到她眼前。

糯米烧腊是浮玉县的特色,将腊肉与糯米包着荷叶同蒸,糯米便浸透肉香,一口咬下去,香溢满口。楼似玉爱极了这东西,但已经很久没吃过了,乍被他递过来,她还有点儿恍惚。

"多谢大人。"楼似玉伸手接过东西,感动得很,"您堂堂县令,还会关切奴家一介平民饿不饿,奴家实在是感激涕零。"

宋立言笑而不语,看着她抬袖啊呜两口咬下去,淡淡地收回目光。

楼似玉一边吃一边拿余光瞧他,总觉得今天这人有哪里不对劲。可真要说是哪儿,她又说不上来。

两个人一起去了十个镖局,每到一处,宋立言都拿出一个四合阵。从最后一处镖局里出来的时候,楼似玉实在没忍住,抓过他的袖袋往里看了看。

"你做什么?"宋立言按住袖口,左右看了看,微恼。

楼似玉感叹道:"奴家就是好奇,大人这袖子怎么装得下这么多东西?那圆盘不是宝贝吗?大人既然有这么多,不妨送奴家一个?奴家那博古架上正好缺个摆件。"

宋立言轻哼:"十个四合阵里,只有一个是真的,其余不过是幻化出的东西。"

楼似玉愣了愣,转了转眼珠子就明白了,连忙奉承:"大人也太英明了,简直是诸葛再世!如此一来就算有人觊觎宝贝,想必也无从下手。"

宋立言似笑非笑地朝她走了一步,欺身问:"掌柜的对这宝贝可觊觎?"

楼似玉身子后仰,连连摇头:"不敢,不敢,奴家要这邪祟之物做什么?"

"那甚好。"宋立言放轻了声音,在她耳畔低声说道,"本官便告诉掌柜的,这十处镖局里,只有镇远镖局那个四合阵是真的。"

楼似玉:"……"

她心里莫名其妙地沉了沉,哭丧着脸看着面前这人:"大人,您告诉奴家做什么呀?"

"掌柜的不是总抱怨本官怀疑你?"宋立言站直身子,轻笑,"这一回,本官便全心全意信你。"

还是别这么信她吧,楼似玉欲哭无泪。这事他要是不说,她还能自己想法子,可他直说了,不就摆明了这四合阵的安危就系在她身上了,万一出事,她就是重点怀疑对象?

不带这样的呀。

"本官今日要升堂,就不与掌柜的闲逛了。"宋立言退后两步,说道,

"路上小心。"

"大……大人慢走。"楼似玉屈膝低头,瞥着车轮子骨碌碌地转走,心里这叫一个愁啊。

掌灯客栈尚未重新开张,但今日门口围着不少人,楼似玉有气无力地走过去,就听得年轻的姑娘们嘻笑议论。

"怎么回事啊?"她嘀咕。

般春手足无措地站在门口,瞧见她回来,连忙迎过去说道:"掌柜的,那位裴大夫来了,这些姑娘堵在门口,怎么也不肯走。"

楼似玉眼皮一跳,提着裙子跨进了大门。

裴献赋坐在大堂里优哉游哉地喝着酒,余光瞥见她,放了酒盏就笑:"掌柜的回来了?"

楼似玉眯眼,皮笑肉不笑地说:"不知道裴大夫大驾光临,倒是怠慢了。"

"这么客气做什么?我也只是来给人看伤的。"他说着还朝外头那一群姑娘招了招手。

楼似玉笑着转身,吩咐李小二将门关了,然后维持着笑的弧度咬着牙说:"上回是奴家低估了您,这回可要再试试?"

"哎,你说你一个女儿家,一言不合就动手,多不合适?"裴献赋摊手,"况且,你抓我有何用?我又不会拆穿你的身份。"

"那阁下想干什么?"

"都说了只是随便看看热闹,掌柜的大可以当我不存在。"裴献赋摸着下巴说,"在下闲来无事还可以替掌柜的看伤。"

楼似玉戒心顿起,后退半步。

"紧张什么?"裴献赋轻笑,"你身上的伤,别人看不出来,我这当大夫的还看不出来吗?敢这么轻易与人同枝,你也不怕魂飞魄散?"

李小二和般春听得一脸茫然的表情,楼似玉却脸色发青,挥手让他们去后厨帮忙,心里沉得厉害。

这人知道的事情太多了,更可怕的是,她对他一无所知。敌在暗,我在明,这种感觉未免太糟糕。

要不,她还是杀人灭口?

"你看你,又起杀心。"裴献赋直叹气,"有这功夫,你不妨好生调理内息。瞧瞧,断了的经脉都没接上,你就不觉得疼?"

楼似玉浑身一震,抬眸:"你……"

"我说了我是大夫，没什么伤是我看不出来的。"裴献赋拉她一把，将她按在长凳上，"鼠毒奈何不了你，可这蛇妖拼着内丹的一击，你也没那么容易承受。听我的，把这药吃了，再把经脉接好，别落得跟楼上那人似的，半死不活。"

瞥一眼他递来的药，楼似玉接过，原封不动地放在了方桌上。

"哎你……"

"大夫既然是来给楼上的贵客看伤的，那看完就请吧。"她起身恭敬地行礼，"奴家还有事，恕不招待了。"

裴献赋噎了片刻，倒是笑了："你这个人，看起来娇娇软软的，怎么脾气比石头还硬？"

谁稀得听这些话？楼似玉冷哼一声，出手如电，飞快地擒向他的咽喉。然而同上回一样，裴献赋凭空消失，只留余音散在空气里，带着三分怨气："你待我能有待他半分温柔就好了。"

做梦！楼似玉收回手，不甚舒服地捂了捂心口，转身去开大门，顺便将药扔了出去。

然而，她一打开门，就见外头还有个姑娘没走，柔柔弱弱的，着一身雪色罗裙，怯生生地看着她问："掌柜的，能住店吗？"

楼似玉眼皮子狠狠跳了跳，然后她左右看了看，飞快地将人拉进客栈，再次关上大门。

"今儿这是什么日子？"她很头疼，"各位大佛都来找我的麻烦？"

方才还楚楚可怜的小姑娘一眨眼就冷下神色，仰着下巴睨着她说："你敢护他，就应该料到我会找你算账。"

"姐姐，以我的立场，护他有错吗？"楼似玉揉着额角在长凳上坐下，斜眼看她，"这人皮做得倒是不错，就是失了些蛇女的威风。"

小姑娘，或者说是美人蛇，闻言一脚踩上她的长凳，欺身朝她吐了吐蛇芯："别给我说有的没的，你若还当常硕是你大哥，就将他身上的同枝给去了。否则，我真拉你同归于尽也说不准。"

楼似玉无奈地摊手："这个我真没办法，与他同枝的媒介之物，莫说是我，就算常硕大哥还在，也拿它没办法。"

美人蛇眯眼，想了片刻，脸色骤变："灭灵鼎？"

妖与人同气连枝需要以外物为介，且那外物必须被人一直带着。她在来的路上还一直想楼似玉用了什么东西，若是环佩、手帕，那偷了也就是了，可她怎么也没想到，竟会是灭灵鼎！

"你故意的！"

楼似玉很大方地点头："我定了主意要护他，自然是用万全之策，姐姐与其在他身上花心思，还不如想法子将大哥的内丹拿回来。"

一说到这事，美人蛇红了眼，抿着小嘴，身子微微发抖。

"怎么了？"楼似玉皱眉，伸手捂住自己的心口，"我还没来得及问，这伤是怎么回事？"

"宋立言的师兄硬闯岐斗山，被我所伤，宋立言赶来救，与我打了一场。"美人蛇倔强地别开脸，"我本是打算化出内丹与他同归于尽的，但没想到……被人拦下了。"

想也知道当时的战况有多激烈，楼似玉很好奇："谁拦得住？"

"常硕。"美人蛇吐出这个名字，声音都在发颤，"他拦住了宋立言。"

身死魂灭了那么多年的人，怎么拦？楼似玉很纳闷儿："他不就剩一颗内……"

话没说完，她像是想到了什么，震惊地抬眼看向美人蛇。

"没错，他人死了，魂灭了，只剩一颗内丹，却还想着护我。"美人蛇咧嘴，像是想笑，可笑得实在凄惨，"你说，我该怎么办？"

这么多年了，她都已经接受了他再也回不来的事实，化出内丹说是想报仇，实则是想随他去罢了。谁知道一颗内丹而已，都被封在四合阵里了，还会拉着宋立言的袖子往下坠，破他的符诀。

就好像他还在的时候，不管她闯下什么祸事，他都毫不犹豫地挡在她身前。

"我今日来找你，也不为别的。你的人你若执意要护，我便不动。"美人蛇深吸一口气，咬牙说道，"但他的内丹，我志在必得，你得帮我。"

楼似玉睫毛微颤，紧了紧拳头。她知道这事应不得，也不该应，但嘴已经抢在脑子前头开了口："好。"

"你的伤，吃这个药能好。"美人蛇翻手拿出一颗药丸。楼似玉看去，正是她刚刚扔出去的那颗。

"我怕这药有问题。"

美人蛇白她一眼："药和毒都是我精通的，我说没问题就是没问题，你怕什么？我给你那一击可不轻，若带着伤，你怎么帮我拿内丹？"

楼似玉半信半疑地接过药丸，很纳闷儿："那人还真安好心了？"

"你说谁？方才在这客栈里的那个男人吗？"美人蛇想了想，"我好像见过他。"

"什么?"楼似玉惊了,"你在哪儿见过他?你不是一直在岐斗山上?"

"是啊,所以就是在岐斗山见过。"美人蛇不明白她为何激动,"就在那上清司之人强闯岐斗山那天,他好像也在,还引着我找到了人。"

岐斗山虽是美人蛇栖身之地,但又不是她的领地,所以叶见山强闯那天,她其实是不该发现的,没想到的是裴献赋到她的洞穴门口惊了她,她一路追去,但只拐过一个路口,裴献赋就不见了,倒是让她发现了叶见山。

怎么说叶见山也是上清司的人,既然遇见了,她肯定是想也不想就动手,可惜宋立言来得太快,到嘴边的肉都飞走了。

"裴献赋。"楼似玉咬牙咬得腮帮子都鼓了起来,"这到底是个什么人哪?"

"你问我?我也不知道,一面之缘罢了。"美人蛇说道,"不过这药没问题,能让你身上的伤很快痊愈,吃了吧。"

楼似玉愤恨地将药扔进嘴里,咔吧咔吧嚼了,嚼完才觉得苦,又皱着脸去喝了一口茶。

楼似玉回房运气调息了半个时辰,还别说,裴献赋的药当真有用,她再睁眼,脸色就好看了不少,周身血脉也畅通起来。

楼似玉看了看外头的天色,时候已经不早,但宋立言还没回来。她想了想,觉得自己一大把年纪了,不能还跟小姑娘似的黏人,人家事务繁忙,那她在这儿等着就好了。

然而,两炷香时间之后,她站在了衙门公堂外头。

今日浮玉县衙门升堂,案子好像格外多,宋立言早上说回衙门,到现在还穿着官服正儿八经地听着堂下之人陈词,难得的是他竟没露什么疲态,一双眼盯着说话的人,把人家吓得直哆嗦。

"公堂之上若是撒谎,按照律例,便是当有罪论处。"

原告颤巍巍地直磕头:"大老爷,小的可没撒谎啊。"

"那本官再问一遍,你确认是这妇人偷了你的银钱,你欲抓贼归案才打伤她?"

"是……是的。"

"可这妇人身上穿的是上等绸缎,你所呈上的钱袋里不过半两银子,她一柔弱女子,吃穿不愁,为何要因这点钱惹你这高壮大汉?"宋立言冷笑,"合常理吗?"

"这……"

"撒谎作有罪论处,你既触犯,便定无故伤人之罪,罚三十大板。霍捕头,有劳。"

"是。"霍良出列拱手,命人架上长凳、廷杖,当即行刑。

原告惨叫冤枉,外头围观的百姓却拍手称快,楼似玉一侧耳,就听得人说:"这恶棍是袁府买的地痞,专门去找那位姨娘的麻烦的,也不知道是什么内宅争斗,闹到大街上可真是难看。幸亏大人明察秋毫,还这姨娘一个公道。"

"这么久了,咱们县上可算是来了个秉公执法的大老爷。袁家的马车一早在县衙侧门停着了,嘿,就是没让进。"

"真是痛快,善恶有报,天理昭昭!"

楼似玉听得怔然。她一直以为他来浮玉县就是为了灭妖,谁承想当县令也是有模有样,半分不敷衍。

其实他身上也有伤未愈,就算有上清司的灵符灵药,也难免疼痛受罪。可眼下他脸上半分异样都没有,只有官老爷该有的威严和凌厉气势。一桩案子过完,他回后堂休息不到一炷香时间,便又升下一堂。

楼似玉感叹地看着,觉得这人戴起官帽的样子真有趣,丰神俊朗,正气凛然。下头稍有人插科打诨,他就皱起眉毛,半点儿颜面不给,扔令就让打,直打得后头的人都老老实实,甚至有人一上来就认罪。

案子一了,他的眉头就会松开,像昙花一绽,无意间透出两分温柔之色。可这温柔之色也是转瞬即逝,再抬眼,他又是那个刚正不阿的宋大人。

这样的他,看得楼似玉心里软了一块儿。

拍下惊堂木,最后一案结束,宋立言一本正经地退堂更衣,打算从侧门回客栈。

然而,他刚走出门,旁边就蹿出个人来,手里捧着一盅热腾腾的汤,笑眯眯地朝他说:"大人辛苦。"

香醇的鸡汤透过盖子飘出香来,宋立言喉结微动,目光从汤盅上移到楼似玉的脸上:"掌柜的怎么来了?"

"闲来无事观了大人审案,觉得大人真是我浮玉县百年难遇的清官、好官,故而赶忙让人送了汤来,以表奴家的崇敬之意!"楼似玉笑弯了眼,双手将汤捧给他。

宋立言显然对这样的奉承举动不太接受,冷眼瞧着,没伸手。

楼似玉垮了脸,悻悻地说:"行吧,老实说就是钱厨子熬了鸡汤,奴家借花献佛来了。"

宋立言轻哼一声，这才接了，朝她说道："上车。"

"多谢大人！"楼似玉笑眯眯地钻进车厢，看着他随后进来，还忍不住说道，"这鸡汤熬了很久，您尝尝，可香了。"

宋立言坐公堂太久，也有些饿，舀了一勺鸡汤尝了，微微点头。

"大案已结，你的客栈明日可以重新开张了。"宋立言说道，"正好官邸修葺完毕，本官已经吩咐宋洵明日收拾东西回府。"

"好。"她垂下眼眸，什么情绪也不敢表露，只乖巧地笑着。

宋立言也没多看她，报着鸡汤，心里还在想别的事情。

气氛突然有点儿古怪，等宋立言后知后觉发现哪里不对的时候，已经到了掌灯客栈。

"大人好生休息。"楼似玉朝他屈膝行礼。

宋立言侧头看她，想问她是不是不高兴，可又觉得没必要。他与她并无什么别的关系，况且他还有谜题未解，在明日得出真相之前，不宜妄动。

宋立言转身上楼去了叶见山的房间，发现他已经醒了，依旧戴着青绢斗笠靠在床边，像是在叹气。

"师兄？"他走进去问，"伤口还疼吗？"

"今日裴大夫来过，已经上了药，好多了。"叶见山咳嗽两声，似乎扭过头看向了他，"师弟，你小心些，今日我察觉这客栈里来了妖怪。"

宋立言神色一紧："何时来的？"

"巳时末，只片刻妖气就消散了。"叶见山沉声说道，"这里的小二分明说客栈不接新客，却有妖怪来了，这说明什么？"

这说明掌柜的也许认识这个妖怪。

宋立言撩起袍子在他床边坐下，眼里带着些疑惑之色："这世上会不会有凡人偏心于妖怪，处处替他们做事？"

"有。"叶见山点头，"神志不清受妖怪蛊惑者，抑或是受了妖怪恩惠者，都会有反常之举。"

"那对这类人，当如何？"

叶见山似乎笑了，语气倒还正经："按照司规，当三劝，一劝之以亲人，二劝之以大义，三劝之以人性。若三劝之后此人冥顽不灵仍行恶事，当与妖同罪，斩立决。"

宋立言愣了愣，有些不能理解："若是人，也要斩？"

"与妖为伍之人，同妖怪有什么分别？"叶见山说道，"师弟，若你遇当斩之人，切记不可心慈手软，否则必会吃大亏。"

第五章
逐渐踏入的陷阱

宋立言听着，侧头看了一眼自己的右手。

他的右手是用来握獬豸剑的，而獬豸剑自交到他手里那一刻开始，就只为斩妖而出鞘。师父教过他斩妖之法，却没说过如何斩人——世间之人都有律法约束，怎会要他来过问对错生死？

"师兄早些休息。"他说道，"明日我便让人接你回官邸。"

叶见山知他没听进去，再劝也无用，轻叹一声便躺回了枕头上。宋立言退出房间，招手唤来宋洵，低声吩咐了两句。

外头天已经黑了，楼似玉借着烛光在账台上打算盘，稍稍一侧头，就感觉窗外有什么东西掠了出去。她顿了顿，不动声色地合拢账本，打了个哈欠，佯装上楼回房，却在关好门的一瞬间朝那影子的方向追去。

十个镖局都在宋立言踏入的一瞬间布下了防妖的法阵，这一点楼似玉是有所感知的，但她没想到的是，他竟还留了后手。

镇远镖局的大门打开，几个镖师围在箱子旁边等着，宋洵大步跨入，祭出一枚血玉，飞快地打入镖箱。只一瞬间的事，在凡人眼里看来不过是他摸了摸箱盖，似是确认无误之后，便让人抬走。

可楼似玉看清了，并且还记得，那血玉原本是挂在宋立言腰间的。

以随身之物置于四合阵旁，是上清司惯用的"追思之术"。在一定范围内，只要所追之物受妖力侵犯，其主就能以随身之物为介，转瞬行至所追之物身边。

他这是早就做好了有人来抢四合阵的准备。

日头西落东升，浮玉县又是一日清晨。

不过这一日，安乐街上可比往常热闹多了。掌灯客栈门口卯时就点了炮仗，噼里啪啦一顿乱响，炸得一群孩童捂着耳朵看热闹，也炸得宋立言立刻收回了刚伸出去的腿。

"什么东西？"他皱眉问。

宋洵往楼下看了看，笑道："开张礼，惯例是要鞭炮锣鼓庆贺一番的，门口已经满是人了，大人从后院走吧。"

宋立言嗯了一声，下楼时目光往旁边看了一眼，就看见楼似玉穿着石榴红的罗裙，像朵花似的在门口摇曳："咱们掌灯客栈为了迎接宋大人入住，已经重新修葺规整过，按理来说酒水是要涨价的，但咱们大人体恤民情，特意吩咐，今日宾客不但可原价享用酒水佳肴，还会抽一桌宾客免去账目，各位里面请！"

她这噱头用得真是一点儿不跟他客气。那么大一群人，甭管是真的想来用膳还是想来沾一沾"宋大人"的光，都呼啦啦地拥进来，霎时将大堂坐满了，还有不少人在外头排队候着。幸好他飞快地出了后门，没被人堵住。

二人上车去往县衙的时候，宋洵犹自赞叹："这位楼掌柜真是了不得。"

她可不是了不得吗？花花心思一大堆。要她花钱的时候能把门抠穿了，该她赚钱的时候，那叫一个心狠手辣毫不留情。他早先是真冤枉她了，起码在女掌柜这件事上，她没什么需要怀疑的地方，有本事，也担得起。

宋立言轻哼一声，问道："镖车出城了？"

"回大人，卯时前就出发了，眼下差不多到了城门口。"

宋立言抵着无名指的指节感应一番，不曾发觉任何异常，也不再问，安静地等着。

卯时末，楼似玉送走几拨食客，正美滋滋地摸着一大把通宝乐呢，就听得般春喊了一声："林厨娘？"

她抬头，果不其然看见林梨花穿着素黄的布裙，一边跟般春寒暄，一边朝她走了过来。

"主子。"林梨花用余光留意着四周，低声说，"好像有点儿不对劲。"

楼似玉顿了顿，笑着大声说："你可算回来了，正好厨房忙不过来呢，快来帮忙。"

说罢，她拉着林梨花就往后院走。

帘子一落下，前堂的喧闹声都远了去，楼似玉留意过四下，才开口问：

"怎么回事?"

"鼠族那几个本还在当铺里养伤的,谁知道昨晚子时一过通通不见了。"林梨花皱眉说道,"自打上次您来过之后,我与木掌柜就没关着他们了,按理说他们要走也该吱个声吧?结果一声不响地全没了。"

"我还当是什么事。"楼似玉松了一口气,点了点她的脑门儿,"他们本就该离开浮玉县的,走了是对的,用得着大惊小怪吗?"

"可是……"

"行了,你快去厨房帮忙吧。"楼似玉摆手,"那个人已经回县衙了,最近几日咱们都能过轻松日子。晚上我让钱厨子摆酒,给你打打牙祭。"

林梨花还想说点儿什么的,可看自家主子完全不担心,也就撇撇嘴,放下包袱钻去了后厨。

镇远镖局的镖旗是黑底红边儿的,扬在风里煞有气势,二十个镖师护在镖车四周,莫说山贼了,普通行人瞧见都绕着走,生怕有所冒犯。

美人蛇化作了个赶路的妇人,坐在茶棚里看着镖车由远及近。

"茶小二,来五壶茶,再将这几个囊子装满水。"镖头过来,喊了一嗓子。

茶小二连忙应声过去,一队镖师也就原地休憩,喝茶洗手。本是个寻常的休息间隙,美人蛇也没太在意,可眨眼之间变数陡生。

三丈外的黄土地上突然冒起几个大包,飞快地朝镖车这边蹿了过来。在场的都是老镖师,虽没见过这种路数,但反应也很快,抽出刀就要朝那些土包上砍,谁承想刀还没挨着,土包就纷纷炸开,蹿出无数个黑影,裹着煞气扑向镖车。

"什么东西?!"镖师惨叫,慌忙去赶裹在自己身上的黑影。镖头见状抽刀去护镖,却不想对方人多势众,他还未来得及上前就被撞开了去。

尖锐的利爪泛着绿光,一爪拍向车上的红木箱。

美人蛇愣怔半晌,待看清来者何人之后,变了脸色,上前吼道:"快住手!"

这一吼已然来不及,带着妖气的鼠爪一触及木箱,红光霎时大作,隐藏着的血玉化出八卦阵,升腾于镖车之上。原本只是巴掌大小的玉,眨眼间化出七尺方圆,血色从上至下倾泻而出,激滟流转。众妖定睛细看,那阵间竟生出人影。

人影缓缓踏来,眉目从血色里一点点变得清晰,他手里反捏着一把长剑,光过剑刃,自成两流,本有种凌厉的美感,可他剑身一翻,激荡的杀气就将别的东西都冲了个干净。

一众鼠妖僵在原地,似乎没反应过来。美人蛇白了脸,不管三七二十一,直直地朝镖车冲去,想抓一个空隙先下手为强。

然而,不等她靠近,冰冷的獬豸剑就横了过来,宋立言的声音冷漠地响起:"还敢造次?"

美人蛇呼吸一紧,止住动作,缓缓站直了身子。她扭头,眼里满是愤恨和不甘之色,只犹豫了一瞬,她就撕开人皮化出了原形。

布满黑甲的蛇身舒展开,绕上旁边的古树,一轮又一轮地往上缠。蛇鳞在光下黑得几近银色,古树发出嘎嚓嘎嚓的声响,听得人头皮发麻,那硕大的蛇头倏地伸到宋立言跟前,威胁地朝他吐了吐芯子。

"又是你。"宋立言看着她,"正好上回没能做个了结。"

他说完看了一眼四下的鼠妖,又点头:"旧账一并算了也无妨。"

镖师和路人都已经吓得跑远了,茶棚半塌,一群鼠妖退去美人蛇所在的树下,青訾化出人形,甚是恐惧地看了看宋立言,小声问:"这是怎么回事?他从哪里冒出来的?"

美人蛇冷声说:"谁让你们去扑那箱子的?"

"不是说王上的内丹在其中吗?"青訾跺脚,"怎料竟是陷阱。"

忙了大半天的楼似玉正倒在房间里休息,突然感觉到什么,耳朵一立,翻身坐了起来。

与此同时,林梨花推门摔进来,瞬间从人形摔成了狐狸,连滚带爬地跳去楼似玉的床上,急道:"主子,城郊打起来了!"

"什么?"楼似玉一把提起她的尾巴,"谁跟谁打起来了?"

"蛇女和宋大人,还有……还有鼠族。"

梨花颤巍巍地问:"怎么办哪?"

还能怎么办?楼似玉焦躁地在屋里打转。妖各有所长,也自有其短,狐狸善化形,善口舌,但没有可以瞬间奔出千里的妖法。等她骑马赶过去,怕是收尸都来不及了。

她正上火呢,突然想起个东西,连忙去打开床头那尘封已久的柜子,翻出一张符咒。

宋清玄在世时最擅长的就是制符,什么稀奇古怪的符咒都能从他手里生出来。她曾抱怨过去邻县路太远,那人就一声不吭地制出了千里符,冷漠地扔给她。大概是他当时的眼神太有趣,这张符她一直没舍得用,宁愿坐一天的马车都要把它抱在怀里。

103

她没想到这符倒是在今日派上了用场。

楼似玉深吸一口气,借火点了符,火光一跳,她好像听见有人笑了一声,那声音熟悉得叫她喉咙发紧。不过也只一瞬,笑声没了,她眼前的景象逐渐虚无起来,仿若将一幅上好的绣图扯开了线,一丝丝模糊开去。

妖血刺鼻的味道在整个城郊树林里弥散,引得众多低等妖怪来食。然而,一靠近那树林十丈之内,小妖就被震退开去。贪婪不信邪、执意要往里冲的小妖,不过十步便化作血水。

难为美人蛇还能立在宋立言面前,虽嘴角溢血,但半步没退。她头顶祭着蛇妖一族的法宝"无牙",凛凛紫光与对面灭灵鼎的白光正冲,双方倾注的修为尚算持平,可宋立言还有余力提着獬豸剑朝她动手,她应付起来就有些吃力了。

他们这边妖多势众,青訾替她挡着獬豸剑。然而,青訾元气大伤,挡得遍体鳞伤,最后一剑横过来,青訾接不住,被震飞出去,倒地呕血不止。

雪白的剑光猛地朝美人蛇的七寸刺了过去。

美人蛇的瞳孔里映出他的影子,她倒也没慌,反而暗暗蓄势。她做好了打算,灭灵鼎已经不在他身上,这一击楼似玉不能替他受,只要他再靠近些,她便是化了内丹也要拖他同归地狱!

近些,再近些,白光破刃,宋立言冷眼抬手,正准备倾注修为一招毙妖,却陡然察觉到一股浓烈的妖气自侧面朝他冲来。

再靠近便是腹背受敌,他垂眸,只片刻就做出了决断,飞退三步,侧剑将那妖气格挡下。

粉色的一团瘴气,裹着不知道什么东西拦在了他和美人蛇中间,甫一站定,那粉瘴就颤了颤,血流入地。

宋立言皱眉,持剑问:"何人?"

这熟悉的妖气,他不知道,美人蛇却知道。只是,分明那么强大的一个人,怎么眼下的气息凌乱成了这个样子?

"你快走。"怪异的声音从粉瘴里传出,"快点儿。"

"可内丹……"

"急什么?留得青山在不愁没柴烧!"

好像也有道理,美人蛇抿唇,惋惜地看了镖车一眼,便借着她的庇护化小原形遁入草丛。青訾见状也飞快地遁走。

宋立言眼神一沉,抬袖便飞出缠妖绳,粉瘴依旧来拦,可只缠妖绳这点儿灵力，竟也将她震退好几步，脚下血流更多。

"……"令人意外的是，宋立言收了手，看向那团东西，眼里一瞬间闪过诸多情绪，良久，他闭眼笑了。

粉瘴莫名其妙地颤了颤，扭头也想走，却被五根缠妖绳绕上来，打了个死结。她怔了怔，抬眼见他朝她走了过来，皂靴踩上她的血，发出轻轻的一声水响，像下雨天无意踩中了水滴。

粉瘴挣扎起来，暗自运气想挣脱缠妖绳，但莫名其妙的是，她用不了法力，强行用效果甚微不说，血流得更多。

"为什么会是你？"行至她面前站定，宋立言低下头来，眸子里泛着怒意和冷漠之色，还有被强压着的一丝困惑神色，"你不是让我相信你吗？掌柜的？"

最后三个字一出来，楼似玉狠狠地震了震，瞳孔都涣散了些。她仰头，发现自己身上用来障目的瘴气被他一挥袖散了个干净，面前的人是她熟悉的轮廓，可她怎么也看不清楚。

怎么回事？她来的时候还好好的，可一催动妖气，五脏六腑竟像被刀绞成了一团。

"你可知道自己为什么用不了法力？"宋立言轻声问。

楼似玉迷茫地看着他，呆呆地摇了摇头。

"我在给你的糯米烧腊里加了断妖符。"

楼似玉心口一痛，嘴唇上的血色一时褪了个干净。她望着他，张嘴想说什么，唇瓣一碰，硬生生混着血咽了回去。

断妖符，断妖符啊，那是潜伏在妖体内限制法力的符咒，只要宿主不用妖力便相安无事，一旦强行破咒，便是五脏俱损、七窍流血的下场。

这是宋清玄当年用来对付作恶多端的大妖举父的，举父最后死在了自己的挣扎之中，她觉得太过残忍，闹了好一通脾气，他便说："以后再也不用了。"

说好再也不用的东西，如今他却用在了她身上，楼似玉想笑，笑不出来——即便知道这人什么也不记得了，她还是觉得难过，难过得要死掉了。

"糯米烧腊那么好吃的东西，大人怎么舍得往里加符咒呢？"她喃喃低语，像是在问他，又像是在自言自语。

宋立言冷眼瞧着她，说道："楼掌柜想说的只有这句话吗？"

"那大人想听什么呢？"她唇齿间都是血，朝他笑得满口艳红，"要

105

奴家再唱支小曲儿吗？"

"……"分明是她撒谎被拆穿，也分明是她骗他在先，她怎么会露出这样的表情？仿佛他不是在捉妖，而是做了什么天理不容的坏事。

宋立言看不明白，觉得自己好像从来没看透过这个人。说她是个妖怪，她却能在灭神香里站着，身上一点儿妖气也没有，还能拿着灭灵鼎玩儿。可若说她不是妖怪，这断妖符又是铁证，再无可辩。

"我原本以为你只是个被妖怪迷惑的凡人。"他皱眉，"你到底是什么？"

楼似玉咯咯笑起来："若奴家是妖，是不是就被大人一剑斩在这里了？那奴家便是人吧，活生生的人。"

"都到这个地步了，你还要撒谎吗？"宋立言莫名其妙地觉得生气，缓缓抬手抓住了她的肩膀，"在你嘴里，到底有没有半句真话？"

楼似玉垂眸："真话向来就一句，可这么多年了，大人从来没把它当成真话。"

这么多年？宋立言眯眼："你果然一早就认识我。"

她知道他不吃葱花，知道他会吃鸡肉，知道他是上清司之人，也知道他此行为何。所以，石敢当不是巧合，灭灵鼎也不是巧合。她与那蛇妖勾结，对鼠妖也暗中相助。

那么多蛛丝马迹终于在此刻连成一片，变成她这张带笑的脸，像是在嘲笑他轻敌，看低了妖怪的手段。

宋立言怒不可遏，冷声问："真话是什么？你且说。"

"这一回，大人会信？"

"你先说我才知道能不能信。"

楼似玉看着他，又像是透过他在看别处，喉头几动，血顺着嘴角往下淌。她伸着舌尖舔了，想同他用玩笑的语气说，可话出口，还是忍不住哽咽："大人很好……清雅俊朗，举世无双。"

他在她眼里向来是好的，山青水碧，桃红雪白，只他是人界独有的颜色。哪怕每一回她都要被他忘记、怀疑，也忍不住凑到他跟前，贪婪地看看他的眉眼。

他给的糯米烧腊是好吃的，同八十年前一样，只不过这回加了不该加的东西。他也不是故意的，她没道理怨他。只是，看着他这漠然的眼神，楼似玉还是觉得心口疼，像被断妖符撕裂了心脏似的。

"不信是吧？"看明白他眼里的漠然神色，她咧了咧嘴，"大人真英明，一听就知道奴家在开玩笑。"

"我没空听你开这样的玩笑。"宋立言转身,"你现在不肯好好说话,那便随我回大牢,坐下慢慢说。"

挺好,他还不着急杀了她。

楼似玉自嘲地闭上眼,打算束手就擒。

然而,寂静的山林里突然响起了一声狼嚎,第一声很远,荡在半山间,第二声却陡然拉近,在宋立言背后不远的地方炸响。

他反应倒是快,抽出獬豸剑转过身,但那狼妖只一眨眼就没了影子,徒留浓烈的妖气威慑似的在山林里散开。

楼似玉皱眉,觉得这妖气甚是熟悉,又一时想不起来是谁的。来者不善,这妖怪修为不低,她几乎是下意识地开口对面前这人说:"小心点儿。"

宋立言回头,眼神古怪地看她一眼。

就这一眼的工夫,狼妖突然在镖车边显形,一爪拍开已无封条的镖箱,飞快地抓向里头的四合阵。谁料上头横着的灭灵鼎竟动了,这脾气不好的宝贝也不用主人指示,瞬间化大,兜头朝狼妖罩了下去。

与此同时,宋立言抽身而至,獬豸剑带着雷霆之怒横向一扫,那狼妖的影子拦腰而断,化出无数黑色蝙蝠,吱哇乱叫着朝他扑过来。宋立言抬袖挡脸,立刻意识到不对,下一瞬,就察觉右侧有凌厉的妖气朝他攻来。

声东击西?宋立言暗道不妙,横剑挥开蝙蝠,想再捏诀已经来不及。他扭头去看攻击他的人,却在黑蝙蝠翻飞的空隙间看见了楼似玉。

她在朝他冲过来,狼妖的妖气凌厉霸道,跟她那张美艳的脸一点儿也不搭,但杀意是浓烈的,像极了她客栈里的酒,猛烈又辣喉。这一瞬间他发现自己的第一反应不是杀了她,而是想问一句为什么。

他都没想杀她,她为何还要动手?

师弟,若你遇当斩之人,切记不可心慈手软,否则必会吃大亏。

见山师兄的话在他的脑海里响起,带着些叹息,一圈又一圈地荡开。宋立言手一紧,想出剑,眼神一闪,还是转为伸左手飞快捏诀,打出一道白光,正中她的左肩。

楼似玉身子一僵,朝他扑来的动作却没停,她神色有些紧张,触及他的目光怔了怔,倒是又笑了。

"我活该。"她叹气。

107

宋立言皱眉,觉得哪里不太对劲,直到通天的金光在她身后炸开,无数琉璃般的碎片从他脸侧飞过去的时候,他才意识到了什么,僵硬地伸手接住了朝他缓缓跌落的人。

断妖符还在她体内,她用不了妖力,妖气不是她的,她只是想来替他挡伤害。

可是……她为什么要替他挡伤害?

楼似玉很轻,像一片柳絮,落在怀里他都没什么感觉,除了温热的血大口大口地涌落在他肩上,打湿了衣裳。宋立言觉得不舒坦,心口生出一股怪异的感觉。他任由她靠着自己,动也不敢动。

她的身后,黑雾散去,两人高的狼妖以原形出现,用人的声音咯咯笑了出来。他伸爪,爪子里放着的是不知何时拿到的四合阵,绿莹莹的眼里映出宋立言僵硬的身影。

他十分优雅地朝宋立言行了人族的躬身礼:"多谢你了。"

宋立言看也不看就挥剑砍过去,那狼妖立在原地,却化为了幻影,被剑光一斩为二,由风吹散。

林子里浓烈的妖气也随之消失。

妖不是鬼,来去皆有踪迹可寻,可这狼妖的妖法完全不合常理,哪儿有妖能凭空消失的?宋立言微恼,头一回觉得自己当真见识少了,遇见这样的事竟没个办法,只能眼睁睁地看着。

怀里的人没了力气,顺着他的身子往地上滑去,宋立言伸手搂住她,略微想了想,伸手将她的嘴捏开,俯身覆上。

断妖符化为一颗金珠,顺着他的力道,从她的喉咙一路往上移,最后滚落出来,砸在地上溅成一摊血水。宋立言抬头,染了血的薄唇看起来有两分妖冶,眼神却依旧冷漠:"既然会妖法,就自己疗伤,别装死。"

楼似玉安静地躺在他的臂弯里,连呼吸都没有。

宋立言顿了顿,觉得可能是她会的妖法里刚好没有能疗伤的,于是将人抱起来,慢慢往回走去。

倒不是他突然发了善心,只是楼似玉身上有太多他想知道的秘密,在知道真相之前,他总不能就这么让人死了。狼妖那一击不重,她身上最重的伤是被断妖符反噬的,断妖符一除,再寻些办法,她总是能好的。

她穿着的还是今日站在客栈门口时那一身石榴裙,裙摆扬在风里,红得很好看,只可惜现在染满了血,闻着怪不舒服的。也不知道她醒来是会心疼自己受的伤,还是心疼自己花钱买的裙子。

"大人！"宋洵驾车赶来，半路遇见他，连忙跳下车迎上来，一看宋立言怀里的人，吓了一大跳，"楼掌柜？这是怎么回事？怎么还捆着缠妖绳？"

"先上车回县衙，让人请裴大夫过来一趟。"宋立言把她抱进车厢放着，看了看她身上的缠妖绳，摇头说道，"妖怪诡计多端，这绳子就先不解了。"

宋洵一脸诧异的表情，楼掌柜不是人吗？怎么就变成妖怪了？自家大人那满脸满身的血又是怎么回事啊？还有，四合阵哪儿去了？

他心里有无数个疑问，奈何自家大人显然没有解释的耐心，宋洵乖乖闭嘴，飞快地驾车回了衙门。

"大人，要将楼掌柜押去大牢还是……"

"不必，就关在我的院子里。"宋立言抱着人大步往里走，进门将人放在软榻上，想了想，给她布下三个困围阵，又算了算她的法力，再加了两个。

今日之事算是给他长了记性，他绝不能再小看了妖怪的手段。

然而，坐在榻边看了看楼似玉惨白的脸色，宋立言沉默良久，轻轻抽走了一个最小的法阵。

裴献赋来得很快，大步走进来笑着说："这是谁又生病了啊？天天不让我得歇。"

宋立言给他让了位置，指了指软榻上的人。

裴献赋笑意一顿，惊讶地左看右看："大人，这只是个凡人，怎么用得着这么多困妖的法阵？"

凡人？宋立言摇头："她会妖法。"

"会妖法就一定是妖怪不成？"裴献赋拂袖坐下，一边把脉一边说道，"这世间也有会妖法的人，你没见过罢了。"

一探脉搏，他惊了："这怎么三魂七魄都散了？"

宋立言心里一沉，皱眉说道："她受了断妖符的反噬，加上替我挡了狼妖一击，所以昏过去了。"

"昏过去和散了魂能是一回事吗？你瞧瞧，这气都要断了。"裴献赋一脸焦急的表情，站起来在屋子里走了两圈，连连叹气。

宋立言问："可还有救？"

裴献赋侧头看他："大人想救她？"

"能救自然当救。"宋立言说道，"这人还有很多事情没交代清楚。"

"她会妖法，身上的妖气够她撑上七日，这七日内，只要大人能寻得名为'蛇胆'的草药让她服下，她就还有救。"裴献赋迟疑地说，"但话说在前头，那药草在岐斗山左峰，有蛇女看守，轻易是得不到的。"

蛇胆草？宋立言眼露疑惑之色，正想多问，裴献赋已经将医书翻出来，找到图鉴，撕下来递给他："照着这个找。"

宋立言接过图鉴展开仔细查看，就在此时，软榻上的人手指动了，但他看得专心，并未察觉。算好来回所需的日程，他将宋洵叫了出去，开始商量怎么处理衙门公务。

"你想干什么？"楼似玉分明已经醒了，却被一股外力压着无法动弹，逼不得已以魂音开口，怒斥裴献赋。

裴献赋脸上的担忧之色像老旧的红漆一点点剥落。他垂眸，似笑非笑地点了点她身上的法阵，法阵被他一触，微微发光。

"我帮你隐瞒身份，你不感激我，怎么还责问起我来了？"他哀怨地撇嘴，"好心没好报。"

"让他去找蛇胆草，你能安什么好心？"楼似玉手背的青筋都鼓了起来，奈何她元气大伤，完全无法冲破这人的钳制，只能愤怒地说，"松开我！"

"你不是很喜欢他吗？"裴献赋温柔地替她擦了擦脸上的血，"我赠你与他朝夕相处七日，还不如你意？"

"卑鄙！"

"小娘子骂起人来也是一等一的有趣。"裴献赋笑眯眯地说，"可惜了，他听不见。"

他话音一落，楼似玉就觉得喉咙一紧，三魂六魄被封了个严实，魂音也再传不出去。

眼前一片漆黑，四肢只剩被桎梏的触感，她像沉在黑不见底的泥沼里，连魂魄都觉得难受。她试图挣扎，然而五脏俱伤，妖力大损，不管她多使劲都毫无作用，只有耳朵空前灵敏起来。

"你不必随我去，只两日，若找不到我便回来。衙门的事你与霍良暂且顶着，若遇着十分要紧的事，传消息给我便是。"

"用不了七日，我也没那么多工夫能耽误。生死有命，何况她不算无辜。"

"去备马便是，马车就不必了。"

谈话至此，掩上的门也吱呀一声被推开，宋立言进了屋子里，朝裴裴献赋说道:"晚辈已经安排妥当,敢问前辈,此人伤势,可堪颠簸?"

"常人是不能,她自是可以。"裴献赋从袖子里拿出一瓶药递给他,"每日喂她一颗,保全五内,聚魂定魄。"

"多谢。"

听见药丸在瓷瓶里滚动的声音,楼似玉浑身发寒。这裴献赋哪里会给什么聚魂定魄的药啊,分明是怕她恢复太快,不日就冲破这桎梏,故而借药之名继续给她下毒。

不能信啊!谁信谁是傻子!

然而,宋立言眼里的裴献赋完全无辜,行医救人罢了,能安什么坏心呢?宋立言收下药瓶,当即倒出一颗,想塞到她的嘴里。

楼似玉死死地咬着牙,哪怕是不能说话不能动,也想给他表达出点儿抗拒之意来。

左右塞不进,宋立言皱眉,正想收回手,裴献赋却体贴地上来说道:"此药丸不好吞咽,可化水服之。"

说罢,裴献赋还顺手倒了杯茶给他。

卑鄙,无耻,恶毒!楼似玉气得魂都打战,却没什么办法。唇上一凉,有水渗入,她想抗拒也无法。她倒是尝不着什么味儿,可药入肺腑,四肢更加僵硬。

"说来也奇怪,之前在下看大人对她颇多关怀,如今这人都快死了,大人怎如此冷静?"裴献赋打趣地说,"难不成有更漂亮的小娘子出现了?"

宋立言平静地开口:"前辈误会,晚辈与这位掌柜从无私情,私交也不深。若不是有案未结,这蛇胆草也是不必寻的。"

听听,这话多扎心,多让人痛快啊!裴献赋轻笑,余光瞥一眼软榻上的人,眼尾愉悦地眯了起来:"大人说笑,若当真没私交,她又怎么会替大人挡伤?"

这个问题宋立言也很想知道答案,可惜她不肯说,说了也不一定是真话。既如此,他也就懒得问了。若她是人,那他自当问清这妖法来处;若她不是人,那这一遭她若魂飞魄散,他也不会强留。

想是这么想好了的,只是,目光落在那张一点儿血色也没有的脸上,宋立言抿唇,还是稍稍捏紧了手。

"事不宜迟,大人若真想寻到那蛇胆草,就早些出发吧。"裴献赋说道,"在下虽隐居多年,但怎么说也长大人些岁数,大人若是遇险,只消同门传音，在下必定伸以援手。"

宋立言点头，等宋洵来回话的时候，便将楼似玉抱起来，径直出了门。

"掌灯客栈那边，你去传个话。"宋立言抱着人上了马，拉着缰绳说道，"就说楼掌柜诚信经营多年，乃商户楷模，故而本官带她去邻县的商贾大会，让他们不必担心。"

宋洵愣了愣，眼神分外复杂地看了他一眼。

"怎么？"宋立言疑惑。

"没……"宋洵挠头，笑了笑小声说，"就是觉得，楼掌柜对大人似乎颇有影响。"

要是放在以前，这种话宋立言无论如何都不会说的，办事而已，哪里用为别人找这么漂亮的借口？

宋立言顿了顿，掉转马头当没听见这话："我走了。"

"大人路上小心。"

马背颠簸，楼似玉就算被他放在身前也难免左摇右晃，好几次差点儿掉下马。宋立言不得已，只能空出一只手来搂着她的腰。

别家开客栈，酒楼的掌柜都吃得肥头大耳，那样才能显出自家的东西好吃。这人倒好，看着纤细，抱着更是轻，腰上肉都没有，搂着都觉得空荡荡的。

就这样的小身板，她怎么习妖法？

意识到自己又在操心不该操心之事，宋立言暗骂自己一句，定了定神。

岐斗山北峰看似不远，实则要抵达山脚也得骑马到天黑。途经一个茶摊，宋立言勒马，决定将人抱下去歇一歇。

茶摊上没别人，小二看见他，分外热情地擦着桌子问："客官请坐，想喝什么茶？"

"随意。"

宋立言想将楼似玉扶在长凳上坐下，可光凭她现在的状态她肯定是坐不稳的，宋立言无奈，只能让她靠在自己身上。

"尊夫人这是病了吗？"小二上茶来，一边斟茶一边笑着说，"看样子客官也是上山寻药的，这岐斗山上宝贝多，客官可要好生找找。"

宋立言想开口说这不是他的夫人，可跟陌生人也没什么好解释的，便当没听见前一句，只问："上山寻药之人很多？"

"自然是多的，众生皆苦，最不喜死别，听闻山上有灵草妙药，都抱着希望去寻。"

"在北峰何处寻到的？"

"半山腰偏南的位置，说是有一处冒绿光的林子，里头什么样的药草都有。"

"多谢。"宋立言喝完茶，将楼似玉抱上马就朝他说的方向走去。

这人就是在上清司待久了变傻了，如此拙劣的谎言都相信？

楼似玉恨不得朝他大叫：怎么可能一个小破树林里什么药草都有啊？！若当真如此，她还开什么客栈，背个背篓上山采药就日进斗金了好不好？

可惜她喊不出来，宋立言也想不到这一点。骏马继续朝岐斗山撒着欢快的蹄子，她躺在他的怀里，像破柳絮一般晃荡着。

这样下去不行，岐斗山上什么妖魔鬼怪都有，要他真闯了禁地，灭灵鼎都不一定护得住他。楼似玉暗自运气，想尽快恢复，然而她实在太虚弱，这点儿调息如滴水欲满湖，慢得让人绝望，好在岐斗山有天然的灵气汇聚，多少给了她些助力。

夜深露宿山林，宋立言靠在树边安静地睡着，楼似玉便趁机运功调息，愈合体内断裂的经脉。

山间清晨鸟啼雾起，宋立言睡得浅，很快被惊醒，抬眼看看四周，天已经微亮。他起身去附近找水源，洗漱过后盯着水面想了片刻，还是将帕子拧了，拿着回去。

楼似玉正运气，突然感觉自己被人抱进了怀里，接着脸就被擦了擦，清冽的泉水带着三分凉意。

这人还有这么细心的时候？楼似玉很意外，先前他不是还一副救她都不是很情愿的态度吗？给她擦起脸来他倒是格外温柔，生怕弄疼她似的，力道都很小。

她受了那么重的伤，还听他说那些与捅刀子没两样的话，要说心里一点儿怨气都没有是不可能的，只是一切来得太快，她来不及难过就陷入了担忧情绪之中。此时此刻，被他一下又一下地轻擦着脸，楼似玉才后知后觉地委屈起来，鼻尖发酸。

她怎么说也没做过对他不利的事，就算被察觉了妖气，也是为着救他。她还帮他破案了，也帮他寻回了灭灵鼎，他怎么就半点儿不念好的，翻脸就说与她没私情？

这人冷血，无情，残忍！

可是他的怀抱真是暖和啊，带着人的温度与柔软感，但凡她能动，定要好生蹭一蹭，把脑袋伸给他让他摸摸，尾巴也拿出来跟他摇一摇。再大的气，只要他递一碗鸡汤来，她都能消了，咕噜噜地把汤喝个干净，然后跟他走。

"怎么哭了？"抱着她的人嘀咕了一声，将湿润的手帕按上了她的眼睛，捂了一会儿拿开看看，又捂了上来。

《百妖录》里说，妖怪是不会落泪的，那照这么看，她还真是凡人，只是修习了妖法。哪一种妖怪的妖法呢？

低头看看她脸上的泪痕，他嘀咕道："水妖吧？"

楼似玉："……"

她收回刚刚的话，这人起码得拿两碗鸡汤才能让她消气。

宋立言把裴献赋给的药拿了出来，就着叶子里的泉水化了，喂给她喝下。楼似玉抗争无果，偷偷吐了些，然后又被他搬上了马背。

茶小二嘴里说的那片冒绿光的树林宋立言远远就看见了，的确是在北峰之南。可奇怪的是他朝那边走了几个时辰，不但没靠近，反而越离越远。

再度从所站的位置看见了远在邻峰的绿林之后，宋立言停了下来，冷哂一声祭出破障符。黄色的符纸卷飞上天，"刺啦"一声将空气划开一条口子。那口子倾塌下来，露出与面前景象完全不同的画面。

果然，这里有结界。

宋立言收回手，牵着驮着楼似玉的马往里走，余光扫向身后，发现那被划开的结界不一会儿就合上了。四周天地与外无差，只是树林略有不同。也就是说，他方才走的那么多地方都是幻境，只这一处才是真实景象。

竟有人可以设下那么大的结界？他不解。结界的设立向来与自身修为有关，以他自己来说，能轻松布下十丈之内的结界，再勉强些，至多不过三十丈。可这岐斗山北峰树林来去少说几里路，全布下结界，并且还没被他轻易察觉，布结界之人该是何种修为？

他是不是不该再往前走了？

宋立言略微踟蹰，打算停下来仔细思量，可还不等他拉好缰绳，不远处就传来一阵吵闹声，叽叽喳喳的，像有人在争执什么。

出于好奇，宋立言将楼似玉抱下来，悄悄往那发声之处潜了过去。

别去啊！楼似玉在心里大声地喊，这哪里是去得的？快往回走，往回走！

然而，宋立言什么也听不见，哪怕她的手指在他的衣袖上微微蜷曲，他也没察觉。

声音越来越近，吵闹的内容也变得清楚："你杀得他们，就杀不得我了吗？你动手啊，打我个魂飞魄散不得超生，对你师父也有个交代！"

"你当真以为我不敢？"

"你有什么不敢的？来，朝这儿打！"娇小的姑娘气得快跳起来了，"今日你不打，就别想走！"

雪白的衣裳被吹得翻飞，高大的男人看不清脸，但从背影也能察觉到他是当真生气了。他的手高高扬起来，似乎下一秒他就会朝那姑娘劈过去。

然而，风吹袖动，他落下手却没带什么力道。手掌轻轻地落在她的头顶，他发出一声长长的叹息。

小姑娘红着眼瞪他，突然哇的一声哭了出来，哭得委屈极了，鼻涕直冒泡泡。男人更是叹息，轻轻抚着她的头发，一下又一下，温柔而隐忍。

这是两个凡人吗？凡人怎么会出现在这里？

宋立言纳闷儿地看看，忍不住往前走了一步，谁料那边的小姑娘突然朝他看了过来，呵斥一声："何方鼠辈？"

娇媚的声音带了些鼻音，又凶又有些可爱，宋立言觉得很耳熟，还来不及想是在哪里听过，就看清了她的脸。

柳眉薄唇，脸颊嫣红，一双凤眼天生妩媚，却被她瞪得有些杀气。她下巴微抬，自有两分傲气，眼眶却是红的，瞧着让人心生怜悯之情。

这是楼似玉的脸。

宋立言心头一震，低头看了看怀里的人，又看向那边的小姑娘，未等他惊叹，那姑娘身边的男人也转了过来。

"清怀？"他说道，"你躲在那里做什么？"

宋立言的五脏六腑一瞬间血脉倒逆，他震惊地看着那个男人，脸色发白。看着男人空洞的眼神，他意识到什么，僵硬地扭过脖子，看向自己身后。

被唤清怀的人从树丛里走了出来，看起来年轻得很，不过十多岁，还穿着上清司新弟子的青白色长袍。清怀犹豫地看了两眼，才抬步朝那两个人走过去。

115

宋立言发现自己站在清怀要走的路上,本该让一让的,可他实在震惊过度,腿一时没能挪开,结果就见清怀从他身上穿了过去。

像水里的影子被石头打乱又重新聚合一样,清怀压根儿没看见他。

"师兄。"清怀朝人拱手,"山下传来消息说,常硕现身了。"

一听这话,小姑娘反手就拉住了男人的衣袖:"你不许去。"

"别胡闹。"男人捏住她的手,"上清司众人正处在危难之中,我没道理独善其身。"

"那也不许!"小姑娘死死地抓着他不松手,眼泪又往下掉,"你说过不会再抛下我的,你自己答应的!"

"我没有要抛下你,等事成回来,我便陪你看夕阳。"男人叹息,摸了摸她的脑袋,"你这么矮,没我替你点灯可怎么行?"

他说着还笑了起来,俊眉朗目舒展开便是一方清色。

小姑娘哭得更大声了,男人却狠下了心,将她的手掰开,大步往外走去。

宋立言怔然看着,看着那男人朝自己的方向走来,步履坚定而决绝。他没动,就在原地等着,眼睁睁地看着那男人的幻影在穿过他的一瞬间与他的脸交错重叠。

一模一样的五官,像荷花于塘里绽放,水上风光水中影,光影相映,找不到任何差别。

男人穿过他之后,被打散的幻影重新合拢,无声地消失在远处。

清怀跟了上去,那姑娘蹲在原地哭了好一会儿,拿袖子抹了脸,也气愤地追了出去。光影消失,整个树丛霎时寂静下来,连虫鸣声都没了。

宋立言突然觉得有点儿站不住,抱着楼似玉半跪下来,倚在旁边的古树上喘息。

他知道自己看见的都是幻影,可四周没有妖气,也就是说,这不是妖法,极有可能是被四周的什么东西留下来的一段过往,是真实发生过的事。

可怎么就那么巧,一个和他长得一模一样的人,看起来和楼似玉渊源颇深?

他认得楼似玉哭起来的样子,与那姑娘如出一辙。天底下绝不可能有长相、神态都如此相似的两个人,那分明就是楼似玉的经历。那个男人呢?那人长得和他一样,还有个叫清怀的师弟。

清怀,赵清怀——裴献赋曾说,多年前赵清怀让他救师兄,那个师兄叫宋清玄。

之前怎么也拼不上的线索突然连成了一串，呼啦啦被风吹成一长卷。宋立言觉得头疼，可又控制不住地去想这些事。

八十年前楼似玉认识宋清玄，且与他颇有纠葛。宋清玄在封印常硕一役中战死，楼似玉就在掌灯客栈里等他回来。她认识的压根儿是宋清玄，所以初见之时她震惊失态，后来看他的眼神也总带着一股奇怪的情愫。

她不顾一切地救他，恐怕也是为此。

看起来她很爱宋清玄，宋清玄身为上清司之人也未曾对她动手，那是不是说，宋清玄认为她不会做坏事，至少不会做对上清司不利之事？

那她究竟为什么让他发现常硕内丹和灭灵鼎？

宋立言心里疑窦难抑，他将楼似玉扶起来，解开她身上的困囿阵，尝试给她运功。然而，他的气一触及她就被什么东西狠狠弹开了，连带着她的嘴角也溢出血来。

抵触他？宋立言皱眉，微恼地收回手，想了想，拿出裴献赋给的蛇胆草图鉴，开始在四周查找。

楼似玉又气又痛。她不知道是谁将这段东西放在这里的，也不知道背后的人想干什么，但明白自己必须快点儿破了裴献赋的桎梏，否则后果不堪设想。楼似玉凝神静气，想起宋清玄曾教过的打坐之法，试着以心脉内的热血为引，重新调息。

她当年没能拦下宋清玄，如今总不能再救不了宋立言。

心神入定，气走周身，楼似玉逐渐摒弃周围动静，不听不想。一直压在丹田深处的妖气被她一点点释放出来，充盈到四肢百骸，僵硬的躯体慢慢回暖，几个大周天之后，指尖终于可以动弹。

内脏的疼痛越来越轻，气也越来越顺，想来经脉是连通了不少。

察觉到自己的进步，楼似玉松了一口气，然而，还没来得及高兴，狐族敏锐的嗅觉让她闻到了裴献赋给的毒药的味道。

她浑身一震，忙从周天里挣脱，树叶响动和花开的声音重新涌入耳蜗，吵得她蒙了好一会儿。

肌肤上有清晨的薄露，鼻息间有新鲜的草香，想来日子又过了一天，该到宋立言给她喂药的时候了。只是，他像遇见了什么难题，打开药瓶好一会儿也没来她面前，而是在周围打转。

他们还在那片树林里，四周没有水声，也就是说，宋立言找不到给她化药的东西，只要她不张嘴，就不用再吃毒药了。楼似玉大喜，心里默念停药啊，只要这药停下，她能更快恢复。

然而，宋立言转了两圈之后还是朝她走过来了，将她半扶起来，轻叹了一口气。

嗯？

楼似玉有点儿发怔，觉得气氛不太对劲。她心里有个想法，可又觉得太荒谬，上清司出来的人，世世代代都是摆件铺子里落灰的老古董，怎么可能……

唇上突如其来覆上点儿温热东西，将她那点儿念头砸得粉碎。本来一片漆黑的天地里好像突然飞出去无数白鸟，呼啦啦一片，直叫人发晕。

楼似玉傻了，牙关没咬紧，任由这人以口舌将药渡给她。唇齿辗转间，她怔然地想，裴献赋给的药丸……竟然是甜的吗？

她不该往下咽的，哪怕宋立言逼着她，她也可以聪明点儿，压在舌下，再借机吐了便是。

想是这么想，宋立言当真逼上来的时候，楼似玉连抵抗都没有，咕噜一下就把毒药咽了个干净，还觉得这药像刚摘下来的蜂蜜，化在心里甜丝丝的，把她五脏六腑的疼痛都抚平了。

柔软地辗转厮磨，温热而熟悉的呼吸，混着他身上独有的沉木香，像是一场旖旎美梦。风吹旧时雨，花开故人归，若这片刻能永恒，那她再多咽几颗毒药又何妨？

然而，宋立言只是喂药罢了，喂完药，便松开她，甚是有礼地说："得罪了。"

他不知道她听得见，像是良心不安，说完便晃着眼眸看向别处，脸上有些可疑的红色。平静片刻之后，他又起身将她抱起来，继续往前走。

楼似玉逐渐从妄想里回过神来，一运气，懊恼地发现自己刚冲破的一点儿桎梏又被这药堵了回来。色迷心窍，情长坏事，上清司的教条并不都是错的。

呸了自己两口，楼似玉凝神感知了一番四周情况。

郁郁葱葱的树林，与一路走来的风景没什么两样，可现在山林里的风都是往同一个方向吹的，不合常理。

宋立言走两步也注意到了，脚下方向一转，便顺着风吹的方向走。迎风布阵，风口即阵眼，结界同理，只要顺着风，他总能找到些什么。

越往前风越大，行过半里路，前头的景象突然模糊起来，像蒙了一层薄纸，天地都是一片混沌。宋立言看了看，俯身放下楼似玉，抽出獬豸剑，二话不说朝前挥去。

哗的一声，结界裂开一道口子，本来一直往这个方向吹的风突然滞住，紧接着浓厚的妖气从口子里倒灌进来，呛得他咳嗽了两声。

"蛇？"辨清这妖气所属，他困惑地自语一声，从袖子里拿出两张瞒天符，贴在自己与楼似玉的脖子上。

他原本以为在进这片树林之前的地方都是结界，可如今看来，这片树林才是结界，像是用来掩盖什么地方的。

宋立言抱起楼似玉踏进去，抬起头的瞬间眼皮一跳。

外头的古树盘根错节、遮天蔽日，人置身其中完全分不清昼夜。他落脚惊起了一片萤火虫，星星点点的荧光蒸腾而起，远处看来，的确是一片冒绿光的林子。

还真让他找到了？宋立言松了一口气，慢慢打量眼前这壮观的萤火景色，下意识地对怀里的人说："你看不见也是可惜了。"

楼似玉没想到他会突然说这么一句话，愣了一会儿想回应他，又发现他听不见，只能丧气地闭嘴。

借着萤火虫的光，宋立言一边走一边找蛇胆草。绕过两棵参天古树，他突然觉得前头有光亮，抬眼一望，惊得差点儿将怀里的人扔出去。

他所处之地竟是一处矮山，矮山之下有一片城镇，无数橙红色的孔明灯参差不齐地悬浮在半空，将城镇照得通亮，写着符文的红色绸带错落其中，顺风翻飞。他仔细看去，城墙、房屋与人界并无不同，但行在其中的都是人身蛇尾的妖怪。他们上半身穿着普通百姓的衣裳，下半身却缠在柱子上，抑或是在石板路上蛇行。

这里是蛇族的栖息之地？

宋立言很震惊。他记得上清司的《灭妖录》里写过，蛇妖一族在鼠族之前被灭，妖王勾水作恶多端，被打了个魂飞魄散，蛇妖也在后来的几十年里被上清司消灭干净。他本以为美人蛇就是罕见的蛇妖了，谁承想这里竟有这么多。

宋立言正出神，身边突然飘来几缕妖气，侧头就见几只蛇妖交谈着从他面前路过。

"这是什么味道啊？"蛇女左右吐了吐芯子，嘀咕道，"怎么不太对劲？"

宋立言按了按楼似玉的脖子上的瞒天符，屏息僵住。

"你又疑神疑鬼的，咱们这地方谁发现得了？"旁边的蛇男啐她一口，

"快走吧，再晚就进不得城了，赶不上庆典你可别哭。"

"哎，你等等我。"蛇女收回芯子，扭腰就往前蹿。

宋立言等了片刻，等到距离合适，带着楼似玉跟了上去。

一下山坡，四处的蛇妖更是多了起来，宋立言一眼望过去，无一不是百年以上的大妖怪。半人半蛇的妖行在路上比他高出两倍，宋立言敏捷地躲过周围乱吐的蛇芯子，靠着正宗的上清司瞒天符，愣是挤在蛇妖堆里进了城。

楼似玉在他怀里，冷汗已经将衣裳湿透。

她已经不想说这人胆大了，他这简直是把自己的命当玩笑，蛇族禁地也敢闯！瞒天符只有几个时辰的效用，难不成他还打算在几个时辰之后孤身对战蛇妖全族？别说是他了，就算是当年那个人在，把修为提高十倍，也不敢这么玩儿啊。

城镇的街上热闹得很，宋立言一路走过去都是小贩在吆喝，像极了浮玉县的安乐街。只是，这里吆喝的不是花卷、馒头、糖葫芦：

"新鲜的老鼠，五文一串，来看看喽！"

宋立言嫌弃地换了条路走，眉头皱得死紧，楼似玉就算睁不开眼也能猜到他的神色，担忧之中不免觉得好笑。这样的地方，哪里是他这个清雅之人该来的？

当——街口中央突然响起清脆的钟声，四周的蛇妖顿了顿，纷纷朝那边游走。宋立言回头，也跟了过去。

高台上落下一枚雕着古怪花纹的铜球，里面应该装了铃铛，滚动起来叮当作响。他看不明白是怎么回事，周围的蛇妖却都拼命吐了芯子去抢，硕大的蛇身挤来撞去，逼得他不得不往有空隙的地方闪躲。他怀里抱着个人，大幅跳动还得小心被蛇妖察觉，怎么都有些惊险。

眼看一只蛇女朝他倒下来，宋立言立马飞身跳去最前头的空地，刚站稳就听见铃铛的声音由远及近。他一扭头，便见那大铜球兜头朝他飞来。

没这么巧吧？他皱眉，想再躲，四周已经被蛇妖挤满。眼瞧着走投无路，宋立言皱眉，正打算硬接下来，铜球却突然停在了离他的脑袋不过三尺的位置。

湿漉漉的蛇芯缠上来，将铜球拉了过去。宋立言抬眼，看见一只穿着浅蓝绸缎的蛇女张着大嘴，半衔着铜球高傲地行上台子。

"长尾既接这守魂铃，便是知道规矩。"高台边上坐着几位老者，须发皆白，却无蛇尾，说起话来一板一眼，像极了朝堂上的大臣。

"我明白。"长尾将珠子吐在地上,转头看向高台中央站着的人,"生死不论,谁赢了谁来接守护圣草之任。"

顺着她的视线看过去,宋立言眯起了眼。

一身黑甲闪光,连人身都没化,直接显着真身盘在台子上,不是美人蛇又是谁?

她与他那一战负了伤,此时许是不想让对手看出伤势,所以才用原形。但就算用原形,宋立言觉得,以她的修为,她未必打得过对面的长尾。

果然,两边起势,不过两轮对法美人蛇就落了下风。长尾是个狠角色,察觉到她的虚弱,立刻乘胜追击,招招落处都是她的七寸。美人蛇狠狠迎战,却节节后退,最后一击,直接被长尾从高台上扫了下去,砰地砸落在宋立言身前的空地上。

到这个地步,算是胜负已分了,但长尾显然没有放过她的意思,追下高台,抬手就要给她致命一击。

这就过分了,宋立言低头看了楼似玉一眼,抽出一张符纸捏成团,倏地朝长尾扔了过去。

小小的纸团没引起谁的注意,一碰见长尾的蛇鳞却如水一般渗了进去,只一瞬,长尾的动作戛然而止。

杀气腾腾的一击未落在美人蛇身上,美人蛇的还击却先至,无数利刃自她口中飞出,带着仅剩的修为直插进长尾的七寸。

妖血飞溅间生死已定,长尾满眼都是不甘心之色,瞪着美人蛇看了许久,长啸一声,庞大的蛇身才缓缓倒下。

无数蛇妖欢呼,朝美人蛇甩着蛇尾庆贺,美人蛇却觉得不对劲。方才那一击理应是长尾先打中她,她至多能伤长尾两分,却不承想长尾突然顿住了。

她下意识地回头,眯眼往自己身后看了看。

拥挤的蛇妖们扭动着各自的躯体,蛇芯子吐了满天,除了浓烈的妖气之外,这里再没别的东西了。

是她多想了?美人蛇纳闷儿。

"殷殷,到台上来。"白胡子蛇妖喊了一声,美人蛇也就不再多想,强挺起身子回到高台之上。

"胜负已定,密钥继续交由你保管。"白胡子蛇妖将一团光递给她,美人蛇吐出蛇芯将其卷吞入肚,然后吐出一团火,火焰飞旋着冲上高台中央的柱子,将顶端的火盆点燃。

121

啾的一声，火盆里的火顺着八根长线一路蔓延，沿路点燃线上绑着的烟火，一时间火光冲天，五光十色的烟花在空中炸开，城镇上欢呼沸腾，属于蛇妖一族的庆典正式开始了。

这是在庆祝什么呢？宋立言很好奇，余光瞥见旁边店铺里有笔墨，眸子一动，抬步走了过去。

店家正在外头看烟花鼓掌呢，也没发现身后的案上放着的笔自己动了起来，空白的黄纸被染上墨迹，一阵鱼龙乱舞。

少顷，一张黄符匆匆写就，在空中抖了抖，借着最盛大的烟花炸开那一瞬间的光，化成了一只半人半蛇的小妖，睁着无辜的眼睛看向宋立言。

楼似玉察觉到他做了什么，嘴唇忍不住颤了颤。

符可化人，亦可化妖，但这属于十分高深的纵符术，她只在千年前见过一次，就连后来的宋清玄也未曾练会。如今的宋立言年岁还不及当年的宋清玄，竟能随手挥出这东西吗？

化出来的妖没有生命，却能依照纵符者的意愿说话做事，宋立言一颔首，那小妖便就地打了个滚儿，沾染上四周的蛇妖之气，再笑嘻嘻地出门去，拉着店家问："伯伯，这烟花是做什么的呀？"

店家也没细看它，随口就答："这是为了庆贺咱们蛇族得以继续存世繁衍而放的，十年一次，图个热闹。你抓紧看看，下一回又要等上十年呢。"

小妖回头看了看宋立言，继续问："那咱们蛇族是怎么得以继续存世的？"

"这个就说来话长了。"店家摆手道，"回去问问你爹娘，让他们慢慢给你说。"

"爹娘去人界了，好多年没回来了，无人同我说这些。"小妖可怜兮兮地撇嘴，伸手递了一个小瓶子过去，"把这个送您，您给我讲讲故事可好？"

印着青花的小瓷瓶，一拔塞子就飘出一股上清鲜美之血的味道，那店家一闻就亮了眼，连忙将塞子堵上，看了看四周蛇妖投过来的目光，将小妖拉进自己的店铺关上了门。

"好家伙，这东西你都能得来。"店家贪婪地吐了吐芯子，舔了一口瓶子里的血，像喝醉酒似的眯起眼来，满足地说，"既然你想听，那我就跟你说说。"

"话说这一千多年前啊，上清司对天下妖怪赶尽杀绝，那是一场残忍的屠杀活动，使得妖族整整一千年不得见天日。五大妖族首当其冲，蛇妖之王勾水被追剿了两百年，终是被上清司之人斩于岐斗山之巅。

"蛇王一死，吾辈本也不可幸免，但就在那人将蛇妖逼入岐斗山北峰山谷，欲一网打尽的时候，突然就停手了。接着，就有别族的妖怪带我们逃入这山谷深处，并让我们立下誓言，无论繁衍多少年，蛇妖都不可再祸害人界。"

说起这事，店家犹自觉得奇怪："至今都没人猜到上清司的人为什么会放妖怪一条生路，不过正因如此，咱们蛇族分为了两派，一派因妖王之死恨透了上清司之人，另一派与世无争，时刻遵守着约定。"

宋立言听得脸色发青，觉得这妖怪在撒谎，上清司世代与妖族不共戴天，怎么可能有人对妖怪网开一面，甚至任由整个蛇妖一族继续繁衍下来？还有，让妖怪立誓？谁会有这么荒谬的想法？

他心里质疑，那小妖自然也露出不信的神色。

店家笑道："我又没必要骗小孩儿，你这副模样是做什么？别怪我没提醒你啊，你可别存什么去人界捣蛋的心思，看见那高台上的蛇女没有？"

他指向窗外台子上的美人蛇，吓唬似的说："她守护咱们圣草，是掌罚的，谁若祸害人界，便要被抓回来扒皮抽筋！"

楼似玉一直心情沉重地听着，直到听到这一句话，终于忍不住翻了个白眼。

还掌罚呢，美人蛇每十年争一次守护圣草的资格，就是为了自己不受罚，不然她怎么敢嚣张地威胁要浮玉县的人陪葬？虽然她只是逞一时口舌之快，但这么多年过去了，圣草下埋着的东西早已没了当初的威慑力，蛇妖若当真有歹心，谁也拦不住。

"我不会去捣乱，就是想找一样东西。"小妖嘻嘻笑着，拿出一张纸来，"伯伯可见过这个？"

店家舔完瓶子里的血，漫不经心地接过他给的纸一看，脸色骤变："你？"

小妖茫然地看着他，像是不明白他为什么这么激动，还僵硬地吐了吐蛇芯子。

"你不是我族中人！"店家大怒，一甩尾巴将小妖卷住，"何方宵小，敢来打听我蛇族机密？"

竟然被识破了？宋立言挑眉，看着关好的门被气波冲开，那店家愤怒地卷着小妖上了街，大声喊："有外族入侵，大家小心！"

街上一片哗然，蛇身爬行的声音窸窸窣窣响个不停。高台上的美人蛇闻声赶来，见店家将一只小蛇妖卷得骨头咔吧咔吧直响。

"这是做什么？"她皱眉，"可别错杀了同族。"

"哼，但凡我族中人，都是在圣草旁边出生，沐浴着圣草恩泽长大的，这小东西却拿着圣草的图来问我见没见过，我能冤枉他吗？"店家将蛇胆草的图鉴举起来，"大家看。"

三条长叶托着五簇雪白的小花，从中央抽出来一根红色的细茎，亭亭玉立，正是蛇族圣草。

小妖已经被拧得没了形状，噗的一声变回黄符，从空中打着旋儿飘落在地。在场所有蛇妖，包括高台上的白胡子蛇妖，见状都白了脸。

"上……上清司的东西！"

"有上清司的人混进来了！"

片刻的寂静之后是极度的混乱场面，街上所有蛇妖都开始推搡逃窜，尖叫声不绝于耳，方才还热闹繁华的大街瞬间瓜烂菜飞，一片混乱场景。

美人蛇没动，立在来来往往的蛇影之中，盯着地上的黄符看了好一会儿，蛇瞳微微一闪。

白胡子蛇妖着急地指挥着妖众在各处排查，又布下法阵保护年幼小妖，忙得焦头烂额。美人蛇回过神，转身说道："既是有外族入侵，我也当做分内之事。"

"你去吧，多带些人。"白胡子蛇妖说道，"一有情况便传音于我等。"

"好。"美人蛇扭着身子往一个方向走去，宋立言见状，悄无声息地跟上了。

"那边好像有动静。"走到一半，美人蛇随意指了指，对身后跟着的蛇妖说，"都去看看。"

"是。"其余蛇妖领命而去，她则继续往前，慢条斯理地走到城镇最中间的一棵古树旁。

这棵古树不知道有几万年了，粗壮得可怕，树干估摸要二三十个人才环抱得过来，树皮粗糙，枝叶繁茂遮天，无数雪白的气根从树冠上伸下来插入地面，分外壮观。

美人蛇捏了诀，很轻松地让树干开了个口子。宋立言在后头跟着，发现那口子没立刻合上，飞快尾随进去。

树干中间竟是空的，一道白光自上而下，如仙人临世，照亮一方。

泉水潺潺,从高处流入树根,目光所及之处百花齐放,未破壳的蛇妖蛋参差不齐地错落在花丛间,什么颜色的都有。已出世的小妖尚在懵懂之中,下意识地扭着身子朝那束白光靠过去,而那白光之中长着的,就是裴献赋图鉴上的蛇胆草。

"还以为是我多心了,没想到真的是你。"美人蛇转过身来,吐着蛇芯说道,"来我蛇族禁地有何贵干?"

嗯?这么温和的态度,一点儿也不像她。楼似玉暗自想着,许是因为方才宋立言救了她一命?她倒也是恩怨分明。

宋立言犹豫片刻,将自己脖子上的瞒天符摘了,显身问:"你怎么知道是我?"

美人蛇冷哼一声:"如今荒州境内,能随便一张符就封住长尾的,除了你我想不到别人。况且你用的那黄符上头有一股怪讨厌的沉木香味儿。"

美人蛇瞥他一眼,觉得他的姿势有点儿奇怪:"你手里抱着什么东西?"

宋立言抿唇,将楼似玉脖子上的符一并取了,沉声说道:"她命在旦夕,需要借你蛇族的圣草一用。"

美人蛇看清他怀里的人,吓得倒吸一口凉气,飞快地蹿过来,不可思议地摸了摸楼似玉的脸:"怎么可能?她怎么可能命在旦夕?"

"为什么不可能?"宋立言眉梢微动,眼神深沉起来,"她是个凡人,又不是不死不灭之身。"

第六章
勾水圣物

她那么厉害的妖怪,虽不至于不死不灭,可能让她死的人也没几个——美人蛇想这狡猾的小狐狸肯定是瞒着他呢,便生生将话咽了回去,改口说道:"我的意思是,上回见她还好端端的,这一眨眼怎么就成这样了?"

宋立言别开眼说:"我来此处只为救人,你若让路最好,若是不愿,那便请战。"

让路?美人蛇回头看向圣草,猛地反应过来,皱眉道:"我身上有伤,不是你的对手,战自是不想战的,但这圣草是蛇族福祉,于外族……于凡人也没什么作用,你怎么会来寻它?"

按理说这世上已经没几个人知道他们蛇族尚存,更不可能知晓圣草所在,楼似玉虽知情但绝不可能让他来这里,那图鉴他又是从何处得来的?

美人蛇虽然脾气暴躁,可也不傻啊,仔细一思量就察觉到了不对劲:"你该不会是被人骗了吧?"

宋立言抱着楼似玉上前:"是不是被骗,一试便知。"

"哎,等等!"美人蛇慌忙拦住他,"你方才帮了我,我就算再恨你,眼下也不会立刻对你动手,但这草你不能动,一动整个蛇族都会察觉,到时候莫说是你,你怀里这人也必定一起葬身此处。"

宋立言脚下一顿,看了楼似玉一眼,有些恼:"裴大夫说了她只有七日时间,路上已经耽误了四日。"

美人蛇拿尾巴拍拍地上朝他示意："我蛇族善毒自然也善医，听听我的话不亏。"

宋立言俯身将楼似玉平放在花丛里，让开了些，手却放在她的肩上，状似无意，实则戒备。

美人蛇瞥他一眼，戏谑地说："还挺护着。"

蛇族医术一层探身，二层探魂，美人蛇一将蛇芯放上楼似玉的脖子就知道这人魂魄俱在，只是被什么东西囚禁着，魂音得不到回应。

奇怪了，美人蛇忍不住收回芯子问："你是不是给她身上放什么法阵了？"

宋立言低声说道："刚开始放过，后来都收了。"

"她的魂魄上还有东西压着，力量很大，我解不开。而且，她的三魂七魄少了一魄，受创伤不轻，导致她自己也无法冲破这东西。"

宋立言摇头："我没往她身上再放什么法阵，至于魂魄……她之前的魂魄散了，靠着裴大夫给的药聚魂定魄，眼下许是还差最后一魄未定。"

"什么药？给我看看。"

宋立言拿出药瓶，倒了一颗给她。美人蛇接过去闻了闻就气笑了："聚魂定魄？我看他是囚魂捆魄还差不多！楼似玉的魂魄压根儿没散，一直在她的身体里。这药有毒，阻人经脉、噬人骨血的，你不会真给她吃了吧？"

楼似玉自然是吃了，并且颇有成效。宋立言看着美人蛇这激动的反应，伸手将药丸收了回来，沉声说道："裴献赋是我上清司的前辈。"

言下之意，上清司前辈的话和这个妖怪的话，他肯定更相信前者。

美人蛇气得翻白眼："怪不得她会变成这样，还得多亏你们上清司上下一心。"

"这药至少让她有所好转。"宋立言抬眼，"你说是毒药，那可有救她之法？"

"有，不用圣草，也不用这毒药，你将她剩下那一魄找回来，她自己就能醒。"美人蛇没好气地甩了甩尾巴，说道，"寻魂求魄不是你们这些人最擅长之事？"

宋立言沉默良久，还是抬手聚气，光生于掌中，缓缓落于她的额间。

"上招九重霄，下追黄泉摇。天地清门开，千里魂归来——"

这是上清司的招魂咒，若真有魂魄要招，此咒语音落，他眼前就该是光景飞逝，直到寻到魂魄才化出其周围景象。然而，宋立言等了片刻，发现眼前之景无丝毫变化。

果然是妖怪在骗人。

他冷笑一声，转头就想找那蛇妖算账，却不想刚一抬脚，整个身子僵了一僵，紧接着眼前一白，半晌看不清东西。好不容易光影渐暗，他皱眉睁眼，却发现自己身上冒出了白光。

这是怎么回事？宋立言下意识地伸手，发现手里的招魂咒仍在，白光莹莹，与自己身上的光相互呼应，像是想拉扯什么，却拉扯不动。

他茫然了好一会儿，突然想起自己是在招楼似玉丢失的一魄。

他心里一沉，合拢掌心，自己身上的光也随之消失，再张开手，身上的光又随之出现。

楼似玉那一魄⋯⋯在他身上？

宋立言倒吸一口气，又怒又疑，眼神凌厉地看向地上躺着的人。

"唉，痴人。"美人蛇啧啧两声，"竟将一魄喂给了你。"

"她想干什么？"宋立言想不明白，"放一魄在我这里，于她有损，于我无益。"

"还能干什么？"美人蛇妩媚地趴在水边，指尖点着那清澈的泉水，"她是想与你同生共死。"

宋立言浑身一震，想起之前看见的幻象，再看看地上不省人事的人，气极反笑："我并非她等的那个人，如此深情，我承受不起，她也得不到她想要的感情。"

说罢，他催动招魂咒，硬生生将自己的魂魄撕开，把她紧紧附着的那一魄给扯出来，强行打回她的身体。他动作很粗暴，像是在生气，下手干净利落，伤着自己都没顾。

白光一闪，楼似玉连半点儿反抗的机会都没有，三魂七魄就归了位，流动缓慢的血脉瞬间畅通，阻塞的妖气一时暴涨，压在魂魄上的桎梏受内外冲击，砰地碎成齑粉，顺着喉咙里涌上来的血一道被她吐了出去。

"哎，这不就醒了吗？"美人蛇欣喜地拍手，"恭喜啊。"

楼似玉睁开眼，脸上半分笑意也没有。她抬头看向美人蛇，眼里满是恼怒之色。

"怎么还恨上我了？"美人蛇不悦，"要不是我，你还被压着醒不过来呢。"

"多谢姐姐。"楼似玉跟跄着坐起来，压根儿不敢回头去看身后的人，轻颤着身子说，"只是下回，您别多话就算是帮忙了。"

她好不容易才在他没戒备的时候喂下去的魄，眼下被他扔了回来，往后再想骗他吃就难了。她也不想做什么,不过是盼着这一回别被他扔下,怎么就这么难?

楼似玉身体还虚,眼前也是一片模糊,只能硬着头皮朝身后说:"大人先走吧。"

"楼掌柜真是厉害。"宋立言负手站着,语气如寒冬深山的溪水,冷得人骨头疼,"打算一个人留在这里对付蛇族?还是说你宁可死在这里,也不想面对本官?"

说实话,她两个想法都有,毕竟应付蛇族可比应付他轻松多了。她天不怕地不怕,最怕的就是他生气,更别说他是生她的气。她想捧一颗心去哄,又知道定是要被他毫不怜惜地扔回来的,便连哄也不敢了。

"大人安危要紧,其余的事情什么时候不能说呢?"她僵硬地笑着,"您先走,等回到浮玉县,奴家必定负荆请罪,知无不言,言无不……"

她话没说完,身子就被人抱了起来。楼似玉惊了一下,下意识地搂住他的脖子。

宋立言脸色很难看,不知是身子不舒服还是被她气的,冷声说道:"本官既带你来,就一定会带你走,其余花言巧语就不必多说了。"

语气冰冷,怀抱却是暖的,楼似玉愣怔片刻,将脑袋慢慢靠在他的肩上,叹了一口气:"你别生我的气,我不会害你。"

她的确不会害他,只不过把他当成别人的影子罢了。

宋立言冷笑,也不知出于什么情绪,讥讽道:"害我也无妨,只消记得让我同宋清玄一样魂飞魄散,入不得轮回,便找不得你寻仇。"

这话一说出口,他自己都愣了愣。他的戾气怎么会如此之重?活像是中了邪。

只是,怀里的人半晌没回话,安安静静的,连生气的反应都没有。

宋立言左右晃着目光,忍不住低头看了一眼。

楼似玉怔怔地睁着眼睛出神,没看他,脸上也没什么表情,琥珀色的眸子里有一层薄薄的琉璃色,将碎未碎,被长长的睫毛遮掩了去。她的睫毛在抖,像濒死时扑腾着翅膀的蝴蝶,只两三下,就不再动了。

她很克制,连生气或伤心都收敛得好好的,半分没有要责怪他的意思。

宋立言停住步子,抱着她的手微微紧了紧。

"怎么?"后头的美人蛇疑惑地问,"还不快走?"

"我……"他难得地局促了一瞬,像是有话想说又难以启齿,目光落在各处,就是没再落在怀里的人身上。

楼似玉察觉到了，抬眼看向他，眼里满是疑惑之色。

他方才不是还莫名其妙地发脾气，怎么一转眼又有些手足无措了？

"我……"宋立言再度开口，像是鼓了劲儿，正闭眼打算一股脑儿说完，却神思一凛。

古树外头传来异动，似乎很多人往这边来了，带着些焦躁的情绪，还点着火把。

他将话咽回去，抱着楼似玉躲去旁边粗壮盘错的树根后头，刚收敛好气息，树干上的结界就被打开了。一群蛇妖举着火把呼啦啦地拥进来，各种议论声回荡在古树之中，分外嘈杂。

"怎么回事？"美人蛇看了一眼树根的方向，确定他俩藏好了，才收回心思问，"怎么都来这儿了？"

"外头不仅发现了上清司的人，还发现了狼族的气息。"白胡子蛇妖上前，神色凝重地说，"老朽怀疑有人破了外头的防护结界，泄露了我蛇族禁地所在。此乃关乎蛇族存亡的大事，故而老朽带众位长者前来，向圣草借力，增强结界。"

美人蛇一听这话，也顾不得别的，忙与众妖一起围到了圣草旁边。

狼妖？一听这话宋立言就想起上回带走常硕的内丹那个来去无影的妖怪，忍不住用魂音问楼似玉："你可知道浮玉县有什么狼妖？"

楼似玉顿了顿，看他一眼，以魂音答："大人不记得了？祀神之夜，掌灯客栈里就闯入过一只狼妖。"

宋立言想起此事，看她的眼神更是复杂："以你的修为，你何至于让狼妖欺负，分明是一早就在骗人，还故作无辜。"

"奴家本身就无辜，那狼妖也不是奴家招来的，奴家就算能将其制服，也总不好当着那么多人的面动手吧？"楼似玉撇嘴，"再说了，妖怪跑出来伤人，难道不是您上清司失责？"

"……"宋立言被噎得别开了脸，闷声问，"当初那只狼妖是凭空消失的吗？"

楼似玉老老实实地回答："不是，那狼妖尚未化为人形，修为不高，成妖至多不过三十年。不过您要说凭空消失，此等本事奴家倒是在一个人身上见过。"

"谁？"

"裴献赋。"

宋立言觉得好笑："你与那蛇妖，都与裴前辈有仇？"

"要说私仇，自然也是有的。"楼似玉冷了脸，"奴家被断妖符反噬，虽伤重却不至于散魂，他胡乱定诊不说，还让大人日日喂奴家这损身子的毒药，其心可诛。但抛却私仇，他的确在奴家面前凭空消失过两回，速度极快，抓之莫及。"

宋立言听了这话，眼神微闪，不知是信还是没信："除了那只低等的，浮玉县没别的狼妖？"

"狼妖一族一向繁衍甚少，百年以上的大妖更是很多年没在人前现过身了。至少在浮玉县，奴家没有见过。"楼似玉说着，看向外头正在施法的蛇妖，"不过，听他们方才说，有狼妖闯进了禁地，如果情况属实，那这只狼妖很可能就是大人想找的。毕竟这蛇族禁地，没点儿本事的妖真不敢来。"

说到这里，她又黑了脸："大人来之前也不多打听打听这是什么地方，裴献赋将您往黄泉路上引，您也真听他的。"

宋立言垂眸，想起裴献赋将蛇胆草图鉴从书上撕下来时脸上没有丝毫令人起疑的表情，仿佛不知道这东西到底是什么，长在什么地方，催他去找也不过是着急楼似玉的伤势。

这是巧合，还是阴谋？

古树外又有蛇妖进来了，结界打开未合，宋立言看准机会抱着楼似玉卷了出去，速度之快，像掠过的一阵风，里面的蛇妖只疑惑地回头看了看，便又什么也没察觉地继续往前走了。

"大人还有瞒天符吗？"楼似玉问。

宋立言寻了个隐蔽的地方站好，低声说道："我又不是卖五文钱一张符纸的云游之士，身上只是随手揣着两张，用完就没了。"

"那大人打算怎么出去？"楼似玉有些急，"一旦他们施法完成，结界就没那么好破了。"

他原本是打算找到蛇胆草就走的，没想到中途耽误了那么多工夫。宋立言沉吟片刻，拿出了两张黄符："瞒天符没了，还有一种符你可要试试？"

楼似玉茫然地眨了眨眼。

片刻之后，两条扭得十分僵硬的蛇妖行在城镇的街道上，人身蛇尾，一黑一白。

"大人也太厉害了。"楼似玉小声感叹，"连这种能变成妖怪的符都有？"

"这是化形符,本也只是用来伪装。"宋立言一板一眼地拖着蛇尾往前走,"化成妖怪只是不得已而为之。"

"还别说,大人变成妖怪也挺好看的。"楼似玉从上到下打量他一圈,摸着下巴点头,"威仪不减,风姿更甚。"

宋立言黑了半张脸,快行几步将她甩在后头,可走到前头又想起这人重伤未愈,便在路口停下,冷着脸回眸看她。

楼似玉瞧着他这模样,突然有些想笑:"大人在担心奴家?"

"没有。"他硬声说道,"用蛇尾走不习惯,本官歇一歇。"

这人可真是……楼似玉摇头,想跟上去,但实在是行动不便,挪了许久才挪到路口,额上甚至出了层薄汗。

宋立言瞥了她一眼,等她走到自己身边,才漫不经心地说:"上来。"

"嗯?"

"走太慢了,耽误工夫。"宋立言一把将她抱起来放在自己的蛇尾上,转过头去继续往前走。

黑白蛇身交叠在一起,划出一道波浪,楼似玉愕然回头看了看,脸上莫名其妙地飞红。四周游走的蛇妖也纷纷朝这边投来目光,有的惊讶,有的害羞,宋立言以为他们发现了什么异样,立马走得更快。

前头不远处就是城门,只要他们出了城,就能轻松许多。然而,两个人刚到城楼之下,就听得城镇街口挂着的铜钟又响了起来。

当——钟声回荡,白胡子蛇妖的声音随之响彻四方:"异族妄图夺取我族圣物,凡我蛇族中人,无论老少,皆速至圣地支援——"

妖众哗然,纷纷往城中古树的方向蹿去,楼似玉却不想管,拉了拉宋立言示意他继续走。

"他说的异族会不会是那个狼妖?"宋立言问。

楼似玉猜到他想干什么,连忙摇头:"不是,不是,咱们哪儿有空管这个啊?快走吧。"

"你不想要常硕的内丹了?"

"想要也不是现在。"

"那好,你先回去,我一个人去看看。"宋立言将她放下来,又往她身上揣了一张符,"实在撑不住,就用这个唤宋洵或者裴献赋,他们会来接你。"

说罢,他转身就往回走。

"你不许去!"身后传来急急的呵斥声,带了点儿哭腔。

宋立言浑身一震，脑海里飞快闪过幻境里的画面，娇小的姑娘哭得梨花带雨地朝宋清玄喊："那也不许！你说过不会再抛下我的，你自己答应的！"

她又气又委屈地跺脚，仿佛再没别的办法了，只能跟个孩子似的耍赖。

他缓缓回头，见楼似玉紧紧地抿着唇站着，倒是没有哭，只拳头捏得发白，身子也绷得紧紧的。见他看过来，她放缓了语气，克制地说："大人，那地方去不得。"

她尽量语气平静地说，尾音却止不住地打战，哪怕隔这么远，宋立言也能感觉到她的紧张和害怕情绪。

莫名其妙地，他心软了一下，停住步子说："在古树里有句话我没说完。"

楼似玉眼里泛雾，迷茫地看着他。

"我不是故意与你提宋清玄，"宋立言略显尴尬地看向别处，"只是想让你明白，我与他是两个人，不想话说得过分了，抱歉。"

最后两个字他说得有些生硬，显然是不常吐出口，连语调都变得奇怪。可难得的是，他竟然说出来了，在这妖影来往的城门口，橙红浮灯的光照下，说得诚恳而坦荡，也说得她鼻尖泛酸。

这哪里不是同一个人啊，从魂魄到性子，分明都还是他。不管变成什么名字，不管拥有什么样的记忆，这天地间能让她没出息地掉眼泪的，就只有他。

"没事。"楼似玉抬袖抹了把脸，深吸一口气，再抬眼，眸子清澈极了，像雨后的泉水，泛出来的都是晴空天色，"奴家明白大人的意思，也清楚到底谁是谁，只是奴家不想眼睁睁地看着大人去犯险。"

宋立言不以为然："我上清司之人，生就生在险境里，这世间的魑魅魍魉，哪个不危险？若是怕丢命，我就不会拿起獬豸剑，习这上清道。"

他还是这个犟脾气，决定了就没的争。楼似玉凝滞半晌，倚墙退让："那好吧，奴家便不拖大人的后腿，只愿大人平安归来。"

四周的蛇妖行色匆匆，前头古树被围得水泄不通，结界大开，宋立言从外头就能看见里面的情况——蛇族长者和美人蛇正围着个黑影，又怒又惧。那黑影站在蛇胆草旁边，伸出尖锐的爪子轻轻碰了碰它的叶子。

毒液铺天盖地地朝他喷洒过去，黑影却毫无顾虑地站在原地，宋立言凝神看着，就瞧见那些毒液穿过黑影，像是什么也没碰到过一般落在了泥土里，与他当日挥刀斩狼妖时的情况一样。

"你想干什么？！"美人蛇怒斥，"藏头露尾的，连个面也不露，算什么本事？"

黑影轻笑一声："我藏头露尾？你蛇族圣物不也是藏头露尾？还装模作样地种上一株草，怎么？蛇王勾水的内丹就这么见不得人吗？"

此话一出，宋立言吃惊不已，四周尚不明白真相的蛇妖也是议论纷纷。

"怎么回事？什么内丹？"

"我好像听人说过，咱们蛇妖一族古早有王名勾水，为人所斩，未留子嗣，族中长老便用其内丹福泽后代，却没说过是埋在圣草下头啊？"

"怪不得咱们所有的蛋都要留在这里承接福祉，原来是这么回事。"

白胡子蛇妖气得直抖："你休要胡言！"

"我是不是胡言，挖开这圣草看看不就知道了？"黑影冷笑，"上清司找这东西可是找了一百多年哪，如今他们已知其所在，等到找来，你们这蛇窝还能幸存吗？"

像是被戳中痛处，白胡子老头当即化出蛇身，长啸一声，猛地朝那黑影甩尾。然而，凌厉的风扫过去，却只是将影子吹散，不消片刻黑影就重新聚拢，嗤笑道："快跑吧，上清司那些人已经在来的路上了。"

这话若是平时说，大家定当他在吓唬人，但方才在庆典上就发现了上清司的黄符，眼下再听此言，众妖皆乱，就连美人蛇都颤了颤，焦急地朝他甩去一击。

只是随意的一击，远比不上白胡子蛇妖甩尾的力道，可光炸过去，那黑影竟不见了，就在这众目睽睽之下，层层包围之中，黑影消失得干干净净。

又是这让人匪夷所思的妖法，宋立言飞快地凝神感知四周，发现除了蛇妖之气，别的什么都没了。

"这怎么办？"蛇妖们挤在一块儿，担忧起来，"咱们要不要跑啊？"

"跑也来不及吧？更何况这是咱们生活了一百多年的地方，离开这儿的话，咱们还能去哪儿啊？"

"不跑难不成在这里等死？"

"别着急啊，咱们如今可不像一百多年前那么弱，人多势众，咱们蛇多还能胜虎呢，就算上清司的人再来，咱们也未必会输。"

白胡子蛇妖吐着蛇芯将这四周巡视三圈，又盘在圣草周围守了一会儿，确定那黑影当真消失不见了，才化回人形，皱眉道："都先散了，各自回家，实在胆小的就去邻山走走亲戚……殷殷，你随我来。"

美人蛇颔首，跟着他退去无人的树根后头，听得他说："上清司是拿着圣草的图鉴来的，必定是对勾水内丹有所图谋，你是族里选出来守护圣草之人，眼下老朽也别无他人可托，就希望你能将圣物带走护住。"

说着，他将一个铜匣子递了过来。那匣子上刻满符文，沾着些潮湿的泥土，显然是刚从土里挖出来的。

"我一个人？"美人蛇摇头，"那还不如放在原处。"

"你且听着。"白胡子蛇妖看向沐浴在光里的圣草，低声说道，"此地已经被人发现，圣物断是不可再放着了。你趁乱走，去找当初救下我们的恩人，看他能不能帮帮忙。"

那个人……

美人蛇神色复杂，正犹豫呢，白胡子蛇妖却将匣子硬塞给她，转身去安抚年幼的蛇妖了。

不得已，美人蛇张嘴将铜匣吞进肚子里，跟着他走了出去。

蛇妖们已经开始疯狂地往外逃窜，窸窸窣窣的声音响彻整个城镇。美人蛇不声不响地混进去，随他们一起拥出城镇，路上十分拥挤，有人往她的荷包里塞了个东西，她也没注意。

一出结界，外头正是晌午，美人蛇化出原形飞快下山，走到一半突然停下来，回头看了看。身后什么也没有，但她总觉得不太对劲。她奇怪地嘀咕了两声，潜入草丛想继续走，差点儿与蹲在她前头的黑影撞上。

"跑这么快，也不怕肚子被撑破？"黑影挥袖，散去身上的遮掩，露出一条灰狼尾巴来。

来者竟然真是狼妖！美人蛇戒备起来，退后几步化出半个人身，芯子几吐，已经是准备攻击的姿态。

"这么紧张做什么？"灰狼轻笑，"我找你做交易，又不是要明抢。"

"与你有什么好交易的？"美人蛇啐了一口，"给老娘让开。"

灰狼痛心疾首地看着她，感慨道："常硕这才死了多少年哪，你竟连他的内丹都不想要了。"

常硕？美人蛇一听这名字就神色大变，立直了身子，怀疑地看了他好一会儿才问："常硕的内丹在你那里？"

灰狼伸爪化出四合阵，啧啧两声："常硕的修为到底是比勾水低了些许，不过我想，你很乐意与我交换。"

美人蛇怔了怔，痴痴地看着那四合阵，蛇瞳发红。

她之前带伤也要争守护圣草之任，其实是有私心的。常年在圣草旁边修炼,她的修为会精进得比别人快,只要她再修炼半世,就一定能打过宋立言,从而拿回常硕的内丹——她是这么想的。

可是她没想到,这东西已经落在了别人手里,而且眼下就在她面前,她只要将肚子里的东西吐出去,就可以换来。但她肚子里装的是整个蛇族的福祉,哪儿能因为她自己的私心就轻易给出去?

"还犹豫什么?你不想让他回到你身边吗?"灰狼靠近她,"你许是不知道,这常硕的内丹与别人的不同,像是有他自己的意识呢,还会给我托梦。"

美人蛇心尖一颤,咆哮了一声,蛇尾扫过去,穿透灰狼的身子打在旁边的树干上。

参天大树应声而倒,灰狼心有余悸地拍了拍胸口:"可真吓人,怨不得这么多年来除了常硕无人敢接近你。"

"你闭嘴!"

"哎,好,不提也罢。你既不肯换,那我便走了。"他晃了晃手里的四合阵,"只是,临走前,你要不要再看他一眼?"

"……"

灰狼笑了笑,朝她走近些,大方地把四合阵递了过来。

美人蛇喉头微动,戒备地看着他,却还是朝那四合阵伸出了手。

然而,手刚碰着四合阵,四合阵陡然冒出白光,美人蛇愕然,还没来得及反应,就感觉一股强大的吸力径直将她往阵里扯。

不妙!她回过神来想跑,但法器已动,且离她太近,已经将她的尾巴卷进去小半截儿。

"哈哈哈——换什么啊?将你一并带走,勾水的内丹不也是我的?"灰狼舔舔嘴巴,笑着祭高四合阵,"多亏你跑得快呀,眼下这地方,后头可没人追得上来救你。"

美人蛇长啸一声,奋力挣扎,扭动间腰上的荷包被甩落在地,跌出一块血玉。只见那血玉红光大作,升腾于四合阵之上,化出了一个更加眼熟的八卦阵。

有人自那阵中走出,持一把雪白长剑,出手如电,猛地将四合阵劈成了两半。

一股凌厉的杀气扑面而来,叫人牙齿打战,白光炸开,四合阵的碎片像暗器一般飞扎进周围的树干。美人蛇狼狈地在地上翻滚,堪堪被石头拦下,抬眼去看来人。

上一回宋立言这样出现是与她为敌，而这一回他是径直冲着那灰狼去的，落地便祭出灭灵鼎横于狼妖头顶，灭妖阵大开。

这反转突如其来，狼妖实在始料不及，退后好几步才站稳。他看了看阵中的血玉，恍然明白，摇头嘟囔："追思可真是个令人讨厌的法术。"

原本计划天衣无缝，他也笃定了后头的人追不到这里来，谁承想到底是漏算了一个宋立言，功亏一篑。

"常硕的内丹在哪里？"宋立言提着剑朝他一步步走来，气势逼人。

灰狼也不躲，古怪地笑了笑，说道："我既是带走了，断没有再送还给你的道理，问这话岂不多余？不过大人，勾水的内丹可比常硕的厉害很多，只消将这蛇女的肚子剖开，就能将钥匙和匣子一并拿到手，您不想试试？"

獬豸剑的白光微闪，眨眼间在空中留下一道划痕。痕之落处，狼妖似幻影一般被切成两半，风一吹就卷成两股黑色妖气，蜿蜒逃散。

宋立言伸手抓了一缕黑气，放在指尖轻捻，神情甚是严肃。

后头的美人蛇大大松了一口气，以为自己终于得救了，踉跄着打算站起来。然而，她还没站稳，泛着白光的獬豸剑就横到了她的脖子前头。

"你做什么？"美人蛇愕然。

宋立言看她的眼神与看狼妖无异，他漠然说道："禁地里救你，不过是因为你有事没交代完，还不能死。眼下救你，却是因为勾水的内丹不能落在别人手里。狼妖已退，你得随我走一趟。"

"……"她还以为他突发善心，抑或是被小狐狸感化，开始善待妖族了，没想到一切都是有所图谋。这人还是同以前一样，残忍恐怖，半点慈悲也没有。

"主子！"前头山路口传来梨花的声音，接着就是一阵爪子挠地的飞奔声朝楼似玉而来。

楼似玉回头，一只狐狸冲到她跟前，围着她狂奔了三圈，卷起尘土无数，然后嗷的一声抱住了她的脚脖子。

"主子您可吓死我了，一走就是这么多天没消息，我还以为……嗷呜！"林梨花又气又急，也没敢咬她，就咬了她的裙角，眼泪汪汪地抬头看着她。

楼似玉轻笑一声，说道："我刚传出去魂音，你来得倒是快。"

"能不快吗？我一路化着原形跑过来的，路上还有傻子企图抓我去扒皮,被我教训了一顿,不然我还能更快!"林梨花得意地摇了摇尾巴,又觉得不对,嗅了嗅她身上,爪子直挠地,"您怎么受了这么重的伤?!"

"说来话长,咱们先回去。"楼似玉俯身摸了摸她的脑袋,又看了看她身后,"马车呢?"

林梨花无辜地动了动耳朵:"什么马车?"

"我让你来接我是因为我走不动了。"楼似玉扶额,"你不赶马车来,是想背我回去不成?"

"可以呀。"梨花当即化大三倍,朝她趴了下来。

楼似玉气极反笑,戳了戳她的皮毛:"这么大的狐狸跑进浮玉县,你是逼着县令大人把你收进灭灵鼎啊。罢了,化个人形来扶我一把。"

"好嘞!"林梨花立马变回客栈厨娘,扛过她的胳膊半扶着她往前走,一边走一边念叨,"您不在这几日可把我们担心坏了,客栈里人又多,大家都忙,我也只能托木掌柜去寻您,没想到一直没消息。"

"不怪你们,是我大意,着了别人的道。"楼似玉垂眸。

断妖符反噬自身妖力,是她自己没察觉才会受那么重的伤。魂魄不全,让装献赋压了一头,也是她自作自受。

"我听鼠族的人说您是被宋大人带走的。"林梨花咬牙,"可我去县衙找了好几回,那个宋洵拦着我不说,还想把我关进大牢。"

"这么过分?"

"可不是吗?!"林梨花气急败坏地告状,"好歹是个官差呢,我也没让他察觉身份,他就大呼小叫的,凶死了。"

宋洵看起来斯斯文文的,没想到还有这么一面?楼似玉护短地想,等她恢复些,定要去找他要个说法。然而,当跨进掌灯客栈大门看见宋洵那张脸的时候,楼似玉收回了这个想法。

她眼神复杂地看向林梨花:"你干的?"

梨花心虚地低头,将她扶去桌边坐下:"我去倒水!"

说完林梨花就飞快地溜了。

宋洵顶着一张满是指甲抓痕的脸,心有戚戚焉地看向梨花跑走的方向,确定她不会马上回来,才走到楼似玉跟前抱拳:"掌柜的,大人有吩咐,掌灯客栈开张伊始,来往客人过多,为免生乱,便由在下在此看守。"

楼似玉问他:"什么时候给的吩咐?"

"半个时辰之前。"

她心里一松,笑道:"大人真厉害。"

半个时辰之前能传音吩咐，也就是说他已经脱险，甚至还有余力让人监视她，起码没受什么重伤。

"掌柜的！"李小二看见她，欣喜地跑来说道，"您可算回来了！"

楼似玉疲惫至极，敷衍地摆了摆手："有什么事都容后再说，我得先睡上一觉。"

"可是掌柜的，这事关乎银子。"

"银子有什么大不了的？"楼似玉冷笑，"从鬼门关走了一趟我才发现，钱财乃身外之物，还是性命最为要紧。"

"掌柜的高见！"李小二恍然鼓掌，将帕子往肩上搭，"那小的这就去将曹老爷家的流水宴给推了。"

"哎，等等！"楼似玉一把拽住他的帕子，眼眸亮了亮，"流水宴？"

"是啊，曹老爷六十大寿，要给足三天的排场，一桌二两银子，估摸着得有几百桌。"

"接！"楼似玉激动得差点儿跳起来，连声说道，"这哪儿能推啊？赶紧安排上，快，快，快，把账本给我拿来！"

李小二好笑地看着她问："钱财不是身外之物吗？"

"正因为是身外之物，才要多赚点儿来傍身哪！"楼似玉一打算盘，感觉自己的伤都没那么疼了，龇着牙直笑，"能不能当上浮玉县本月纳税最多的客栈，就看这一笔。"

原本憔悴不堪的一个人突然精神抖擞，打算盘珠子的动作利落得很，完全看不出身上有伤。

宋洵忍不住感慨，这掌灯客栈里都是奇人哪，有伤人不讲理的，也有要钱不要命的。

日头西落，宋立言骑着马回到了浮玉县。他脸上神色有些凝重，连县衙也没回，径直去了掌灯客栈。

他原以为楼似玉定是在养伤，谁承想一踏进她的房间，就见她坐在床上抱着账本傻笑，手指搓着账面上的数目，口水都快流下来了。

"……"他放缓步子，看了一眼旁边的宋洵，后者无奈地朝他摊手。

"大人。"看见他来，楼似玉回了神，上下打量他一圈，发现他除了有些疲惫，竟是一点儿新伤也没有。

"你居然没逃，倒也是让我意外。"宋立言抬步朝她走过去，不解地问，"不怕我抓你？"

楼似玉耸肩："奴家自问无罪，有什么好逃的？再者，逃得了掌柜也逃不了客栈，奴家更愿意与大人好生谈谈。"

看她这不慌不忙的样子，似是早已准备妥当，宋立言让宋洵下去，关上门，转身问："你的妖法可伤过无辜百姓？"

"没有。"楼似玉答得飞快，眼神坦荡，"奴家连在人前显露妖法自保都不敢，又如何会用妖法伤人？"

心里吊着的东西落下去，宋立言拿了凳子在她床边坐下，又问："那灭灵鼎和石敢当是不是你故意让我发现的？"

"是。"

"为何？"

"灭灵鼎是上清司之物，奴家寻了很多年才将它找回来，理应物归原主。"楼似玉眨眼，"至于石敢当里的东西，不正是大人想寻的？"

她做的事都没害过他，只是给了他指引罢了，罪是肯定论不上的，顶多算别有用心。楼似玉挺直了腰杆，尽量让自己显得底气十足。

然而，宋立言沉默半晌，却问了一句："以三魂七魄封印妖物的禁术，是你教给宋清玄的吗？"

楼似玉身板一僵，本来就苍白的脸上连最后一丝血色都褪去了，嘴唇颤了颤，她看他一眼又飞快地别开脸，闷声说道："大人在说什么？奴家没听明白。"

"八十年前浮玉县一役，宋清玄与鼠王常硕同归于尽，化三魂七魄将其内丹封于石敢当中——他用的这种封印术应该叫俱焚，上清司没有传承，我只在一卷禁术录上见过这个名字，用厚重的笔墨写在卷首。"

"大人真是见多识广。"楼似玉抬了抬嘴角，"奴家都不知……"

"在回来的路上，有人同我交代了不少事。"他打断她的话，拿出一片蛇鳞放在她眼前，轻声说道，"本官眼下问你，不是不知，只是求证，还望掌柜的据实以告。"

漆黑的鳞片带着些血迹，楼似玉一闻就知是美人蛇的味道。

楼似玉变了脸色，抓着他的手腕问："这东西怎么会在大人手里？"

宋立言不答，一双眼直视她，安静地等着她交代，捏着蛇鳞的指尖转了转，似不经意，又暗含威胁。

楼似玉咬牙，她与美人蛇倒是没多深的交情，但常硕临死都还惦记着美人蛇。她欠过常硕的人情，怎么也不能对美人蛇的生死置之不理。

手紧了又松，楼似玉放开他，深吸一口气，平复了好一会儿才说："人已经没了,再说禁术不禁术的有何意义?"

"本官只是好奇,楼掌柜看起来对那人用情至深,又怎么会教他这种入不得轮回的东西?"

她喜欢一个人,不是该盼着与君厮守、白首不离吗?这东西一碰着就连魂魄也剩不下,如果当真是她教给宋清玄的,就难免叫他怀疑她的目的了。

楼似玉用左手按住微微发颤的右手,沉声说道:"不是我教的。"

"她说是你。"宋立言眯眼,看了看手里的蛇鳞。

"她知道什么?当年大战,她一早负伤被送回岐斗山,连常硕怎么死的都没看见,又以何立场来说我?"楼似玉胸口起伏,红着眼看向他,"当时灭灵鼎下落不明,他别无他法,只能以禁术封常硕的内丹,为的就是能给后来人将之摧毁的机会——这是他拿自己的魂魄换来的太平,大人是后来人,既然拿到了灭灵鼎,也发现了常硕的内丹,为何要听信他人之言,没将内丹毁掉?"

宋立言被她吼得愣了愣,突然想起当初在岐斗山矮峰上他犹豫之时,有妖力打破灭灵鼎的白光,唤醒了岐斗山里的妖怪。

"原来是你。"他皱眉,"你想让我毁掉内丹?"

"它一早就该被毁掉的。"楼似玉伸手抹了把脸,"是我的过错才让它一直存世,所以我想弥补。送进灭灵鼎也好,或是交给殷殷让她化掉也好,这东西不能留。"

要是他没记错,裴献赋说过,千年之前的妖王只是被封印,而非神灭。若没有五大妖王的内丹为阵,继续加固封印,那恐怕离妖王重现人界之日也不远了。

但现在楼似玉的意愿与他的恰好相反,她觉得内丹必须毁掉。

"为什么?"他轻声问。

楼似玉移开目光,闷声说道:"宋清玄是这么说的。"

"宋清玄也是上清司之人,如何会想毁掉内丹?"宋立言察觉到她有所隐瞒,沉了脸色,"上清司的前辈和师兄都知道的事,他总不能不知道。"

"你还信裴献赋?"楼似玉气不打一处来,"他是个实打实的妖怪,压根儿不是什么上清司前辈!"

情绪一激动,她说完就咳嗽起来,脸色更加难看,唇齿间隐隐见血。

宋立言顿了顿,微恼:"你不是会妖术吗?身子怎么还这样了?"

"我会妖术,又不会医术,还能自己医自己不成?"气性上来,她将被子一脚踢开,怒道,"大人还有什么要审的,一次问个通透吧。"

楼似玉脑袋发热,身上却一阵又一阵地发凉。她觉得难受又委屈,连笑也不想笑了,拉长了脸瞪着他。

无论是在上清司还是在浮玉县,这人都是看惯了笑脸的,她以为这么妄为的举止定会让他不高兴,没想到面前这人只是恍惚了片刻,然后低头从袖袋里拿出一沓黄符,开始翻找。

宋立言翻了许久,冷漠地说:"静气符好像只有一张,封在蛇妖身上了。"

静气符,以名辨之,为凝神静气之用,是那人流传下来的最无聊的一种符咒,除了让人心绪平和,再无别的作用。后人一直好奇那人为什么要写出这样的东西,只有楼似玉知道,这符是专门写给她的,但凡她气炸了,他都爱往她的脑门儿上贴一张。

楼似玉又想笑,又觉得鼻子发酸,哑声说道:"不用找了。"

"不气了?"他挑眉。

"奴家哪儿敢生大人的气?"楼似玉撇嘴,"大人掌生杀予夺之权,奴家不过是一介蝼蚁。"

宋立言优雅地将符咒收起来,认真地看着她,心平气和地说:"楼掌柜知道很多事,裴前辈显然也知道很多事,二位都不肯明明白白地告诉我到底发生过什么,却都在利用我。封鼠王内丹,寻蛇族圣草,牵陈年旧事,你们想要我做的事很多,我却连质疑言行都不能有?"

楼似玉怔了怔,他又说道:"你要我信你,但你骗我在前,如今也吞吞吐吐的,我为何信你?当然,裴前辈的话我也未曾全信,但见山师兄从小带我长大,他替裴前辈说话,我有何理由先怀疑他?你若处在我的位置,又会如何做?"

楼似玉挺起来的腰慢慢弯了下去,她眨巴着眼想了一会儿,小声说道:"好像也对……"

"裴前辈让我去寻蛇族圣物之事,我自会找他问清楚,但现在我问的是你,你若想我信你,就告诉我真话——你可当真没有害宋清玄之心?"

这话问得太荒谬了,楼似玉张口都答不上来,好笑地直摆手,下床拉着他往外走。

"你做什么?"他一把将她拉回来,"不是还虚弱得很?"

楼似玉摇头,又委屈又有些恼,铆足了劲儿将他往楼下拽。

客栈已经打烊了,后院里也没什么人,楼似玉将他拉过去,蹲下来就开始刨土,刨了半晌,挖出半坛子没喝完的酒,打开递给他。

"这是什么?"宋立言嫌弃地接过坛子,闻着有酒味,疑惑地往坛口里看了看。

"八十年的陈酿,你尝尝。"

这玩意儿……可不就是她当初在后院里同人喝的?他当时还怀疑,什么客栈的酒能埋八十年?后来她说这客栈是祖传的,他才释怀。如今再想,这又是她的一个谎言。

宋立言抱着坛子仰头饮了一口酒,本还有些期待,毕竟他也是爱酒之人,饮遍了天下美酒,却还是头一回喝八十年的老酿。结果酒刚入口,他就呛得吐了出去。

"咯……"这酒又苦又涩,还有一股泥土味儿,简直不是人喝的。他呸了两下,眼神古怪地看向她。

要是他没记错,那天晚上她喝了很多。

楼似玉满意地瞧着他的反应,蹲在地上撑着下巴笑:"这是他死的那年我埋下的。"

宋立言浑身一震。

"他生前爱喝酒,有一天心血来潮,爬山过水去采了酒仙花,将之酿好放在屋子里,说等明年开春,就能与我一同喝上几盏美酒。到时候让我给他做两个小菜,要求不高,熟了就成。"

她越笑越灿烂,眼睛却越来越红:"可是春还没开呢,人就没了。"

山上的雪都没化,打开窗户冷风还会吹得人脸上生霜,院子里花儿也没一朵,离春天还有好一段日子,他却是等也不等,匆忙将她扔下了。

"你问我有没有害他之心?"楼似玉有些哽咽,咽了好几口气才说,"我巴不得用我的命换他长命百岁,我巴不得上清司从来没有过什么俱焚的禁术,我巴不得随他一起去死,你却问我是不是想害他?"

宋立言心头一颤,像是被铁杵狠狠抵了一下。他伸手按了按,张嘴想说什么,又垂眼将话咽了回去。

"你不是好奇我想做什么吗?"楼似玉站起来,踉跄两步走到他面前,眼神灼灼地说,"我想完成他的遗愿。他没做完的事,我想替他做完。"

然后呢,她就随他去死吗?宋立言沉默,脸上露出几分他自己也没察觉到的阴郁之色,他悻悻地别开了眼。

"大人想知道的事终究都会知道的,与其现在从我嘴里听见,继续怀疑,不妨以后眼见为实。"楼似玉深吸一口气,又笑开了,"只要大人不抓奴家,奴家愿意一路为大人解惑。"

夜风吹过来,酒坛子里的苦涩味道卷了满院。楼似玉觉得自己的态度已经足够诚恳了,但不知为何,宋立言看起来不太高兴。他拂袖转身,冷淡地说:"今日便到此为止,掌柜的早些休息。"

嗯?她还剩好多忠心没表呢,他这就走了?楼似玉愣在原地,看着他的衣角卷过后院台阶边上的青苔,拐过一个屋角便消失不见。

他这是信了还是没信?也不给个准话。

她吐槽两句,摇摇头,撑着腰打算先回房间,却眼前一黑——方才下楼走得太急没察觉,她这伤重的身子哪是能这么折腾的?瞧瞧,报应来了。

楼似玉轻吸一口气,站了一会儿才慢慢挪动步子,跟瞎子一般摸索着回自己的房间,打坐调息。

"主子。"林梨花推门进来,本想说采买食材之事,抬眼瞧见她那脸色,吓得朝床边扑了过去,"您这怎么还没好哇?"

楼似玉闭着眼,咬牙说道:"我又不是神仙,伤这么重,能马上好吗?"

"那我去给您找点儿东西补补?"她琢磨了两下,"镇上最近来了不少人,虽然修为不高,但多吃几个也能……"

话没说完,林梨花瞧见自家主子突然睁开的金瞳,吓得将后头的话咕噜一声咽了回去。

"你当初怎么答应我的,忘记了?"

楼似玉语气不算严厉,但林梨花委实惊了一跳,头上冒出来的狐狸耳朵都耷拉了下去。她小声说道:"一时嘴快,我也不是真想那么做,您别……别生气。我答应过您之后,就再也没吃了!"

楼似玉叹息一声,疲惫地揉了揉眉心。

林梨花是她从某个人手里救下来的,初见之时林梨花还不会化原形,毛色也杂乱,凶巴巴地跟人在岐斗山脚下争一具尸体,争赢了就美滋滋地抱去旁边打算吃。结果林梨花还没下口,獬豸剑就横到了她眼前。

她也是个胆子大的,还敢朝人龇牙,色厉内荏地喊:"何方竖子敢扰姑奶奶兴致,还不快滚?当心等会儿姑奶奶没吃饱,连你俩一块儿吞了!"

那人是打算将她就地斩了的,可楼似玉觉得她身上杀孽不重,便拦了他的剑,打了她一脑袋的包,比她还凶地问:"知错了吗?"

林梨花抽抽搭搭地捂着脑门儿，抖着爪子将尸体往她面前推了推，还咽了咽唾沫，眼神十分可怜。

"谁要抢你这个了？"楼似玉觉得好笑，将她拎起来揉了揉肚子，"你饿了也不该吃这个。"

"那吃什么呀？"小狐狸委委屈屈地说，"没人告诉我还有别的东西可以吃啊。"

楼似玉感叹，顶着那人杀气十足的眼神将她抱起来，带回掌灯客栈，给她喂菜，也给她喂肉。楼似玉也不知道自己当时是同情心作祟还是单纯地想与那人作对，总之那时候林梨花就答应过她，往后再也不吃人，不管死的还是活的。

楼似玉叹了一口气，缓和面色，看了一眼林梨花："我又没骂你，你哭什么？"

不问还好，一问这小丫头哇的一嗓子哭得更大声，拽着她的衣角，鼻涕都下来了："我以为您生了气，要把我扔出去了。"

楼似玉嫌弃地收回自己的衣角，拿了帕子捂在她的鼻涕上，故作恶劣地说："好歹养了这么多年呢，把你烤了吃也比扔了划算。"

林梨花哭声一滞，擤了鼻涕，认真地想了好一会儿，点头说道："也可以，我好歹有些修为。"

楼似玉白她一眼，继续闭眼打坐："有空瞎胡闹不如去给我熬碗鸡汤，记得别加葱花。"

"好。"林梨花吸吸鼻子站起来，突然想起还有重要的事打算告诉她的，可一看自家主子这憔悴的模样，想了想，闭嘴没多说，只去厨房将鸡炖好，趁着夜色摸去了旁边的广进当铺。

木羲老头儿还没休息，正借着烛台翻看卷宗，正看到要紧处，一团毛球从窗外撞了进来。

"不是回客栈里住？怎么又回来了？"木羲只瞧她一眼，就捏着胡子继续翻阅卷宗，"惹你家主子生气了？"

"倒不是，主子现在伤重，没空生我的气。"林梨花化为原形跳上桌子，一爪子踩在他正在看的卷宗上头，"木掌柜，咱们能不能替主子分分忧？她一个人什么都要忙，还总是落一身伤。"

帮楼似玉？木羲觉得好笑："你家主子的修为能顶一百个你，你能帮她做什么？"

"我不管，我不能让她一个人受罪。"林梨花气得直跺爪，"你知

145

道的事最多了，你帮我出主意。"

想看的字被狐爪挡了个严实，木羲无奈地抬头，想了想，说道："其实有件事，掌柜的倒吩咐我去查，但目前还没个眉目。"

"什么事？"

"烟霞镇的东南角住着个大夫，叫裴献赋，掌柜的觉得他有问题，可我让人暗中盯梢了几天，也没察觉出什么不对。"

大夫？林梨花耳朵动了动："我想去瞧瞧。"

"你可当心些，掌柜的说那人不简单。"

"没事，我也不招惹他，就随便看看，正好顺路去找人。"想起那件没同自家主子说的事，林梨花拿出一张画像来，展开问，"木掌柜见过这个人吗？"

图上画的似乎是个梳着双髻的童子，但画工实在不怎么样，除了能看明白这人有眼睛、鼻子、嘴之外毫无作用。

木掌柜摇头："你找这个人做什么？"

"这是鼠妖托人送来的，我也不知道他画的是谁，他只说要给掌柜的，以证鼠妖清白。"林梨花也很纳闷儿，"鼠妖怎么就需要清白了？"

自鼠妖从当铺离开之后，他们就再也没见过了，外头也一点儿消息都没有，不知他们躲去了哪里。

"罢了，我先随便找找，要是主子伤好了还没找到，那再转交给她。"林梨花收起画像，跳下桌子往外走，跨窗户的时候，不经意地回头看了一眼。

木掌柜还在看他手里的东西，烛光跳了几下，晃出卷宗上的几行字，她只隐约看见什么"九环扣""血祭"。料想又是些无聊的上古传说，她抖抖耳朵跃下了窗台。

楼似玉休养了两日，除了客栈里的账还是她自己来算，其余时候她都在房间里打坐调养。鸡汤喝了十罐，烧鸡也吃了三只，就在钱厨子发誓再也不想煮鸡了的时候，她终于恢复了红艳的唇色，换了一身崭新的百蝶罗裙，摇曳生姿地下楼来。

"各位吃好喝好啊，有什么事尽管吩咐。"她给大堂里的食客们见了礼，左右看了看，抓过跑堂的般春问，"林厨娘又跑哪儿去了？"

般春连忙道："这两日他们说不要去打扰您，奴婢也就没说，林厨娘两天前又不见了，一直也没个消息。奴婢让李小二去报官，他却说没什么大事。"

梨花任性惯了,有时候在外头玩儿得野经常两三天不回来,李小二也是见怪不怪了。可楼似玉觉得不太对劲,正琢磨去哪儿找梨花呢,就见一双雪白的锦靴踩上了掌灯客栈的门槛。

她眼眸一眯,顺着这靴子往上看,果不其然看见了裴献赋那张笑得温文尔雅十分讨打的脸。

"不愧是掌柜的,这就大好了?"他摇着羽扇进门来,像与她有多熟稔似的,凑到跟前打量她,欣慰地说,"艳若桃李,风姿更胜从前。"

楼似玉动了动喉咙,很想用力地呸他一口,然而,看了看大堂里坐着的百姓,她压下去一口气,仰起脸皮笑肉不笑地说:"哎呀,裴大夫怎么来了?倒是奴家有失远迎。"

"掌柜的客气,在下不过是来送还一个东西,顺便讨一杯热茶。"裴献赋一点儿不见外地在空着的桌子旁坐下,抬眼看她,"可有新上的铁观音?"

"没有。"楼似玉甜甜地回答,"有泥菩萨,您可要尝尝?"

"也好。"他欣然应下,"只要是掌柜的亲手泡的,在下都喝,只是……"裴献赋伸手将一个东西放到桌面上,轻轻弹了弹,笑意更深:"若是不好喝,这只小可爱在下可就自己留着了。"

七层琉璃宝塔乃上清司法器浮屠困,为羁押妖怪之用,不过巴掌大小,却精致剔透,楼似玉一眼就能瞧见里头装了一团小白毛。塔身被弹得震了震,小白毛也惊慌地转了几圈,大大的尾巴落下去,露出一双狐狸耳朵。

林梨花。

楼似玉心里一沉,手指下意识地动了动,斥骂声也快要涌到嘴边了,但抬眼看见裴献赋那不怀好意的眼神,她顿了顿,硬生生将情绪压下了。

她不能急,跟这样的人对上,越急输得越快。

"方才奴家还在寻呢,没想到这小家伙竟跑去叨扰了您,若有得罪之处,奴家这便先替她赔个不是。"楼似玉伸手替他倒了一盏上好的铁观音,双手奉到他面前,"大夫请。"

能屈能伸,真不愧是老狐狸啊,裴献赋看得兴致盎然,接了茶抿上一口,大方地将浮屠困推到了她面前。

他这么容易就给她了?楼似玉挑眉。

"这儿好像有些吵。"放了茶盏,裴献赋笑眯眯地说,"小娘子可否借一步说话?"

楼似玉试探着将浮屠困拿到手里,发现没什么异常之后,抿唇说道:

"大夫楼上请。"

二楼上去是一间半敞的茶室，裴献赋在蒲团上坐下，甚是自在地朝她摆手："快把她放出来吧，别给憋坏了。"

楼似玉戒备地看着他，扯了扯嘴角："您稍等。"

旁边就是她的房间，楼似玉几步跨进去关上门，确定四周无人之后才一掌将浮屠困击碎。

扑通一声，林梨花落下来就滚出了人形，起身焦急地拉着她说："主子，外头那个人……那个人有问题！"

这还用说吗？楼似玉恨铁不成钢地戳了戳她的脑门儿："你怎么就落他手里了？"

"木掌柜说您想查他，我就顺便去看了看嘛，本来藏得好好的，一点儿尾巴也没露，谁知道也能被他抓住。"林梨花委屈地捂着脑门儿，又想起点儿什么，激动地说，"可我找到了一个人！"

楼似玉左右看了看她，确定她身上没伤，才问："什么人？"

林梨花掏出黑玉给的画像，指给楼似玉看："这东西是鼠妖给的，让转交给您，说什么能证鼠族清白。我找了许久也没找到这人，结果却在那裴献赋的院子里瞧见了！一个梳着双髻的小童，绝对没错！"

鼠族？楼似玉迷茫了一瞬，突然想起当日在城郊看见过青鸷，当时情况紧急，她未多追究，如今想起来，多半就是鼠族做的好事。

前一天梨花就同她说过鼠族突然消失，她没当回事，眼下看看这画像，再想想外头的裴献赋，楼似玉沉了脸："你在房间里待着别出去。"

林梨花想抗议，可看看主子这严肃的表情，撇了撇嘴，老实地爬去旁边的椅子里坐着。

楼似玉关门出来后就冲到了裴献赋跟前，带起一阵风吹得他鬓发微动，端的是气势凌厉，咄咄逼人。她在他面前站定，晃了晃手里的画像，冷声说道："裴大夫好生谋啊，将常硕的内丹所在告诉鼠族，引他们去争抢，又让宋立言来对付他们，你倒是隔岸观火，还收渔翁之利？"

她如此逼问，是做好了他会狡辩的准备，一旦他说不知情，她就将前因后果说出来，叫他无地自容！

然而，鬓发落下，裴献赋却轻抬眉梢，赞叹地看着她说："掌柜的好生聪明，这都能发现。"

"……"被自己准备好的话给噎了噎，楼似玉瞪眼看他。

"可惜发现得太晚了。"他叹息着起身，朝她跨了一步，"已成定局之事掌柜的还来翻说,又有何用处?"

嚣张,这人太过嚣张了。楼似玉与他对视,发现这人当真没有丝毫心虚表情,似乎将林梨花还给她就是为了让她知道他的所作所为,笃定她就算是知道了真相,也只能像现在这样站在此处看着他,看他放肆又得意的神色,看他优雅而潇洒的胜者姿态。

"啊,对了,他应该已经发现蛇胆草是什么了。"裴献赋轻喷一声,伸手碰了碰她发间的朱钗,"你猜,他会如何来质问我?"

楼似玉一爪将他的手拍开,捏着袖子擦了擦自己的钗子,皮笑肉不笑地说:"这东西有些贵,您还是少碰为好。"

"你还是这么小气。"裴献赋摇头,翻手拿出一支梅花金钗,笑道,"这个更贵,送你可好?"

"用不着。"楼似玉眯眼,"大夫还是好生想想该怎么圆谎吧,下回再见宋大人,奴家会将您的所作所为尽数告之。"

裴献赋满不在乎地点头:"掌柜的随意,爱说什么在下都不拦着。但这钗可是浮玉县珠翠阁里最好的一支,你当真不想留着?"

楼似玉退后半步,正儿八经地说:"奴家爱财,但不是所有值钱的东西都看得上眼,恕我直言,您这支金钗,雕工拙劣、款式老气,连奴家头上这朱钗的半颗珠子都比不上。还有,你以为宋立言当真那么好摆布,任由你欺瞒利用?"

她嗤笑:"是狐狸就会露出尾巴,我掉了皮,你也不会好过。"

裴献赋心疼地看着手里的金钗,像是没听见她在说什么一般,低声呢喃:"如此精巧的东西,竟还比不上个死人的遗物。"

楼似玉眼神一凛,想也没想,一掌朝他拍去:"你找死!"

裴献赋飞快地躲开,轻笑:"好端端地聊天,你怎么又要动手?"

楼似玉懒得同他废话,出手狠戾,招招攻他死穴。眼前这人难得没像以前那样突然消失,只是敏捷地躲着,一直退到与外头街道相连的窗边。她没留情,化出妖力给了他最后一击。

裴献赋站着没动,叹息道:"打坏了我,你可会心疼?"

"抱歉,不会。"楼似玉漠然地吐出四个字,料他还有后招,已经做好了再补几招的准备。

然而,淡红色的光冲过去,像云雾撞山一般激荡开,裴献赋竟连躲也不躲了,任由这力道将他打出窗去,带着破碎的窗扇一起朝街道上坠落。

楼似玉始料不及,连忙跟去窗边往下看去。

哗啦几声响,上好的雕花木窗摔了个四分五裂,那穿着青白色锦袍的人倒在碎木块上,眨眼就昏了过去。

四周百姓受了惊吓,纷纷朝这边围过来往上看,楼似玉慌忙想躲,眼角余光却瞥见一抹熟悉的影子。

她身体一僵,止住动作,站在窗前朝那人看过去。

宋立言像是忙完了公务,已经换了一身玄色常服,哪怕站在拥挤的人群中间,也显得格外清雅卓绝。他眸子一抬,像起风时的碧波湖,波澜潋滟,风光无限好,让她忍不住想……

呸!现在是迷恋美色的时候吗?

一爪子拍醒自己,楼似玉立马蹲下去躲着,心里狂骂裴献赋。这厮当真是不要脸,碰瓷碰到她跟前了,她那一掌的法力远不及当初想抓他之时,当时他都能躲,眼下装什么柔弱呢?

"掌柜的,咱们的窗户怎么掉下去了?"李小二在楼下喊,"快来看看哪,好像砸到人了。"

掉下去的是裴献赋,砸坏的不是人,是她的窗户!楼似玉磨了好几遍牙才深吸一口气,抹脸换上一副担忧的神情,提着裙子飞快地下楼:"怎么回事呀?"

宋洵和几个百姓已经将裴献赋抬了进来,宋立言走在旁边,脸色不太好看:"楼掌柜。"

"哎呀,裴大夫怎么伤成这样了?"不等他问罪,楼似玉哀号一声扑去裴献赋身边,哭道,"只不过是有些难治的隐疾,也不是要命的事,裴大夫如何就想不开要寻短见呢?"

裴献赋闭着的眼睫微微动了动。

楼似玉十分同情地抬袖抹了抹不存在的眼泪,扭头吩咐般春:"快去请大夫来,先把人抬去客房。来,各位帮帮忙,搭把手。"

众人应声将裴献赋抬进一楼旁边的厢房,楼似玉抽泣着站去宋立言身边,悲凄地问:"大人怎么也来了?今日没案子了吗?"

宋立言看着她,良久之后,倒是笑了:"不来早些,如何赶得上这大戏开场?"

楼似玉装作听不懂他在说什么,转身去泡了杯新茶递给他:"大人辛苦,先润润嗓子。"

宋立言接过茶来喝了一口,轻描淡写地问:"你想杀了他?"

"瞧您这话说的。"楼似玉娇嗔地说,"奴家不被他杀了都算好的,这身上的伤可还疼着呢,哪儿敢朝他下手?"

"那这唱的是哪一出?"

"三十六计之苦肉计。"楼似玉感叹,"世风日下,人心不古。"顿了顿,她又撇嘴补上一句,"也不一定是人。"

宋立言沉默地看了她两眼,转身跟着进了客房。

"从那么高的地方摔下来,肯定摔坏了不少骨头,待会儿得让大夫好生看看。"

帮忙抬人的百姓一边念叨一边离开了,楼似玉与他们擦肩而过,翻着白眼想,里头那人要摔坏也先摔坏脑子才好,省得他满脑子坏水。

大夫很快赶来,是个花白胡子的老头,翻来覆去地将裴献赋看了个遍,连眼皮都扒开瞧了半炷香时间。

"如何?"宋立言问。

大夫收回手,叹了一口气:"右手骨头摔伤了,但不严重,严重的是脑袋摔破了,怕是伤及脑内。"

楼似玉嘴角一抽,觉得自己可以去开个卦摊儿算命了,这都能说中?

宋立言沉吟片刻,又问:"大夫,他的脉象可有异常?"

"这人伤着了,脉象定是有异常的,三指之下皆粗宽而散,脉管边缘混沌,搏动无力,应指而扁——此皆身损之象。"大夫捋着胡须琢磨,"不过这位公子底子好,阳气足,想来恢复得也快。老朽先给他开几张方子,再将他的右手包扎上,只要他一日内转醒,便没什么大碍。"

裴献赋有阳气,有人该有的脉象。宋立言点头,重新看向身边正在翻白眼的某个人。

第七章
不要脸的失忆

楼似玉正在心里骂得欢呢,冷不防被他一看,吓得捂住自己的心口,心虚地问:"怎么?"

"可听了大夫之言?"

楼似玉甩着手帕嘀咕道:"自然是听见了,伤重嘛,好生养着便是。不过大人,这是他自作自受,与奴家没什么关系,汤药费什么的可别算在奴家头上。"

她还真是什么都只想到钱,宋立言摇头,与她靠近些,低声道:"本官的意思是,裴前辈有血有脉,乃凡人之躯。掌柜的疑他有异,不妨再给些别的证据。"

要证据还不简单?楼似玉轻哼:"等他醒了,奴家自会找机会证明给大人看。"

大夫写好了药方,又开始替裴献赋脱衣包扎。宋洵见状上前帮忙,拱手朝宋立言说道:"这里交给小的,大人先请。"

他在这儿也做不了什么,宋立言颔首,带着楼似玉出了客房,站在走廊上。

大堂里食客甚多,吵吵嚷嚷的很是烦人,宋立言皱眉看了一会儿,问道:"掌柜的可有空闲?"

楼似玉戒备地看着他,后退半步:"公事还是私事?"

"公……"

"没空。"她飞快地答,小香扇摇得唰唰响,"大人您也瞧见了,这客栈里生意好啊,奴家忙不过来。先前耽误了不少工夫,账目到现在还没清完,晚上奴家还得秉烛夜看,实在是没力气再做别的事了。"

宋立言看她一眼,接着说道:"公事已经忙完了,只是觉得今日天气甚好,碧波湖上新起了几只画舫,想请掌柜的去看看。"

画舫?游湖?楼似玉的眸子突然亮了,摇扇子的力道也骤然放缓,她眨巴着长睫毛思忖片刻,改口说:"不过人生在世嘛,总不能累死在案牍上,若有美景好茶之乐,奴家也是不好推辞的——咱们什么时候去?"

宋立言甚是嫌弃地抬步往外走:"现在。"

"哎,您慢些。"楼似玉连忙跟上,几步踩中他的脚印,眼睛笑成了月牙儿。

两日未见,这人对她的戒备心似乎淡了些,甭管是消散了还是藏起来了,她都觉得高兴。他不抵触她,还愿意将她带在身边,这就是最好的结果了。

"伤好些了?"坐上马车,宋立言平淡地问了一句。

楼似玉这叫一个感动啊,都想掏手帕擦眼泪了:"多谢大人关怀,养了两日已好了大半,虽有些不适,但也没什么大碍了。"

"也就是说,你一直没出门?"

这话问得古怪,楼似玉敏感地察觉到不对,眯起眼收敛了语气:"大人这话,莫不是又出了什么事?"

"没有。"他移开目光,淡然说道,"随便问问。"

楼似玉将信将疑地打量他,掀开车帘看了看外头,确定是往碧波湖去的路,才放下心来。

今日晴空万里,微风和煦,碧波湖上水光粼粼。新入湖的画舫停在岸边,画栏雕檐,青色纱幔随风飞舞,远看着就叫人欢喜。楼似玉迈着小碎步一路跑过去,新奇地围着岸边跑了两步,回头冲他喊:"大人,您快来!"

宋立言眼角抽了抽,缓缓走去她身侧:"又不是没见过,掌柜的何至于此?"

"奴家就是没见过呀。"楼似玉兴奋地跳上画舫,"真气派!"

碧波湖是五十年前北往江发大水后形成的,当时可没有画舫。自大战之后她也没再去过别的地方,今儿当真是头一回来。画舫上还有茶水点心,她一看就坐了过去,笑着朝宋立言招手:"大人快坐。"

宋立言跟着踏上船,脸上没什么笑意,兴致看起来也不高。楼似玉一边剥干果一边睨着他:"说要游湖的分明是您,怎么上船了倒是闷闷不乐?"

"近两日县上又出了命案,牵扯甚多,有些为难。"宋立言伸手捏了捏眉心,轻叹一口气,"当这县令也委实不轻松。"

嗯?这怎么听着有诉苦之意?楼似玉咬了半颗干果,眼珠子一转就傻笑:"那大人可得好生看看这山水,偷得浮生半日闲。"

"掌柜的就不好奇出了什么命案?"宋立言斜眼。

楼似玉连连摇头:"不好奇,不明白,不知道。"

她一副急着避嫌的模样看得宋立言有些好笑,忍不住板起脸来吓唬她:"若真不知道,怎会如此心虚?"

楼似玉:"……"

她有点儿哭笑不得:"大人,您这是欲加之罪何患无辞啊,奴家在客栈里养了两日的伤,能知道什么?奴家避嫌也是怕又跟什么事扯上关系,那还不得被大人拿灭神香从头到脚熏个遍?"

她委屈时的眉眼当真好看极了,水灵灵的,可怜又生动,眼睛望着上头眨巴,小嘴儿往下撇着,无辜得很。这般模样,哪怕她手里拿着带血的刀子,对面的人都不忍心说她是凶手。

宋立言轻哂,夺了她手里的干果塞回她嘴里:"别装傻。"

"奴家是真傻,没装!"她不服气地嚼着干果,"您倒是说说,奴家又何处惹着嫌疑了?"

船头划开青碧的水面,涟漪一圈圈荡开,绿柳垂岸,黄莺绕堤,端的是湖光山色好,清风眠知了。若是才子佳人在画舫上头饮茶品琴,那可真是入诗入画的好场面。

可惜,唯一一艘游湖的画舫活像一个会动的县衙公堂。

"本官听人说,妖族修炼多以食人为捷径,更有伤者以有修为之人性命作补,掌柜的可知情?"

一听这话,楼似玉瞬间想起梨花,黑了脸:"这个奴家知道。"

"那掌柜的这伤好得如此之快,可是走了捷径?"

呸!她伤好得快是她妖力本就不低,谁稀罕那些个邪门歪道的东西?楼似玉直腹诽,但这些话也不能给他明说,只能心平气和地讲道理:"大人,奴家伤得那么重,下床的力气都没有,哪儿还敢在您的眼皮子底下害人?"

"这就奇怪了。"宋立言困惑地说,"除了你,还有谁会需要那么多人命?"

她还真是他的头一个怀疑对象啊,什么罪名都往她身上想,楼似玉磨牙,知道自己想择出去是不可能了,索性直接问:"出什么事了?"

"就这两日，霍良从外头带回来十二具尸体，死者男女老少皆有，形状恐怖，不像是普通谋杀。齐岷验了尸，说是妖力所致，但本官已经将这四周查遍，没有发现妖气。"

听起来是个挺大的案子啊，楼似玉严肃地跟着思索了片刻，然后就察觉到了不对："您说查哪儿？"

"这四周。"宋立言放缓语调重复了一遍，看着她那骤变的神情，终于伸手抵着唇笑出了声。

楼似玉脸都绿了，左右看看，又起身在画舫里绕了两圈，气得跺脚："就知道没这么好的事，您哪会有兴致出来游湖啊，敢情还是骗着奴家来办公事了！您直说不成吗？害奴家白高兴一场。"

"本官也想直说，但掌柜的显然不买账。"宋立言克制住笑意，起身站在她身侧眺望这湖上之景，"所有被害者都是从这湖里捞起来的，人皮骨架完好，血肉全无。本官没见过这样的事，想起掌柜的说往后必定相助，便带你来看看。"

只要大人不抓奴家，奴家愿意一路为大人解惑——这话的确是她说的，得认。

楼似玉深吸一口气，端正了神色。

"以奴家所知，普通妖怪吃人是连骨头都不吐的，高等些的妖怪才会挑皮拣肉，只吃最好的一部分。但不管怎么说，没有妖怪会吸食血肉而沉尸身于湖中，这简直是多此一举。一具两具也就罢了，一连十几具，不像是掠食，更像是某种祭祀。"

"亲水的妖怪太多，浮玉县本身就阴气极重，妖怪横生，光凭这一点儿线索想定下某种妖怪的罪是不可能的。大人若是得空，不妨再带奴家回衙门看看尸体。"

有道理，宋立言颔首，示意船家将画舫靠岸。

他今日其实是想试探她的，没想到这人当真愿意帮他，而且知无不言，目前来看态度很是诚恳，尚可付诸几分信任。

船靠了岸，宋立言跨过木板踩上柳堤，正想侧头与她再说两句话，却发现旁边的人没跟上来。

他一扭头，瞧见楼大掌柜正手脚并用地抱着画舫上的木柱，表情哀怨地问："下次再来是什么时候呀？"

宋立言觉得好笑："这是案发之地，你我都还会回来查看的。"

"奴家说的是来游湖，游湖！不是查案！"楼似玉柳眉倒竖，瞪着他说,"好不容易能享几个时辰清闲,大人也不让奴家好过。"

"行了,行了。"宋立言上前将她扶下来,"若此案能结且与你无关,本官再抽空与你来便是。"

话说出口,他才觉得有些别扭。

自己何曾用过这种语气说话啊,软绵绵的,半点儿威严也无。可面前这人受用得很,立刻乖乖地随他下船,还小声说:"君子一言快马一鞭,大人可不能骗人。"

宋立言的耳根有点儿发麻,他也说不上这是种什么感觉,只觉得不适应,胡乱应她两声便走,步伐踩踏之间还有两分局促,掩饰着说:"时候不早了,走快些。"

得了他的允诺,楼似玉心情又好了,蹦蹦跳跳地跟着他上车,还将从船上顺手捎的干果递给他两颗:"这个好吃,大人尝尝?"

果壳有些硬,宋立言拿在手里捏着,没动。

楼似玉跟只仓鼠似的咯嘣咯嘣吃了好几个,瞥见他没动,嫌弃地说:"大人怎么连这个也不会剥?"

说罢,她伸手拿过干果替他嗑开,将白白的果仁塞回他嘴里。

这动作委实亲昵了些,宋立言有些尴尬,吃也不是吐也不是,就皱眉看着她。结果后者丝毫不觉得哪里有问题,坦坦荡荡地继续嗑起来。

"……"人家都不觉得有问题,他一个大男人总不能还矫情。

宋立言将果仁嚼了咽下,拿起放在车里的公文,趁着这点儿时间再看几卷。马车摇摇晃晃地走着,他看得入神,旁边的人不知何时开始给他喂东西吃,他也没注意,一心审阅文书,时不时拿笔勾画。

于是当马车回到衙门,宋洵撩开车帘打算请二位下去时,看见的就是楼似玉倚在自家大人身边,随手喂他吃着干果。自家大人毫无防备,楼似玉给什么吃什么,咽得慢了,腮帮子都鼓了起来。

"……"他莫名其妙地想起了昏君因沉迷美色而亡国之事,连带着看自家大人的眼神都痛心疾首起来。

"嗯?到了?"楼似玉拍掉裙子上的果壳,起身下车。

宋立言回神,将文书卷了拿在手里,跟着出去。

"大……大人?"宋洵担忧地唤了他一声。

"何事?"

宋洵欲言又止,看看前头回过头来的楼似玉,连忙摇头:"没事,就是想提醒您小心台阶。"

古里古怪的,宋立言摇头,径直带楼似玉去了仵作的验尸院,路上嘱咐她:"齐岷也是上清司的人,你自己小心。"

楼似玉听得愣了愣,抬头想看他的表情,宋立言却几大步就走到了她前头。

这人对妖怪一向是宁可杀错不放过的,之前几次轮回从未对她手下留情,这回是怎么的,不但不追究她到底是人是妖,还有护着她的意思?

楼似玉愣怔地看着他的背影,跟上去,心情复杂地想,也许是方才的干果太好吃了?

前头就是验尸院,宋立言慢下来,等她追上了才上前推开门。院里尸体甚多,四周少不得有妖怪窥视,但宋立言一跨进门,那些目光就消失了。

齐岷头也不回地说:"大人来了?"

"来看新送来的尸体。"宋立言走过去看了看,"是这个吗?"

齐岷浅笑,抬头刚想解释,就看见了后头的楼似玉。

楼似玉一早听说过衙门来了个厉害的仵作,但一直只闻其名不见其人,如今终于瞧见庐山真面目,楼似玉很是规矩地上前行礼:"见过官爷。"

面前这人套着身黑色的验尸袍,却是个苍白瘦弱的少年。他手里拿着小刀,指节上隐隐显出青色的经脉。见她上前,他往后退了半步,没接她的话,只扭头对宋立言说:"怎么带外人来了?"

"她是个懂行的,来帮忙看看。"宋立言摆手示意她免礼,带着齐岷往屋子里走,还随意扔下一句话,"掌柜的自己先瞧瞧,本官有话要与仵作说。"

"是。"楼似玉纳闷儿地看着齐岷的反应,摇摇头,转身掀开旁边盖着尸体的白布。

死者是个年轻男子,皮骨俱在,但也真是皮包骨头,肚子上破了一个大口子,里头什么都没了。她翻看周身,除了肚子上的抓痕,脖颈上还有两个牙洞,是蛇妖的齿印。

楼似玉心里一跳,突然想起至今下落不明的美人蛇,忍不住朝屋子的方向看了看。

宋立言随齐岷在屋里坐下,还没来得及倒茶,就听得齐岷开口:"那人是上清司的?"

"不是。"宋立言摇头,"上清司如何会有别的女子?"

"那她算什么懂行的?"齐岷皱眉。

"人外有人天外有天,多听些人说话总是有益无害的。"宋立言看他两眼,"你也别总是抵触生人,太过孤僻。"

"我不觉得她像人。"齐岷回视他,"莫不是你抓来做事的妖怪?"

"不是。"这回否定得比上次还快,宋立言端起茶盏挡了脸,抿了一口热茶才说,"只是有些异术,但司内前辈说了,她是人,没有做过伤天害理之事。"

这话不知是在替她辩白还是在说服他自己,宋立言说完就有些懊恼。齐岷是一向信他所言的,也没多质疑便说:"那我便看看她会怎么说。"

就他所验的情况来看,死者全是被蛇咬死或咬伤,再被一爪四指的妖兽掏了肚子,除此之外再无别的线索。齐岷对自己的验尸之术一向自信,下巴都微微抬了抬。

不过,他看了看旁边的宋立言,总觉得有些不对劲:"大人在气什么?"

"我?"宋立言回神,又抿了一口茶,"我有什么好气的?"

外头传来窸窸窣窣的动静,宋立言起身出去,见楼似玉正给一排最尾的尸体盖上白布。

"如何?"他问。

楼似玉表情为难地看向他,又看看旁边的齐岷:"这个……"

"你只管说,都是自己人。"

"大人去过蛇族禁地,应该知道蛇族有明令不允族中之人祸乱人界,否则便将受罚。但这几个死者身上或多或少有同一只蛇妖的痕迹。"楼似玉为难地说,"蛇族的秘密我本不该说的,但现在情况有异,我便直言了。"

"蛇族圣物恐是出了问题,否则这蛇妖第一次动手的时候就会因天罚而死,根本不可能一连祸害这么多人。"

齐岷脸色微变,意外地看着她,宋立言却知道她在说什么,微微敛眸。

蛇族圣物在美人蛇的肚子里,而美人蛇被他关进了浮屠困。蛇族禁地之中缺了圣物,少了对蛇妖的制约,难免就有蛇妖下山作祟。

"大人许是知道殷殷的下落吧?"楼似玉眨了眨眼,"有些事情她比奴家清楚,不妨问问她?"

"不必。"宋立言说道,"本官会让各处严加戒备。"

楼似玉难以置信:"若是普通人犯案,严加戒备尚有作用,但妖怪作祟,哪里是凡人防得住的?大人莫不是觉得再死些人也无妨?"

宋立言眼神一沉,抽了獬豸剑抵在她面前,剑气凛然,吹落她的一缕青丝垂在肩头。

"掌柜的慎言。"他寒声道,"人命开不得玩笑。"

楼似玉迎着他,半点儿不惧:"眼下拿人命开玩笑的是谁?您是宁可牺牲更多的人也不肯放出殷殷,那让奴家猜猜,她身上是不是有什么大人十分想得到的东西?"

宋立言顿了顿。

"果然。"失望之色涌上眼底,楼似玉退后半步,"奴家真是高看大人了。"

是,圣物的确很重要,她也是想要的,但她实在想不到面前这个人会有这样的举措。要是以前,他定会毫不犹豫地选择能护人性命的办法,而不是空口说什么加强戒备。

这半点儿也不像他。

宋立言收回剑,眉头紧了紧,薄唇微微张合,却没说出话来。

楼似玉朝他屈膝,恭恭敬敬地行了告退礼:"该说的奴家都说完了,大人既然自有主张,那奴家就先告退了。"

"……"

罗裙扫过门槛,她很快就消失在了外头,宋立言抿唇,将獬豸剑扔回结界里,揉着眉心叹了一口气。

他来浮玉县是担着大责的,有些时候不是他冷血无情,而是二择其一,他只能选一个牺牲更少的法子。但看她这反应,他又忍不住想自己做的是不是错了?

宋立言疲惫地转头,迎上了齐岷探究的眼神。

"红尘劫数?"齐岷认真地问。

"不是。"宋立言恼怒地拂袖,说道,"我能有什么红尘劫?"

齐岷颔首,平静地说:"大人说什么便是什么,只是,在司内二十年,我从未见过大人因为谁的几句话就方寸大乱。"

宋立言一向是沉稳果决的,他所定之事,连掌司也无法置喙,哪怕挨了罚他也不会觉得自己有错。但就在刚刚,齐岷在他脸上看见了犹豫和怀疑之色,还有一丝可能他自己都没察觉觉到的慌张神色。

他现在倒是难得地像一个普通人了。

"你多虑了。"宋立言否认得十分果断,"本官是在忧心妖怪作祟之事,并非为她所扰。她只是个客栈的掌柜,随口妄言之语本官如何会放在心上?至多不过当成百姓之言兼听一二。"

齐岷做恍然状点头,然后表情不信地沉默。

大多聪明人一涉及情爱就会变蠢，而这种"蠢"肯定是身边人先发现的，从一个细微的动作或躲闪的表情都能窥其一角。只是既然当事人不认，那他也没必要多说，揣手看热闹也挺好。

不过……齐岷有些担忧："若真如她所言，妖怪还要继续谋害县上百姓，那当如何？"

宋立言没回答他，沉了脸往外走去。

他还能如何呢？有妖他就杀，来多少杀多少，总不能叫几个妖怪威胁了去。若在此让步，那往后这苍生都将变成制约他的利剑，他还怎么敢再往前行？

原本挺好的天气，到傍晚阴沉了下来，狂风阵阵，吹得掌灯客栈门口的红幡东倒西歪。

李小二费解地望着天，将红幡收进来，回头说道："掌柜的，瞧着好像要下雨了，院子里还熬着药呢。"

楼似玉打着算盘，头也不抬："让那小童子去伺候，你不用管。"

那人占她一间客房都没给钱呢，还想让她的人伺候？楼似玉打完一笔账，摇了摇算盘，继续清后头的账。

"掌柜的。"般春从客房里出来，欣喜地说，"裴大夫醒了！"

"是吗？太好了，大喜事啊。"楼似玉脸上半点儿表情也没有，语气都没起伏，十分敷衍地拍了拍手说，"街口有马车，雇一辆来送他回去，顺便让他身边那小童来结账。"

"这……"般春干笑，"是不是不太好啊？宋大人走的时候还吩咐说要好生照料呢。"

楼似玉冷哼，干脆连回答都省了，埋头清点柜台盒子里的通宝。

有人从客栈门口跨了进来，般春回头，瞧见来人，跟看见救星似的迎上去："大人，您可来了，裴大夫醒了！"

门口的灯笼已经被点着了，光落在他的肩上，照出几分忙碌后的疲惫样子。宋立言抬眼看了看里头的楼似玉，抿了抿唇说道："带本官去看看。"

"这边请。"

以往他过来，她定会上门口来接，笑吟吟地说一声"恭迎大人"，虽是狗腿十足，但他觉得甚是周到。然而眼下，楼似玉坐在柜台后头，数钱数得专心致志，连看也没抬头看他一眼。

宋立言收回目光，觉得无所谓，他只是来看裴献赋的。

裴献赋的脑袋上缠了一圈绢布，脸上也没什么血色，他睁着一双桃花眼茫然地看着四周，显出两分傻气。小童站在旁边哭，听见开门的动静，立马转过头来。

"怎么倒哭上了？"宋立言不解，"人不是已经醒了吗？"

"大人！"小童哭得更凶，眼里都透出恨意来，"是谁把我家先生害成这样的？"

宋立言微微一噎，在床边坐下："你问这个干什么？"

不等小童回答，床上那人就朝他看过来，满眼都是陌生和茫然之色。他到底还有两分风度，笑着问："这位又是谁？"

宋立言："……"

小童叹气，朝宋立言小声说："先生醒来便是如此了，连我也不认得。"

裴献赋摔坏脑子了？宋立言皱眉。他还想问裴献赋关于蛇胆草之事，也想从这儿要个解释呢，这一不记得，那蛇族禁地一事岂不是不了了之？

"前辈可还记得自己是谁？"宋立言不甘心地问。

裴献赋迷惘地摇头，又笑着同他指了指旁边的童子："你倒是长得比他好看多了，定是与我有什么关系，那你不妨告诉我，我是谁？"

宋立言忍不住揉了揉额角，思忖片刻，朝旁边站着的般春说："请你们掌柜的进来一趟。"

"是。"般春应声出去，宋立言就坐在床边等着。

过了好一会儿，楼似玉才慢悠悠地进来，平静地朝他屈膝："见过大人。"

礼节尚算周到，脸上也挂着点儿笑意，但宋立言左看右看都觉得不顺眼，语气也冷淡了些："楼掌柜很忙？"

"账目有些多，忙是自然的。"她没看他，转眼去看床上的人："正好有一笔账还没结，裴大夫既然醒了，不妨让奴家早些收工？"

裴献赋缓慢地眨眨眼，上下打量她一圈，惊叹道："这位小娘子也是好看得紧，与我可有什么缘分？"

楼似玉眼皮一跳，狐疑地看看他，又看看宋立言。

"说是什么都不记得了。"宋立言解释。

楼似玉冷笑一声，抽出腰间的香扇，挡着嘴翻了个白眼："可不是得不记得吗，若是还记得，他又怎么去圆谎呢？"

"小娘子在说什么？"裴献赋分外无辜地说，"在下没听明白。"

"听不明白可以啊，正好时辰晚了，奴家就抽空来给大夫您说个故事好伴您安眠。"楼似玉皮笑肉不笑,转身去桌边给自己倒了杯茶,茶水顺着杯沿落进去,叶子打着旋儿浮上来,顿时香气四溢。

她抿一口茶清了嗓子,正儿八经地开了腔:"话说当日,奴家伤重,本是有力气睁眼说两句话的,却不想来了个大夫,突然封了我的七经八脉,还骗人说我魂魄散尽,需要蛇胆草相救。蛇胆草是个什么东西?医书上是断不会有的,偏就某位大夫厉害,还寻了图鉴来。

"这一路走得可是精彩纷呈,半途拦了不少结界不说,还有半真半假的幻影作祟。宋大人原本说了寻两日寻不着也就打道回府,那到底是谁故意设套,引着他好奇继续往前呢?

"奴家开始也纳闷儿,可后来到了禁地奴家明白了,有人在让宋大人当开路将,跟着他闯蛇族、讨圣物呢。至于那人是谁,奴家后来没瞧见,大人定是瞧见了。"

想起那日古树里的黑影,宋立言皱眉。楼似玉说得有理有据,也是说得通的,但要真说裴献赋就是凶手,宋立言觉得证据不足。至少有一点不对——裴献赋是人,不是妖。

楼似玉伪装成人,是因为在人界生活得久了,身上染了生气,再加上妖气收敛得好,所以没被他察觉。而裴献赋一直是偏居一隅,修为不见得有多高,身上却有自内而外散发出的生气,那就真的与妖没什么干系,只有可能是帮凶。

"然后呢?"裴献赋好奇地问,"后来还发生什么事了?"

"后来呀,有个人发现谎话说不下去了,就自己坠下了楼,假装什么都不记得了,好让人无从追究。"楼似玉笑眯眯地给他鼓掌,"戏还唱得不错呢,若不是曾与你交过手,奴家也得被蒙了去。"

裴献赋诧异地看着她,伸手指了指自己:"我吗?"

"正是。"

裴献赋好笑地想辩解,又发现自己什么都想不起来,话都无从说起。他的脸上一瞬间闪过惊讶、害怕、慌张和迷茫等多种复杂神情,最后通通归于怅然,眼角一垂,端的是委屈又无助的样子。

良久,他才小声说:"我当真不记得了,但我觉得自己不是坏人。"

"巧了,奴家还觉得自己不是奸商呢。"楼似玉不屑地撇嘴,朝宋立言说道:"是非曲直,大人自当有定论。"

宋立言沉吟片刻,说道:"来之前本官去见了师兄一趟,他的伤好些了,我也再问了他关于裴大夫之事。"

"他怎么说？"

"他说裴大夫绝不可能有违背上清司之心。"

"的确是不违背，只不过害几个非上清司的人，对大人来说也是不痛不痒的。"楼似玉颔首，了然地说，"既如此，奴家也没别的话要说了。大人既然来这一趟，不妨将裴大夫带走吧。"

"走去哪里？"裴献赋挑眉，抓着被子说，"这儿不是我的家吗？"

楼似玉回他一个虚假的笑容："这里是客栈，您住着要给钱。"

"给钱……给便是了，我不想走。"裴献赋皱眉，"我什么也不记得，哪儿也不想去。小娘子人美心善，我想与你待在一起。"

他先前就不要脸地调戏过她，这什么都不记得了，还来？楼似玉不爽地眯起眼："抱歉，奴家不太想与大夫待在一起。"

裴献赋撇嘴，跟个孩子似的抻了抻腿，突然想起什么，摸摸身上，翻出一个钱袋来塞到她手里："这样成吗？"

不成！楼似玉很想顺手将钱袋给他扔脸上，但是小手那么一掂，发现这钱袋有点儿重，里头不是通宝的清脆碰撞声，而是属于元宝的美妙声响。

楼似玉眼眸一亮，很没出息地放柔了语气："奴家这客栈是打开门做生意的，自然没有往外赶客的道理，大夫既然想住，那就住吧。"

宋立言分外鄙夷地看了她一眼。她这也太没立场了，先前说得与裴献赋不共戴天，可人家给点儿银子她就连自己姓什么都不记得了，毫无风骨，令人不齿。

不过，这人也真是容易满足，一个钱袋而已，就偷偷捂着笑成了一朵花。

宋立言心思微动，捏了捏自己的袖袋。

他是断没有要讨好她的意思，也没觉得自己哪里有错需要道歉。但……回到大堂的时候，宋立言轻咳两声，还是走去柜台前敲了敲柜面。

楼似玉正美滋滋地数着裴献赋给的银子，二十两雪花银哪！够她交两个月地租不说，先前客栈的亏损也能补回来不少。这别说是住一个裴献赋了，住五个裴献赋她都接，谁也不能跟钱过不去。

她正乐着呢，就被敲击声震回了神。

宋立言语气僵硬地问："有酒吗？"

"酒？"楼似玉顺手给他拎了两坛子酒出来，"大人想喝？"

"嗯。"他含糊地应了，接过酒，掏出自己的钱袋递给她。

楼似玉挑眉，看看他又看看钱袋，觉得这场面有点儿像她在做白日梦。

这人是发了什么慈悲,竟给她这么一大包钱?

楼似玉试探着在他手上打开钱袋摸出一两银子,收回爪子,盯着他看。

宋立言没动,脸上神色有些不耐烦,将钱袋又向她递了递。

不会吧?楼似玉咋舌,心想她的客栈里的酒好喝归好喝,也没这么值钱哪,更何况堂里卖的还是兑了水的酒。

楼似玉伸出两根手指,又从他的钱袋里拿了一两银子,刚打算收回来,就听得这人突然出声:"先……"

都来不及听他说什么,她吓得立马将银子给他塞了回去,慌忙摇了摇头,凤眼惊恐地眨了眨,一副"我什么也没干也没多拿银子"的撇清模样。

宋立言微哂,将她的手拉过来,把钱袋一并拍过去,重重地说:"本官是想说,先前你帮了忙,眼下又卖酒给我,这是谢礼和酒钱。"

入手的重量掂着就知道比裴献赋的那袋钱还多,楼似玉受宠若惊地咽了咽唾沫,觉得这人可能是疯了,捏着钱袋半晌没敢动。

柜台上的蜡烛爆了个火星,光突然暗下去些。宋立言隔着账台低头看她,眉目难得地温柔起来。

"那只蛇妖受了伤,我没动她,只将她关在浮屠困里,因为她身上有圣物——也就是勾水的内丹。一旦被放出来,她就算不死在我手里,也会死在别人手里。"

他说得漫不经心,眼神时不时往别处飘,但楼似玉听着,一直带着倒刺的眼神平和了下来,眼底凝着的东西也跟着散开。

这人竟然肯与她解释了。

"你要我问她,我问了,她说蛇族一向分为两派,就算圣物失落,守规矩的那一派蛇妖也断不会下山害人。若有蛇妖作祟,多半是反叛一族,以大妖红瓦为首,和其余十几只修为不低的妖怪,需要多加防备。"

"本官没道理将她放回岐斗山,眼下能做的事,也就只有将这些妖怪杀个干净,以保浮玉县百姓太平。"

宋立言觉得说得有点儿多了,略微不自在:"本官不知以前那人究竟如何行事的,但本官做事问心无愧。"

他不想从她眼里再看见那种失望的神色,让他很不舒服,也很不服气。他虽然努力说服自己不要太在意,但很遗憾,他做不到。同样是上清司之人,哪怕那人比他早生一百年,他也不觉得自己有哪里不如那人。

这是男人的胜负心,跟别的没关系。他说完也不想看她是什么反应,拎了两坛酒就往外走:"本官还有事要忙。"

宋立言的步子迈得很大，他走得略显仓皇，但在跨出门槛的一瞬听见背后传来那人甜甜的声音："大人慢走。"

尾音里都带着笑意，不用看他也知道她定是又将眼睛笑成了月牙儿。

银子的面子也真大，她这就又不生他的气了？宋立言没好气地想着，板着脸继续往外走，但没走几步路他就绷不住了，抬头看着刚冒头的月亮，嘴角止不住地往上扬。

夜色深了，整个浮玉县都飘起毛毛细雨，雾蒙蒙的一片，十步之外什么也看不清。碧波湖上泛起了白雾，悠悠荡荡的，贴着水面扩散开去。

这实在不是什么赶路的好时辰，但也有小贩赶着去邻县进货，背着包袱踩上湖边的渡船。

渡船上已经坐了十个人，船老大吆喝了一声就向北划去——从这儿乘渡船去下游的邻县是最快也最省钱的路子，小半个时辰就能上岸。

然而，今日与往常似乎不太一样，船刚到湖心，突然晃了晃，渡船吃水明显往下沉了一大截儿，惊得上头的人纷纷惨叫。

"莫慌，莫慌。"船老大撑着竹竿安抚众人，"可能是磕着什么暗石了。"

他说是这么说，可这湖里哪儿能有什么暗石？他觉得不对劲，伸长竹竿往船下捣鼓，突然觉得有什么东西拉着竹竿使劲拽。

哗的一声，船老大先落了水，船上众人更是尖叫，踩得船左摇右晃。船老大挣扎两下浮上水面，正想骂两句粗话，睁眼却瞧见了一个倒三角的蛇头。

漆黑的蛇瞳映出他惊慌的面容，那大蛇吐了吐芯子，一股腥气直扑他的面门。

"救……救命啊！"船老大胆子都吓破了，惊叫出声。

蟒蛇没给他机会逃跑，张嘴就想将他给吞下，就在这一刹那，岸上传来了空酒坛落地的碎裂之声，下一瞬，一把泛着白光的长剑倏地自后将它的蛇头刺了个对穿。

腥臭的血噗地喷了船老大满身，船老大傻傻地抬眼，瞧见漫天猩红之中落下来一个颇有风华的男人，男人拔出长剑，踩着委顿下去的蟒蛇头跨步站到了他的船上。

"把他拉起来。"宋立言说道。

船上的人都看傻了眼，好一会儿才有人反应过来去拽船老大。满船的人都吓坏了，恐惧地看着那慢慢往湖里沉的蟒蛇，又悄悄打量这剑上还滴着血的人。

"继续往邻县走。"宋立言拿出另一坛酒,站在船头说,"我护着你们,不必担心。"

酒坛一开,香气四溢,船上的人已经受惊过度,下意识地听他的话做事。船顺水而下,等到了邻县上了岸,众人纷纷惊醒,回头看去,船头站着的人已经不见了。

"是做梦吗?"有人喃喃道,"我好像看见了一个大侠,还闻见了酒香。"

空气里残留的酒味实在是太淡了,风一吹就再也闻不着,几个小贩嘀咕了几句话没得到答案,便不再多想,裹了包袱往城里去了。

宋立言回了一趟碧波湖,朝那宁静的湖水里一连打下去五张黄符,湖水起了片刻波澜又归于平静。那些个作祟的东西像是知道他会回来,已经逃得远远的了。

"无趣。"他收了獬豸剑,将最后一口酒倒进嘴里,品着酒味暗道这楼掌柜不厚道,还掺水,看来他也有空得去整治整治黑心客栈。

接下来几日,他每晚都来碧波湖蹲守,但可惜的是并无收获。浮玉县好像又回到了安宁祥和的日子,命案无进展,但也没再多死人。

早晨的安乐街又是以热闹的吆喝声开的市,掌灯客栈门口黎明破晓时来了三辆牛车。

楼似玉今日格外红光满面、意气风发,摇着香扇,笑得花枝乱颤:"各位打尖儿还是住店都里头请,奴家要赶大席,就先行一步了。"

"哎哟,听说是曹老爷家的流水宴,那可恭喜掌柜的又发大财了。"

"哪里,哪里,本分做事罢了。"她接下奉承,虚伪地谦虚两声,便拎着裙子与般春一起上车,带着满满的食材和用具往曹府赶去。

般春很纳闷儿:"掌柜的,咱们这个月赚得不少呀,连地租都交完了,您怎么还这么着急赚钱?"

"谁会嫌钱多呀,能赚多少是多少!"

"其实我觉得,掌柜与其辛辛苦苦地跑来跑去赚钱,还不如想法子嫁给宋大人,那样不更是吃喝不愁?"

楼似玉微微一噎,痛心疾首地说:"你怎么能这么想?能自己赚钱为何要靠别人养活?"

"被人养活有什么不好?如今咱们宋大人可是各家小姐的闺梦之人,很多人以能让宋大人养着为目标呢。"般春双手合十地捂在胸前,一脸艳羡的表情。

楼似玉翻了个白眼，没好气地说："老娘的目标是赚个盆满钵满，然后去养活宋大人。"

也不知是她这句话太豪放还是怎么的，话音刚落，好端端行着的牛车突然颠簸一下，抖得她差点儿掉下去。楼似玉发现前面挡了个人，顺着衣裳往上看，抽了抽嘴角。

宋立言那张脸还是这么俊朗迷人，哪怕在熹微的晨光里也泛出朱玉的华彩。他带着宋洵和霍良，似乎是从什么地方办完事回来，正用一种分外复杂的神情俯视着她。

"养活宋大人？"他十分缓慢僵硬地重复出这五个字，皱了皱眉。

楼似玉一个鲤鱼打挺从牛车上跳了下来，跟跄一下扶住车轮，慌忙将自己整理妥当，才捏着手一本正经地朝他行礼："见过大人。"

"掌柜的免礼。"看了看她身后的三辆车里装的食材，宋立言有些意外，"你这是要去哪里周济穷苦百姓不成？"

"大人说笑。"楼似玉抬手掩唇，"奴家就是最穷苦的百姓了，哪儿能去周济别人哪？这是曹老爷家订的流水席，奴家赶着过去摆宴呢。"

就知道不能指望她往外吐银子，宋立言摇头，越过她继续往前走，楼似玉连忙殷勤地朝着他的背影行礼："大人慢走，有空多来咱们客栈尝尝新菜品呀！"

宋立言摆手，头也不回地说："掌柜的还是快去好生赚钱吧，毕竟……"他脚步一顿，意味深长地加重了语气，"养个大人还是挺费钱的。"

楼似玉："……"

后头跟着的宋洵和霍良都朝她投来了钦佩的眼神，路过她跟前，两个人纷纷朝她抱拳以示敬意，就连那群不明所以的衙差也下意识地朝她点了点头才跟上去。

楼似玉这张一向厚如城墙的脸难得地透出了两抹红晕，她尴尬地咳嗽两声，伸手给自己扇了扇风，扭头强自镇定地吩咐众人："继续上路。"

殷春和林梨花等人都假装什么也没看见，脸上维持着平和的神色。楼似玉感动地看着，觉得自己真没白养她们，关键时刻还是她们懂事。然而，就在她低头打算翻看清单的一瞬间，耳边传来了两个人清晰的闷笑声，压抑，克制，但发自内心。

额上青筋跳了跳，楼似玉闭眼咬牙，脸上的热气蒸腾开去，连脖颈都红了起来，衬着青花色的上襦，像只半熟的大虾。

这么多年了，她看过天崩地裂，也看过沧海桑田，原以为已经练成

167

了泰山崩于前而色不变的本事，不承想还会因为这等小事脸红心跳、指尖发麻。简直是太没出息了！

"有工夫看热闹，没工夫多想想等会儿的菜色？"楼似玉不忍心骂般春和梨花，扭头就冲后面笑得"吭哧吭哧"的钱厨子吼，"这流水宴要是搞砸了，你就给我回家种地去！"

钱厨子被吼得打了一哆嗦，连忙正了脸色："掌柜的放心，菜谱我一早就拟好了，上等菜色，保管他们满意。这食材也是子时才从乡里收来的，新鲜着呢，绝无错漏。"

楼似玉轻哼一声，对着清单算了算这一趟的入账，得到个满意的数目，终于缓和了脸色。

宋立言带着宋洵和霍良回到衙门，将巡逻的班表安排妥当，又吩咐宋洵："这两日有不少熟人来了浮玉县赴宴，你仔细瞧瞧，若逮着有空闲的，就让他们多去碧波湖走走。"

"熟人"自然是指上清司之人，当着霍良的面他不好直说，宋洵听明白了，拱手应下。

碧波湖已经安静了好几天，宋立言当然不觉得是湖里那头蛇妖死了的缘故，毕竟那蛇妖修为还不足百年，就算要吃人，也断不可能在两日之内吃掉十余个。楼似玉说这像祭祀，可他查了些典籍，发现关于蛇族的记载少之又少，更无一句提到与祭祀相关的信息。

要不，他再去问问楼掌柜？

宋立言正想着呢，突然觉得旁边有人看他，一抬眼，就对上了霍良那十分意外的眼神。

"怎么？"宋立言不解。

霍良拱手："卑职冒犯，只是觉得大人今日心情似乎格外好。"

这位大人初到之时，那叫一个疏离不近人情，他连站在大人身侧都觉得手心冒汗。可如今再看，大人虽严肃依旧，但眼底已经染了些烟火气，偶尔笑一笑，甚至让他觉得亲切。

最近县里经常有人传些大人与楼掌柜的流言蜚语，他一直没听进去，但今日一瞧，也不免有些猜想，忍不住开口问："大人觉得楼掌柜此人如何？"

宋立言一脸莫名其妙的表情，不过倒也答他："贪财，趋炎附势，见风使舵，虽本性尚算良善，但鬼点子太多，净给人惹麻烦。"

这么听着，倒是没落着几处好啊？霍良挠头干笑："卑职倒是觉得，楼掌柜温柔大方又有本事，是世间少见的女子。"

　　他倒不是对人家有什么心思，只是楼似玉向来待他不错，看他偶尔路过都请他喝茶，又让他尝客栈里新出笼的点心。有一回他抓地痞之时被人反咬一口，也是楼似玉出面做证，还他一个清白。念着这点儿恩情，霍良觉得该帮人说句好话。

　　然而，也不知怎么回事，方才还心情甚好的宋大人，突然敛起笑意，沉默了，垂眸翻阅案上的文书，身上那股阴冷拒人的气息又卷了上来。

　　"卑职知错，不该在公时谈这些私事。"霍良觉得不对，立马拱手，"卑职这便去安排下头的人巡逻。"

　　宋立言头也没抬，捏了朱笔在文书上落了墨，笔痕略重。

　　宋洵站在一侧看着，费解地说："大人，他也没说错什么。"

　　"嗯。"宋立言点头，将改好的文书往旁边放，脸上半点儿表情也没有。

　　知他不高兴，宋洵便闭嘴不再劝。可站了一会儿，宋洵又很纳闷儿，自家大人为什么突然不高兴了？就因为人家反驳了一句话不成？

　　凉风从窗口卷进来，吹得宣纸沙沙作响。县衙里很安静，除了几声鸟叫，就只有细微的研墨声。

　　而曹府就热闹多了，张灯结彩，寿字高悬，四面八方来的宾客都提着各式各样的贺礼往里拥，门童一声声唱着名儿，丫鬟小厮有条不紊地往桌上端着菜。

　　楼似玉在后厨帮忙，刚送出去几盘菜又听得人催，累得满头大汗，但一想到入账的银子，她的动作就更麻利了些。

　　"有几桌是少荤腥的，之前吩咐过了，你们可别弄错。"曹夫人远远地在院子门口唠叨着，般春连声应着。

　　"这曹老爷有点儿来头啊。"林梨花一边砍着砧板上的鸡一边小声嘀咕，"竟来了那么多我讨厌的人。"

　　楼似玉轻笑，路过时敲了敲她的脑袋："你管他是哪儿的人，给钱用膳的都是大爷。"

　　"我也就是随便说说。"林梨花撇嘴。

　　上清司之人虽不为外人所知，但大多是皇亲国戚或大官小官，就算没入仕的，也在某些地方颇有地位。能来这么多上清司之人，显然是曹老爷有分量。不过，上清司之人的味道还真是刺鼻，她连打了好几个喷嚏，毛都快耷起来了。

　　"开宴了，开宴了。"般春从外头进来，又端出去几大盘菜，着急地喊，

"他们在催了，说上菜快些。"

楼似玉和林梨花纷纷埋头做事，没空闲聊，一忙就是两个时辰，眼瞧着中午的宾客终于要散尽了，她们才喘了一口气，偷偷拿了两个鸡腿来啃。

"掌柜的。"李小二从前院回来，面色有点儿凝重，"咱们的食材没问题吧？"

"你没听钱厨子说吗？都是子时亲自去乡下收的，新鲜得很，能有什么问题？"楼似玉抬头看他，皱眉问，"出什么岔子了不成？"

"倒也谈不上大岔子，就是有几位宾客好像闹肚子了。"

楼似玉闻言就扭头吼钱厨子："你是不是做菜又没洗手？"

钱厨子万分无辜地将手伸给她看："这哪儿能不洗啊，都快洗秃噜皮了，肯定不是我的问题。"

"那就是他们自己喝多了酒不消化。"楼似玉放心地摆摆手，递了个鸡腿给李小二，"你休息休息，晚上还有的忙呢。"

李小二犹豫地看看外头，坐下来接过鸡腿啃了一口。

"掌柜的呢？掌柜的哪儿去了？"饭还没吃完，外头又吵嚷了起来。

楼似玉擦干净手起身迎出去，笑道："在这儿呢。"

曹夫人一脸怒意，踏进院门就朝后头的人挥了挥手。楼似玉莫名其妙地看着她，就见一众家丁进来，将后厨团团围住了。

"这是……"她不解地问。

"我家老爷是信你掌灯客栈，才将这么重要的流水宴交在你们手里。现在倒好，中午的宴刚散，一大半宾客出了事。掌柜的，你这是想害死谁？"曹夫人气得步摇乱颤，指着她的手直哆嗦，"我已经报官了，你们一个都别想走！"

楼似玉微微一怔，神色严肃："承蒙曹老爷信任，我这后厨是万万没问题的。前头出什么事了？"

"你还当我蒙你不成？"曹夫人让开半步指向外头，"你自己去看，看看你们干的好事！"

楼似玉皱眉跨出门槛，随着她一路绕去前院。院子里摆着五十桌酒席，眼下一片杯盘狼藉，在场宾客要么趴在桌上不省人事，要么捂着肚子在地上打滚儿。有人被小厮扶架上外头的马车，嘴角还吐着泡沫。

一片混乱场景之中，倒是有个人完好无损，皱着眉上来跟她打了声招呼："楼掌柜。"

"木掌柜？"楼似玉惊讶地看着他，"你也来了？"

"是，应曹老爷的邀请来吃寿酒。"木羲看看她又看看旁边的曹夫人，一并行了礼才说，"楼掌柜借一步说话可好？"

曹夫人示意家奴将门口守住，然后戒备地盯着楼似玉看。楼似玉无奈，引着木羲往旁边角落走了两步，低声问："扫帚，什么情况啊？"

"菜里有毒，咱们这些妖怪吃着没事，但凡人哪里受得住？包括那几个上清司的人，通通倒了。"木掌柜担忧地看看她，"这事可大了，上清司那几个人里头，有一个官拜荒州通判，眼下也被送去医馆了。"

楼似玉眼前一黑，慌忙扶住旁边的墙，欲哭无泪地说："这是谁给我惹的事啊？我好不容易接个流水宴，还来这么一出？"

"目前我也摸不清是怎么回事，但您得有个准备，接下来的日子怕是很不好过了。"

荒州通判，此等大官在浮玉县出事，别说是她，连宋立言也不会好过。楼似玉脸色发青，飞快地转着眼珠子想办法，但不等她想出个所以然，曹府大门口就响起了兵甲碰撞的声音。

"奉命捉拿嫌犯。"霍良将文书递给曹夫人，径直朝楼似玉这边走过来。

楼似玉叹了一口气，迎上他轻笑着说："霍捕头，咱们又见面了。"

霍良甚是无奈地压低声音说："若是可以，在下也不想来见掌柜的，但医馆那边已经出了人命，还请掌柜的与客栈其他人都随在下走一趟。"

楼似玉认命地将手伸进他递来的绳结里，抖了袖子将绳子盖住，眨了眨眼说："好歹朋友一场，咱们走小路去县衙如何？"

知她向来是要颜面和名声的，霍良一脸正气地看看四周，偷偷点了点头。

几个时辰前还热闹非凡的曹府，如今是一片兵荒马乱的场景。楼似玉与其余众人一并被从后门带走，曹夫人乘了马车跟着，直到将他们送进大牢，才愤恨地去衙门递了状纸，等着开审。

"这人一倒霉还真是什么祸都得遭。"楼似玉在牢房里坐下，朝着霍良摊手，"做个饭而已，竟还能遇见这种事。"

"大人已经带人去曹府了，想必不久便会出结果。"霍良递了碗水给她，"掌柜的耐心等等。"

楼似玉接过碗，略微惊奇地问："捕头相信奴家与此事无关？"

霍良点头："以在下对掌柜的一些了解，你赚钱还来不及，如何会自断后路？掌灯客栈承接的宴席出了问题，对掌柜的没有半分好处。"

楼似玉感动地咬唇，把水当酒似的豪饮了，还冲他倒了倒碗底："能得霍捕头这样的朋友，是奴家之幸。"

霍良失笑，又敛住表情："但不是在下有意吓唬你，被送去医馆救治的人情况都不太好，在下赶到的时候已经有五个人咽了气，掌柜的要做好准备。"

楼似玉心里一凉，很想哭："不会吧？"

死一个人都够她吃一壶的了，眼下一死死五个，而且可能后头的人全部得死……这桩命案砸下来，就算她是无辜的，客栈怕是也开不成了。

旁边的几个人都有些紧张，李小二更是激动，直接吐了口白沫倒在地上。

"小二？"钱厨子一把扶起他。

楼似玉吓了一跳，慌忙蹲下来翻了翻他的眼皮，紧着嗓子问："你们还有谁在曹府吃了东西？"

般春和钱厨子都慌忙摇头，只有林梨花弱弱地举起手："我吃了鸡腿。"

霍良皱眉说："快送他去医馆看看，这位姑娘也一并去吧？"

"不用。"楼似玉摆手，"让他在这儿休息便好。捕头若是有空，不妨去一趟掌灯客栈，一楼的客房里有个装傻充愣的大夫，应该能救人，可以把他扔去医馆。"

霍良应下，又觉得奇怪："这小二都这样了，真的不用去看看？"

"没事的，有我在呢。"楼似玉送他出去，自己老实地将牢门上了锁，然后反身回去。

霍良看了看她，疑惑地往外走，顺路吩咐了几个狱卒多给他们的牢房一点儿照顾。

"掌柜的，小二哥这都昏过去了。"般春有些焦急，摸了摸李小二的额头，只觉得触手生凉。

"你俩去看着外头的狱卒。"楼似玉将李小二从钱厨子手里接过来，朝他和般春努了努嘴，"别让他们瞧见我。"

钱厨子不解，但是听话地去牢门边站着。般春也跟着过去，但忍不住好奇地回头看来。

楼似玉将李小二平放在地上，伸手覆上他的心口，闭目凝神，看起来像是在探他的心跳，但仔细一看，她的手心有淡淡的红光冒出来。

什么东西？般春吓得用力地揉了揉眼，回头再看，一切却又正常，哪儿有什么光？

楼掌柜轻按了两下，李小二突然皱着眉撑起身子，往旁边呕吐出秽物来。

"噫……"楼似玉嫌弃地捂着鼻子跳开，连忙朝外头喊，"有人吐啦，劳烦来收拾收拾，这怎么站人哪？"

牢门被打开，狱卒捂着鼻子进来看了看，拿煤灰盖住秽物用稻草裹走，朝她笑着说："委屈掌柜的，先将就将就。"

狱卒的态度能这么好？楼似玉实在受宠若惊，连忙回他一礼，又给他塞了点儿银子，小声问："咱们今日是出不去了吧？天也凉了，劳烦大人送几床被子来可好？"

"好说，好说。"狱卒接了银子就去了，没一会儿，不但送来了被子，还给她在旁边用长凳和木板搭了张床，甚至送来了三菜一汤。

"咱们进的这是大牢吗？"般春抓着被子，难以置信地小声说，"我之前听人说牢里的人可凶了，谁进来都得脱两层皮，轮到咱们，他们怎么还给送吃的？"

楼似玉想了想，道："许是霍捕头帮了点儿忙。"

"那捕头看起来不像个好人。"林梨花夹着菜，一边往嘴里塞饭一边说，"老盯着咱们掌柜的看。"

"瞎说什么？"楼似玉啐她一口，"这世上锦上添花的人多，雪中送炭的人少，人家能在你落难的时候伸把手，已经是好人中的好人了，你还编派人家？"

林梨花噎了噎，咳嗽着拍了拍自己的心口，刚想说话，就听见牢门上的锁链传来声响。

狱卒将牢门打开，点头哈腰地退去一旁，有人面无表情地负手进来，开口喊她："楼掌柜。"

楼似玉连忙将嘴里的东西咽下去，站起来跑去他跟前："大人来了？吃过饭了吗？"

她这是把牢房当她的掌灯客栈了？宋立言看了一眼四周，眼神微变："掌柜的日子过得不错。"

"承蒙大人照顾。"楼似玉狗腿地伸手替他扇风，"就是这牢房也实在不是个久留之地，大人将事情查清了吗？咱们什么时候能走？"

宋立言转头看她，说道："裴前辈去了医馆，捞回来些人命，但到目前为止，曹府的流水宴已经吃死了三十二个人。"

楼似玉心里一沉，脸都白了，愣怔地看着他。

"毒是从饭菜里查出来的，本官想听掌柜的一句解释。"他望着她的眼睛，认真地说，"你们做菜之前，可仔细检查过？"

"大人明鉴，咱们做吃食生意的，哪儿敢掉以轻心？"楼似玉正经了神色，皱眉说道，"所有食材都是客栈里的人亲自去采买的，做饭的

173

时候奴家一直守着,半步未离。"

宋立言沉默,垂着眸子不知道在想什么。楼似玉打量他两眼,惴惴不安地问:"可查出来是什么毒?"

"蛇毒。"

"……"

看她的反应就知道她与他想到一处了,宋立言朝她勾手:"随本官走一趟。"

"好。"楼似玉二话不说,摆手让其余人继续吃饭,提着裙子跟他一起出了门。

般春看得目瞪口呆,等两个人的身影都消失不见了,才转过脸来问:"这又是哪一出啊?"

林梨花没好气地戳着碗里的饭:"不知道,但比起那捕头,这个更加不是好人。"

不是好人的宋立言带着楼似玉往医馆走,路上停车给她买了一个糯米烧腊。

楼似玉看着这东西,心情很复杂:"奴家吃过饭了。"

"碗里才少那么一点儿饭,你能吃饱?"宋立言刚想斥责她,一看手里这东西,突然想起自己办得不那么光彩的旧事,眼神微微闪了闪。

"本也不是很饿,还是先去医馆吧。"

楼似玉别开脸,状似不在意地玩儿起手指,可他瞧得见,她还记恨他呢,她紧紧绷着下颌,挺直腰身,脸上浮着几分假笑,眼眸却垂着,到底是意难平。

宋立言轻咳一声,收回目光,伸手将糯米外头的荷叶剥了,低头咬了一口。

楼似玉怔了怔,扭过头来意外地看着他。

"还挺好吃。"他细嚼慢咽,认真地说,"往里头胡乱加东西,的确是我不对。"

说罢,他将糯米烧腊一口口吃了个干净。

楼似玉望着他,睫毛微微颤了颤,手紧了又松开,嘴角往下撇了撇。她想说点儿什么,又觉得嗓子里堵得慌。

"卖这东西的人厚道,糯米多,烧腊也不少,入口香而不腻,你当真不吃?"他吃完,捏着手里的荷叶看向窗外,"要是想尝,我再让宋洵去给你买。"

第八章
蛇族之人

这样轻松的语调，像两个人闲步于街上，他无聊随口问她一句。楼似玉好气又好笑，使劲儿咽了两口唾沫，好不容易将喉咙里的哽咽吞下去，正打算开口，余光却瞥见了这人的手。

宋立言的手里还捏着荷叶，但与他脸上的平静镇定表情不同，那荷叶被践踏成了一团，僵硬地卡在他泛白的指节间。

楼似玉眉梢一动，眨了眨眼，瞬间明白了点儿什么。她立刻将话咽回去，板出一张冷酷无情的脸看着他。

宋立言的目光是看向别处的，但她脸色一变，他的手就跟着紧了紧，指腹不断地捻着那可怜的荷叶，喉结也上下动了动。

犹豫半晌，他又开口："若是你不想吃这个，外头还有别的东西。枣糕瞧着还热乎，包子闻着也新鲜。"

他得不到回应，神色微恼："等到了医馆你再喊饿，那就没东西吃了，之后还要回大牢，更别指望谁照应你。"

分明是自己有错在先，哪儿还能冲人发火呢？宋立言说完就知道不对，可他委实没别的法子，该给的台阶都给了，哪儿有她这样不识抬举的？

他又气又心虚，抿着唇，终于鼓足勇气转头看向她。

楼似玉原本绷着一张脸，在对上他那孩子气十足的哀怨眼神时，瞬间溃不成军，眼睛一弯就扑哧一声笑了出来，想抬袖遮挡都来不及，全数落进了他的眼里。

宋立言："……"

"你敢戏弄我?"

"大人,奴家一句话也没说,全听您在说呢,何来戏弄?"

"你……"宋立言的脖颈上泛出一片红晕来,他恼怒地瞪着她,"早知道就不问你,饿死你算了。"

楼似玉擦了擦眼角笑出来的泪水,平息了一番心结,十分温柔地掰了掰他紧握的拳头。宋立言皱眉用力,可她的手指是真柔软哪,轻轻巧巧地抚平他的暴躁情绪。她将他的手指一根根拿开,取出那团被他捏得不成形状的东西。

"大人的心意,奴家知道了。"她将荷叶扔到车外,又拿手帕替他擦了擦手心,轻言细语地说,"全都知道了。"

他脖颈上的红晕不但没消,反而一路往上蔓延,宋立言垂眸,狠狠地将手抽回来往衣袖上蹭了蹭,又挺直脊背端出一副生人勿近的气势来,目不斜视地朝外头喊:"宋洵,怎么还没到?"

外头的人应了一声:"大人,前头就是了,只是这一路上人太多,马也走不快。"

"那就停车。"他起身掀开帘子跳了下去,"咱们走过去。"

这匆忙的背影颇有落荒而逃的意思,楼似玉失笑,跟着他下车,瞬间什么怨怼情绪都没了,好像被人喂了一嘴蜜饯,从喉咙一路甜到心坎儿。

不过,当站在医馆里看见各处躺着的人,楼似玉终于想起自己犯了什么事,面色凝重起来。

"如何?"宋立言召了大夫来问。

大夫忙得满头是汗,正想回答,就被旁边的人抢了话:"哎,你们可来了!"

宋立言侧头,见裴献赋一脸委屈表情地看看他又看看后头的楼似玉,伸出满是血的双手告状似的说:"也不知谁把我捆了来,这儿的人我一个也不认识,就知道让我救人,我哪儿会救人哪?"

"神医说笑。"医馆大夫连忙说,"这些人命都是您捞回来的,您要是不会,那在下岂不更是一窍不通?"

"我是真不会,这手是自己动的,我都不知道它想做什么。"裴献赋叹气,眼里一片清澈见底纯良无害的样子,看得楼似玉恨不得替他敲锣打鼓收赏钱。

多好的戏子啊,不走江湖卖艺太可惜了!

"送来的食物和酒水可都检查过了?"宋立言问。

医馆大夫拱手将他引去旁边的药架，取下来一包东西和一罐酒："吃食里是有毒的，曼华蛇毒，极其罕见，入口一个时辰左右便会发作，中毒者死状多半是经脉俱断，血肉模糊。这酒里很干净，没有毒液。"

宋立言颔首，又让宋洵拿了一包东西递过去："再看看这个。"

油纸皮被打开，里头是半片蔫巴的大白菜以及半根干瘪的胡萝卜。大夫闻了闻，又化水点舌以尝，仔细查看之后摇头："这些没毒。"

"那就行了。"宋立言侧头吩咐："宋洵，带人去查曹府里的水井。"

"是！"

楼似玉好奇地伸过脑袋来问："大人有眉目了？"

"侥幸摸清些来龙去脉。"宋立言淡声说，"毒不是你下的，曹府后院那口水井本身就不干净。若要立案，你至多受些牵连，不会担上实打实的罪名。"

楼似玉欣喜，接着又有些疑惑："受牵连是怎么个受法儿？"

"大案死伤者众多，且死者里有位高权重之人，受牵连者一律被关押三年。"

"……"楼似玉脸都绿了，她低头看了看自己，"三年？等我被放出来，怕是都人老珠黄了！"

宋立言敛了神色看向四周，医馆里房间不够，床也没那么多，一众宾客横在院子里，哀号声此起彼伏。此情此景当真是众生皆苦，而他站在这里似乎也帮不上什么忙。

"宋大人！"有人路过瞧见了他，三步并作两步跑了过来，沉声说道，"情况不太妙，柳大人已经咽气了，屋子里其余几位师兄也只剩一口气吊着。"

宋立言心里一沉，当即跟着他走向后头的房间。

幸存的几个上清司之人都站在床榻旁边，床上的人双目紧闭，脸色青白，身子正在慢慢凉下去，四周有人在念咒，有人在哭。

一见他进来，护卫柳寒立马过来朝他出示印鉴："宋大人，这位是荒州通判柳粟柳大人，因赴友人之宴遇害。眼下卑职无法回去同知州交代，还请大人给个说法。"

宋立言将印鉴看过，垂眸说道："浮玉县最近妖怪为祸，此案经查也与蛇妖有些关系。大人少安毋躁，待在下将案情查明，再向大人一并说明。"

"大人要查多久？"柳寒皱眉，"知州只给了三日休沐时间，卑职后天是必定要启程回去复命的。"

"下官尽力而为。"

眼下案子刚有些苗头，尚未见着那妖怪真身，谁能下保证书？宋立言一向谨慎，自然不会胡乱应承。可他这份谨慎落在人耳里就成了敷衍，柳寒十分不满地说："我也是念在同出一门的分儿上才与你好好说，按照朝廷的规矩来办，通判大人命亡于此，你怕是要吃不了兜着走！"

"柳大人。"旁边好几个师兄弟都伸手拽了拽他。

"怎么？我说的哪里不对？"柳寒不悦，"知县不过是九品小官罢了，就算是同门，也有个贵贱之分。"

此话一出，屋子里好几个知道事的人变了脸色，想劝又怕给自己惹麻烦，一时为难。不明白事的人自然觉得柳寒说得对，便苦口婆心地劝："宋大人就给个准话吧，柳大人尸骨未寒，咱们这些人心里都没底呢。"

"是啊，听说做饭的那些厨子、厨娘已经被抓住了，您只管给个日子，若是到时候抓不着妖怪，将那些人送去顶罪也就罢了，多大点儿事？"

宋立言安静地听着，脸上没什么表情，眼神却越来越阴沉。

柳寒打量着他，觉得这人可能是个硬骨头，便黑着脸说："就两日，两日后你若给不出结果，我就押着做流水宴那几个人回州上复命。"

屋子里沉默的几个人打着圆场将宋立言送出了门，有人小声赔笑："小师弟别生气，那位师兄不是在司内长大的，没什么见识，再加上他护着的人刚死，心情不好，你谅解谅解。"

宋立言没吭声，只点了头，便缓缓走回楼似玉身边。

楼似玉没靠近那厢房，却一直竖着耳朵听着呢，见他回来，连忙装作什么也不知道地理了理鬓发。

"都听见了？"宋立言问她。

楼似玉颇为尴尬地摸了摸鼻尖，说道："奴家也不是故意的，耳力太好。"

宋立言白她一眼，说道："为着你自己的性命着想，晚上随我一道去捞鱼。"

捞鱼是道上黑话，就是半夜设网捉妖的意思。楼似玉下意识地点头，可又觉得疑惑："去哪儿捞啊？"

"你跟着我便是。"

这话听着太让人安心了，哪怕情况再不妙，楼似玉也美美地笑了，抬步就要跟上他。

"哎，你又要去哪儿？"裴献赋突然从旁边扑过来，高高大大的一个人，张开胳膊压在楼似玉的肩上，差点儿没将她的腰压闪了。

"你干什么？"楼似玉怒道，"装疯卖傻没完了？"

"小娘子怎么又凶我？"裴献赋委屈地撇嘴，深情款款地朝她眨眼，"我只是觉得你亲近，想跟着你罢了。"

"抱歉哪，我琐事缠身，实在没空带孩子。"楼似玉推开他，抱拳，狠戾地朝他做了个抹脖子的动作，然后转脸对前头的宋立言喊，"大人等等奴家。"

宋立言站在前头看着他俩打闹，等人到了跟前才开口问："你为什么那么笃定裴前辈不是真的失忆？"

"您见过想装成狗的狼吗？"楼似玉掐着小腰没好气地说，"努力摇尾巴，但尾巴就是翘不起来，只能扫出一地的灰。狼就是狼，装成狗也不像，奴家走这么多年夜路，什么鬼没见过？他这点儿伎俩，演得还不如千秋楼里的姑娘来得自然真诚。"

"千秋楼？"宋立言疑惑地问。

"一个不重要的勾栏之地。"楼似玉摆了摆手，"咱们还是快走吧。"

"哎，等等，你们去哪儿？我也要去！"裴献赋跟上来，雪白的衣角随风扬起，束发的锦带在眼前乱拂，看起来像是个干净的少年郎。

然而楼似玉对这位少年郎没有一点儿慈悲之心，板着脸回头说："这位大夫，我不管您是记得还是不记得，不想死就留在医馆里让您的双手继续救人。我看您也好得差不多了，要是累了最好别回客栈，就回衙门。"

"衙门？"裴献赋迷茫地想了好一会儿，问道，"衙门在哪儿？"

宋立言伸手取下血玉递给他："拿着这个，待会儿若是累了，就让这医馆里的人送前辈一程。"

随身血玉是追思之术的寄体，也是通行衙门的凭证。裴献赋表情懵懂地收下，乖乖站在原地目送这两个人出去，临他们上马车，还依依不舍地挥了挥手。

"还真像那么回事。"楼似玉啐了一口放下车帘，"等有空大人躲在暗处看奴家与他交手一回，便能知道此人到底有多深藏不露。"

"好。"宋立言应下。

楼似玉心里微喜，咧嘴笑了笑，总觉得这人如今很信任她，而这种被信任的感觉实在是太好了。

不过……

"这条路是不是去义庄的方向？"楼似玉从车窗往外看了看，说道，"大人还要去查验尸体吗？"

"那些尸体齐岷都检查过了，亲眷也已经前来辨认，只待结案就各自抬回家下葬。但在那之前，我倒是觉得义庄是个捞鱼的好地方。"

以尸体为诱饵？楼似玉摇头："人都死完了，害人的妖怪怎么还会出现？"

"掌柜的不记得了？"宋立言睨她一眼，"之前的死尸，都是血肉无存，而今日新丧的人都是中毒而亡，血肉尚在。"

楼似玉灵光一闪，眯眼——他是觉得这起案子的凶手与先前死在湖里那十几个人的凶手相同？他若想证实这想法，义庄的确是最好的捞鱼地点。只是……这要真是同一个凶手，那也太会变着法儿杀人了，比钱厨子做菜的心思还多呢。

夜幕之中的义庄亮着一片惨白的光，远远看着就瘆人，但车上下来的两位，竟是一点儿也不怕地走了进去。丧灯被风吹得打转，楼似玉拽着宋立言的袖子左顾右盼，小声问道："怎的一个人都没有？"

"我让这儿守夜的人都回去了。"皂靴跨过门槛，宋立言随手甩出一张黄符藏入地下，"今夜只你我二人就够了。"

要不是这地点实在不怎么好，楼似玉都要觉得他是在打情骂俏了。她缩着脖子跟在他身侧，见他踩过几个方位，都扔下了黄符，等扔够了，便带着她一起往房顶上坐。

"这回不怕高了吧？"宋立言想起以前在县衙屋顶上的场景，微微勾唇。

楼似玉瞧了瞧下头，挨着他坐下："大家都是熟人了，奴家自然没当初那么害怕了。"

"你当初也是装出来的居多，真怕的为少。"宋立言摇头，"也是我见识太少，全被你骗了过去。"

什么清清白白的弱女子，什么见多识广的女掌柜，这人藏着尾巴跟他唱大戏，他还一度当了真。不过，有件事他还挺好奇的："你的妖力有多强？"

楼似玉飞快地眨眼，眼底露出几分心虚之色："普通小妖罢了，能有多强啊？"

"那为什么你可以碰灭灵鼎？"宋立言伸手从袖袋里将那东西掏出来，疑惑地放在她跟前，"我记得上清司的卷宗上记载过，这鼎是极为厉害的法器,除了主人,任何有修为的人或者妖怪,碰之损魂。"

楼似玉睫毛颤了颤,含糊地说:"那大概是奴家与它有缘。"

哪儿有这种说法?他之前那么相信她不是妖怪,有一半的原因都是她能把灭灵鼎拿在手里玩儿,如今她是妖的事大家心照不宣了,但他实在想不明白其中门道。楼似玉不肯直说,他也就随口乱猜:"可是与宋清玄有关?"

"不是。"楼似玉叹息,伸手碰了碰面前的铜鼎,低声说道,"这玩意儿丢了有上千年了,宋清玄没有见过它。"

宋立言心里疑窦更甚,张口就想追问,耳郭里却突然传来远处的一些响动。

他闭了嘴,抽出两张瞒天符,贴在自己和她的额头上。

有东西借着夜色从远处蹿过来了,窸窸窣窣,动作很快,可一到义庄门口,他又停了下来,戒备地立起身子。

楼似玉眯着眼想看清那是什么,但隔得远,天上又无月,怎么看都是黑漆漆的一团。

那团黑东西试探片刻,进了义庄大门。楼似玉以为宋立言扔下的黄符会立马跳出来抓住他,然而没有,这东西顺利地摸进了义庄,蹭到停尸的地方,缓缓掀开了白布。

就在这一瞬,八张黄符自地下连成八卦阵,伴随着当的一声钟响,自下而上浮出地面,像烧灼的铁水一般涌出金色的火条,眨眼便将那黑影死死缠住。

"抓住了!"楼似玉欢喜地站了起来,宋立言却没松懈,扯开瞒天符,双手捏诀,注以修为,将那挣扎的东西摁住。他手上青筋都鼓了起来,想来对手不弱。但可怕的是,宋立言抓住这一个,外头又有窸窸窣窣的声音响了起来。

那响声从四面八方一起围向义庄,楼似玉刚回头,就有一团淤泥一样的东西劈头盖脸地朝她浇了下来。

娇小的一个人,瞬间被埋成了一堆泥。

宋立言皱眉回头,却闻得对面传来"嗒嗒"的诡异笑声。

"这不是上清司的人吗?正好,咱们还差几个食材。"有一团黑影化开,显出蛇妖的原形,那蛇妖不像美人蛇那么巨大,额心有一点红色的东西,远远看去,阴诡又邪恶。

宋立言只瞥他一眼,就想去救楼似玉,但八卦阵里还捆着东西,他稍微一分神,那东西就要破网而出。不得已,他只能定神稳住。

蛇妖吐了吐芯子,睨着那团泥说:"那可是蚀骨腐肉的玩意儿,你再不去救,人可就只剩骨头架子喽。"

宋立言心口一跳,沉了脸祭出灭灵鼎。铜鼎飞天,白光大盛,顿时照亮了整个义庄。方才还怪笑的蛇妖一看这东西霎时变了脸,蛇瞳几动,强自镇定地说:"捡着什么东西都敢用,也不怕折寿。"

"请放心。"宋立言冷着声音说,"在下无论如何也会比阁下活得长。"

蛇妖见势不对,飞身朝那一堆烂泥奔去,打算挟持个人质。然而,就在她的长尾触及淤泥的一瞬间,泥里透出淡红色的光来,一道、两道……数道光穿透污泥,最后砰的一声将泥全炸开了。

楼似玉红光笼身,掌中结出一个圆阵,阵光于周身流转。她连衣角都没脏,额前落下来的碎发迎风翻飞,她抬眼迎上急急刹住的蛇妖。

这目光委实吓人,蛇妖自半空坠下,盘起身子戒备地盯着她:"你……你是……"

像是突然认出了什么,蛇妖的瞳孔缩成了一条线:"狐……狐……"

楼似玉跃下房顶走到她面前,俯身拍了拍她的蛇头:"记好了啊,老娘是他未来的心上人!"

宋立言好端端地捏着的法阵突然一松,阵里的东西灵活极了,拼着自断一臂飞快地挣脱了他的钳制,眨眼间遁入土里,消失不见,只余妖血溅在金阵上,发出嗞嗞的响声。

"……"他捏诀发现追不上了,有点儿恼,转过身来狠狠瞪了楼似玉一眼,"你胡说什么?!"

楼似玉假装没听见,继续睨着那蛇妖:"瞧你有点儿面熟,红瓦吧?"

红瓦下意识地往后退,四周的蛇妖也齐齐发出威慑的吐芯声,场面看起来对楼似玉与宋立言十分不利,然而不知为何,红瓦看起来反而更加慌张。

"你……你怎么会在这里?"

宋立言疑惑地瞧着,一条大蟒和一个柔弱的女子相对而立,那蟒只需一张口就可以将她整个儿吞下去,再不济随口吐毒,楼似玉也定要狼狈一番。但没有,蛇妖什么动作也没有,反而胆怯地往后退。

"今日是我来错了地方。"蛇妖语气尚凶,可眼神、动作的气势都弱了下去,"劳烦让条路,我们自己走。"

楼似玉摇头,绣花鞋轻轻往前踩:"当年我给回溯人情之时,便与你们约好不可害人,你毁约在前,还指望我第二次给你脸面?"

红瓦蛇瞳紧缩,整条蛇盘成了一个个圆圈,试探着想遁逃,可无论从哪个角度,都没有十足的把握逃掉。心思几转,片刻之后,红瓦化出了人形。

一身红衣的小美人落地,皮肤雪白,眉间带血,双眼湿漉,委屈地抬袖,竟跪坐在楼似玉面前哭了起来:"不是我呀,这儿死的人都不是我干的,我只不过是奉命行事,没道理成了人家的替罪羊。"

宋立言缓缓走过来,立在楼似玉身侧,问道:"你们要这些尸骨做什么?"

红瓦看看楼似玉又看看他,觉得跟前者比起来,这位小相公唇红齿白的,又是个凡人,心怎么也要软一些,于是立马朝他的方向挪了挪,可怜兮兮地说:"还能做什么呀?拿去献给更厉害的妖怪。咱们也都是被迫害的,这位公子明鉴啊,咱们至多算是运送尸体的,一没杀人,二没下口,实在无辜。"

"我倒不曾听闻有什么厉害的妖怪喜欢吃死人肉。"宋立言皱眉。

"那些大妖的心思咱们哪儿知道啊?"红瓦抹着眼泪,盯着旁边的空隙,瞧着角度差不多了,最后一个字落音,她拔腿就想跑。

泛着白光的剑倏地横到她的脖颈间,划开她的半寸皮肉。红瓦僵了僵,硬生生止住了步子。

"还有别的东西想交代吗?"宋立言问。

红瓦僵硬地转过脸来看他,脸色发青。她怎么会觉得这人心软呢?他比楼似玉出手还快、还狠,一双眼里半点儿犹疑和不忍都没有,感觉只要她说"没了",他的剑就会立马砍下她的脑袋。

这是个什么人哪?

红瓦小心翼翼地吸了一口气,颤声说道:"我答应了人,今夜子时之前要将这三十二具尸体送去碧波湖,你们要找的人肯定会在那儿等着。"

"还……还有,他们要的人还不够,接下来会有更多的人死。你们放了我,只要放我走,我就告诉你们他们接下来会在哪儿动手。"

楼似玉想了想,正打算用魂音给宋立言传两句小话,谁知道旁边这人完全不给机会,直接动了手。

獬豸剑连肉带骨地削了下去,红瓦的脑袋瞬间落地。妖血飞溅,四周蛇妖大乱,有的遁逃,有的却冲了上来,无数光阵和妖法齐齐朝他们发动,整个地面都为之一震。

宋立言是早就料到了的，抽回獬豸剑将楼似玉一并护在身后，化自身修为格挡，同时左手捏诀，祭出灭灵鼎将周身三尺之内的妖怪尽数封入。

倒地的女子尸体化回了蛇形，落在密密麻麻的蛇群里很快就看不见了，楼似玉眼神一紧，抬步想过去，宋立言却斥她一声："别动。"

蛇毒在地面蔓延开来，像一层青苔，楼似玉知道他是怕她中毒，便指了指红瓦的方向："可她……"

"她在撒谎，所以我不打算留她的性命。"宋立言以为楼似玉在怪他动手太快，抽剑砍下两个蛇头的同时还与她解释，"这样的妖怪，杀了比留着好得多。"

"奴家明白，但是……"

蛇毒蔓延到了脚边，宋立言哪儿还有空听她唠叨，伸手将人抱起来跃到旁边的屋檐上。义庄里还有一团一团的蛇在蠕动，滚在毒泥里像极了泥鳅。不过奇怪的是，下头一团蛇竟没一个来追他的，四周攻来的妖力也慢慢弱了下去。

不对，这点儿力度，与其说是想伤他，不如说只是想阻拦他。

脑子里有东西闪过去，宋立言低头看向红瓦倒下的地方。

蛇群散去，地上空空如也，只剩下殷红的妖血还散发着恶臭。

"……"

楼似玉被他抱在怀里，看着他无奈地笑着说："才发现？晚啦，那红瓦是双头蛇，你砍她一个脑袋，她还有一个脑袋，早趁着你分神祭鼎的时候跑了。"

宋立言黑了半张脸，闷声说道："我不知此事。"

"也不怪大人，这红瓦狡猾得很，向来只露一个脑袋，另一个缩在肚子里，随时打算保命。这都多少年了，她也只失手过这一回。没关系，咱们下次再逮着她，就将她切段拿回去煲汤。"

宋立言松开她，黑漆漆的眸子看过来："你认识她。"

楼似玉不但认识，看起来那妖怪还怕她得很，但她之前一直没同他说起过。

楼似玉眨眨眼，拿了手帕擦拭他脸上溅着的血，小声说道："认识她有什么大不了的，也值得您瞪我？奴家也不是故意要瞒着，但那都是好多年前的事了，她今日要不出现在这里，我都快忘记了。"

"说。"

"哎，您就不能稍微温和些？"她不满地说，"女儿家向来喜欢听好话，听得欢喜了，说得就多。"

要是别人敢这样同他讨价还价，宋立言肯定横着獬豸剑就过去了，但话从面前这人嘴里说出来，他只觉得好笑："掌柜的就这么爱贫嘴？"

"也还行吧，奴家其实不太想提陈年往事，但大人若非要听，奴家说了也无妨。"楼似玉皱着鼻子看了看天色，"边走边说可好？"

这么晚了，蛇妖定不敢再回来，他们也不可能在这里歇一晚。宋立言点头，传音叫宋洵来处理残局，便带着她出了义庄。

"两百年前蛇王勾水为祸人界，造了很多杀孽，引来了上清司的追剿。"踩着路上的枯叶，楼似玉慢悠悠地开口，"他死之后，内丹被一个叫回溯的蛇妖拿走，将之封印，由此天下太平了几十年。"

"封印内丹？"宋立言看她一眼，"我记得你说过，常硕的内丹是有人散尽三魂七魄才封印住的。"

"是啊，妖王的内丹何其厉害，随便藏在哪儿都是妖气四溢。若不封印，只会引更多杀戮，但封印便要以魂魄为祭，谁都不能幸免。"楼似玉叹息，"回溯是个温柔的妖怪，我欠了他人情，便在蛇族残部逃亡之时帮了他们一把，让他们躲进了岐斗山的峡谷里，并且定下誓约，若有蛇妖敢出来为祸人界，便以勾水的内丹之妖力，令其魂飞魄散。"

"大人看见的蛇胆草便是当年约定之物，能借着内丹福泽蛇妖子孙，亦能行内丹之力，罚不轨之妖。"

她侧头看着他，眼里有叹惋之色："只要大人放了殷殷，让她将圣物带回去埋在蛇胆草之下，浮玉县就不会有人再死——起码不会死在蛇妖手里。"

宋立言脚步一顿，侧头说："我怎知这不是你为了骗我放她而撒的谎？"

"行这一步，若是错了，大人可再找机会将这东西拿回来，但要是没错，就能救很多人的性命。"楼似玉说道，"奴家知道大人分得清轻重。"

宋立言轻笑一声，说道："楼掌柜还是这么会说话，若我不放人，便是不分轻重了？"

楼似玉咧嘴咬着下唇，拽着他的袖子轻轻摇了摇："大人知道奴家不是那个意思。"

"别撒娇，没用。"

说是这么说，心里分明受用得很，宋立言定神骂了自己一声，将袖子收回来默念两遍《清心咒》，才又板着脸开口："这么说来，如今这场灾祸，与你当年放虎归山不无关系。"

"话不能这么说。"楼似玉说道，"殷殷也说了，红瓦是蛇族里的反叛一派，他们为乱当诛，与其余蛇妖有什么关系？那么多蛇妖一个人也没害过，就躲在结界里吃点儿老鼠和鸡什么的，至多再捡点儿没人收的野尸，罪不至死。"

"妖就是妖。"宋立言说道，"一时仁慈，也不会永世仁慈，还是斩草除根来得好。"

楼似玉气得咬牙，瞪着他。这都多久了，这人说话怎么还这个德行？怎么听怎么硌硬人……不对，硌硬妖。

"怎么？"见她不走了，宋立言停下步子转过头来看她，"你不服气？"

他眼神微动，收拢袖口似笑非笑地说："方才看那蛇妖很怕你，想来你的妖力也着实不低，可要与我切磋一二？"

楼似玉闻言，鼓着的腮帮子顿时瘪了下去，她悻悻地跟上来："奴家与大人无冤无仇的，哪儿有这闲工夫。"

"我很好奇，"宋立言意味深长地说，"你认识常硕，又认识勾水，那你活了多久了？"

楼似玉心里咯噔一声，脸上立马带上笑意，她挽着他的胳膊说："奴家的故事还没说完呢，蛇族如今是偏居一隅了，但有人想来夺圣物，必定会再掀起腥风血雨。大人虽然厉害，但一个人是无法护着整个浮玉县的人的，所以奴家觉得，不如以妖治妖。"

这话头转得生硬，心虚之意太过明显，宋立言沉了眼神，慢慢收拢拳头。

"妖怪是有好坏之分的，只要大人将殷殷放回去，蛇族之中定会有人出来对付红瓦他们，到时候咱们坐山观虎斗，省事极了。"

察觉到他情绪不对，楼似玉说得急，努力朝他笑着，希望他赶紧忘记那茬儿。然而，宋立言抬眼看着她，眼里还是闪过一丝杀意。

楼似玉心头一凉，抿起唇来。

暗夜无月，四下虫鸣，黑漆漆的树影在风里发出沙沙的响动，带着露水的空气渗进衣裳里，没来由地让人觉得孤寂。两道影子离得很近，心却离得很远。有那么一瞬间，楼似玉甚至觉得他会马上将獬豸剑横在她的脖子上。

可是，半晌之后，宋立言移开了目光，拂袖转身，袖袍在风中扬起又落下，带了两分恼意。然后他继续往前走，没说话，也没动手。

楼似玉茫然地看着他的背影，下意识地跟上，脑子里像糊满了糨糊，半晌没能明白这是怎么回事。

这是放过她了？可以这人的脾性，他怎么会连问也不继续问，就这么走了呢？

"哎……"

"闭嘴。"宋立言知道她想说什么，半点儿好脸色也没给，"再说话我便与你在这里决个高下。"

他一向不会放过任何妖怪，只要是妖，万死都不可惜。可不知道为什么，他始终在说服自己她不算妖，至少她没害过人，还在帮他做事。他内心深处是知道真相的，却一直不肯承认——意识到这一点，他更恼了。

这种复杂而纠结的情绪以前从未有过，他不懂如何处理，干脆搁置一旁。

楼似玉大气也不敢出，一路跟着他往城里走，走到一半这位爷不耐烦了，还甩出张千里符，直接带着她回了掌灯客栈。

"您也太舍得了。"她皱眉，"画符不用修为的吗？"

宋立言将她放在客栈门口，一声不吭地走了。楼似玉站在灯下目送他，眨眼唏嘘，又忍不住勾起唇。

"主子，您看什么呢？"林梨花出来迎她，好奇地伸手在她眼前晃了晃。

楼似玉痴迷地说："有的人哪，哪怕是生气的背影，也是风华绝代。"

林梨花："……"好丢脸，她都不想承认这人是她的主子。

"你怎么还没睡？"楼似玉收敛神色，回过头来，一边问她一边提着裙摆往客栈里走。

"等等主子，我有事要说。"林梨花一把拉住她，神色凝重起来，"咱们县上好像出了很厉害的妖怪。"

楼似玉眉梢微动，问道："你看见了？"

"没有，但是木掌柜应该看见了。"林梨花说道，"方才我去了一趟当铺，发现木掌柜受了重伤，但我问他怎么了，他不肯说，只让我提醒您多加小心。"

木掌柜受了重伤？楼似玉眼神一闪，沉了脸色，问道："是外伤还是内伤？"

"这我哪儿知道？他一直躲着不让我看，但我闻见了很重的血腥味，

187

应该是外伤更为严重。"

今晚除了城郊义庄,整个浮玉县没有别的地方有强烈的妖气波动,木羲怎么说也是个大妖怪,又常在当铺里不出门,能去哪儿受的外伤?

"你回去休息,我去看他一眼。"她将梨花推进客栈里,转身出门,将气息敛好,悄无声息地潜入了广进当铺。

木羲依旧是人形,穿着厚厚的铜钱纹锦袍盘坐在床上调息,房间里妖血和精元漏失的味道十分浓厚。他脸上的表情也不轻松,汗顺着皱纹一点点往下渗,唇上没有血色。几个周天之后,他睁眼喘了一口气,伸手压住自己的右臂。

好久没被伤成这样了,他要是老实待在铺子里,肯定还能安稳过上几百年。木羲苦笑,造化弄人哪,他不想蹚浑水,却偏要被牵扯进去,若是被楼掌柜发现,那可真是……

窗户没关,突然刮进一阵风来,吹得他桌上放着的卷宗哗啦啦直翻。木羲起身,艰难地挪去窗边,伸着左手将支窗用的木头收了,合拢窗扇。

他松了一口气,转头猛然发现桌边多了个人。

楼似玉一手撑着下巴,一手随意地点着卷宗上的字,被烛光映着的眉眼显得十分冷漠:"血祭之术,以人命为九环扣,肉妖之白骨,复妖之肉身,逆天而为,易遭天谴。"

她慢条斯理地将这一行字念完,抬眼看向窗边的人:"你读得懂前头,难不成看不见最后八个字?"

木羲大惊,完全没想到她会突然出现在这里,吓得当即显出原形,哐当一声砸在地上。

"掌……掌柜的。"

楼似玉起身走到他跟前,拢着裙摆慢慢蹲下来,失望地说:"你以为这样,我就看不见你右手的袖子是空的了?"

扫帚狠狠地抖了抖,靠在墙角想装死,然而楼似玉的手放了过来,按在他的头上,掌心微微泛红光。

唰的一声,木羲控制不住变回了人形,空荡荡的右侧袖子干瘪地搭在身侧。

"我怎么也没想到会是你。"想起义庄里那个自断右臂从宋立言的阵里逃走的妖怪,楼似玉眼里满是痛色,"你在做什么?"

木羲的嘴唇颤抖着,花白的鬓发垂落下来,看起来像个迟暮老人,他咳嗽着说:"小老儿做了错事,自知该死。但掌柜的,成妖皆有因果,尝了果的甜，总不能忘了成妖的因。"

楼似玉抿唇。

在妖界，活物成妖比死物容易得多。成妖的死物，要么是执念难散强行化妖，要么是机缘巧合染了妖气。像木羲这样的扫帚妖，当世独一无二，以至初见之时她是笑过他的，说好好的扫帚不当，当什么妖怪。

木羲当时说："小老儿一把年纪成了妖，也是被迫无奈，就是不想当妖怪才从山里逃出来的，还望掌柜的收留。"

他身上干干净净，没有杀戮也没有业障，楼似玉自然将他收下了，甚至没有仔细盘问他化妖的契机，如今看来，是她大意了。

"我是红瓦做出来的扫帚，她在很多年前是蛇族里的下等妖怪，无论冬夏都要去洒扫禁地。许是觉得扫地太无趣，某日她突发奇想朝扫帚里注了妖力，于是我便得了妖缘。"木羲叹息，不等她问，自己开了口，"我不喜欢蛇族里那浓厚的妖气，所以暗自修炼，等修为够了，便自己逃了出来。

"虽然常说不想当妖怪，但我知道，其实妖怪也挺好的，能说能走，能开起当铺旁观这人界冷暖，还能遇见掌柜的和梨花这样有意思的人，比做一个死物好多了。"

楼似玉忍不住说："你若是安心守着当铺，还可以享受数百年这样的时光。"

"是啊，小老儿知道。"木羲苦笑垂眼，"可是掌柜的，小老儿的妖缘在红瓦身上，她若是万劫不复，我也将灰飞烟灭。我知道她在做什么，所以今夜去义庄想阻拦，为的不是她，是小老儿自己罢了。"

结妖缘者，同生同灭，物能知妖所想，妖却不能通物之心。

想起这茬儿，楼似玉的眼眸亮了亮："你知道她接下来会做什么？"

"自然。"木羲捂着手臂咳嗽，"宋大人被牵扯其中，小老儿便不敢告知掌柜，只打算自己动手，却没想到今夜会撞上他。"

楼似玉伸手捏住他的断臂处，没好气地说："你又不是不知道，哪儿有妖怪闹事哪儿就有他，以后躲着点儿，事情交给我。"

说着，她手里泛起红光，将屋子里的血气和精元聚拢。光落之处，木羲的断臂重新生了出来，疼得他牙齿打战。

"谢……多谢掌柜的。"木羲冷汗涔涔，忍着痛朝她行礼。

"你犯了错，我本不该包庇，但念在你跟了我多年的分儿上，我允你戴罪立功。"楼似玉学着宋立言摆出一副刚正不阿的模样，睨着木羲

189

说道,"说吧,红瓦现在在想什么?"

木羲闭眼,凝神了一炷香的工夫,睁眼答:"她在高兴,圣物到手了。"

楼似玉刚板起的脸被这消息惊得崩了,她难以置信地问:"什么?你说什么到手了?"

木羲肯定地答:"蛇族圣物,连着蛇族的殷姑娘一起,都落在了红瓦手里。"

这怎么可能?楼似玉摇头,美人蛇在宋立言手里,定被他设了重重监牢,谁有本事从他手里把人带走?

"你先好生养伤,待会儿若是有事我便以魂音传你。"楼似玉觉得有必要去看一眼,将木羲扶去床上,转头就出了当铺,直奔官邸。

天边已经泛了鱼肚白,宋立言略微疲惫地跨进院子,余光瞥见旁边客房里还亮着灯,好奇地走了过去。

玉石制的棋子落在棋盘上,咯答一声响,叶见山披着外袍坐在软榻上,眉头紧皱,神色凝重,而他的对面,裴献赋哈欠连连,好笑地说:"已经下了两个时辰了,就不能歇息了明日再战?"

"不成。"叶见山恼怒地说,"哪儿有赢了人就不下了的道理?"

"哎,我也不是不下,只是你看看这时辰,早该歇息了。"裴献赋甚是无奈。

叶见山恍若未闻,继续盯着棋盘想出路。宋立言推门进来,瞧见他落子自杀一片,犹在做困兽之斗。

"你回来了?"裴献赋听见动静,转过身来,跟个小孩儿似的告状,"快来管管他,我都不认识他是谁,他非拉着我下棋,这都下了一晚上了,死活不让我走。"

宋立言颔首,走去软榻边,低声说道:"师兄伤还没好透,哪里能这么熬?"

"我的伤已经好得差不多了,又不是泥捏的,下个棋也不碍事。"叶见山拉着他看棋盘,"主要是这前辈也太欺负人了,我以前可是打遍司内无敌手,可在他手下,半日都没能赢来,叫我怎么甘心?"

宋立言看了一眼棋面,拿了他手里的黑子,斟酌一二,落了下去。

僵局迎刃而解,裴献赋眼睛一亮,拍着膝盖朝叶见山笑道:"打遍司内无敌手?"

"师弟的棋艺也是我教的,输给他我不丢人。"叶见山哼哼两声,总算侧头好生看了看宋立言。不看不知道,一看他便下了榻拉住宋立言:

"这是哪儿染的妖血？"

宋立言说道："遇着几个小妖，不碍事。"

"你修为又见长了。"叶见山感叹，"原本在京都之时我就觉得你天赋异禀，一日所修能顶其他师兄弟十日，不承想到了这浮玉县，你的修为增长只快不慢。"

"师兄过奖。"宋立言颔首，"若是没别的事，我便先回去休息了，裴前辈也早些回去吧。"

裴献赋起身，跟着他一起出门，笑嘻嘻地说："你可算回来找我了，那小辈是谁？瞧着缠人得很。"

"是上清司弟子里我这一辈的大师兄，人很好，就是痴迷棋艺。"宋立言一边答一边打量他，"裴前辈什么都不记得了，却还会下棋？"

"哎，说来也怪，我这脑子空空如也，可手记得的事太多了。"裴献赋感慨地将白皙修长的手递到他面前，"我不会的，它都会，厉不厉害？"

"……"宋立言不知该露出何种表情，垂眸沉默。将裴献赋领回属于他的客房，宋立言转身回了自己的房间。

"大人。"房门口守着衙差，见他回来纷纷行礼。

宋立言点头，推开门顺口问了一句："今日可有何异常？"

"回大人，并无异常，卑职与赵武一直在这儿守着。"陈生答。

宋立言放心地跨进屋子，刚想褪了外袍松一口气，却觉得不太对劲。他飞快地转头看向内室花几上放着的东西，待看清之后，眼神突变。

十个降魔封印阵好端端地浮在四周，中间原本放着浮屠困的花几却空空如也。他往里走两步，捏诀将法阵一一解开，伸手往花几上一捞，捞空了才终于确定这不是幻觉，浮屠困真的不见了。

怎么可能？法阵都还在，里头的东西还能凭空消失？再者，上清司的浮屠困可不是随便谁都能解开的，就算有人拿去，又有何意义？

"大人？大人！"外头传来楼似玉的声音，宋立言回神，反身打开了门。

楼似玉扑进来，满头虚汗，抓着他着急地问："殷殷是不是不见了？"

门口的陈生、赵武是想拦的，可转头就瞧见自家大人伸手将这楼掌柜接住了，不但不怪她冒失，反而一把将她拉进房间，关上了门。

这……陈生感叹，衙内流言也不是捕风捉影哪，新来的县令大人哪儿都好，就是对美色有些难以抗拒。这楼掌柜本该在大牢里的，结果能在外头乱跑不说，还能闯大人的官邸。

191

赵武朝他递来眼神，两个人基本想法都差不多，齐齐笑了笑，装作什么也没看见，继续守着门。

然而，屋子里的气氛一点儿也不像他们想的那么旖旎，宋立言抓着楼似玉的手腕将她抵在桌边，低声问她："你怎么知道她不见了？"

"奴家……这说来话长。"楼似玉焦急地说，"但奴家知道是红瓦将人救走了，大人若想追，奴家有法子知道她在哪儿。"

"红瓦？"宋立言觉得奇怪，"她怎么会有那么大的本事？"

"具体情况奴家不知，但奴家有线人，私以为当务之急还是先将她追剿了为好。"

宋立言松开她，问道："你的线人也是妖怪？"

"这个不重要。"

"这个很重要。"宋立言半合上眼，"让一步，不代表本官要让千百步。"

他可以勉强容忍她，但绝不可能再有第二只妖怪在他这里得到豁免。

楼似玉怔了怔，皱眉问道："在大人眼里，是人是妖就那么重要？比勾水的内丹重要，也比即将死去的更多人命重要？"

"是。"

"恕奴家不能苟同。"她摇头说，"这世间没有绝对的善恶，只有不同的立场。"

"那楼掌柜的立场是人，还是妖？"他垂眸看进她眼里，眼神带了些逼迫，也带了些探究。

若她说是前者，那他尚能与她同行，可若是后者……

"是您。"不等他想完，楼似玉给出了答案，正视着他的双眼，一字一顿地道，"奴家的立场，从来只有大人您。"

"……"宋立言复杂的眼神烟消云散，他别开脸，捏着袖子抵住唇，恼羞成怒地咬了咬后槽牙。

这人好歹也是个女儿家，说话怎么就这么不害臊呢？他尚且觉得尴尬，她却是一副理所当然、云淡风轻的模样，倒显得他过于在意了。

宋立言不悦地退后两步，岔开了话："天快亮了，掌柜的请先回大牢。至于红瓦，本官自会去抓。"

"您知道她在哪儿？"

"想抓就总是有法子知道的。"

听起来他胸有成竹，倒是她担心过头了？楼似玉撇嘴，一步三回头地往外走，又忍不住对他说："若是需要奴家帮忙，大人只管让人传话。"

"掌柜的别在牢里惹出什么幺蛾子,就算是帮本官了。"他摆手,"躲着点儿,别叫人看见了。"

楼似玉心情复杂地朝他笑了笑,出了门,避开人群潜回天牢。

一夜过去,医馆里又死了几个不治之人,整个浮玉县都阴沉沉的。天刚亮,柳寒就带着人气势汹汹地去了县衙大牢。

牢里的床太硬,楼似玉没睡着,只小憩了片刻。听见外头的声响,她睁眼,飞快地传音给跑回客栈睡软床的林梨花:"回来!"

一眨眼,她盖着的被子旁边就鼓起一坨,林梨花从里头伸出脑袋,困乏地问:"怎么了?"

"来者不善,你把法器戴稳了。"楼似玉看着前来开锁的狱卒,起身下了床。

锁链落下,栅栏门被推开,柳寒朝身后的人挥手:"带人出来审问。"

狱卒进来,心虚地看了楼似玉一眼,伸手去抓还在沉睡的殷春。

"大人。"楼似玉上前笑道,"我是掌柜,有什么事问我就好,没必要扰人清梦。"

狱卒连连给她使眼色,暗自摇头。那柳大人一看就不是好惹的主儿,这时候能保一个是一个,哪儿还能上赶着伸脑袋?然而,楼掌柜对他的暗示视若无睹,十分坦然地将双手并拢递了过来。

无奈,狱卒只得拿绳子捆了她,将她带到暗室里去。

柳寒打量她半晌,坐在案后开口:"流水宴的饭菜是出自你手?"

"是。"楼似玉朝他屈膝,笑吟吟地说,"此事宋大人已经查过了,毒在井水里而不在饭菜里,我客栈里的帮厨都是冤枉的。"

"毒在井水里你们就是冤枉的?曹老爷大寿当日,一直在那水井附近做事的不也是你们吗?"柳寒冷笑,"我看你是不见棺材不掉泪。"

一般这样的话后头都跟着一顿屈打成招,楼似玉是个聪明人哪,觉得自己不能吃这眼前亏,连忙举起手来喊:"且慢!大人想听什么样的供词?奴家都说。奴家这细皮嫩肉的,可经不起什么刑罚,有事大家好商量嘛。"

柳寒:"……"

坦白说,这些年他毒打过的嫌犯没有一千也有八百,他还是头一次遇见这么通透的人,直接问他想要什么供词。柳寒咳嗽一声看看左右,板着脸说:"你若肯说实话,那我自然不会多加刁难。"

楼似玉笑着问:"什么样的实话呢?"

"我让人查过了,你只是一个客栈的掌柜,又是个女儿家,若无人指使,怎么敢谋害通判大人?"柳寒意味深长地看着她,"只要你说出幕后指使者,这罪名就落不到你头上。"

又是这官场的一套,这人想借她除掉不顺眼的人?楼似玉心里冷笑,面儿上却十分恭顺:"大人说得对,奴家一个人哪里能做出这样的事来?那依大人看来,谁像幕后指使者呢?"

"是我审你还是你审我?"柳寒站起身拍长案,"若你再贫嘴,那可就直接上刑了!"

楼似玉吓得哆嗦了一下,怯生生地看了看他,一双眼里满是委屈之色:"大人息怒,可奴家委实不知道谁有这个胆子来害通判大人哪,您提点提点?"

"哼,我手里有的是证据,只是想看看你老实不老实罢了。"柳寒从袖子里抖出一封信来,递到她面前,"自己看吧。"

楼似玉伸手接过信,用嘴将信纸叼出来,费劲地看了看,微微挑眉。

好家伙,竟让她指认宋立言?这封密函写得洋洋洒洒,笔迹还真与宋立言的有些相似,说要她下毒取荒州通判柳粟的性命,事成之后给她百两黄金。

百两黄金!楼似玉别的没细看,光这四个字就快让她的口水下来了,她兴奋地问:"黄金在哪儿呢?"

柳寒:"……"

"这要人赃并获才好,不然不可信哪。"楼似玉眨了眨眼说,"奴家的确收了百两黄金,可现在藏哪儿了奴家不记得了,大人若是英明,不妨将这黄金找出来?"

随口编的东西,她还真要百两黄金?柳寒皱眉沉思片刻,问她:"你肯招供?"

"招啊,这有什么不能招的?只要能保住我客栈上下的性命,又能少受些皮肉之苦,这点儿东西算什么?"楼似玉大方地说,"后头还有什么需要招的,大人只管吩咐。"

太久没遇见这么顺利的审问了,柳寒都有点儿感动。可感动之余他又起了疑心,眯眼看着面前这女子:"我听人说,你与宋大人关系匪浅。"

"哦?"楼似玉甚是感兴趣地问,"大家都怎么说的?"

"说宋大人对你颇为照顾,与待他人大不相同,我还以为你会护着他,宁愿受罚也不肯招供。"

"这哪儿跟哪儿哪,都是道听途说。"楼似玉啧啧摇头,神色凝重地说,"真相是奴家一直被宋大人使唤,还被迫交钱给他。奴家开的是小客栈啊,本就利薄,都被每月的地租和下头讨要的工钱压得直不起腰了,还要喂他那尊大佛。奴家心里苦啊,太苦了!"

她没撒谎,掌灯客栈每个月的确要交税钱给宋立言,都是被迫的,要是可以,她很想不交,把钱通通捂在被子里孵蛋。可是没办法,律法不允许。

柳寒打量着她,觉得这位掌柜的可能没撒谎,她的表情太真诚了,眼角耷拉着,眼里含着泪,真是委屈又愤怒。但他还是提防着,多问一句:"你可愿意当堂与他对质?"

"愿意!愿意!"楼似玉连连点头,"只要大人不为难奴家,奴家什么都愿意。"

"你在这儿等着。"柳寒转身吩咐狱卒:"给外头传话,让他们带人去把宋大人请回来。"

狱卒僵了僵,迟迟没动。柳寒不耐烦地拿出通判印鉴:"怎么?使唤不动了?"

"是。"狱卒无奈地退出去,飞快地去找霍良。

这算什么事啊,通判地位虽比他们县令高,可这是浮玉县的地盘,还要他们带人去抓宋大人吗?楼掌柜也是,大人对她诸多照顾,怎么能说反水就反水?

辰时末,宋立言凝神行在碧波湖畔,以湖心为阵眼,化出极多修为注入法阵,搜寻四周。红瓦修为不高,藏不住妖气,他已经察觉到了她的大概位置,只要再搜仔细些,定能将她逮着。

可不知怎么的,他的法阵立得似乎不太稳,每走一段都会微微晃动。宋立言睁眼,皱眉看向湖心。

阵不稳,多半是阵眼没立好,这湖里难道还有什么东西?

他正想着,远处有马蹄声由远及近。宋立言收了法阵回头望去,便见霍良卷着烟尘一路策马而来。

"大人!"霍良勒马在他面前停下,下马朝他半跪,"衙内出事了,柳大人让您回去一趟。"

"柳寒?"宋立言疑惑地问,"他说了两日为期,这才过去一日,怎么就要找我了?"

霍良神色复杂地拱手，说道："怕不只是找您那么简单——柳大人一早提审了楼掌柜。"

提审？宋立言的脸色沉了下去："区区护卫，谁给他的权力提审本官的犯人？你们也由着他来？"

说罢他跨上旁边衙差牵来的马，拉了缰绳就走。

"大人。"霍良骑马跟上两步，吞吞吐吐地说，"楼掌柜没事，您不必太担心，倒是您自己，还是多做些准备为好。那柳大人拿着通判的印鉴，咱们不得不听他的。"

楼似玉没事？宋立言松了松神色，但更纳闷儿了，她都没事，霍良这一副天快塌了的表情是为什么？

宋立言跨进县衙大门，看见里头的架势，得到了答案。

"来人。"柳寒挥手，"把犯人给我带上来。"

一群不知从何而来的戴着黑面罩的人拥出来，上前想押他，却被他看得畏惧不前，只色厉内荏地朝他说："还不快进去？"

宋立言环顾一周，跨步踏入公堂，看向旁边跪得乖乖巧巧的楼似玉。

"大人回来啦？"她仰脸对他笑，兴高采烈地说，"奴家今儿给柳大人招供啦。"

这语气，活像是学堂里得了先生夸奖的小孩儿回来讨赏，可她说的内容实在无法令人愉悦。

宋立言沉默了好一会儿，问道："招什么了？"

"奴家在曹老爷的寿宴的饭菜里下毒，意图谋害柳通判，全是大人您指使的！"她挺着小胸脯，骄傲地说，"奴家还收了大人一百两黄金，您看看，全在这儿放着了。"

"……"宋立言头疼地揉了揉额角，实在听不惯她这般说话，很想把她拎起来抖一抖。不过眼下重点不是这个，他顺着她指的方向看过去，瞧见了半盘子黄灿灿的金块儿。

"我来这儿就听说宋大人是个为民除害、刚正不阿的好官，本想把破案的希望寄托在大人身上，不承想出了这么一茬儿。"柳寒痛心疾首地敲了敲放金块儿的木盘，看着宋立言说，"大人有什么要申辩的吗？"

他既然这么问了，宋立言就诚心诚意地开口："本官没有要害柳通判的理由。"

"这事旁人不知道，我还能不知道吗？"柳寒冷笑，"你一无阅历，二无功绩，直接从京都来继任浮玉县县令，个中缘由，柳大人清楚得很，正打算过了中秋便降你的官,不想被你先动手谋害了。"

宋立言眼神古怪地看向他,要是没记错,那天在医馆里,其余师兄弟都将他当成上清司之人。可不对啊,若他当真是上清司的人,怎会不知道自己来浮玉县做什么?这罪名扣得莫名其妙,用意也让人不明所以。

"认了吧。"

他正疑惑呢,突然听见了楼似玉的魂音,带着点儿揶揄的笑意,轻飘飘地传进他的脑海里。

宋立言侧头看她,还没做什么呢,这惯常爱唱大戏的人就惊恐地睁大双眼,蹭着地往后挪去:"大人别瞪奴家呀,奴家也是逼不得已才说出去的,奴家怕死呀!"

"……"他本来没瞪,这下是真忍不住狠狠瞪了她一眼。

楼似玉那可怜的小模样顿时更真实了,她肩膀发颤,眼神也不停闪躲,还求救地看向柳寒。

"宋大人没有什么要争辩的了吧?"柳寒问。

宋立言闭了闭眼,选择沉默,任由后头的一群人上来将他押往大牢。柳寒半点儿没松懈,跟他们一起前往牢里,待人都退下之后,伸手掏出一把琉璃锁,轻轻往牢门上一扣,牢房四周顿时浮上一层只有他们才看得见的结界。

"委屈大人了。"柳寒笑着朝他颔首,"知道大人厉害,不过这法器也厉害,您要是闲着无聊,倒可以与它玩儿玩儿。"

厉害的法器……困神锁吗?宋立言伸手轻轻碰触,结界泛光,将他狠狠弹了回来。

果然。宋立言轻吸一口气,捻了捻手指。

困神锁是上清司里仅次于灭灵鼎的东西,不同的是灭灵鼎会灭妖,这锁却能完好无损地困住一切活物。不过,按理说它应该被奉在京都的祠堂里,没道理突然出现在这里,还被用来对付他了。

"您发现了吗?"楼似玉的声音凭空响起,带着点儿叹息之意,"您那上清司里头,有问题的人很多啊。"

宋立言愣了愣,转头看向身后,楼似玉婀娜多姿地从暗处走出来,摇着她的小香扇,一脸叹息的表情。

"你……"他不是很敢相信,"你是怎么进来的?"

困神锁可不是什么能随便解开的玩意儿,难不成她的妖力已经大到能随意出入困神结界的地步了?

"您想什么呢？"楼似玉嗔怪着说，"奴家方才出魂来追您，不慎与您一起被关在这里了。喏，您瞧那边。"

顺着她指的方向看过去，宋立言看见了对面牢房里楼似玉那委顿的肉身。

宋立言轻缓了一口气，拂了衣袍在旁边的石床上坐下，看着她问："你说那话是什么意思？"

楼似玉跟着他坐下："这困神锁是什么东西，大人比奴家清楚，若是要对付一般人，用得着将它请出来吗？整个上清司能与之抗衡的，除了您那师父，就只有您了吧？"

宋立言垂眸，指尖微动。

"还有，您那位见山师兄似乎总是为裴献赋说话，可按年岁来算，他压根儿就没见过裴献赋，如何那么笃定裴献赋是无辜的？殷姑娘在大人手里被关得好好的，一直没出事，怎么裴献赋跟着去了县衙，浮屠困就不见了呢？若裴献赋当真有问题，您这位师兄安的什么心思，是不是也该查查？"

楼似玉掰着指头同他一一说了，又摸着下巴眯起眼睛道："若是他们都有问题，上清司又这么巧地拿了困神锁来对付您，那这背后的阴谋是不是就大了点儿？"

他放置在浮屠困四周的法阵，若是上清司之人，修为足够的话，想打开的确是不难的，在这件事上，裴献赋有一定的嫌疑。可宋立记得，他回去的时候裴献赋正与见山师兄下棋，两个人下了两个时辰，有不在场证明。

但，若见山师兄是在包庇裴献赋呢？宋立言费解地摇摇头，想不出见山师兄包庇裴献赋的理由，就如楼似玉所说，两个人之前压根儿不认识，师兄又是带着他长大的，在他的认知里，叶见山不是一个会为了某种好处而损害上清司的利益的人。那么，到底是什么地方出了问题？

宋立言看了楼似玉一眼，皱眉说道："你让我认罪，就是想与我一道被关在这里？"

"那也挺好呀。"楼似玉笑眯眯地给他扇风，"奴家可以给大人讲笑话听。"

宋立言笑不出来，甚是严肃地盯着她。

"奴家这句话就是开玩笑的。"楼似玉咽了一口唾沫，缩了缩脖子，眨巴着眼老实说，"奴家是想啊，反正咱们也弄不明白他们想做什么，不如顺他们的意进大牢，如此一来，他们就会明目张胆地行事，咱们也能顺藤摸瓜，查明真相。"

宋立言敲了敲旁边这坚不可破的结界，没好气地说："有这东西在，你打算怎么顺藤摸瓜？"

"这个好说，大人能破的。"

宋立言白她一眼："我尚无这自信，你倒是说得颇有底气。"

"那是。"楼似玉骄傲地仰起小下巴，拉着他蹲到一个角落里，朝他指了指，"大人往这个地方用劲试试。"

宋立言疑惑地伸手碰了碰，不出意外地被弹了回来，感觉她指的这地方与别处没什么两样，可看她那一脸笃定的表情，他抿唇，还是化出法力来，朝之击去。

结界没像之前那样再反弹法力，被击中的地方亮起一块儿光斑，像琉璃将碎之前裂成的雪白蛛网。他眼眸一亮，加大了力道。

突然，一阵白光穿透牢房，将桌上的酒映得发亮，几个狱卒吓了一跳，连忙放下酒碗跑过去看，可刚走到附近，光芒便消失了。宋立言倚在石床的墙壁边睡得香甜，他对面牢房里的楼似玉也安静地躺着，一点儿异样都没有。

"咱们眼花了？"狱卒嘀咕着，四处敲打一番，纳闷儿极了。

两个魂体穿过大牢的墙浮在外头，轻飘飘地着不到地。

楼似玉敬佩地朝宋立言拱手："大人厉害呀。"

宋立言有些恍惚，好半天才反应过来发生了什么事，抓着她的手腕问："你怎么知道这法子的？"

楼似玉傻笑，笑着笑着发现他的眼神分外恐怖，于是飞快地低下头，喃喃道："多年的经验。"

多年？还经验？宋立言皱眉，目光更加不善。

"也不是什么值得说的事，大人若是好奇，那奴家招了也无妨。"楼似玉叹息，"之前宋清玄……我老跟他对着干，他就用这困神锁关我。"

宋立言微微一僵，飞快地松开了她，抿唇不语。

楼似玉揉了揉手腕，咧嘴笑道："幸好当时我不安分，在里头使劲找出路，夜以继日水滴石穿，就挖出这么一条可以让魂体通过的小道。他没发现，我也就一直没说，没想到今日倒是派上了用场。"

堂堂上清司法器困神锁，竟被一个妖怪破解了，宋立言心情很复杂，再看看她脸上那故作无所谓的模样，便知她又在为故人伤神，他忍不住冷哼一声，扭头便走。

"哎，大人且慢。"楼似玉摸出个瓶子，递给他一颗乌黑的药丸，"魂体怕光易损，吃这个才好在白日里走动。"

宋立言接过药丸，发现是固魂丹，随口吞下才问："哪儿来的？"

楼似玉老实回答："从宋清玄手里偷的。"

"……"他就不该指望她有什么高尚的行为。

宋立言摇摇头，觉得魂体开始有重量了，便落地继续往外走。

少了县令的县衙全靠柳寒手里的印鉴调度，可霍良接到的命令是待在衙门里，连同外头巡逻的衙差也通通被召了回来，哪儿也不许去。

"大人。"他略为着急地说，"眼下正是多事之秋，宋大人吩咐过的，各处都要守好，以免再出命案。"

"他知道什么？"柳寒负手看着外头，"这些会武的衙差可比外头那些混吃等死的百姓珍贵多了，若是让他们出了事，那不也是命案吗？"

霍良愣了愣，乍听这话觉得有道理，可仔细一想又觉得不对，还想再说什么，柳寒却摆手说道："时候不早了，我先去安顿柳大人的仙体，你将这里看牢了，任何人敢离开县衙，通通按犯上之罪论处。"

无奈，霍良只能拱手应是。

远处飘来的阴云渐渐笼罩了整个浮玉县，摆件铺子里的秦掌柜瞧了瞧天色，连声招呼伙计收拾棚子和外头的货物。正忙着呢，他突然听见了一个奇怪的声音。

嗞——嗞——

他脊背一凉，没回头，放了手里的货，径直将旁边的伙计拉进铺子关上了门。

"掌柜的，怎么了？"伙计不明所以，秦小刀却没答，只神色凝重地倚在窗边，透过纱窗往外看去。

雨很快落了下来，淅淅沥沥地溅在安乐街的石板路上，申时刚过，天却黑得如同深夜。行人四处躲避，脚步错乱间，无人注意有蛇在其中慢慢蠕动，阴冷地吐着芯子。

那不是一般的蛇，它通身绕着绿光，原本还只在路边的草丛里伸头，可找准时机，眨眼就变成了巨蟒，一口咬断了走至它旁边的行人的脖颈。

"啊……"那人只来得及发出半声惨叫声就倒了下去，双目圆睁，连死都没有明白发生了什么事。血淌出来，和雨水混作一处。

旁边不明所以的路人看过来，发现这巨蟒，连忙惊声大喊："蛇吃人了！快跑哇——"

原本拥挤着在屋檐下躲雨的人闻声纷纷逃窜，然而来不及了。几条巨蟒同时显形，飞蹿上去张口便咬，不消片刻，人群在蛇牙之下归于宁静。

伙计瞪大了眼看着，下意识地要颤抖出声，秦小刀反应极快，立马伸手死死捂住他的嘴。

有蛇妖回头朝摆件铺子看了一眼，微微疑惑，试探着要游走过来。伙计惊恐不已，裆下一股尿臊味，秦小刀捂着他的手越发用力，自己也屏住呼吸一动不动。

突然，一个小姑娘从隔壁街跑了过来，她的羊角辫被雨水打湿，耷拉在脑袋两侧，手里拿着个坏了的拨浪鼓。她一边号啕大哭一边往四周看，身后三条巨蟒正不紧不慢地追上来，闲庭信步似的戏弄着这不堪一击的生命。

摆件铺子前头的蛇妖也立刻被这小姑娘吸引了注意力，扭头不再管铺子里的人，张着大嘴扑向了她。

秦小刀神色紧绷，手下意识地按在窗沿上，看着分明是要有动作，但他犹豫了，眼皮垂下来，脸上真真切切地闪过痛楚之色。

就在这一眨眼间，蛇妖的利齿已经挨到了小姑娘的衣裳，接着就是咔的一声响。

秦小刀闭眼，手按在窗台上微微发抖。一瞬间他觉得天地都安静了下来，只有自己的心口还有声响，一下又一下，像是亡魂在不甘地低吼。空气里的血腥味儿弥漫在他的鼻息间，他捂住口鼻，觉得自己又堕进十八层地狱了。

"哎，魂体还有这好处呢？"

淅淅沥沥的雨声之中，有人转身，裙摆甩出雨水，声音明若艳阳："奴家从前怎么不知道，魂体竟能如此来去自如？"

第九章
回溯与勾水

秦小刀浑身一震,霎时觉得天地间所有声音又回来了,风声、雨声、还有蛇妖威胁地吐芯的声音,声声入耳。

他猛地睁眼,扒拉着窗户往外看。

楼似玉抱着小姑娘高高举到宋立言面前,眼睛笑成了弯着的月牙儿:"大人您瞧,这小丫头真漂亮。"

宋立言的脸色很难看,他将女孩儿接过来抱着,四下环视一番街上的惨状,再看看旁边立着的几只蛇妖,想也不想地就捏诀打算动手。

然而,一催动咒术他才想起来,自己现在是魂体,丹田里没有任何法力,遑论使用法术和符咒。

"……"

楼似玉安慰地拍了拍他的肩膀:"大人莫沮丧,咱们现在能救一个是一个,要对付他们怕是不行的。"

她正说着,后头的蛇妖又扑了过来。楼似玉瞬间拉着宋立言飞到了旁边的屋檐上,动作之快,扑过来的蛇妖反应不及,直接与另一只蛇妖撞作一处。

"蛇妖肆虐,我必须想法子把困神锁破了,不然还会有更多的人死。"宋立言捏紧了拳头,"我已经传音给见山师兄和宋洵了,但这拨妖怪来势汹汹,他俩未必能应付。"

楼似玉垂眸:"奴家说这话大人可能不爱听,但是实话说——您想破困神锁太难,起码得费上两个时辰,这两个时辰里,他们需要的人命怕是已经够了。"

宋立言脚步一顿，回头看她："你知道他们需要多少人命？"

楼似玉为难地皱了皱鼻子，含糊地说："大概吧，有人告诉我，他们可能是想复原什么妖怪的肉身，若是真的，便需要九百九十九条新鲜人命。"

九百九十九条。

天边突然炸了一道闪电，宋立言半张脸隐进了黑暗里，瞳孔时明时灭，看起来尤为可怕。

"你该早些告诉我此事。"宋立言嗓子发哑，"九百多条人命，是随便能开玩笑的吗？"

楼似玉叹息："大人，奴家是从某个地方知道了这种祭祀方式，但并不知道他们会在什么时候动手，也没料到衙门会有人与他们沆瀣一气。奴家本想劝您将殷殷放回去，这一切就迎刃而解了，但没想到的是，他们下手竟这么快。"

闪电划裂天空，雨下得更大了，所有声音都被盖在雨水的咆哮声里，连血腥味儿都被冲了个干净。宋立言沉默地伫立在屋檐下，看了片刻，突然消失。

楼似玉知道他要去干什么，也跟着消失在雨幕里。

巨蟒张着血盆大口去咬人的咽喉，本是顺畅得很，可一口下去，被咬的人原地不见了。巨蟒困惑地动了动蛇瞳，想不明白是怎么回事，只继续攻击下一个人。他旁边的同伙一口下去也咬了个空，甩甩蛇尾，茫然地看着尚有脚印的泥地。

木羲收到吩咐，在客栈四周镇了法器，宋立言和楼似玉兵分两路，飞快地将人救走扔回去，一时间无数死里逃生的人坐在大堂里鬼哭狼嚎。

宋洵带人前去杀妖，叶见山伤未痊愈，倒也提着剑跟上了。只是，他们这几个人实在不够，拼尽全力救人厮杀，浮玉县死的人还是越来越多。

雨势渐渐小了，天边隐隐有了亮色，宋立言抱回来最后一个孩子，立在掌灯客栈门口看了看远处。

戌时已到，哪怕阴云散，也是一片黑夜。客栈里挤着两百多个人，吵吵嚷嚷，哭哭闹闹，格外嘈杂。而客栈之外，鲜血染红了街道。

宋立言默然地看着，就算是魂体，身上也散出了令人畏惧的杀气。

"他们退了？"他轻声问。

楼似玉碰了碰他几近透明的身子，低低地应了一声："大人先回牢里吧，若无肉身，你我都拿他们没办法。"

宋立言二话没说，闪身回了牢房里。

三魂七魄归位，魂力耗尽的虚弱感从脚心一直涌到天灵盖，楼似玉打了个寒战，抓着栅栏扶着腰站起来，还没来得及站稳，就感觉背后一道强光穿透了整个牢房。

宋立言捏着獬豸剑，狠狠地砍向困神锁，每砍一剑，白光就暴涨一丈。

她倒吸一口凉气："大人，您做什么？"

宋立言恍若未闻，连砍了十二剑，坚硬的困神锁上终于裂开一个小小的口子。他立马弃剑，翻手捏诀，八重法阵同时飞出，与四周结界相抗。

狱卒听见动静，小跑着往这边来了。楼似玉皱眉，越出牢房将他们拦住。

"你⋯⋯你怎么出来了？"两个狱卒迎上她，刚问出这一句话，眼前就黑了。

楼似玉伸手扶他们一把，温柔地将人放在地上躺着，然后回到宋立言的牢房前头，深吸一口气，与他一起敲打这困神锁。

这东西是那个人造出来的，没那么好对付，哪怕是她与宋立言合力，也要费好些工夫。不过，也不知是心灵感应还是别的什么原因，一个时辰之后，宋立言突然打了一个机灵，反手从困神锁里抽出一个法阵来。

像书架上的一排书突然倒了第一本，后头的书哗啦啦跟着全往旁边倒似的，这法阵一被抽出，无数零散的法阵也跟着从锁眼里飞了出来，大大小小，红黄绿蓝，看得楼似玉瞪大了眼。

"竟是这么多法阵凑成的。"宋立言挥手，困神锁的结界随着法阵的松散突然炸开。

楼似玉后退两步，抬袖挡了脸，再睁眼的时候，宋立言已经站到了她跟前，脸上带着点儿疑惑之色："如此巧妙的法器，是何人所造？"

这话不是问她的，只是他的喃喃自语，可楼似玉听着，还是喉咙发紧。

这天下最聪明的人就那么一个，最厉害的人也就那么一个，只可惜死得连灰也不剩了，徒留后人赞叹感慨，又有何用？

"你不是说知道他们在何处吗？"宋立言说道，"眼下无暇细找，你带我去。"

楼似玉收回神思，传音给木羲，后者片刻之后便给了她答案。

"碧波湖。"

湖水寂寂,在夜色里墨黑一片,若无人打扰,远看就像一块儿平地。然而不巧,九条巨蟒突然从湖中钻出,硕大的蛇头掀起几阵水花,将湖面上的星辰都给搅和了。

九蟒吐芯,蛇尾缠在一处,中间托着一副硕大的黑石棺材,破水而出。那棺上有金色的符文,形状也不似普通棺木,隐隐透着一股煞气。岸上有很多人等着,见此情形,有人躁动不安,有人当即半跪。

红瓦站在所有人前头,舔着嘴笑了,蛇瞳里的光贪婪又疯狂。

宋立言沉默地远望着,以魂音问身侧之人:"那是谁的棺椁?"

以金印封着,又有九蟒相护,那还能是谁的棺椁?

楼似玉轻叹一声:"蛇妖回溯。"

这个名字她提起过,似乎是帮着封印勾水的内丹的妖怪,他的棺木竟沉在碧波湖里,怪不得他以湖心为阵眼时法阵不稳。只是,宋立言不明白,为什么这些妖怪要祭祀回溯?

九条巨蟒身上有浓厚的杀孽和血腥气,他们盘绕着将棺木带上岸,却没有散开。红瓦祭出一个血阵,将巨蟒与棺木一起笼在里头,四周围着的蛇妖纷纷开始念咒。

急促而密集的咒语声听得人头皮发麻,无数妖力顺着血阵融入棺椁。那阵一开始只是泛红光,到后头当真滴下血来,一股股地流在棺木的金色符咒印上,蜿蜒覆盖。

那是浮玉县百姓的血,宋立言捏紧了獬豸剑,抬步欲上前。旁边的楼似玉一把拉住他,低声说道:"血阵已开,拦是拦不住了,不如看看他们到底想做什么。"

这血祭的确是木羲翻的卷宗写的复活死去多年的妖怪的禁术,但这禁术也只能复全妖怪的肉身,回溯三魂七魄已散,就算活了也是行尸走肉,不再是他原本的模样。

红瓦显然是知道这件事的,但不知为何,仍旧在运阵。

血越流越快,被棺木上的金印通通吸了进去,慢慢地,那些金印像被烫化了一般,从棺木上缓缓退去,滑落到九条巨蟒的身上。巨蟒痛苦地挣扎起来,可他们没逃,一边咆哮嘶吼一边承受金印,实在忍不住疼,蛇尾便疯狂摆动,将旁边的古树通通拦腰甩断。

濒死的蛇啸声穿透了整个碧波湖,声音极大。

半个时辰之后,金印一路蔓延进了蛇瞳里,九条巨蟒终于渐渐安静下来，庞大的身躯带着死气砸进湖水里，激起几阵水花，然后慢慢地沉了下去。

与此同时，血阵落在了棺木上，封得死紧的棺盖突然滑开了一条缝。

银色的蛇尾从缝里落出来，咔的一声让棺盖裂成了两半，一只苍白的手从里头伸出来抠住裂痕的边缘，接着半个人身从里头立了起来。雪白的长发挡住了他的模样，可他的蛇鳞是真漂亮，像碧波湖的波澜，粼粼泛光。

楼似玉看得感慨，回溯一向是妖界公认的美人，哪怕他是个雄性，也丝毫不妨碍妖们将他夸成绝代佳人。只是，当年的回溯是温柔慈悲的，像清澈的湖水、柔和的晚风和世上一切美好的事物，所以勾水拼其一生，也不愿让他染上半点儿脏污。

然而现在，重生的回溯带了地狱里的阴冷气息，身上煞气浓烈，青白色的肌肤看起来很不干净，仿佛只消拿刀一划，就能流出无数人命。

楼似玉摇摇头，心想，幸好勾水活不过来了，不然看见这样的回溯，保不齐还得毁天灭地。

岸边有妖怪跪了下去，也有人还记恨着当年那一场大战里回溯的背叛行为，铁青着脸看着。红瓦压根儿没管他们，扭着腰上前，翻手拿出个浮屠困。

"回溯大人，王被关在这里头了，您瞧瞧，能救他吗？"

没有瞳仁的眼睛抬起来，回溯的脸上露出些困惑之色，看看她又看看那晶莹剔透的宝塔，长舌一伸将塔卷了过去。

美人蛇在塔里抬头，震惊地看着面前这人："你……"

她脑子里闪过些东西，很快反应了过来，眼瞳发红。美人蛇拍着琉璃塔朝红瓦嘶吼："你怎么敢对他用禁术，你怎么敢？！"

红瓦狡黠地笑了笑，没理会她的愤怒，引诱似的继续对回溯说："大人闻闻，这里头是不是王的味道？"

回溯的眼白缓缓地转动了一下，他捏着浮屠困，用舌尖将宝塔一一探过，眼里突然落下泪来："勾……水……"

"对，就是勾水，他被人困在里头了。"红瓦故作委屈地说，"大人可不能再对王置之不理了。"

"不！"美人蛇拼命摇头，急得在塔里打转，"回溯你醒醒，勾水已经死了，他已经死了很多年了！是你将他的内丹封印的，你说过断不能让他再背杀孽！"

红瓦叹息,加大嗓门:"大人忘记吾王是怎么死的了吗?为了替您寻药,他不惜冒天下之大不韪,与人为敌,也与妖界为敌。大战那么多年,他从未让您出来承受过一星半点儿伤害,可最后呢?他是死在您手里的。"

回溯震了震,脸上露出一种类似委屈的神色。他僵硬地抬起手,将浮屠困半抱在怀里。

这是他当年抱着勾水的动作,战火纷飞,血色染天,勾水躺在他怀里大口大口地吐着血,他伸手去擦,没想到越擦越多,最后他连勾水的脸都看不清了。

"你快走吧。"耳边响起故人的叹息声。

回溯眼眶发红,僵硬地用脸颊蹭着浮屠困,一下又一下。两百年前未敢流露出的不舍神色,如今通通释放了出来,哪怕他没魂魄,动作僵硬,也看得人鼻尖发酸。

当年蛇族也是分为两派,一派主战为祸人界,一派主隐不问世事。勾水是主战之妖,也是全族之王,而回溯是主隐派长老之子,生下来就与世无争。两派时有摩擦,回溯从成年开始就被推出来作为隐派表率对抗勾水,所以两个人曾经有过冲突,结果是勾水直接废了回溯一百年的修为。

然而不知为何,自那之后,勾水再也没敢见回溯,躲躲藏藏一百年,宁愿在外头与上清司的人厮杀,也不肯回蛇族。

一百年之后两个人再见,身旁隐派的长老喋喋不休地同勾水说着大战的危害,而回溯就站在旁边看日落,眼里染了一层霞光,柔和而静谧。

勾水看呆了,连那长老说什么都没听进去,直到回溯被人推上前来,茫然地复述了长老的话:"王可允准?"

允准什么?勾水不知道,但还是点头:"好。"

回溯被他这反应吓了一跳,头一回抬起眼来与他对视,缓慢地眨眼之后,笑了笑,如万物复苏,春风徐来。

勾水板着脸没露情绪,看起来像极了一个刚正不阿的王。

然而自那之后,长老们发现,只要是回溯去禀告的事情,他们的王不管表现得多冷漠、多抗拒,最后都一定会应下来。这一招屡试不爽,以至回溯三天两头地就要被推到勾水跟前去,大到领地划分,小到猎物赏赐,统统要由他禀告给王,他也就从王的嘴里听了无数个"好"字。

但是,当回溯第一次为自己的事与回溯开口的时候,勾水没再说好。

"你的伤是我造成的,我会替你想办法。"勾水摆手,"你先回去。"

回溯绕去他跟前,执拗地说:"那么多年以前的事,臣早就不记得了,眼下正是多事之秋,臣希望吾王能留在族里,莫要再出去。"
　　妖王之力不可小觑,哪怕勾水当年只是一时气愤废了回溯的修为,可下手到底没个分寸,以至回溯这么多年来修为难涨,身子也一年比一年虚弱。勾水察觉到了,所以想去寻药,而回溯拦在他面前,死活不肯让路。
　　"要是那一次回溯拦下来了,如今也许就是另一种结局。"楼似玉叹了一口气,"可惜,他没拦下来。勾水还是走了,让人将回溯关在蛇族里,独自带人将上清司杀了个天翻地覆。"
　　宋立言神色复杂地听完,忍不住问:"他要的药在上清司?"
　　"哪儿有什么药啊?对妖怪而言最好的药就是人心。"楼似玉摇头,"上清司之人多有修为,其心脏是绝佳的药引,勾水挑准人下手,一共收了九百九十九颗上清司之人的心,本已大功告成,但可惜,他在回去的路上被上清司的人堵住了,大战落败,还被上清司的人追剿到了蛇族老巢。"
　　这一段故事宋立言在上清司的史册里看过:宋江阔,上清司第八代嫡系弟子,剿灭蛇妖有功,继承了上清司。
　　楼似玉接着说:"勾水的确祸乱人界,罪孽深重,奴家也没想过救他,但他是死在回溯手里的,或者说是在他重伤难愈的情况下,回溯送了他最后一程。回溯答应我,以他自己的三魂七魄封印勾水的内丹,我也就送他个人情,放蛇族残部一条生路。"
　　原来是这么回事,宋立言颔首,往前踏了一步,突然想起来,回头问她:"那你也认识宋江阔?"
　　楼似玉:"……"
　　这人为什么每次都会注意到这些问题呢?她当真很不想回答。宋江阔也好,宋清玄也好,都是不会归来的故人,逝者已矣,多提无益。
　　楼似玉别开脸,说道:"大人还是先将他们拦下吧,他们复活回溯,就是为了让回溯来解开内丹上的封印,一旦真的解开,这浮玉县就别想有安生日子过了。"
　　如同宋立言能轻易解开常硕的内丹的封印一样,回溯作为封印勾水的内丹的人,也能轻易破解勾水的内丹的封印,这就是红瓦他们费尽心思也想完成血祭的原因。
　　宋立言凝神,拈手做诀,不动声色地祭出法阵。

红瓦等人尚未察觉,还在诱骗回溯。回溯似乎想打开浮屠困,可这上清司的法器,要么是上清司的人来破,要么得用极高的妖力强拆。他刚醒来,身子太虚,一时半会儿也拿它没法子。

　　红瓦正着急呢,妖群里突然冒出来一道光,眨眼间击中了浮屠困,那透明的琉璃一点点起了裂纹,最后直接破开,放出了美人蛇。

　　美人蛇狼狈地滚落在地,想也不想就要逃。回溯僵硬地动了动脑袋,尾巴一伸,就将她缠住了。

　　"勾……水……"

　　"我不是勾水,我是殷殷!"美人蛇焦急地扯着他的鳞片,"你快放开我,不然你会后悔的!"

　　回溯像是听不明白,只缓缓伸手,点了点她的肚腹。金色的光在美人蛇的肚子里亮起,像是在回应他一般。他极轻地叹了一口气,指尖一动,美人蛇霎时觉得肚腹绞痛,挣扎着想反抗也无用,铜匣顺着她的咽喉被强行拉扯了出来,浮在他面前,一起掉落出来的还有白胡子蛇妖交给她的钥匙。

　　铜匣是蛇族给的封印,只有这钥匙才能打开,而一般人就算打开了,也拿里头那层更深的封印没办法,这就是为什么当初那狼妖说,铜匣就算落在宋立言手里也无妨。

　　红瓦兴奋地将钥匙捡起来,递给了回溯,示意他打开。

　　回溯动作缓慢,当真将钥匙塞进了锁孔里,眼看着要成了,脚下却突然冒出白光,霎时将他整个人照得通透。红瓦惨叫一声滚到一侧,美人蛇也连忙避到旁边,四周众妖皆惊,都以为是上清司的人追剿过来了。

　　然而,他们纷纷侧头看过去的时候,只看见了一道人影,近乎闲散地从白雾里走出来,站在他们前头。

　　"又是你。"红瓦认出了宋立言,满脸难以置信之色,"上次就罢了,这次你也敢单枪匹马地来?"

　　这儿可是有不下一百只大妖啊,就算他有灭灵鼎,也不可能同时对付这么多妖怪,这不是明摆着送命吗?

　　几只冲动的蛇妖已经直接扑了上去,宋立言拔了獬豸剑迎上,其余蛇妖原地观望,可眼瞧着四只蛇妖都拿不下他,妖群里有妖急了,瞅准他背后的破绽,化了毒牙刀就想偷袭。

　　一刀刚落,还没挨着缁色锦袍,旁边突然横出一把算盘,普通的木头材质,看着还有点儿老旧,但就这么轻轻一挡,毒牙刀竟直接被震飞

209

开去，连带着那蛇妖也砰的一声砸进了碧波湖里。

楼似玉上来与宋立言背靠背，轻笑着说："诸位，好久不见哪。"

宋立言提剑冲向回溯，回溯自是不晓得躲的，红瓦连忙冲上来拦着，旁边的大妖也动了，合力与宋立言对抗。美人蛇左右看看，趁乱一把将铜匣从回溯手里夺了回来。

回溯手里还捏着钥匙，茫然地看着她。美人蛇想再拿钥匙，旁边却有一条蛇尾甩过来，直接将她扫进了碧波湖。

水花高起，楼似玉余光瞥了一眼就继续对付面前的妖怪了。她不敢用太多妖力，但眼前的妖怪实在太多，逼不得已，楼似玉抓了两只蛇妖，眼里化出金瞳。

原本张牙舞爪打算攻击她的蛇妖突然僵住了动作，片刻之后，两妖齐齐转身，猛地将宋立言面前的几只大妖撞开。

"老六、阿灰，你们疯了？"被撞的蛇妖不明所以，刚吼出这一句，宋立言的獬豸剑就劈了下来。

妖血四溅，飞到他脸上成了嫣红几点，宋立言冷漠地转身，袖子里的灭灵鼎飞出，直接将这几只妖怪吞了进去。红瓦见状，立马弃战想去捞湖里的美人蛇，可宋立言丝毫没有放过她的意思，顶着一片妖毒强行将她困在了法阵里。

天光大作，湖水激荡，无数妖法冲他而来，獬豸剑格在空中，勉强支撑了片刻就嗡鸣着插进了地里。灭灵鼎倒是想张口把他们全吞了，可宋立言以一敌百太过吃力，压根儿没有多余的修为来支撑它，它在空中转了两圈，气恼地摆着身子发脾气。

楼似玉见状，轻轻拍了它一下。

说时迟那时快，灭灵鼎砰的一声在空中盘旋变大，淡红色的光倾泻出来，眨眼便吃掉三只大妖。

"上清司的法器果然厉害。"楼似玉笑着鼓掌，扭头看向众妖，"还不走吗？上清司的人要来喽。"

众妖惊疑不定地看着她，红瓦却大喊："别信她的鬼话，上清司的人绝对不会来！"

宋立言眉梢一动，想问她为何如此笃定，可旁边的老妖转瞬攻至，他无暇开口，只能全力应付。撕心裂肺的长啸声此起彼伏，宋立言身上的伤口也渐渐多了。他企图传音给宋洵，然而传了两遍都犹如石沉大海。

宋立言提剑纵身而下，要先斩了红瓦。

"等等！"剑气凛凛，楼似玉像个不怕死的人，上去挡在了红瓦前头，努嘴说道，"这个还不能死，你先对付别的。"

"擒贼先擒王。"宋立言抿了抿唇，"她既然是幕后主使，那斩了她，其余乌合之众也会早些散去。"

"话是这么说，但……"想起木羲，楼似玉认真地摇头，"不行。"

红瓦若死，木羲就会跟着灰飞烟灭。

宋立言微恼，深知杀了红瓦是解决当下困境最好的办法，可面前这人跟中了邪似的，死活不肯让。他抬剑想硬来，身后的妖气却又汹涌而至。

他全身僵硬，想立马反身挡住已不现实，电光石火之间，宋立言做出了决断——拼着中这一击，獬豸剑也越过楼似玉刺向后头的红瓦。

楼似玉是有机会替他护住身后的，然而没有，她的第一反应是伸右手抓住獬豸剑，然后左手朝天上一收，将灭灵鼎拿回来，往他怀里揣去。

宋立言没明白她这个古怪的举动是何意，但看着剑尖停滞在离红瓦一寸的地方，还是忍不住怒道："你骗我，你的立场根本还是妖！"

楼似玉看向他，一瞬间有些失神。

就这一瞬，后头的妖力已经落到了宋立言的背上，他咬牙挺着，已经做好了受创的准备，然而，想象中的冲击等了好一会儿也未至。他睁眼，正好瞧见面前的金光随着裂纹碎开，化为琉璃残片，散落在四周，星星点点，分外眼熟。

又是这个东西？宋立言纳闷儿地动了动身子，发现自己没受伤，便知又跟上回一样是这金光替他挡了。可是，这金光到底是哪儿来的？

他正沉思呢，楼似玉的身子突然晃了晃，他下意识地伸手扶了一把，还没将手收回来，就有一丝嫣红液体落下来，砸在了他的虎口上，温热黏稠。

他心里一跳，抬眼朝她看去，楼似玉飞快地抬起手捂住口鼻，含糊不清地说："大人离奴家太近了，奴家受不住。"

她手上的血像雪地里的红梅，艳红刺目，宋立言沉了脸，问她："怎么回事？"

"不都说了吗？您凑太近了，奴家上火流鼻血。"楼似玉移开目光，"后头来妖怪啦，您当心！"

说着，她一把将他推得转过身去，迎上那些不死心的魑魅魍魉。

宋立言眸色极深，里头有东西翻涌，他提剑，又快又狠地砍掉了蛇妖的脑袋，血喷了满身，他擦也没擦就继续对付下一个，方才分明已经乏力，眼下不知为何冲杀得反而更加生猛。

　　碧波湖边一阵动荡，落进湖里的美人蛇艰难地爬到岸边，手里还死死攥着铜匣。她攀着岸边的石头，刚准备趁乱逃走，面前就落下来一抹银色东西。

　　身后厮杀成一片，回溯倒是安然无恙，一双没有瞳仁的眼看不出任何情绪，他慢慢地低下身来，想拿铜匣。

　　美人蛇躲开他的手，恼怒地说："早知你会造成今日这祸患，当年我就不应该让你全尸藏进北往江！"

　　将回溯锉骨扬灰多好啊，永无后顾之忧，反正他弑君在先，这下场半点儿也不过分。他们当年一时心软，却引来这一场蛇族大难，太不值当。

　　回溯怔了怔，指尖僵硬地颤了颤，缓缓扭了扭脑袋，白色的眸子对上她的脸："殷？"

　　"还认得我？"美人蛇气得破口大骂，"我早说了你是个害人精，勾水不信，所以他死了。楼似玉也不信，非留你的全尸，所以现在她也快死了！你已经死了两百年，为什么不能消停点儿，还跑出来干什么？"

　　空洞的表情莫名其妙地显出两分哀伤感，回溯停滞片刻，还是继续朝她伸手。美人蛇怒甩长尾挥开他，反身去了另一边岸堤，狼狈地爬上去，还没站稳，四周尚有余力的妖怪就朝她围了过来。

　　楼似玉飞身到她旁边，沉声道："东西给我。"

　　美人蛇皱眉："我把它给你，你还会还给蛇族吗？"

　　答案显而易见，楼似玉是一直想毁掉内丹的人，以前没有灭灵鼎还好说，如今灭灵鼎就在空中浮着，她拿到内丹的第一件事定是将它送进去。

　　"总比落在他们手里来得好。"

　　"不。"美人蛇摇头后退，"落在他们手里，我尚能想办法夺回来，落在你手里才是真的完了！"

　　"殷殷……"

　　"你有你的大义凛然，我也有我的族人要护。"美人蛇深吸一口气，红着眼说，"大不了我今日去陪常硕，这铜匣也不能从我手里给出去。"

　　楼似玉没办法了，放弃游说，直接动手抢，旁边的妖怪不甘示弱，也一齐扑了上来。电光石火间，美人蛇被一道强光击中后腰，铜匣瞬间脱手而出，楼似玉离她最近，飞身将其接住，捂进了怀里。

　　"小心——"后头的宋立言突然吼了一声，楼似玉抬眼，就见回溯面无表情地站到了她跟前。

滴着血的獬豸剑从她身后越上前头，二话不说扎进了回溯的肩头，宋立言一手将楼似玉搂过来，一手抵着剑戒备地看着回溯。

这人长长的银发散落下来，沾上了肩头溢出的血，白色的瞳仁缓缓动了动，嘴里发出了类似痛呼的哀鸣声。而他身后，一道白光破碎开去，带着上清司人独有的气息。

楼似玉怔了怔，越过回溯的银发往那边看过去。

戴着青绢斗笠的叶见山到了，显然方才已经出手，左手的诀还没散开。从她站的位置看过去，他这个诀是朝她来的，要不是回溯挡了，这一道光就该落在她身上。

她微微眯眼，收回目光看向面前的人。

回溯嘴角溢出一丝血，他伸手擦去了，却越擦越多。他呆呆地盯着自己手里的艳红色血液看了一会儿，伸出手，近乎执拗地想碰碰她手里的铜匣。

楼似玉有些不忍，低声说道："何必呢？他死了，你也死了，就算妖不能轮回，事情也已经过去了两百年，你该放下了。"

宋立言不认识回溯，哪怕听过故事，也对这满身罪孽的妖怪泛不起丝毫同情，所以不等楼似玉说完，便运气于剑上，将回溯狠狠震开。

回溯退后两步，肩头破着的窟窿不但无法愈合，还裂得更大，血像沙似的从皮里往外漏，不消片刻他的皮肤就干瘪下去几块儿。

"……"楼似玉紧了紧拳头，不忍地别开脸。

血祭而活的妖，到底不是真的活过来了，甚至比普通的妖怪还脆弱，稍微划一道口子，身子里那些人类的骨血就会全泄出来。若是别人，她不会在意，可他是回溯啊，多年前如清风朗月那般的一个妖怪，会笑着请她尝新酿的酒。

蛇身越来越无力，回溯艰难地往她的方向挪回来，颤着的手指依旧伸向铜匣，只是，他连手臂上的血肉都快要流尽了，拼命抬手也是远够不着的。

宋立言冷眼看着，连补刀的心思都省了，就等着他倒下去。

然而，他身前这人突然伸手，将铜匣递到了回溯垂落的手指下头。

苍白泛青的指尖碰到铜匣，像夕阳下有人从人界带回来的拨浪鼓，嗒的一声响，他耳边同时响起那人的轻笑声，眼前仿佛又是旌旗猎猎，勾水于万妖注视下朝他伸手。这一回，他没有躲，大方地将手放了上去。

回溯僵硬的嘴角慢慢往上勾，嘴里溢出了满足的喟叹声。

心愿已了,他宁愿永世不得超生。

手指滑下去,银色的巨蟒委顿在地,化成了一片白烟,连骨头都没剩下。楼似玉愣怔地看着,眼眶有点儿发红。回溯从一开始就没想解开封印。

"师弟!"叶见山提剑朝这边赶来,身后跟着几个上清司弟子,正捏诀清理着还没逃走的妖怪。宋立言回神,松开楼似玉,侧头应了一声。

回溯一死,再无人能解开勾水的内丹的封印,还有余力的大妖都无声地逃掉了,只剩下受重伤的美人蛇和被困在阵里的红瓦。

大势已去,红瓦眼里一片灰败之色,美人蛇拿眼睛盯着楼似玉手里的铜匣,有伺机而动之意。叶见山上来就与美人蛇斗法,其余弟子也纷纷相助。

宋立言看了他们一眼,没瞧见宋洇,便低声对楼似玉说:"先走。"

楼似玉咳嗽两声,用袖子擦了擦嘴,为难地说:"大人,不是奴家要与您作对,但眼下剩余的两只妖怪,奴家得保着。"

"你拿什么保?"他嗤笑出声,随手将獬豸剑扔进她跟前的地里,又反手抽了出来。

白色的剑身上带了气味熟悉的妖血,他举到她跟前,冷眼问道:"拿你这旧伤未愈又添新伤的身子?"

楼似玉心虚地眨眼,说道:"这打架哪儿有不受伤的?奴家去后厨帮忙切个菜还时常切到手呢。"

"你曾给我喂魂,我以为将魂还你就没事了,不承想今日又见识了掌柜的神通。"宋立言伸手将灭灵鼎从怀里掏出来,眼里情绪翻涌,指节微微泛白,"同枝之术,你竟敢下在这法器上头。"

这都被发现了?楼似玉尴尬地摸了摸脖子:"大人见多识广,奴家实在佩服。"

宋立言恼恨地施法破了她的咒术,额角的青筋都鼓了起来:"你当我是什么?易碎的陶瓷娃娃?还是没见过世面的毛头小子?我有剑有符,用得着你来护?"

"大人英勇无畏,奴家仰慕至极。"

"……"

回想起她护着红瓦又将灭灵鼎塞给他的动作,宋立言觉得心口闷得慌。她这回没撒谎,是他冤枉人了,可眼下除了生气他不知道该怎么办,只能僵在原地瞪着她。

然而楼似玉连回视他的工夫都没有，一双眼同时瞥着红瓦和美人蛇，眼珠子滴溜溜地转，一看就是在打什么坏主意。

"大人，红瓦可以交给您带回去，先放了殷殷如何？"

宋立言抿唇转头，没好气地说："你看她是想走的意思吗？以她的本事，她抓着破绽就能遁逃，眼下这情形，分明就是她不想走。"

有道理，楼似玉点头，将铜匣往自己怀里揣，伸手就去翻他的袖袋。

"你干什么？"这举止颇为大胆，宋立言想躲，她却一本正经地说，"让奴家看看有没有什么能用的法器。"

一个身上冒妖气的人想从他的袖子里找法器用？宋立言觉得她疯了，放纵她的自己也疯了。

"我带了一个出来，你松手，我来拿。"

楼似玉粲然一笑，乖乖地背起手，眼巴巴地看着他从袖子里拿出一张符，指尖一抖便化出个晶莹剔透的浮屠困。

"想做什么？"他将浮屠困递给她，斜眼问。

楼似玉笑笑没回答，抱着这东西走去红瓦跟前，往她的脑门儿上砸去，咻的一声，红瓦被吸了进去，化成拇指大小的蛇，惊慌地乱窜。楼似玉没将这东西还给宋立言，而是捏在手里，踮着脚偷偷往正在打斗的那头溜过去。

几个上清司之人正忙着对付美人蛇，没人注意身后。宋立言黑着脸看着，想开口斥责，眼神一闪，又忍住了。

美人蛇虽难敌宋立言，但对付这些修为不高的凡人绰绰有余，眼瞧着能张口吞下一个人，旁边突然亮起一道光，楼似玉飞身而出，拿着个东西就朝她扣了过来。

"你……"这熟悉的白光她已经不是第一回见了，惊慌之下想走，却没走成，只能绝望地看着自己变小，缩进浮屠困里。

几个上清司的人住了手，叶见山瞧着，却像没看见似的，举起长剑兜头朝楼似玉砍了下去。

当的一声，有人站到她身前替她将剑格下了。楼似玉眯起一只眼，缩着脖子躲开断下来的半截长剑，抱紧浮屠困躲去宋立言身后。

獬豸剑横在身前，宋立言说道："师兄，仔细别伤了无辜。"

"无辜？"叶见山难以置信，"她身上这么浓烈的妖气，你还说她无辜？"

"这是掌灯客栈的楼掌柜，是凡人。"宋立言垂眸，艰难地昧着自己的良心说道，"她身上的妖气只是因为染了妖血。"

"师弟。"叶见山难以理解地摇头，"你怎么会变得如此……"

"有几件事我很好奇。"不等他说完，宋立言便说道，"方才大战之前，我给师兄和宋洵都传过音，不知为何毫无回应？"

叶见山恼道："城里死了那么多人，百姓将衙门围了，我与宋洵忙得不可开交，哪里能立马抽身？宋洵现在还被人堵在衙门里呢，我也是想尽了办法才逃出来助你的。"

宋立言点头，又问："裴大夫也还在衙门里？"

"自然，他什么都不记得，能走去哪里？"

"那柳寒呢？"

"都在一起。"

很好，撇得干干净净，宋立言点头，拉着楼似玉的手腕往回走："那咱们就去看看吧，看看今日这一场大祸，到底是谁造成的。"

"师弟。"叶见山追上来，看起来对他拉着楼似玉这举动颇有微词。可宋立言没理会，径直将人带回了官邸。

满屋子都是人，听见动静，宋洵和霍良迎了出来："大人！"

"去准备些热水，带楼掌柜洗漱，再让人把她身上的伤收拾了。"宋立言将手里的人推出去，看也没多看，大步跨进了正堂。

柳寒坐在主位上，看他回来，本还想发作，但宋立言浑身的血腥味儿浓得呛人，他沉着脸走进去，宛如阎罗临世，饶是柳寒再嚣张也被吓得站了起来，呆呆地看着他落座。

宋立言拂袍坐下，问道："你到底是谁？"

柳寒莫名其妙地看看左右，确定他在问自己，横眉便道："我是通判柳大人身边的护卫，也算个八品武职。倒是你，一个九品县令，私自逃狱，该当何罪？"

宋立言慢条斯理地解开扣子，扯下满是血污的外袍，身着青黛色长衣。他优雅地挽起袖口，柳寒不明所以，上下打量他："你……你想干什么？"

挽好的袖口不再碍事，宋立言出手如电，起身扼住他的喉咙，将他抵到了后头的漆柱上。

"大人！"旁边几个上清司的人低呼，宋立言侧眸看了一眼，他们又通通噤了声。

"师兄说得没错，我见识太少，不曾领教过妖怪的诡计多端。可我不瞎，你到底是什么东西，仔细看看，也不是看不出来。"他手上用力，将柳寒掐得脸上发紫,宋立言眼神阴冷,半分仁慈之情也没有,将他掐断了气也没停手。

"大人,这好歹是州上的人。"霍良满心担忧地劝了一句。

宋立言冷哼出声,捏着脖子将柳寒的尸体拎起来,轻轻一抖,有魂烟从这人的皮里飘了出来,飞快地逃窜不见,宋立言想动手,终究是晚了一步。

世间多妖,妖乃非人之物所化,一旦身死,魂魄不入轮回。大多死了的妖会灰飞烟灭,而有些妖机缘巧合,会留住魂魄,偷了人的皮囊继续苟活。

显然,这个柳寒就是偷了上清司之人的皮囊装人活着的妖怪。

宋立言嫌弃地扔了人皮,看向旁边的裴献赋。

裴大夫一脸没睡醒的模样,茫然地看着地上那堆东西,神色没有任何反常。他还偷偷打了个哈欠,眼里挤出晶莹的泪花,显得眸子更加清澈。

"前辈一直在衙门里吗?"宋立言问。

裴献赋无辜地扭头看他:"是呀,原本还在同你那位师兄下棋,后来他走了,我就在屋子里睡觉。"

"这就奇怪了。"宋立言走到他跟前,困惑地说,"我似乎在碧波湖边看见前辈了。"

"那怎么可能?霍捕头一直在我房里呢。"裴献赋指了指霍良,"我一觉睡醒他都还在。"

被点名的霍良仍旧没有回神,只睁着空洞的眼睛下意识地回答道:"是,卑职一直照看着他。"

要是之前,这话兴许能打消些嫌疑,可现在……宋立言走上前,将手慢慢放在了裴献赋的脖子上。

"师弟?"叶见山大惊,"你做什么?这可是司里重要的前辈!"

"柳寒尚能被人借皮,谁敢妄断这位前辈就一定是原来的魂魄呢?"宋立言收拢手指,看着裴献赋说道,"你很聪明,假装什么都不记得便一了百了,我也不能多问你什么。若你像之前一样只用魂魄继续行动,我可能还要再过许久才会发现真相。"

"可惜,你今日用的是肉身。"

碧波湖边一场杀戮,就算是置身其外的人也会染血。裴献赋回来就飞快地更了衣,但遗憾的是,身上的血腥味儿实在有些重,哪怕刻意用药草味儿压了,宋立言还是嗅见了不对之处。

之前宋立言想不通，为什么狼妖会突然出现，又凭空消失，任凭他用尽法术也无法伤其分毫？但与楼似玉一起魂魄离体时他恍然明白了，魂体是不会受普通灭妖法术伤害的，且来去自如，可以夺物，只是无法使用修为。

裴献赋今日去碧波湖是想夺内丹的，所以以真身前去，躲在妖群里伺机而动，没想到错失了时机。眼看着回溯死了，他只能带着一身血腥味儿仓皇逃回官邸。

"常硕的内丹是你拿走的，蛇族的禁地也是你故意引我去的，我房间里的法阵是你解的，困神锁怕也是你从京都拿过来的。"宋立言平静地陈述事实，手上力道加重，"数罪并论，当斩立决。"

他话音刚落，手腕突然一紧，裴献赋反手抓住他，妖力磅礴而出。宋立言脱手躲开，没敢让他那妖气侵入经脉，可就这一躲，裴献赋便纵身消失在了门外。

庭院里回荡着裴献赋的叹气声，一叹三响，分外无奈："误会良多，本想一一解释，可眼下大人显然更信那妖女。也罢，也罢，待往后时机成熟，在下自当与大人细说。"

妖怪就是妖怪，还能有什么误会？宋立言追出去，没能寻见裴献赋的踪迹，脸色更加难看。

"师弟，这是怎么回事？"叶见山分外迷茫，"裴前辈可是连咱们师父都尊敬有加的人，怎么会被妖怪……"

"师兄莫要再信人皮相了。"宋立言拂袖，"眼见未必为真。"

叶见山默然，站在原地很是自责。宋立言也没多与他说什么，转身回去自己的房间。他受的伤也不少，身上脏污难忍，想先收拾干净再说别的事。

然而，一推开房门，宋立言就被里头扑出来的水汽眯了眼。

带着澡豆的香气盈满了整个房间，白色的雾气从屏风后头氤氲开来。那屏风料子薄，轻绣了花鸟山水，被窗外洒进来的光一照，就勾出一道玲珑人影，婀娜妩媚，曲线动人。

她似是站在澡盆里，正仔细清洗手肘，柔荑高抬，下颌微仰。水珠顺着手腕一路往下，滴滴答答地落回澡盆里，不一会儿又被掬起，重新浇上后颈。

若不是她身后有几条大得夸张的尾巴影子在晃来晃去，这就是一幅绝世香艳的美人入浴图。

宋立言移开目光，抵着拳头干咳了一声。

屏风后的人惊了惊，硕大的尾巴立马收了起来，人也哗啦一声埋进了水里。她好半响才开口："大人回来了？"

"你怎么在我的房间里？"

"宋洄带奴家过来的呀，不是您吩咐的让奴家好生收拾自己吗？"

"的确是本官吩咐的。"宋立言微恼，"可旁边还有客房。"

外头的宋洄听见动静，跨进门来就说："大人，这院子里就两间客房，一间给了大师兄，一间给了裴大夫，您不记得了？"

宋立言转身，黑着脸抓住半开的门扇，将宋洄堵在门口："那你也该禀告本官一声。"

宋洄："……"

意识到自己不该进去，宋洄立马往外退，恭敬地行礼："小的这就去让人再准备。"

说完，他飞快开溜。

宋立言气闷地看着他的背影，跟着出去也不妥，留下来更是不对，进退两难，干脆抓着门框僵在原地。身后传来几阵水声，她似乎从澡盆里出来了，赤脚踩在湿润的地上，啪嗒啪嗒地朝他的方向走了过来。

他立马将门合上了。

"楼掌柜。"宋立言闭了闭眼，有点儿头疼，"注意体统。"

楼似玉莫名其妙地看着他："奴家何处没体统了？衣裳穿好了呀。"

"鞋呢？"

"弄脏了没法儿穿，奴家也正愁呢。"楼似玉苦恼地左右找着，身上的衣料发出丝质的摩擦声，光着的脚不安分地踩来踩去。

宋立言深吸一口气，转过身来想斥责她，可待看清她穿的是什么之后，眼皮一跳，耳根倏地就红了。

宽大的缁色袍子拖到了地上，雪白的手腕从袖口里露出来，还带了些水珠。这是他挂在屏风上的常服，在他穿来是大方得体，可往她身上一套，怎么就显得那么不正经呢？

她的手泡得有些皱，被缁色的衣裳一衬，更是白得吓人。宋立言瞥了一眼，闷声说道："你过来。"

楼似玉乖乖地抱着衣摆跟着他去旁边的茶榻上坐下。

"手。"

楼似玉张开右手伸过去，这才想起自己的手心还有伤口，被獬豸剑割的,还没有愈合,让水泡得发白起皮了,稍稍一动,又有血溢出来。

宋立言打开桌上的药箱,阴沉着脸给她上药,翻看了她的伤口,心头又是无名火起:"你下回能不能把话说清楚再做事?"

楼似玉左手托着下巴,笑盈盈地看着他:"这怎么说清楚啊?真提前说了,大人还不得恼死奴家?"

"现在也没好到哪儿去。"宋立言咬牙,手上加重了力道。

"哎哟。"楼似玉惨叫,耷拉了眉毛,可怜巴巴地说,"疼哎。"

"你不是厉害得很吗?还会用同枝之术,我以为你不怕疼。"宋立言冷笑,扯了白布条来一圈圈地给她缠上,"我是灭妖之人,总有一天会死在这件事上,不需要谁来护着。"

瞧他是真不高兴了,楼似玉撇撇嘴,老实地低头认错:"以后不敢了。"

他原以为她会顶两句嘴,没想到这么乖顺,说什么应什么,倒让他不好意思继续斥责。伤口包好了,宋立言刚想将手收回来,就被她抓住了指尖。

"大人身上的伤可不比奴家轻。"楼似玉仔细打量了他的手,皱眉说道,"这儿还有半片蛇鳞。"

食指上的皮被蛇鳞穿破,糊着血凝在了一起。宋立言看了一眼,不甚在意地说道:"待会儿一起洗掉便是。"

楼似玉气得噎了噎:"大人,奴家身上就算有伤,也不会发热生病,但您可不一样。"

说着,她跳下茶榻拿帕子浸了药水,一边沾湿他的伤口,一边将蛇鳞往外拔。她的动作格外小心,像对待稚嫩怕疼的小孩儿似的,她一边给他吹气一边问:"疼吗?"

这蚂蚁挠痒痒的程度,能疼个什么?宋立言摇头:"你只管拔。"

楼似玉一使劲就能看见鳞片边上带起来的血肉,没敢使劲,仔细地给他润着凝固的血块儿,好半天没个进展。宋立言很想催她,可垂眼瞥见她微微颤着的眼睫,又将话咽了下去。

手指上有点儿痒,十指连心,所以他的心口也有点儿痒。

"大人。"宋洵的声音突然在外头响起,吓得楼似玉打了一个激灵,手一抖就把鳞片取了出来。

宋立言轻吸一口气,黑着脸扭头:"进来。"

这语气听着怎么又像是不高兴了?宋洵心情复杂地盯了一会儿门扇,还是硬着头皮推开进去,拱手说道:"客房里备好水了。"

"哎,别动。"楼似玉抓住他想收回去的手,仔细用白布包好,"待会儿可不能沾水,让人伺候着洗吧。"

"你好生待着。"宋立言起身往外走,走到门口又顿住,回头告诫她说,"别乱跑。"

楼似玉立马正身跪坐,摆出一副哪儿也不去的严肃模样。

宋立言面无表情地转身,待跨出门槛,才好笑地勾了勾唇。

衙门外头围堵的人渐渐被衙差驱散,霍良去大牢将掌灯客栈那几个人通通放了出来。

楼似玉想,等宋立言沐浴更衣回来,她再调戏调戏,也就可以回家了吧?

然而,宋立言用行动告诉了她——休想。

"东西呢?"宋立言堵在她面前,伸出了手。

楼似玉装傻地问:"什么东西?"

"勾水的内丹,浮屠困。"

"巧了吗不是?"楼似玉拍了拍手,朝他笑道,"奴家也在找呢,这洗个澡的工夫,它俩就都不见了,哈哈。"

宋立言笑不出来,一双眼盯着她,隐隐有些山雨欲来的感觉。

她嘴角一僵,眨了眨眼,不情不愿地从怀里摸出浮屠困,塞进他的手里:"还你。"

透明的琉璃塔里头空空如也,半个妖怪也没剩下。宋立言眼神沉得厉害,再开口,语气听得人浑身发冷:"你知不知道放了她们会造成什么样的后果?"

"方才红瓦对我招了,说是受人蛊惑才会去血祭回溯,她这一走就不会再回来。而殷殷本就不会害人,只不过想夺回内丹,如今受着重伤,已经构不成威胁。"楼似玉努力挺着腰板,企图说服他,"放走她们不算什么大事。"

"荒唐!"宋立言怒道,"妖怪就是妖怪,斩草除根还来不及,怎能纵虎归山?这一次城里死了多少人你不是看不见,倘若她们再害人,你拿什么去偿还无辜苍生?"

楼似玉被吼得直打战,抱着脑袋委屈地说:"放都放了。"

她还破罐子破摔上了?宋立言气得来回踱步,又问她:"内丹呢?"

楼似玉更加心虚地移开目光,没吭出声。

宋立言察觉到不妙,捏诀召出灭灵鼎,结果诀一出,楼似玉的袖袋里立马有东西上蹿下跳地飞出来,兴奋地落在他的手心里。

"你把内丹放进去了?!"宋立言抓着鼎抖了抖,然而这灭灵鼎是个只吃不吐的家伙,任凭他抖出花来也没个反应。

楼似玉遗憾地说:"奴家倒是想呢,还没来得及。"

他心里一松,又气又笑:"没来得及是何意?"

"奴家先前就说过,无论是常硕还是勾水的内丹,都不能留,早毁早好,不巧的是奴家还没能离开这里,就被大人给逮了个正着。"她坦然摊手,"不过大人也别想从奴家这里将那东西要回去,给什么都可以,勾水的内丹不行。"

反正只要毁掉一个,她就算大功告成,那毁勾水的内丹也一样。

宋立言甚是头疼,不明白面前这人为什么能与他同生共死却不能与他同仇敌忾,裴献赋就算撒谎,见山师兄的话他也是要听的。内丹毁不得,妖王一旦出世,苍生湮灭,鬼怪横行,到时候谁也收拾不了局面。

"您做什么?"看他抬起手,楼似玉大方地张开双臂,"搜身吗?"

手停在她的腰侧,宋立言恼道:"你藏去了哪里?"

楼似玉踮脚凑到他耳边,笑眯眯地用气音说道:"藏去心里啦,大人可要将奴家的心挖开看看?"

"楼似玉!"

"奴家在。"她后退两步,弯了眼睛说道,"大人不妨去掉姓唤一唤?也好听得紧。"

宋立言微怒地往门上拍去,白色的法阵应声而出,飞快地蔓延到屋子里所有的门窗上,宋立言冷眼看着她:"不交出来,那你也就别想走。"

好凶啊,楼似玉害怕地缩了缩肩膀,左右看看,认真地说:"可这儿是您的房间啊,您不让奴家走,岂不是孤男寡女共处一室?这才叫不成体统呢。"

宋立言说不过她,也不打算再开口了,将门关上,拽着她的手把人按回茶榻上。他凝神感知,确定内丹不在她身上之后,才松手传音给宋洵,让他去买些女儿家的衣裳和绣鞋。

"你是不是觉得本官拿你没办法,所以才这么有恃无恐?"他侧头,脸色有些难看。

楼似玉委屈地扯开衣襟,将自己肩头的疤痕露给他看:"大人这还叫拿奴家没办法?奴家能活到现在,全靠命硬。若不是事关重大,奴家哪儿还敢惹怒大人?"

他是在郊外伤的她,獬豸剑留下的伤口虽然愈合了,却留下了一条疤。宋立言微怒:"当时也是你不肯把话说清楚。"

"这也怪奴家?当时大人对奴家可没半点儿怜惜之意,奴家哪儿敢贸然暴露?奴家早说清楚了,怕是死得更快。"她唏嘘地撇嘴,颇为落寞地把玩着袖口。

宋立言脸色发青,目光在屋子里游移了一圈,才低声说道:"把衣裳穿好。"

楼似玉眉梢微动,眼眸亮了。她不但没穿好,反而露着小香肩凑到他跟前,媚眼如丝地说道:"大人的袍子太大了,奴家穿不稳。"

冰肌玉肤,春色半掩,她这不正经的模样当真像个妖怪。宋立言浑身僵硬,一把替她将衣裳拉上去,恨声道:"你规矩些!"

"天都黑了,还要什么规矩?"楼似玉眨眼,"既不让奴家走,那奴家就伺候大人就寝吧?"

"……"

宋立言起身推开她往门的方向走去。

楼似玉被推坐在榻上,撑着手后仰着目送他,凤眼里满是狡黠之色,看他打开大门,她忍不住高兴地翘了翘脚。

然而,门只打开了一条缝,宋立言又将它合上了。他回过身来,看着她脸上陡然僵住的笑意,面无表情地说:"就寝吧。"

楼似玉傻眼了,愣怔地看着他走回来,一时不知道该说什么。宋立言倒是坦然了,褪了外袍往屏风上搭,进内室躺上了床。

楼似玉抹了把脸,有点儿不服气,起身跟进去,手脚并用地爬到他身边,侧着身子撑着额角摆出个魅惑的姿态来,眨巴着眼说:"这一夜同床共枕,明日奴家是不是得问大人要个名分?"

宋立言没理她,闭着眼睡得很安稳。楼似玉抓了几缕青丝去蹭他的脸,本想让他觉得痒,但蹭着蹭着,发现他的鼻梁可真挺哪,巍峨如峰,笔直如剑,顺着看下来,唇瓣薄而软,像极了甜羹里的银耳。

她也不知道自己是什么时候凑上去的,等反应过来的时候,这人的嘴唇已经近在咫尺。楼似玉咽了一口唾沫,刚想要不要壮着胆子亲一口,就听得宋立言突然开口:"你知不知道有个东西叫缠妖绳?"

楼似玉吓得激灵了一下,飞快地往后退了退,扯过被子盖住自己,闷声道:"祝大人好梦。"

宋立言心里冷笑,他留在这儿就是为了看着她,毕竟不知她妖力深浅,他真走了,她转头就溜了也说不准。这样的情况下,他哪里可能睡得着?

他睡不着,楼似玉却难得地睡了个好觉,梦里没有远去的背影,也没有杀戮和魂飞魄散,只有一个人别扭地拉着她的手,温柔地给她上药。四周的光很柔和,她傻笑着看着他低垂的眼眸,忍不住伸出手去摸。

触感不是想象中那么柔软,倒是有些结实?楼似玉疑惑地多摸了两下,心想不愧是宋大人哪,这眼睫摸起来跟胸膛似的。

"楼似玉。"略带怒气的声音在耳边炸响。

楼似玉惊得睁开眼,抬眸一看,宋立言正黑着脸盯着她,目光从她的脸上往下,移到她的手上。她跟着往下看,发现自己的手正十分不老实地伸在人家的衣襟里,动动指尖,所触肌肤炙热滚烫。

气氛有些尴尬。

宋立言的眼神越来越凌厉,楼似玉傻笑,觉得应该说点儿什么来缓和这剑拔弩张的气氛。冥思苦想一番,她说道:"您这儿有心跳欸。"

"……"

宋洵一大早起来给自家大人送早膳,刚走到门口,就听得里头传来楼掌柜的惨叫声:"奴家错了,奴家再也不敢了!大人消消气,剑放一放,容易伤着人!"

"哇——奴家也不是有意为之,大人息怒,息怒啊!"

"要不您摸回来,咱俩扯平?"

屋子里安静了下来,好半晌都不再有动静。宋洵以为没事了,正好奇是摸什么扯平,转瞬他面前的门就被人猛地拉开。

宋立言脸上飞红,衣衫不整,带着一身戾气捏着门扇。瞧见外头有人,他冷眼看过去,寒声问:"好听吗?"

宋洵顿时腿软,差点儿跪下去,连忙摇头:"小的刚来,什么也没听见,小的是来送早膳和衣物的。"

说着,他将手里的两个托盘递到宋立言面前,企图抵挡些许怒气。

宋立言看了一眼,气闷地接过来,又将门狠狠关上,留宋洵一个人在外头瑟瑟发抖。

楼似玉笑得在床上打滚,滚得衣裳和被子纠缠在一起,扯得衣襟微敞,长腿半露。她抹着笑出来的眼泪,抬头见他又回来了,连忙问:"大人改变主意了?"

宋立言拿起衣裳朝她罩了下去,恼恨地说:"更衣。"

"呀,织女轩的罗裙。"楼似玉接过来看了看,满意地点头,"这家成衣铺子的衣裳最贵了，多谢大人。"

"大人。"宋洵还在外头没走，隔着门小心翼翼地说，"小的还有事要禀。"

"说。"

"县上死伤太多，县丞的意思是先开仓抚慰，再上禀于州，但不知为何方才衙门就收到了州上的文书，要大人前往浦方县述职。"

这个时候让他离开浮玉县？宋立言皱眉，起身开门："是知州亲下的文书？"

宋洵递来信函："另一位通判下的，他是知州的心腹，这应该也是知州大人的意思。"

宋立言拆信阅后，微微眯眼。

楼似玉穿好衣裳一出来，就看见宋立言靠在门边一副若有所思的模样。见她出来，他收了手里的东西，站直身子问："如果在勾水的内丹和你的掌灯客栈之间选一个，你会选什么？"

"这还用问？"她毫不犹豫地说，"两个都要！"

"二择其一。"

"那不行，奴家拼了命也会寻个双全法。"楼似玉戒备地看着他，"大人别想诓人，奴家聪明着呢。"

宋立言了然地点头，跨出门槛，拂袖说道："本官倒是想见识见识楼掌柜的本事。"

说走就走？楼似玉恋恋不舍地回头看了一眼桌上的早膳，想拿点儿什么，但看那宋立言走得飞快，无奈，只能饿着肚子追上去。

流水宴上死伤数十人，多是达官贵人或商贾大户，这些人的亲眷一听掌灯客栈的人被放了，带着人将客栈围了个里三层外三层，石头、菜叶什么的都往大门上砸，还有举着火把提着油的，若不是有衙差在场勉强拦着，这地方怕是早被夷平了。

第十章 他若能重回人界

楼似玉躲在马车的帘子后头，愁眉苦脸地看着这场景，没敢下车。宋立言冷眼瞧着，揶揄道："不是有两全之法？"

"您瞧瞧他们这砸的，奴家怎么去两全哪？"楼似玉很委屈，"那雕花大门今年才上的漆呢，给他们砸掉了，奴家又得多花钱。您看那头那个人，还趁机搬走了门口的花盆。大人，这算是明抢啊，您也不管管？"

"管？"宋立言摇头，"曹家夫人已经上书至知州衙门，说本官沉迷美色，包庇客栈掌柜杀人。我要是再管，怕是又多一条以权谋私的罪名。"

楼似玉很是不能接受："说大人沉迷美色奴家还想得通，可客栈掌柜怎么就杀人了？曹府之事分明是那些蛇妖所为，与奴家有什么关系？"

宋立言也很是不能接受："首先，这里没有美色可以令本官沉迷。其次，行凶的是蛇妖，那放走蛇妖的人是谁？"

楼似玉微微一噎，打着哈哈看向别处："这事真的有些复杂。"

但凡她留下一只蛇妖，今日这祸患都不至于落在她头上，可她偏偏不顾后果地都放了，怪得了别人不成？宋立言摇头，开口欲言，却听得马车旁有人喊了一声："楼掌柜。"

楼似玉脸色微变，分外心虚地将车帘捂住，只将自己的脑袋伸了出去。她看着那人问："你怎么来了？"

木掌柜看起来恢复了不少，但脸色依旧青白，咳嗽着朝她拱手："掌灯客栈遭此横祸，小老儿应担些罪责。梨花他们已经到当铺里避风头了，特让小老儿来知会掌柜的一声。"

"好。"楼似玉缩回车厢里，一本正经地说，"大人，奴家先去将客栈里的人安顿好。"

"外头那是谁？"宋立言问。

"隔壁当铺的掌柜，一个普通的老人家。"

"普通？"宋立言意味深长地打量着她，好笑地说，"他若当真普通，你把帘子捂那么紧干什么？"

"奴家这不是怕外头风大，吹着大人了吗？"楼似玉谄媚地说，"您最近本来就多伤多痛，再染了风寒就不好了。"

宋立言深以为然地点头，起身过去，温柔而强硬地掰开她的手，掀起帘子下了车。楼似玉愣了愣，慌忙跟上，小手放在腰侧使劲摆动，示意木羲快走。

木掌柜也想走啊，可人都到面前了，他躲也躲不开，只好硬着头皮戳着。

"不是要去安顿人？"宋立言打量了这人两眼，又回头看楼似玉，"走，本官随你一道去。"

楼似玉垮着脸嘀咕："吃饱了没事做了……"

"你说什么？"

"奴家是说，自己早上没吃饱，眼下还有事要做，太惨了！"她硬生生将话扭过来，咧嘴朝他笑，又有点儿可怜巴巴地揉了揉肚子。

宋立言冷笑，大步往前走，没走两步一个急停，后头跟着的人毫不意外地撞上了他的背。

楼似玉摸着被撞扁的鼻子眼泪汪汪地抬头看着他，心想也就是这个人了，换成别人，就算是她不小心撞上去的，那也得把他给大卸八块了！这人会不会好好走路？！

"喏。"他转身，漫不经心地将一个东西塞到了她的手里，然后漠然回头，继续往前走。

什么玩意儿？她纳闷儿地低头，瞧见自己手里躺着一枚酥饼。

这酥饼很眼熟，她在他的屋里的桌上看见过，想拿但没来得及。

楼似玉刚走进客栈，林梨花就跑到她身侧，抓着她的衣袖说："掌柜的您是想急死我们哪，这么久了都没回来。"

她还一回来就带个讨厌鬼！

林梨花斜眼看了看宋立言，浑身不舒坦，毛都要奓起来了。

楼似玉戳了戳她的脑门儿："我还不能有事要忙了？你们几个又不

是没断奶的孩子,还得我成天看着不成?"

"可是掌柜的,您看咱们那客栈。"林梨花很委屈,"里头都没法儿住了,半夜还有人砸门。"

"是啊掌柜的,小的连出去买菜都被人堵路。"钱厨子愁眉苦脸。

殷春也叹息:"之前几家订好的酒宴全退了单,近日不会有客敢上门了。霍捕头倒是帮了忙,带人替咱们守着,没让人打砸得太厉害,但……唉。"

愁云惨淡的一片,楼似玉抬眼瞧过去,每个人头上都顶着乌云。

楼似玉请宋立言坐去旁边的茶座,转过身来就骂:"你们都跟了我多少年了,还这么一惊一乍的?最近出了事客栈开不了,那你们就给我回老家去休息,等事情过去了继续回来做事即可,又不是天塌了,天塌了也还有我给你们顶着呢。"

钱厨子喜了,搓着手问:"回老家有工钱吗?"

楼似玉大方地笑了笑:"没有。"

众人齐齐哀号,声音之凄惨,宋立言听得都有些不忍:"你怎么这么抠门?"

"这能叫抠门吗?客栈没生意,奴家拿什么给他们发工钱?"楼似玉叹道,"大人一看就是含着金汤匙出生,不知人界疾苦,更不晓得柴米油盐贵。他们的工钱加起来一个月得十贯呢。"

才十贯?宋立言想了想说:"那本官替你给了。"

"青天大老爷啊!"钱厨子扑通一声朝他跪了下去,"您这真是父母官哪,实打实的父母官,为民除害!"

"什么?"楼似玉掏了掏耳朵,眯眼。

"那叫为民请命!"李小二拍了钱厨子一掌,连连作揖行礼:"咱们厨子没念过书,大人见谅哪。"

楼似玉气极反笑:"瞧瞧这出息!"说完又扭头看着宋立言,认真地说:"大人,奴家觉得您也该尝尝这人间烟火,钱财来之不易,要勤俭持家,花钱不能大手大脚的。"

一个妖怪,竟然要教人去尝人间烟火?宋立言心情复杂。他打小就没为钱发过愁,自是不能理解她的想法。十贯钱而已,能摆平眼前这一片乌云,他觉得挺划算。

当铺大堂里一片欢腾,有人趁着众人不注意,想往二楼上溜。

"掌柜的留步。"宋立言开口,看向佝偻着身子的木羲,"本官还有事想请教。"

木羲僵了僵，楼似玉也是心头一跳，众人安静下来，见势不对，连忙往楼上撤退。木羲僵了片刻，还是笑盈盈地回去行礼："先前不知是大人，多有怠慢。"

宋立言微微颔首，拿出了袖袋里的灭灵鼎："掌柜的认得这个吧？"

木羲一见这东西就后退了几大步，拱手，将脑袋埋在袖子后头说："铺子里出去的东西，小老儿都认得，这个铜鼎是个有些年头的古董了。"

"古董？"宋立言玩味地重复这词，问他，"那掌柜的是从何处得来的？"

"这……大人恕罪，典当铺子的规矩就是东西不问来处也不问去处。"

"那本官换个问题。"宋立言将灭灵鼎递过去，轻笑，"你既然能认出这古董，那现在可否拿着再看看？"

木羲背上冷汗直流，下意识地看了楼似玉一眼。先前他能拿，是因为灭灵鼎破损，不足为惧。可现在这法器完好无损，他再拿，岂不是上赶着祭鼎？

楼似玉不敢吭声。她知道这人的余光一直瞥着她呢，一旦她轻举妄动，那就是主动认了嫌疑。可她不说话，木羲也不知该如何是好，只能沉默。

"怎么？"宋立言轻笑，"怕拿不动吗？那本官帮你一把。"

话音落地，灭灵鼎飞上他的头顶，白光登时倾泻下来。

楼似玉倒吸一口凉气，飞扑上去将木掌柜撞开，护着他滚了两滚，半跪起身将他拦在身后。

宋立言眼神沉了沉，缓缓抬手给她鼓掌："掌柜的好身手。"

"大人，您有话好好问，怎么突然把这宝贝放出来？"楼似玉脸色不好看，勉强笑了笑，"误伤无辜就不好了。"

"先前问，你们不是不肯说吗？眼下是肯说了？"宋立言点头，"那本官再问一遍——这鼎哪儿来的？"

木羲喘了两口气，咳嗽着站起身："大人执意要问，那小老儿说了也无妨。这岐斗山是三江冲汇之地，南来江和北往江都是江水滔滔，不知道冲走多少商船，也不知道带来了多少宝贝。这灭灵鼎是从一个江边打渔人手里买来的，到小老儿手里，也不过几载的工夫。"

宋立言觉得好笑："石敢当是山上挖的，灭灵鼎是水里捞的，以前怎么没听说浮玉县这么人杰地灵？"

"浮玉县向来是个人杰地灵之地。"楼似玉接话，"有的故事大人

229

没听过,奴家倒是可以与大人细说。这位掌柜年纪大了身子不好,让他先回去休息吧?"

"身子不好?"宋立言起身走到她跟前问,"妖怪也会生病?"

楼似玉惊了惊,下意识的反应就是把木羲往门外推,然后扑上去一把抱住宋立言的胳膊,大声吼道:"大人听奴家解释!"

这震耳欲聋的号叫声,刺得他耳鸣了一阵。宋立言微恼地捂住了耳朵:"你能不能温柔些?"

"大人听奴家解释……"楼似玉放低了声音,可怜兮兮地说道,"木掌柜不算妖怪,没害过人,一直老实本分地过日子,按月缴税,还当选过浮玉县最佳纳税户呢!您不看奴家的面子也看税钱的面子,有话慢慢说。"

宋立言十分配合地点头,然而袖口一抬,缠妖绳如箭一般飞出去,瞬间将跑到街上的木掌柜给捆住扯了回来。木羲摔落在地上,手臂折了,又泄了两分妖气。

宋立言微微扬了扬眉梢:"手断过啊。"

楼似玉白了脸,什么也顾不上了,伸手就捏了宋立言的下巴,强硬地将他拧过来与她对视:"大人!奴家知道得比他清楚!"

宋立言不悦地合眼:"松手,说。"

"这位掌柜的是个扫帚妖,没杀过人没造过孽,生平爱好就是收藏古董、古籍什么的,灭灵鼎当真是他无意间发现的,他不知道用处,被奴家发现买了来,后来才落入了大人手里。他年纪大了手脚不利落,前些日子折了手还没康复,真真是无辜得很。"

楼似玉一句话说完不带喘一口气的,睁着水汪汪的大眼睛望着他:"大人高抬贵手。"

宋立言想了想:"也就是说,这是个没用的妖怪。"

"既然没用,那还是杀了吧。"

轻轻松松的语气,听着让人觉得他在开玩笑,但楼似玉浑身汗毛都立起来了,她知道他是认真的,先前没杀美人蛇只是因为美人蛇有用,而不是因为他心软,他对妖怪从来没心软过!

獬豸剑雪白的光闪过,同时,楼似玉飞扑出去拎着木掌柜往后退了三步,指尖一点,木羲身上的缠妖绳簌簌落下。她抬眼迎上宋立言甚是阴沉的目光,正色问:"好妖也必须死?"

"妖怪没有好坏之分。"宋立言捏着獬豸剑,一步步朝她走来,"你让开。"

这怎么可能让开啊？楼似玉苦笑，手里泛起红光，低声道："得罪了。"

宋立言握紧了剑，没想过楼似玉会跟他动手，更没想到她的妖力远比之前他见识过的高，红光一闪，一股巨大的推力迎面而来，他竟被迫退了半步。

就这一瞬，楼似玉将木羲送出了门。

宋立言脸色极差，提剑想追，可楼似玉横身过来，化出红光流转的屏障，硬生生挡在了他前头。

他深吸一口气，冷笑出声："本官怎么忘记了，你也是妖怪。"

妖怪不分好坏，这话是他说的，就不该在她这儿例外。他放纵一次，换来的是她得寸进尺，若再纵容她，那他还灭什么妖？通通被她放走得了。

"我没做错事。"楼似玉努力想平静些，可语气还是抑制不住地焦躁，"你信我，我不会害你。"

"不会害我，却会帮着妖怪。"宋立言轻轻点头，脸上露出一种气急之后的凉意，"早知如此，你何必说什么助我？人妖殊途，怎么也不可能走到一条道上去。"

可以的，楼似玉张嘴想反驳他的话，哪儿不能走到一条道上去呢？她陪他走了很多很多条道了。可是，一想到最后那条长长的道上都少了他的影子，她觉得喉咙噎得慌。

宋立言抽出一张黄符摇在空中燃了，祭出困围阵，兜头朝她砸下去。他与她离得近，他动手的速度又快，按理说这一遭是必中的，然而，楼似玉抬头，化出一片红光，竟将那要罩下的网硬生生抵住了。

他不信邪，多加了修为，可困围阵在空中飞旋，愣是没再往下落一寸。

她的修为远在美人蛇和青告等人之上。

意识到这一点，他又扔了三张黄符，法阵应声而燃，从四面八方朝她扑过去。楼似玉瞥了一眼，五指张开，周身红光暴涨，几个看似千钧的法阵都被妖力阻滞，逐渐停在了她的身侧。

她的实力深不可测，他祭出的修为像大石入海，完全没有回应。

宋立言很恼，下意识地摸向灭灵鼎，可指尖顿了顿，他又松了手，化气为掌，直接与她拆招。楼似玉看起来娇小，惯常七扭八扭柔弱无骨的，可打起架来动作倒是灵活干脆，她拆他好几招，稳稳地落在了门外。

她没有要伤他的意思，招数都分外克制，只守不攻，倒像是他在欺负人。

231

宋立言收了手，没再看她，抬步就往外走。

"您去哪儿？"

他没回答，走得很快，她追了两步发现他完全没有要等她的意思，才后知后觉地发现，他是不要她了。

"我……我还藏着勾水的内丹呢。"她心里慌得很，攥着衣裳朝他喊，"大人也不要了吗？"

宋立言毫不留恋，消失在了马车垂下来的帘子后头。宋洵意外地看了这边一眼，掉转马头往衙门的方向走。车轮的声音辘辘的，像从人心上碾了过去，沉重得生疼。

楼似玉怔然地看着马车消失在街道的拐角，方才还很厉害的大妖怪，转眼连耳朵都耷拉下去了，委屈得红了鼻子。

"主子。"林梨花从楼上下来，朝宋立言离去的方向呸了一口，又连忙将她扶住，"您伤心什么呀，他打不过您恼羞成怒罢了。"

"没有。"楼似玉蹲下来抱着自己，轻声说，"他没舍得对我用灭灵鼎。"

"那有什么稀奇？灭灵鼎吃过您的教训，本来就收不了您。"林梨花撇嘴。

楼似玉点头："是啊，灭灵鼎收不了我，可是梨花，他不知道这回事。"

灭灵鼎能除掉世间一切妖祟，是上好的助力，他要真想杀她，怎么都该祭出来的。可他没有，他甚至连獬豸剑都没用，转而与她拆招。

她一想到原因就觉得心里发酸，止不住地难过。

"掌柜的？"李小二等人纷纷下了楼，担忧地看着她。

楼似玉飞快地抹了把脸，起身转过头的时候又是一副老大的模样："宋大人允你们的工钱，我提前给你们结了，你们都回家待上一段时候，等我知会再开工。"

难得看见掌柜的从腰包里掏出钱来，众人很是惊喜，挨个儿排队领了工钱，飞快地收拾包袱。林梨花排在最后，站在自家主子跟前，迷茫地问："咱们要去哪儿？"

"哪儿也不去，就在这当铺里。"楼似玉深吸一口气，"木掌柜一时半会儿回不来，替他看着铺子吧。"

"那……这东西怎么办？"林梨花甩出大尾巴，从厚厚的毛里掏出满是符文的铜匣。

这是自家主子传音让她去拿的，她一直藏得好好的，只等一个灭灵鼎，就能大功告成，然而现在……

楼似玉苦笑:"放着吧,你看宋大人那模样,短期内定是不肯见我,更莫说让我碰着灭灵鼎了。"

"放哪儿好呢?"林梨花嘀咕了一句。

门外有人跨进来,轻笑着接话:"放在下这里如何?"

林梨花浑身打了一个激灵,夯着毛跳到楼似玉跟前护着,冲来人凶巴巴地龇牙:"你来干什么?!"

裴献赋穿了身天青色的书生长衫,手捏一把折扇,一派儒雅气质,自负风流。他从容地走进来,打量楼似玉两眼,赞叹地说:"这才多久不见,小娘子风华更胜从前哪。"

楼似玉心情不佳,语气也恶劣:"哪里比得上裴大夫,好不容易眼里清净几日,再相见,您还是如此惹人讨厌。"

"在下就喜欢小娘子这股泼辣劲儿,比旁人的阿谀奉承更让人舒服。"裴献赋感慨,"不过小娘子对在下似乎成见颇深,今日瞧着有空,不如好生听在下解释一番?"

"您跟阎罗解释去吧?"楼似玉皮笑肉不笑,双手一合便将红光大阵狠砸过去。

这下手的力道可比方才对宋立言要狠多了,裴献赋侧身躲开,感受着耳侧刮过去的凌厉的风,感叹摇头:"同样是男人,在掌柜的这里受的待遇怎么就天差地别呢?"

"男人?"楼似玉五指一抓化出妖力,偏生脸上妩媚娇俏,"您是人吗?"

裴献赋失笑,眨眼间越过林梨花站到她跟前,纤长的手握住她的手腕,凑在她耳边说:"不巧,在下还真的是人,若是不信,掌柜的大可摸摸看。"

"人皮也能算作人?"楼似玉抬起双眼,瞳孔变成金色,"孤魂野鬼借人躯壳,乃逆天之举!"

"哎呀,你怎么也发现了?"裴献赋啧了一声,轻轻跺脚,"无趣啊,还以为能多戏耍些时候。"

林梨花夯了毛,化出原形就要咬他,楼似玉伸手一揽,将这毛球抱进怀里,低声说道:"别添乱,回去吃你的鸡腿去。"

裴献赋来路不明,妖力不知深浅,反正梨花肯定不是他的对手,强行动手,徒添伤口罢了。

梨花很委屈,可又知道自家主子说的是对的。她晃了晃大尾巴,不甘心地一步三回头,到底是回了当铺里。

察觉到她走远，楼似玉猛地化出狐爪，直冲裴献赋的眉心攻去，气势凌厉，妖气强大得将四周的落叶都卷起来飞了一个旋儿。

然而，裴献赋突然开口说了一句："我知道是谁让他活过来的。"

爪子在离他半寸的地方戛然而止，楼似玉瞳孔微缩，震惊地看着他。

"三魂七魄都散尽了的人，哪有那么容易重新轮回？你说是在这里继续等，可也没想过这一次他还能回来对不对？"裴献赋甩开折扇，鬓边垂下的墨发微微扬起，"可他不但回来了，还比之前都厉害，你就不好奇为什么？"

那个人每一世都重新修行，至多天赋过人，事半功倍。可这一世，他在当下这个年纪已然能动灭灵鼎，能战百年妖，甚至能同时催动好几张符咒，强大得让她意外。

她当然很好奇其中缘由，可裴献赋肯说吗？

裴献赋微微一笑，伸手将她的狐爪拿下来，缱绻地握进手里："千年前那一场大战，你我皆在场，那人以身镇妖王，虽被灭灵鼎留下几缕魂魄，但到底不复从前，轮回之后再没有那撼天动地的本事。八十多年前，他又以残破的魂魄封印了常硕，从此消散于人世中。"

"楼掌柜为救他，上天入地，什么法子都想尽了吧？所以你应该知道，他的残魂没了就是没了，那如今这魂魄是从哪里来的？"

楼似玉心起一股无名火，沉声说道："你想说便一口气说个彻底，别故弄玄虚。"

"有些话哪里用在下说得太明白？"裴献赋摇头，"宋大人今年二十有余，二十多年前发生过什么大事，你还能想不到吗？"

二十多年前……

楼似玉垂眸，略微一思量，心头一跳。

万妖之王所受封印在二十多年前有所松动，整个岐斗山沸腾了两天两夜，无数新妖受泄出的妖气福泽而生。众妖都在议论妖王是不是即将重现人界，可两天之后，一切又归于寂静。知道事的老妖说，封印只是松动，但没有破，妖王想出世，定要再等上百年。

当时的封印……与宋立言的降生有关吗？

"宋立言非宋清玄残魂所轮回，他是真正从那个人的魂魄里生出来的，也就是说，妖王苏醒，他也会苏醒。"裴献赋几近诱惑地放柔了声音，"不是这千百年来忘记你的人，而是从来就将你放在心尖上，一直爱着你的那个人,他会醒过来。"

楼似玉的指尖忍不住发颤,她深吸一口气,用左手稳住右手,冷声说道:"你是谁?"

千年前那一战,与她同在场的人都死得差不多了,烈烈魂火,炙烤千里,除了她无一幸免。可裴献赋又不像在撒谎,毕竟除了她,没几个人知道那人的魂魄是被灭灵鼎留下来的。

灭灵鼎是灭妖的法器,但跟着他太久,已然有了自己的灵性,所以当时即便已经破了一个窟窿,还是冲上前吃掉了自己的主人的残魂,落回她手里,嗡声央求她带他入轮回。

一想到当时手心里的颤动感和眼前的血色,楼似玉还是觉得窒息。

"在下是谁有什么要紧,小娘子知道自己想要什么东西不就好了?"裴献赋打量她的神色,笑着朝她伸手,"把勾水内丹还给宋大人吧,没必要为难他也为难你自己,殊途同归,何乐不为?"

楼似玉怔然抬手,化出一片红光,里头隐隐可见装着勾水的内丹的铜匣。

裴献赋欣喜地挑眉,伸手去接铜匣。

然而下一瞬,金瞳里散乱的神光骤然聚拢,她冷笑一声,红光里的铜匣幻象碎开,变成一把弯刀,将他的手唰地割开三尺见长的口子。

变数来得太快,裴献赋没反应过来,眼睁睁地看着自己的手溢出血来,呆愣地拿过袖子去揩。

流的竟然是鲜红的血吗?楼似玉不解地咦了一声,猫下身子仔细看了看:"你不是借人躯壳的妖魂?"

裴献赋疼得脸都皱成了一团,倒吸着凉气说:"在下早说过了自己是有血有肉的人,小娘子怎么就不信呢?我好心来替掌柜的解惑,反而挨了一刀。"

"你自己都说千年前与我同在场,怎么可能是人?"楼似玉皱眉。

"成人也有很多种法子,又不止霸占人身这一种。"裴献赋摇头,微恼,"早知道不同你说这么多,瞧瞧,心里还把我当坏人呢。"

当?楼似玉朝他抱拳:"希望您明白,您的所作所为表明,您就是个坏人。"

"我引他去拿勾水的内丹有错吗?放走殷殷好让这内丹的封印解开,有错吗?"裴献赋恨铁不成钢地说,"他不懂我,你也不懂吗?内丹合阵之日,就是那个人重回人界之时。"

235

花言巧语！楼似玉眯眼："他回不回人界与你有何关系？"

"我的命都是他给的，怎么能没关系？"裴献赋垂眸，脸上真真切切地涌上痛色和悲戚之色，"我与你一样等了一千年，凭什么你是好人，我就是坏人？"

他的眼神太过炙热，里头好像有某种压抑不住的情感喷薄而出，近乎癫狂。像是知道自己失态，裴献赋闭眼噎了好一会儿，才哑声说："哪怕在下的举动不如小娘子慈悲，可归根结底，目的都是一样的。"

楼似玉眼含怀疑之色地看着他。

"哎，别的休说，小娘子是想再多担一条人命吗？"裴献赋抬起鲜血直流的手给她看了看，"就算不叫大夫，那好歹也给在下备些药和白布。"

要是之前，楼似玉肯定会把他扔出去，管他死活呢。可现在……也不知是被他眼里那震撼人心的情感打动，还是觉得他没有撒谎，她抿唇，转身去当铺里翻了个药箱出来递给他。

"小娘子又惹宋大人生气了吧？"他一边给自己上药，一边说，"这么多年了，宋大人的性子就没变过，你怎么也不知道顺着他？"

"要你管？"楼似玉冷声说，"上了药就给我走。"

裴献赋颇为委屈地抬眼看着她，说道："就不能多留我一会儿？上回给小娘子交的住房银子可还没用两天呢。"

"大夫不是失忆了吗？"楼似玉皮笑肉不笑，"我也失忆了，什么时候收的银子？我不记得了。"

"……"裴献赋寒心地收回目光，摸摸腰包，又掏出一袋银子放在桌上。

楼似玉恼怒地掐着腰问："我是那种为了银子什么都能做的人吗？像你这样危险又来路不明的人，谁敢收？"

"没要小娘子收我，只求小娘子拿这些银子买糖吃，好对在下甜上两分，莫要总是恶语相向。"裴献赋咬了线穿针缝伤口，含糊地说，"你看这么久了，在下从未对小娘子动过手。"

那是，他都没直接动手，全挖坑让她跳了！楼似玉气得咬牙，可终究不打算与银子过不去，袖子一扫把钱袋收了，跑去柜台后头清点了一番。

"别怪在下没提醒。"裴献赋说道，"这一次县上死伤太多，宋大人怕是要被问责，后果有些严重。"

楼似玉捏着银子的手顿了顿，她黑着脸说："你又想让我去跳坑？"

"是不是坑小娘子心里清楚，在下不过是提一句罢了。"裴献赋说，

"他毕竟是凡人，又在朝廷任职，很多时候修为是没用的，君要臣死，臣不得不死。"

楼似玉心里一紧，沉默不言。

上清司入仕之人顶着官职在各地行除妖之事，可毕竟除妖只是顺便，官职才是他们立于人界最正经的身份。多的是人没死在妖怪手里，却死在了官场斗争中，这一世的宋立言未必能幸免。

正在书房里看文书的宋立言突然打了个喷嚏，皱眉看向四周。

"大人，"旁边的宋洵拱手道，"刚接到的消息，州上有人下来了。"

宋立言不在意地嗯了一声，合上文书，伸手想去拿旁边盘子里放着的点心。可一看是酥饼，他沉了脸，闷声说道："府里的厨子不会做别的了？"

宋洵愣了愣："您不是素来爱吃这个吗？"

"不爱吃，拿去倒了。"

"是。"宋洵无奈地耸肩，端起盘子往外走。

"等等。"平了平心绪，宋立言起身追上去，叹息道，"盘中之餐，粟农之苦，没有浪费的道理，你装起来，随本官一道上街看看。"

这个时候上街？宋洵很是担忧："大人，外头乱成一团，不宜走动。"

"在京都还没看够盛世繁华、国泰民安的景象？"宋立言说，"去看看别的景象也挺好。"

省得有人再说他没尝过人间烟火。

宋洵意外地瞪大了眼，也不敢问，憋着自己的震惊情绪麻利地将点心装好。主子这是头一回出门不要车马，只着一身粗布衣裳，带着他混进了熙熙攘攘的人群里。

浮玉县人心躁动，到处都飞着纸钱，原本热闹的安乐街眼下摊位零零散散，小贩也没精神吆喝。街边的火盆烧得旺，披麻戴孝的几个人围成一团，边哭边烧着纸。

"苍天无眼，世道不公！家里就这么一个顶梁柱，他死了，天塌了，留我们这些孤儿寡母的有什么活头？"

"娘亲……呜……娘亲！"

"白发人送黑发人哪……"

"相公……相公……"

哀哭和嘶吼声卷着秋风吹满四下，行至其中，仿佛正走过无边炼狱，多的是不甘、痛苦、绝望和恐惧情绪。他沉默地看着，心里仿佛被压了

237

几方石磨，喘不过气来。

有脏兮兮的孩子在街上奔跑，一不小心撞上他的腿，跌倒在地。后头有人骂骂咧咧地追上来，提起小孩儿的后领就骂："小小年纪不学好，敢偷老子的东西！"

宋立言一把抓住他的手腕，皱眉将孩子从他手里放下来。看起来斯斯文文的一个人，力气却惊人，对面的人想反抗，也只能眼睁睁地看着自己的手被掰开。

"你……你干什么？"那人啐道，"路见不平也不看看状况？这小毛孩儿偷东西在先，没爹娘教还不让老子教了？"

"他偷了什么？"宋立言问。

那人吃痛地收回手，没好气地说："半屉包子。"

半屉包子是多少钱？宋立言皱眉想了许久，让宋洵给了他半两银子。对面的人目瞪口呆地接过去，看看银子再看看他，什么话也不想说了，扭头就走。

宋立言松了一口气，蹲下来想看看那被救的孩子如何了，不承想反被他死死揪住了衣袖。

"好人，好人你有银子是不是？"小孩儿双眼里满是渴望，"能帮我救救娘亲吗？娘亲重病，我没银子给她治，只能出来偷东西。"

宋立言微微一噎，觉得不太舒坦，可还是问他："你娘亲需要多少银子？"

"十两！不……五两就够了！"

将钱袋从宋洵手里拿过来，宋立言给了他五两银子，还想叮嘱他两句，没想到这孩子拿了银子就跑了个没影儿。

旁边不少人偷偷往这边瞧，见状纷纷围了上来，声泪齐下地说："大善人，我家男人刚死了没钱下葬，尸体还在路边搁着呢！求求您行行好，十两就行！"

"哥哥，我也想救爹爹，我的爹爹比那人的娘病得还严重呢。"

"这位公子，您看看我这可怜的孩儿，赏口饭吃吧。"

嘈杂的吵闹声，朝他伸着的手，还有一张张藏不住贪婪之意的脸，这些凑在一起，像打翻的染缸，乌七八糟地混成一摊看不清颜色的泥。

宋立言冷了脸，越过他们想走，可没走两步，就被拥挤的人群堵了回来。

没有人不喜欢银子，比起知恩图报的君子，这世上还是"有便宜不占乌龟王八蛋"的俗人更多。谁管你是不是有一颗慈悲之心,谁管你到底需不需要如此做,到最后众人在意的只是"为什么别人有,我没有",进而更加疯狂地索要甚至怨恨。

没来由的善和没来由的恶一样,都是通往地狱的路。

"哎,开粥棚啦,粥棚放粥啦——"清亮的声音在街尾响起,围堵的人群瞬间散了一大半。

宋立言趁机脱身,带着宋洵拐进旁边的小巷,后头有人来追,可追进巷子什么也没看见,恨恨地啐了两口就转去抢粥。

"这也太过分了。"宋洵小声嘀咕,"大人又不欠他们的。"

宋立言摇头,从一堆竹竿之后站出去,打算挑另一条路走。然而,他刚踏出一步,就瞧见前头站了个人。

楼似玉着一身水红色长裙,怀里抱着个孩子,笑靥如花地问:"大人,能给奴家一些吃的吗?"

他脸色一沉,立刻想转身,可余光瞥到她怀里的孩子,怔了怔,硬生生止住了动作。

戴着白色风帽的小姑娘手里还捏着那半个破损的拨浪鼓,眼睛肿着,但好歹现在没哭,只看着他,哑声喊:"恩人。"

这是当日他与她在蛇妖嘴里救下来的小姑娘,他特意吩咐宋洵安置过的。宋立言皱眉,几步跨上去,将人从她怀里夺过来,低声问:"怎么到这儿来了?"

小姑娘说道:"爹娘下了葬,今日哭得累了,叔叔婶婶却不给吃饭。我在街上遇见了大姐姐,她说带我来找恩人就能有东西吃。"

小可怜的脸本来就没什么肉,眼下更是瘦削。宋立言抿唇,伸手拿过宋洵手里的酥饼塞进她怀里。

"多谢恩人。"小姑娘眼眸一亮,"大姐姐当真没有骗我。"

楼似玉伸手想与她击掌,可宋立言像当她是什么妖魔鬼怪,抱着小姑娘戒备地后退了一步。

虽然她的确算是妖魔鬼怪,但这样的举动还是很伤人欤。

楼似玉撇了撇嘴:"大人,您还没消气?"

这已经不是气不气的问题,两个人非同道,还有什么好说的?宋立言将小姑娘交给宋洵,沉声说道:"若是无事,楼掌柜最好还是避着本官走。"

"这怎么避啊?"楼似玉苦笑,"奴家眼里心里都是您,避得开人

239

来人往的安乐街,也避不开这没人的小巷口不是?"

她还来这一套?宋立言抬眼看她:"你不是要随宋清玄去死?怎么,这么快就变心了?"

他这话说得冲,跟刀子似的朝人飞,一点儿也不礼貌。不过好在楼似玉习惯了,尚能平和地答:"奴家想过了,陪清玄去死,不如陪大人活着。这人界还有诸多事,奴家都想同大人一起做。"

一个姑娘家,能将朝廷命官堵在巷子里说这么一段话,宋洵觉得就算不是感天动地,也能算勇气可嘉。只可惜他家大人半分不动容,一张脸冷得能刮下秋霜来:"可惜了,本官没有什么事想与你一起做。"

说罢,他带着小姑娘往另一边走。

"在大人心里,生奴家的气比勾水的内丹还重要?"楼似玉踮着脚朝他喊,"若当真如此,那奴家便多谢大人厚爱了。"

宋立言脚步一僵,咬了咬牙。

得逞了,楼似玉狡黠地晃了晃肩,笑道:"比起杀几十只百年大妖,大人想从奴家这儿得内丹可就要轻松多了,当真不想听听条件?"

师父曾说过,人生在世,难免都有忍辱负重的时候。宋立言当时听着不以为然,觉得谁能让他忍辱啊,不高兴了他杀掉便是。然而现在……

他忍辱负重地扭回头,脸色难看得像将下雨的乌云:"你想如何?"

"想去游湖。"她眉眼弯弯地拍了拍手,"大人答应过的,事情结束,便陪奴家再游一游碧波湖,不为破案,不为灭妖,就只看看那湖光山色。"

宋立言很不能理解:"不破案不灭妖的时候,那地方有什么好看的?"

楼似玉垮了脸。

"游湖之后,你就将内丹交出来?"他改口问。

她拼命点头,又笑起来:"很简单对不对?就一天时间,只要大人全心全意地陪奴家阅山看水,一天结束,奴家就将内丹双手奉上。"

"啊,还有个条件。"她说道,"当日无论奴家做什么,只要不触及大人的原则,大人都不许生气。"

这一听就感觉没什么好事,宋立言真的很想拒绝,可勾水的内丹着实让他拒绝不了。这人是不是故意的?故意抢了内丹要挟他?

"一言为定。"他恹恹地说,"明日就去,在此之前和在那之后,掌柜的便莫要再出现在本官面前了。"

小姑娘被他牵着往外走,一步一回头,不解地问:"恩人,您不喜欢大姐姐吗?"

"不喜欢。"他答得凶狠。

小姑娘又回头看了看,小声嘀咕:"可我觉得,大姐姐很喜欢您,像我娘亲喜欢爹爹那样。"

"你看错了。"

"不会呀,我娘亲每次送我爹爹出远门,也都会像大姐姐这样哭。"

宋立言心口一紧,皱眉,飞快地回头看了一眼。

巷子空空,半片衣角也没剩下,楼似玉怕是早就走了。他没好气地收回目光,微微垂了眼眸。

秋风下的碧波湖萧索沁凉,妖血浸透过的湖岸被夜雨冲了个干净,人再踩上去,已经没了浓烈的杀意和臭味。楼似玉踮着脚跳过地上的积水,回头往后看,水蓝色的百褶裙划出了一个温柔的圆圈。

"大人您走快些呀。"

宋立言黑着脸扯着身上的衣裳:"这个能脱了吗?"

银灰色的锦袍,剪裁倒是得体,但衣襟、袖口和腰带都是与她的裙摆一样的水蓝色,他怎么瞧都觉得别扭。这人也是故意的,让宋泂把衣裳给他,却没叫他提前瞧见她这裙子,不然他无论如何也不会这样出门的。

"天这么凉,大人不多加衣裳就罢了,怎的还要脱?"楼似玉嗔怪地看他一眼,"这衣裳很称您,显得您越发温润儒雅,有种难得的柔弱之美。"

宋立言"柔弱"地拔出了獬豸剑。

"也不能说柔弱,就斯文,斯文!"楼似玉赔笑着将他的剑按回去,说道,"您说了今日不生气的,不然奴家怎么甘心把内丹交了呀?"

宋立言闷哼一声,没好气地说:"你胡说八道本官也不能生气?"

"那是自然,您板着这张脸,跟之前有什么区别?要是没区别,那奴家平时看您就够了,做什么还要给内丹?买卖嘛,讲究的就是物有所值、银货相当。"

这话乍一听还挺有道理的,宋立言皱着眉沉默,半晌之后,僵硬地抬了抬嘴角。

"哎,真好看。"也不管他是不是笑得敷衍了,楼似玉闭眼就夸,"您看这天儿啊,原本还乌云沉沉,被您一笑就朗朗晴空了,端的是'君见青山万里阔,碧水粼粼白云落',妙哉妙哉。"

宋立言神色复杂地说:"你不是说小时候没钱念私塾?"

楼似玉愣了愣："什么时候说的？"

"我也想会写联子，可小时候家里穷，没钱上私塾……"宋立言捏着嗓子学着她的语气说了一遍，"又是骗我的？"

"哈……哈哈？"楼似玉很是不好意思地摸了摸后脑勺，"撒的谎太多了，一时半会儿忘记圆了。"

她还挺耿直啊？宋立言气得翻了个白眼，一甩袖子跨上画舫。他踩得太用力，画舫船板往下一沉，差点儿把船夫摔下湖。

船夫慌张地立住长竿，战战兢兢地问她："姑娘，上船吗？"

楼似玉傻笑点头，跟着往上跳，又将画舫晃了个趔趄。原本平静的碧波湖上顿时荡开一圈又一圈的涟漪，和着船夫哎哟哎哟的叫声，总算是热闹了些。

在画舫上落座，楼似玉撑着下巴，满足地看着前头的湖光山色，问他："大人见过这么漂亮的湖吗？"

宋立言觉得她很没见过世面："京都有很多大湖，比这个好看。"

"真好啊，可这是奴家见过的最好看的湖了。"她感慨地叹了一口气，有些羡慕，"奴家一直守在浮玉县，没见过别处的山水。"

"你大可出去看看。"

"一个人看有什么意思？就像这碧波湖，奴家难不成只是想看湖吗？更高兴的不过是有大人陪着。"她将脑袋枕在手背上，侧过脸来说，"奴家还想问问大人，是不是无论奴家说什么，大人都觉得人妖殊途？"

"是。"宋立言答得毫不犹豫，"生非同源，死亦不归一路。"

"哪怕有的妖怪也善良慈悲，也助人为乐，都不能例外？"

宋立言板起脸望进她眼里，冷声说道："法度不能破，一旦破了，便有无数穷凶极恶之徒搭着你所谓的善良慈悲之辈被宽恕。世间妖有千万，灭妖者却是寥寥，没有人有精力挨个儿查妖怪是好是坏，故而遵循法度是最简单的法子，虽是无情，但到底公正。"

看这样子想说服他也是不可能了，楼似玉决定放弃，起身坐去他旁边。

"你干什么？"

"看风景啊。"她慵懒地靠到他肩上，"大人都与奴家同榻而眠了，还怕这点儿亲近？"

宋立言浑身僵硬，死死地皱着眉，想把人推开，又想起她说的条件，恼怒地闭了闭眼。这人倒也不害羞，蹭着脑袋在他肩上找了个最舒服的位置。

他戒备地等着，以防她又做出什么惊人之举，可接下来好长一段时间，她都不再有动静。

凉风习习，垂在长椅边的水蓝色裙摆微微扬起，掩在云后的太阳终于露了半张脸，照得远山一片金色。碧波摇来几片落叶，从红色的船舷边漂过去，有不知名的鸟在岸堤上啼了两声。

宋立言后知后觉地发现，这里的风景的确挺好，宁静致远，安乐祥和。他想指给她看，但是一低头才发现，她不知什么时候睡着了。

她像小动物似的蜷着腿抱着膝盖，脑袋不知不觉从他的肩上滑落到他的臂弯处。她闭着眼睡得香甜，长睫都没颤一下，还隐隐发出了渴睡至极的鼾声。小嘴嘟着，像是在跟谁生气，可脸蛋红扑扑的，比平日里那苍白得像鬼的模样顺眼多了。

她这是多久没睡觉了？宋立言仔细想了想，似乎从流水宴开始她就没落过空，碧波湖边一战后也没怎么养伤，总跟着他跑进跑出。虽然放走几个妖怪和拿走内丹的确很让他生气，但她倒是没做别的害他之事。

意识到自己又开始心软了，宋立言狠狠地唾弃了自己。默念几遍《静心咒》，冷酷地想，遵守法度是他自己说的，那就得做到，等他修为再精进些，定要连她的账一起算。

不过现在，看她睡得这么香，他也有点儿困了。

船夫卖力地划着画舫，感觉快到湖心最好的地方了，擦擦汗想喊两位客官瞧瞧，可一回头，那轻纱起落间，两位客官依靠在一起睡着了。

呔，还有这等人？来画舫上睡觉？

船夫十分不能理解，可左右瞧瞧又觉得这场面莫名其妙地好看。他干脆将船桨收了，坐在船头，一会儿看看山水，一会儿看看他们。

来的时候楼似玉就想过，自己可以长篇大论地说服他，摆事实讲道理嘛。就算他不肯妥协，那至少将内丹还给他，他总不会再生她的气了。可一觉睡醒，她抬眼看着他熟睡的脸，突然又觉得原谅不原谅的其实也没什么打紧，她要做的事反正是不会变的。

而他不肯相信的那些东西，也终会被时间证实。

楼似玉轻轻地撑着长椅起身，眼里光芒一闪，仰起下巴凑到了他的唇边。

宋立言睡得安稳，眼下有淡淡的乌青痕迹，可一点儿也不妨碍他的好看。她近乎贪婪地打量着他，趁着天色尚早，趁着微风和煦，飞快地在他的唇上印下一吻。

温温软软的触感,的确像甜羹里的银耳。她餍足地收回自己的脑袋,舔着唇狡黠地笑起来。

"楼掌柜。"

一道魂音突然在她的脑海里炸起,她吓得打了一个激灵,好悬没从长椅上摔下去。她皱眉坐直身子,看了看还在熟睡的宋立言,没好气地用魂音回:"裴献赋,你很闲吗?"

裴献赋欢快地笑了起来:"是啊,要是不闲,在下如何会来这碧波湖边看人泛舟呢?啧,还看了不得了的香艳画面。"

楼似玉:"……"

她戒备地起身,将堤岸看了个遍,果然瞧见在柳树下立着的人。只是,这也隔得太远了,他拿什么看的香艳画面哪?

"打扰兴致,实在抱歉,可掌柜的,在下也是好心来提醒一句——上清司有高人来浮玉县了,眼下正在往这边赶,您要不避一避?"

现在?楼似玉垮了脸,她好不容易偷来的一日闲暇,这还没过一半,怎么就要泡汤了?

不过,上清司的人这么着急往这边赶,是想来找宋立言的麻烦吗?

楼似玉神色一凛,抓住旁边这人的肩,粗暴地晃了晃:"大人!"

宋立言睁开眼,眸子里一片澄净,半点儿没有熟睡后的混沌。

他没看她,只问:"怎么?"

"东西给您,请您务必保管好。"她拿出铜匣递给他,"奴家还有事,就先走了。"

说要游湖的是她,说要一整天的也是她,眼下不管不顾地要走的还是她。宋立言冷笑,接了铜匣就侧过身去,拿背对着她。

楼似玉正注意着岸堤上的动静,压根儿没看他的反应,提着裙子出去吩咐船夫:"劳烦靠岸。"

画舫缓缓往柳岸靠去,快到岸边的时候,楼似玉已然听见了马蹄声。这碧波湖四下无人,树林也被先前的大战毁掉了一大半,她想躲都无处躲。

她正着急呢,画舫停在岸边,船夫放了临时的小木桥,有人站在桥边,温柔地朝她伸出了手。

"你叫我好等。"一个陌生的男子嗔怪地说着,将她拉上岸,亲昵地抚了抚她额头上睡出来的红印,"回家吧,屋子里的饭菜都快凉了。"

没见过的扮相,没听过的声音,要不是方才看见他在岸边,楼似玉也认不出来这是谁。忍住一拳挥过去的冲动,她小声问:"你玩儿什么把戏？"

"好心好意来帮你，你怎么又不领情？"裴献赋努嘴指了指右边的小路。

十几个人已经骑马赶了过来，最前头的那个身上气极厚，一看就不好对付。马蹄扬起的灰尘近在咫尺，楼似玉也没敢回头看宋立言，一咬牙，借着裴献赋的掩护平静地往前走去。

宋立言站在船头看着，来人下马拍了拍他的肩："你小时候我抱过你，我是你安河师兄。"罗安河留着一把青色胡须，看起来豪爽，但再怎么藏眼里都有两分凌厉之色，"去了衙门没看见你，听人说你往这边来了，我便追来看看。"

州上说要来人，但宋立言没想到来得这么快。这人的修为远比柳氏那两位看起来高得多，但穿着打扮又不像州府的人。宋立言思量片刻，朝他拱手："有失远迎。"

"哎，师兄知道你最近事多，忙，也没打算怪你。"罗安河哈哈笑着，话锋一转，脸却沉了下去，"但这回事出得大，不只咱们州上，就是同朝廷那边也没法儿交代。司里传来话，让你我想法子补救。我想了半晌，除了将要寻的宝贝交上去，没别的补救法子。"

"我这么着急来这里，也就是想问一句，那夺了宝贝的人藏哪儿了？"

宋立言安静地听完，仔细打量他。这人身上的气分外明显，的确是出自上清司，但眉目间杂念太多，不像潜心修道之人，拍的那一掌也隐隐带了试探之意。

宋立言收敛目光，说道："冒犯见恕，敢问师兄可带了印鉴和文书？"

罗安河意外地看他一眼，微怒又好笑地从怀里掏出一包东西递给他："都带了。"

宋立言伸手去接，这回对面这人就没那么客气了，一道气透过包袱砸过来，重若千钧。他眼神微动，化气去抵，温和的气承着这股蛮力，没有攻击之意，却也半步不让。

"好小子，有点儿本事。"几轮拉扯，罗安河的脸色反而好看了点儿，"比我想象中厉害。"

"过奖。"趁他这泄了一口气的工夫，宋立言占了上风，将他的手震开了。

罗安河后退半步，气得爆了粗口，指着他骂："这乘人之危的本事倒也厉害，都跟你的师父学的！"

"与人对阵,分神则输,焉能怪人?"

宋立言打开包袱将里头的文书和印鉴一一看过,心头微跳。这就是荒州的另一个通判?可同为通判,柳粟修为不及他的十分之一。这个罗安河倒是出乎他的意料,四十多岁的年纪,气却比京都那些半百的师兄都要厚。

"年纪不大,教训起人来倒是一套一套的!"罗安河很暴躁。

他心气向来高,当年入上清司就想拜掌司做嫡系弟子,结果那老头子死活不收他,还说要等命定的弟子。他以为掌司能收个什么了不起的人物,不承想二十年后老头子抱回来一个奶娃娃,奶娃娃就穿上了嫡系弟子的袍子,让他恭恭敬敬拜了师门。

搁谁谁咽得下这口气?罗安河差点儿就把那奶娃儿摔了,可惜赵清怀手疾眼快,飞快地接住了孩子不说,还因此动用官权贬他做了荒州通判。

有这前因在,罗安河怎么都不可能看宋立言顺眼。

"走,跟我回衙门。"他怒气横生地拂袖,"你没护好浮玉县百姓,这官职就先罢了,跟在我后头办事,若是宝物找不回来,你便等着回京请罪吧。"

宋立言可不知他在心里想什么,只觉得这位师兄真是暴躁易怒。

躲在远处的楼似玉不爽地眯眼:"那是什么玩意儿?"

裴献赋失笑地摇头:"人家不是玩意儿,是上清司弟子,罗永笙那一脉的,有点儿底子。"

"有底子就欺负人哪?"她气愤地捋了捋袖口,出了树丛就想跟上去。

"哎,真以为自己天下无敌了?"裴献赋拽住她的腰带,没好气地说,"抛开他本身的修为不谈,他手下上清司的人众多,放个信号能有上百号人来支援,到时候打起来,宋立言还会帮他捅你一刀你信不信?"

楼似玉闷哼一声,捂住心口,狠狠扯回腰带,颤巍巍地伸出指尖指着他的鼻子:"你能不能给我闭嘴?"

"不能,闭了你就要受伤,你受伤,我就会心疼。"裴献赋粲然一笑,"与其让我心疼,不如还是你自己疼吧。"

什么道理?楼似玉觉得他简直有病,嘴上说着情情爱爱的讨巧话,眼里却半点儿温情也没有,像戏谑人间的杀手,恭敬地朝你屈膝,下一瞬就可能用长剑割开你的咽喉,再满意地舔一舔指尖沾上的血。

"内丹已经不在我身上了,你还跟着我干什么?"她不悦地说。

裴献赋分外伤心地说:"难道小娘子觉得自己还不如内丹吗?"

"在您这儿，的确是不如。"她应付地笑了笑，跨步走出去，"都是几千年的老妖怪，您跟我有什么好装的？"

裴献赋饶有兴味地跟在她身侧，说道："先前的确对小娘子存了些恶意，可如今在下是当真觉得小娘子有趣，交个朋友如何？"

大灰狼朝她伸出了爪子，并着藏在嘴皮下头那尚未露出来的獠牙。

楼似玉冷笑："与你做朋友，有什么好处？"

"这个好处可就多了。"裴献赋掰着指头给她数，"可以随时收到在下所赠之礼，可以随时知道上清司的动向，还有最重要的一点——"

他顿了顿，脸上露出几分揶揄之色："在下可以教小娘子怎么搞定男人，小娘子就不必一千年了才偷来一个吻。"

楼似玉的脸腾地红了，她毫不客气地朝他亮出了狐爪，怒意顺着爪尖儿直往外冒："你瞎说什么？！"

裴献赋惋惜地摸了摸她长长的指甲，摇头："世人都说狐族善媚，轻易能勾走人心。谁承想竟出了个痴情的小狐狸，不但一千年前没得人爱恋，还在这生生世世的轮回里没能与人修成正果，叫那死去的狐王知道，怕是都要气活了。"

楼似玉的指甲暴长三寸，唰地朝他抓过去，见他敏捷躲开，她接连甩去三道红光。

"哎，我不说了，你消消气。"裴献赋一边躲一边看红光落处炸开的树木，吸着凉气说，"同你玩笑，你怎么还当真了？"

"喂，还来？"

楼似玉像撒气似的甩出去七八道红光，开始喘气了才收手，眼神恐怖地瞪他一眼，一句话没说，愤然离开。

裴献赋目瞪口呆地望着她的背影，倚在旁边幸免的树干上，轻轻将自己袍子上蹭到的枯叶拂下去，低声惊叹："小狐狸爹毛了……"

他心情格外愉悦，再看一眼楼似玉离去的方向，慢悠悠地掉转头，踩上宋立言和罗安河离开的方向。

罗安河一到县衙，就将里里外外嫌弃了个遍，打发人去添置摆件，又让人准备晚膳，折腾了好一通才坐在主位上朝宋立言说："我听人说了，这浮玉县妖怪多，而师弟有伤在身，为此我特意找来了一位前辈助你。"

"不必。"宋立言说道，"我身上的伤没什么大碍。"

"那心里的呢？"罗安河意味深长地说，"听说你动了凡心，还放

247

走了好几只妖怪——这样的罪行若交到京都,那可是要受鞭笞之刑的。"

宋立言微微皱眉,看了一眼旁边的叶见山。

"师弟,罗师兄这也是为你好,况且,你先看看来的是谁吧?"叶见山有些心虚,轻纱斗笠都不自在地晃动起来。

门外传来脚步声,宋立言将目光从他身上收回来,转投过去。

已经是凉意沁人的秋天,来人竟还捏着一把折扇,施施然跨进门来,身上有些没散的草木香。他生得好看,眉宇间却没半分正经之色,像谁家出来遛鸟的公子哥儿,逮着谁都能天南地北地吹上几个时辰。

"又见面了。"裴献赋笑着说,"上回匆匆一别,诸多话未曾与大人解释透彻。如今再见,还请大人再给个机会可好?"

竟然是他?宋立言觉得荒谬,这人当场被他拆穿是个人皮妖怪,妖气也已经暴露,怎么还敢出现在这里?而且,罗安河为什么会认识他?

宋立言下意识地将獬豸剑拔出来半寸,垂眸:"无论什么缘由,上清司绝不与妖同流合污。"

裴献赋轻笑起来,眼里满是揶揄之色,嘴角一撇就泄出个"楼"字,像是想说他不也一直与楼似玉掺和不清?不过刚吐出音来,他就止住了,往罗安河的方向看了一眼,眼尾微微翘起,转口问:"那如果在下不是妖怪呢?"

宋立言冷笑,有妖气的还不叫妖怪?

"这件事说来话长。"罗安河走到宋立言身侧,伸手抵着剑柄将他手里的獬豸剑一点点按回去,"裴前辈的确不是妖怪,但也非常人,他是来帮忙的,绝不会害我们。"

"不会害?"宋立言觉得可笑,伸手指着裴献赋看向罗安河,"若不是他破了我的法阵,那蛇妖和勾水的内丹都不会丢。"

"唉,所以说大人误会了。"裴献赋委屈地摇头,眼角耷拉下去,手将折扇一页页合拢,"在下破开法阵不是为了放走蛇妖,而是为了让蛇族破开封印,好将勾水的内丹完完整整地收回来。在座各位都知道此次来荒州是做什么事的,在下也不过比各位多知道一点——被封印住的内丹,是没法儿用来镇压妖王的。"

勾水的内丹不仅封了蛇族禁咒,还封了回溯的三魂七魄,若不解开,那就是石头一块,再无什么作用。

"原来如此。"叶见山松了一口气,"我还真以为自己眼拙,看错了人。前辈应该早些解释的。"

"咱们大人受人蛊惑,我当时就算解释了,大人也未必会信,便想着等安河过来,再让大人好生冷静冷静。"裴献赋笑着看向宋立言。

宋立言没吭声,旁边的罗安河倒是来了兴致:"受谁蛊惑?又是那个传闻的女掌柜?"

裴献赋意外地挑眉:"怎么?传闻都到你那儿去了?"

"浮玉县收上来不少状纸,里头提过咱们宋大人偏袒女掌柜,一开始我还不信,想着我司中子弟清心寡欲,怎么都不至于迷失心智。可再听前辈这么一说,我倒当真不明白了。"罗安河抹了把胡楂,"那女掌柜是人是妖?"

"她是人。"裴献赋轻飘飘地吐出三个字。

罗安河想了片刻,脸色微变:"莫不是那在湖边见过的女子?可她与旁人成双成对,我着实没看出来。"

"一介凡人,在意她做什么?"宋立言冷声开口,"曹府下毒一案证据已全,乃蛇妖红瓦主使,与掌灯客栈无关。曹家夫人意难平,随口诬蔑,本官能理解,但真相就是真相,本官并未偏袒。"

"若当真不偏袒,你急什么?"罗安河哼笑道,"我拿了你的县令印鉴也没见你这么急。"

宋立言不觉得自己哪里急了,不过是就事论事,可他们三个人似乎笃定了他有所偏袒,互相一商量,竟打算去掌灯客栈看看。

"那里没人。"宋立言不耐烦地将封印着的铜匣掏出来,"内丹已经到手,罗大人大可回去交差,浮玉县剩下的事,我自会处理。"

宋立言竟然拿回来了?罗安河甚是意外,一把将铜匣抢过去看了看,眼里露出贪婪的光。不过也就一瞬,他收敛好神色,恢复了豪爽的做派,笑道:"好,宝贝寻回来了就好。"

裴献赋感叹地说:"大人真厉害。"

厉害的是楼似玉,他什么也没做。宋立言冷着脸沉默,眉宇间隐隐透出两分戾气。

裴献赋撑着下巴打量着他的神情,突然喷了一声:"我倒是有些同情她。"

宋立言没好气地睨他一眼。

"说真的,她想跟你讨的东西太少,少得我都心疼哪。但凡她再大胆些,要求个春宵帐暖,也不至于在你这儿落不着半分好。"

宋立言脸色一黑,拂袖道:"听不懂你在说什么,我还有事,先走

249

一步了。"

"哎，你有什么事？"罗安河收好内丹，又板起了脸，"不是说了暂停你的县令之职，让裴前辈与你一道去县上善后？"

"善后之事我一个人就可以，裴前辈爱去哪儿便去哪儿。"宋立言说罢就走，眨眼间消失在了门口。

罗安河愣怔地看着，半晌才回神骂道："这小破孩儿脾气怎么这么大？"

"脾气大，本事也大，挺好的。"裴献赋舔唇笑了笑，目光落在罗安河身上，"浮玉县最近出了许多大妖，大人可要小心护着宝贝才是。"

"谁敢从我手里抢东西？"罗安河不屑，"活得不耐烦了。"

天色不早了，罗安河左右看宋立言的官邸不顺眼，干脆让人去外头找客栈。

掌灯客栈关门大吉，下人选了隔着三条街的朋来客栈。罗安河在衙门用了晚膳、喝了小酒，兴致盎然地骑马往客栈走，一边走一边摸着铜匣想：等收拾完宋立言再回京都，这东西定能让他在赵清怀那老头子面前狠狠出口恶气。若老头子依旧不愿意承认他厉害，不肯给他道歉，那他就把这玩意儿给罗永笙。

他师父罗永笙也是个厉害人物啊，只可惜什么都比赵清怀差那么一点儿，几十年了一直没能翻身，若有这东西相助，说不定就扬眉吐气了呢？

罗安河正想着，一个酒嗝儿打出去，觉得后脖颈有点儿发凉。他伸手摸了摸，感觉街上起风了，刮着稻草和破箩筐滚出去老远。

"大人。"旁边的随从紧张地说，"这里好像不太对劲。"

"你慌什么？"罗安河哼笑，"难不成这大街上还会突然冒出来……"

话没说完，他脸色骤变，拉紧缰绳猛地往前低头。

一道寒光从他的脑袋上方飞过，扑哧一声削掉了半个马头，他胯下的赤兔马连嘶鸣都没来得及，血喷溅出来，马身瞬间往下倒，连带着将他扯得一个趔趄。罗安河反应极快，一个鹞子翻身稳稳落地，反手将无往符拍在了地上。

四周听见动静的百姓纷纷回头，可一眼看过去，大街上空荡荡的，什么也没有。

无往结界已生，四周泛起琉璃暗光，罗安河又打了个酒嗝儿，抹了抹嘴看向来人。

两只蛇妖，一大一小，大的那个一身黑鳞，小的那个眉心有一点红，看起来修为都不低，且来者不善。她们显出原形，慢悠悠地朝他的方向靠近，冰冷的蛇瞳里映出了他的影子。

"还真有不怕死的。"罗安河嘟囔一声，打了个响指祭出一道符咒，白光一燃，两把铁环落到他手里，一舞就是一阵清风。

浦方不是没有蛇妖，他还拿蛇妖尸体泡过酒，所以私以为对付这种有七寸的东西还是很有经验的，不承想，这两只蛇妖的妖力远在他预料之上，只当面一个对冲，他就被迫后退了两步。

酒意散去，罗安河终于认真了起来。

夜幕缓落，行人路过一条空荡的街，下意识地靠着街边走，没人注意到异常，但也没人去闯街心的位置。离那不远处有个两层高的小酒楼，二楼的栏杆上，楼似玉哼着小曲儿坐在上头晃着腿，一双凤眼饶有兴趣地打量着无往结界。

这罗安河修为高归高，但不走正道，招式起落之间颇有邪气。邪气是妖怪最喜欢的东西，尤其是红瓦，擅长的就是化他人身上的邪恶之力为自己所用，所以哪怕她与殷殷都是大伤初愈，也能与罗安河缠斗到现在。

只是，这也太慢了。

哼的小曲儿终了，楼似玉打了个哈欠，顺势从嘴里抓出一团红光，轻轻朝无往结界的方向弹去。

轰的一声，结界里的人都被晃了一下，美人蛇和红瓦本还有些疲乏，但不知为何，这一晃，丹田里又充满了妖力。两个人大喜，立刻联手攻向罗安河。

长时间以一敌二，罗安河本就有些不支，乍被联攻，他费尽了力气寻着一条生路躲开，但与美人蛇擦肩而过的那一瞬，他的衣裳被划开了一条口子。

满是符咒的铜匣顺着口子落出来，在空中打了几个转。

251

第十一章
我带他回家了

美人蛇眼瞳一红，甩着尾巴去卷铜匣，罗安河也反手去捞，然而旁边的红瓦离得更近，蛇芯一伸就将铜匣卷进嘴里，硬生生咽了下去。

罗安河大喝一声，捏住她的蛇牙，猛地将她的嘴掰开到最大。他本想伸手去里头掏铜匣，可她嗓子眼一滚，竟吐出无数条小蛇来，密密麻麻地涌到他身上。

罗安河避之不及，转眼便被小蛇缠绕淹没。

红瓦得意地甩了甩尾巴，转身想跟美人蛇邀功，然而美人蛇还是戒备地半立着身子，紧盯着她身后。红瓦跟着回头，就瞧着白光一闪，一片蛇嘶声响起，方才还鲜活的小蛇眼下全跟绳子一样扑簌簌从他身上抖落至地。罗安河踩着蛇尸，抬袖擦了擦脸，猛地甩出铁环。

看起来轻巧的武器，落下来却如泰山压顶，红瓦化力去抵，可化出的妖力跟薄纸似的，被一击即穿。铁环落在她身上，硬是将她砸吐了一摊血。

与此同时，信号烟穿透结界，砰的一声在天上绽开光芒，四下街道霎时亮如白昼。

楼似玉抬头看了一眼，轻声嘀咕：“这就搬救兵了呀……”

美人蛇救起红瓦就想跑，然而上清司的人来得太快，眨眼街的两头都出现了人影。罗安河像是急了，出手越发不留情，逼得红瓦和美人蛇狼狈不堪，仓皇翻滚。

"掌柜的。"栏杆边多了个人，带着叹息唤了她一声。

楼似玉侧头，毫不意外地看见木羲嘴角带血地站在旁边，目光盯着结界里的动向，有些发皱的手轻轻搭上了栏杆："宋大人朝这边来了，蛇族白胡子等蛇妖也都在暗处潜伏，一场大战在所难免。"

楼似玉嗯了一声，眯眼去看天上的乌云。她答应把内丹给宋立言，是想让他去交差，而在交差之后让红瓦和美人蛇想办法抢内丹，则是她的小心机。人妖冲突之下，这是她能做的最好的决定，下决定的时候她就料过了，若是双方碰面，便又是一场恶战。

"如果是你，你会帮谁呢？"她喃喃地问。

木羲咳嗽两声，笑道："小老儿的命都在红瓦身上，自然是会帮她的，小老儿很怕死。"

"你都活了这么久了，还没将日子过厌？"

"哪儿过得厌呀。"木羲摇头，有些混浊的眼里满是憧憬之色，"这人界太有趣，来广进当铺典当的，甭管是吃不起饭的穷人，还是为了颜面要钱周转的体面人，都有各自的故事。打算盘很有趣，听故事很有趣，收银子做买卖也很有趣。说实话，如果可以，小老儿还想再活几百年。"

楼似玉垂眸，晃着的脚尖慢慢停了下来。

红瓦是个有贪念的人，不舍得放弃内丹，哪怕是被封印的内丹，也是能福泽妖物生长的宝贝，所以她注定无法独善其身，甚至有可能在今天丢命。她一旦丢命，木羲也会随着她消失。

"往好处想想。"她扬眉道，"这一战，红瓦她们未必会输。"

上清司来的人多，蛇族来的妖也不少，不到最后一刻，谁也说不准鹿死谁手。

木羲笑着点头，随她一起继续看。

天上的白光渐渐暗下去，结界里的人影越来越密集。宋立言提着獬豸剑赶到，替罗安河接下美人蛇的一击。罗安河分外不领情地将他推开，自己化出法阵意图收妖。白胡子蛇妖和蛇族其他妖以人形出现，蜂拥而上，将吞了内丹的红瓦护住。美人蛇长啸一声，引来天降大雨。

雨水哗啦啦地从屋檐上冲刷下去，楼似玉伸出手去接，冰冰凉凉的，落在手心里还溅起点儿水花。

远处的战乱跟她没关系，她只负责帮一把，却不想现身掺和，所以就算那边乱成一团，她还是轻哼着不知名的小曲儿，闲散地摇晃着脚上的绣鞋。

一道雷突然从天上劈下，电光撕裂了半个苍穹，落在蛇妖群里，顿时焦黑了一大片，妖哭之声顿起，接着就是凶残的反扑。

楼似玉睫毛颤了颤，垂了眼不去看，旁边的木羲开口说道："这个年纪就能引下天雷来，宋大人真是前途无量。不过他那肉身到底年纪不够，稍显单薄，就算修为厚实，身子也未必能承受这反噬之力。"

"那新来的大人是不是同他有仇？好心都当驴肝肺，这一下要是让宋大人出手，白胡子蛇妖的胳膊就没了。"

"灭灵鼎还是放出来了。"

楼似玉恼怒地侧头瞪他，说道："你能不能不要告诉我下头的情况？"

木羲笑道："掌柜的既然来这里坐着，必定是心有惦念，小老儿也是不忍掌柜的为难，索性都说了。"

"这么一说你还是为我好？"楼似玉撇嘴。

木羲认真地点头："掌柜的是这人界第一个朝小老儿伸出援手的人，就算您也是妖怪，但这人界的第一份温情是掌柜的给的，所以小老儿怎么也会向着您。"

"你要真向着我，等掌灯客栈有机会重开，送我十件古董如何？"

"这个不行。"木羲答得又快又果断。

楼似玉好笑地翻了个白眼，木羲跟着她笑，脸上的皱纹都堆起来了，显得有些慈祥。他扭头去看远处的结界，突然感觉有极强的白光，几乎要穿透那无往界。

楼似玉感觉到了，背脊微微僵硬。

这是宋立言的气息，很强大也很乱，以这个程度来说，应该已经超过了他的身体能承受的极限，可那光还越来越强，近乎疯狂地供应着灭灵鼎，灭灵鼎发出愉悦的嗡鸣声，飞快地吸食着面前的蛇妖。

"师弟！"叶见山忍不住喊了一声，"快住手！"

这简直是不要命的举动，灭灵鼎吸食一只有反抗之力的妖怪，必会耗费人同等的修为，在场这么多妖，且大多妖龄在百年以上，哪能让灭灵鼎胡来？

然而，他喊的这间隙，灭灵鼎已经吸掉了一只大妖，宋立言立身祭阵，脸色微微发白。

楼似玉不自觉地往前探出了半个身子，又飞快地收了回来。

木羲笑她："您这是何苦？"

"我答应了殷殷不出手为难，但也不想与他为敌，所以只能在这里看着，没有别的办法。"她镇定地说，"就算那头出什么意外，我也不会……"

话没说完,她直接从二楼跃了下去,狐尾落地即逝,快得木羲都没反应过来。

"不是说不会出手吗?"看着她冲进无往结界,木羲咳嗽着低笑,"痴人哪,妖怪里难得有这样的痴人。"

楼似玉呼吸都滞住了,她感觉到宋立言的魂魄在消散,哪怕他还站在那里,也已经开始受灭灵鼎的反噬了。她越过妖群,越过举着双环的罗安河,什么也没管,上前就将他的双掌里的光死死按了回去。

飞在半空的灭灵鼎不悦地嚣了两声,楼似玉恨然回头,一道红光甩过去,直接将它卷了下来。

"吐。"她掐着灭灵鼎的鼎耳凶狠地说,"不吐我再给你打个洞!"

旁边的人惊讶于她的突然出现,一时都没反应过来,等回了神,叶见山第一个上前斥道:"你是什么东西,也敢碰我上清司的圣器?"

楼似玉没理他,双目泛红,像掐人似的狠狠掐住灭灵鼎。

毕竟是它自己的主人的魂魄,没彻底吃进去还是能吐的。灭灵鼎委屈地呕了一口,吐出一小团白光,楼似玉接住按去宋立言的掌心里,再抬头咬牙瞪住他。她以为他是神志不清的,没想到对上那双眼,里头的光半点也没散。

宋立言平和地说:"我让它吃的。"

楼似玉噎了噎,气极反笑:"您还挺大方?魂魄也能当东西喂?"

"身体撑不住太多消耗,魂魄可以,一丝魂魄能灭这么多妖怪,本官觉得值当。"

"值当个屁!"楼似玉气得跳脚,"那是多宝贵的东西?没了就没了,再没法儿往回捞的!"

宋立言眼神微动,慢条斯理地说:"本官都没心疼。"

"我心疼行不行?"楼似玉抓着他的衣襟吼道,"我心疼死了!"

五个字吼出去,整个无往界里都安静了下来,远处厮杀的上清司子弟和蛇妖齐齐扭头,看向最中间站着的那两个人。

宋立言别开脸,面无表情。楼似玉后知后觉地反应过来,脸上乍红,捏着他的衣襟的手都哆嗦起来。

一千多年了,她还没丢过这么大的人!

"你……"待看清她,红瓦吐了人头,恼怒地说,"你不是说好不来吗?亏我那么信你,结果你又食言!"

楼似玉缓缓松开他的衣襟,顺便替他抚了抚褶皱,转身抱着侥幸心

255

理问红瓦:"我要是说我走错了,现在就离开,还来得及吗?"

显然是来不及了,就算红瓦肯放过她,旁边的罗安河也不是吃素的。

场面在短暂停滞之后变得更加疯狂,罗安河甩开美人蛇朝楼似玉冲了过来。楼似玉觉得有点儿冤枉:"我还什么都没做,这怎么就要动上手了?"

宋立言上前抵了白胡子蛇妖突然甩过来的一击,火花四溅,浊黑的妖气腾腾升起。

罗安河被他挡了一下,止住脚步,分外不悦地说:"你果然袒护她。"

"师兄在说什么?我听不太明白。"宋立言收回手,朝他扬了扬指尖残余的半张符咒,"第三条命了,也不知师兄何时才能还清。"

"谁稀罕你救?你就算不救,我也不会死!"

宋立言恍然点头,知趣地后退了半步。

身后强烈的妖气猛然袭来,罗安河转身用铁环去挡,不承想低估了对方的修为,被白胡子蛇妖震得大退五步,噗地吐出血来。

已经缠斗良久,无论是妖怪的妖力还是人的修为都有些后继无力,所以眼下一个破绽就足以致命,处于下风被乘胜追击,情况更是不妙。罗安河狼狈地接着白胡子蛇妖的招式,节节败退,在场蛇妖因此士气大振,凶残反扑。

形势瞬间扭转,红瓦贪婪地吃了三个人,犹不满足地吐着蛇芯,将蛇瞳对准了楼似玉:"还不走,是要留下来帮他吗?"

"没有。"楼似玉娇俏地捋了捋鬓发,"我这就回去了。"

"甚好。"红瓦目送她跨过一地尸体往外走,蛇瞳一转,映出了宋立言的影子。

在场的上清司之人,就数这人最难对付,可眼下他被灭灵鼎损耗过度,哪怕强自撑出一副没事的模样,她也能感觉到他的乏力虚弱,既然楼似玉不打算掺和,那她也不客气了。

绣鞋踩上一摊妖血,楼似玉略微嫌弃地收了收裙角,刚一抬眼,就感觉背后黄白交错的光划破了天际。

红瓦吞了铜匣,妖力随着时间的流逝越来越强,这一击甩出去,比最开始对付罗安河的时候可厉害多了,以至宋立言只敢侧身半接顺势滑开,不敢对冲。瞧他的獬豸剑出鞘了,红瓦也化出自己的法器峨眉刺,凝灌妖力朝他甩去。

空气被划出刺耳的撕裂声,楼似玉沉默地听着,心里很清楚这一击宋立言接不下，他太累了，能调度的修为所剩无几，哪怕凭借猰㺄剑勉强硬撑，也必定重伤甚至丢命。

她刚答应了人不帮忙的，这个时候就不能回头。

怎么可能呢？

飞快地呸了自己一口，楼似玉转身，九条大尾迎风而长，呼啦啦地围去宋立言跟前，替他稳稳地接住了红瓦的峨眉刺。雪白的狐狸尾巴，大得像天上的云，一条不够，还伸出来九条，八条用来接招，剩下一条软软地将宋立言裹住，像冬日里的大毡，看着暖和极了。

锋利的峨眉刺跌落在地，溅起点儿妖血。

"楼似玉！"红瓦大怒，"我就知道不能相信你！"

"你袖手旁观不好吗？"美人蛇也开口斥责楼似玉。

宋立言愣怔地侧头看过去，见她长裙飞扬地立在不远处，眉宇间透着两分平时没有的霸气，她抬着下巴说："老娘说不掺和，是念在勾水和回溯的面子上，想给你蛇族一条好路走。但你们要在老娘面前杀他，那怎么行？"

"你分明说了无论如何也不帮他对付我们！"

"是啊，我没对付你们，也就是护他一护，不是吗？"

强词夺理！红瓦气结，也顾不得她是谁了，张口就吐了毒液，旁边的美人蛇也甩来一击，附近得空的上清司之人更是疯狂地朝她砸法器。

大大的狐狸尾巴左摇右晃地将所有攻击拦下，楼似玉转身走去宋立言跟前，裹着他的尾巴尖儿微微翘起来，挠了挠他的下巴。

"大人冬天穿白毛皮一定好看。"她笑道，"如花映雪，清俊动人。"

宋立言神色复杂地看着她："你是狐族。"

"狐族灭族已久，大人就不必同奴家计较了吧？"楼似玉将他卷去旁边，"您伤得有些重了，不妨先回去休息。"

"松开。"宋立言寒了脸，"妖未除尽，上清司众人仍在，我不会走。"

又是这样的话，楼似玉听得沉了脸："命还在就什么都好说，您的命要是没了，这天下的妖才是真要除不尽了。"

宋立言不吃她这一套，双手扯开她的尾巴，沉声道："我没你想的那么弱。"

是，他厉害得很，只要再将魂魄扯出来，总有办法将这场面收拾干净。可后果是什么？他的魂魄何等珍贵，哪能浪费在这种地方？

"你能不能走？"楼似玉暗暗传音给美人蛇。

美人蛇没好气地说:"你看他肯放了我们吗?"

"内丹已经在你们手里,我给你们个机会,带红瓦走。"楼似玉凝神,尾巴猛地变大几丈,遮天蔽日地拦在宋立言的去路上,再将主战场上的上清司众人和蛇族分隔开,一时间双方的法力都落在了她身上。

楼似玉有点儿吃不住,又催了美人蛇一遍。

美人蛇长啸一声,往后游走,白胡子等蛇妖也飞快收手,跟着后撤。红瓦却没动,眼神阴毒地看向宋立言,嘴里突然化出一道巨大的光,直直地朝他扑来。

寻常妖怪使出致命一击,多是用内丹之力,后果就是玉石俱焚。红瓦倒是懂得随机应变,铜匣在她腹中,她便用法阵引其力,借以杀敌。

这一招太狠,力量也比原本她的内丹之力要大得多,楼似玉惊得倒吸一口凉气,宋立言祭出灭灵鼎,眼里半分惧色也没有,他甚至甩出缠妖绳将她的尾巴捆到了旁边去。

他哪能硬抗啊?楼似玉急得跺脚,挣扎两下发现没时间去解尾巴上的绳子,干脆扑到他跟前,咬着牙说道:"瘦死的骆驼比马大,万年妖王的内丹之力,就算是被封印着,也够打你个魂飞魄散了!"

她扑得太猛,以至他微微后仰,下意识地伸手将她接住,如此一来就没时间再将她推开了。宋立言皱眉看着那刺目的光,只觉得心口突然漏跳了一拍,脑子里一片空白。

够打他个魂飞魄散,那这一击落在她身上会是什么后果?

一瞬间他突然想起裴献赋所说,这人想要的东西太少,少到让人无法理解。她给得却大方,魂魄、内丹,甚至是她的命,只要他需要,她都会给过来。

这算什么呢?

白光穿透四周,他胸腔里的东西也跟着疼了起来。他没法儿吸气,没法儿眨眼,指节僵硬地按在她的手肘上。他甚至不敢留意眼前正发生着什么,下意识地垂眸逃避。

恐惧、心慌、窒息、后悔,这些以前从未有过的情绪,眼下像潮水一样翻扑上来,像气走火入魔不受控制一般,让人无所适从。

强烈的光将一切声音都带走了,耳里只余下空洞的嗡鸣。楼似玉以为自己难逃此劫,可等了好一会儿,也没等到背后的重创。

一道人影不知什么时候立到了她跟前,光勾勒出的剪影矮矮小小的,却张开手,颤巍巍地护住了她。

楼似玉察觉到不对劲，猛地回头。

木羲佝偻着身子，像之前一样咳嗽着。只是这回，他一咳就是满口的血，止不住地往外冒，满是皱纹的脸逆着光朝着她，露出一个释然的笑容来。

"掌柜的总是说话不算话，可小老儿说会向着您，就一定是向着您的。"

楼似玉瞳孔紧缩，推开宋立言跌跌撞撞地伸手去拉木羲，可那剪影从脑袋开始一点点破碎飞散，眨眼就消散无踪，只剩下一个账本跌落在地，被风吹得卷了页。

她僵在原地，好半晌也没反应过来发生了什么事。

"小老儿很怕死。"

"你都活了这么久了，还没将日子过厌？"

"哪儿过得厌呀，这人界太有趣，来广进当铺典当的，甭管是吃不起饭的穷人，还是为了颜面要钱周转的体面人，都有各自的故事。打算盘很有趣，听故事很有趣，收银子做买卖也很有趣。说实话，如果可以，小老儿还想再活几百年。"

……………

她的喉咙里像卡了半块竹篾，楼似玉伸手捞了捞风里的木屑，指尖颤抖起来。

他不是怕死吗？不是还想再活几百年吗？这是干什么？替她挡什么？

"掌柜的是这人界第一个朝小老儿伸出援手的人，就算您也是妖怪，但这人界的第一份温情是掌柜的给的，所以小老儿怎么也会向着您。"

楼似玉鼻尖一酸，死死咬牙，血丝爬过眼白，一点点蔓延到瞳孔里头。她抬眼，近乎暴戾地看向后头的红瓦，九条尾巴猛地将缠妖绳挣断，不由分说地朝红瓦狠袭过去。

铜匣之力借一次尚且会被反噬，红瓦是没胆子借第二次的。她本想着拼一把将宋立言这祸患给除了，却没想到半路横出来个扫帚妖挡道。

而且这妖怪，怎么总给她一种熟悉的感觉呢？

来不及想这个了，楼似玉的攻击来得又快又狠，红瓦妄图以自身之力扛住一次，再伺机逃跑。然而楼似玉一丁点儿机会都没给她，铺天盖地的妖气将她祭出的法阵打了个粉碎，红光兜头朝她砸下来，直接击穿了她的眉心，撕裂之感从天灵盖直穿心脏。

"啊——"红瓦惨叫,蛇身落在地上疯狂翻滚,肚腹里的金光也跟着闪了闪。

楼似玉大步走过去,脚尖一挑,将地上红瓦的峨眉刺挑起来撑住她的嘴,掌中化出红光,不消片刻就将铜匣拉了出来。

然而,铜匣出现,楼似玉却没接,任由它坠落到地上,一挨着泥土就消失不见了。

四周的人都围了上来,楼似玉没管,化一道红光为刀,直接将红瓦的脑袋削掉,再斩其七寸,任妖血溅了满身也没手软。后头想上去的人都被震慑得纷纷止住了步子,眼睁睁地看着她将蛇妖剥皮抽筋。

原本挺娇小的姑娘家,眼下一脚踩地,一脚蹬在蛇妖鳞甲上,双手抽着蛇骨,连残余的妖魂都没放过,掏出上清司的符咒给燃了,下手狠得不像话。可她脸上没什么表情,只有几滴不慎溅上的血,平添几分杀意。

"你以为你为什么能活到现在?"楼似玉的声音打着战,指甲掐进红瓦的肉里,"要不是因为他,你早就死一万次了。"

这话没人听得懂,可在场的人就算不认识她,也明显察觉到这位掌柜心绪乱了,身上的妖气越发浓烈,动作也越来越残忍,眸子里的金色光芒时隐时现,最后侵占了整个眼瞳。

宋立言皱眉,大步上前拉住了她的胳膊。

楼似玉猛地甩开他,五指暴长出利爪,险些将他的脖子划破。她金色的瞳孔看起来没有焦距,完全失去了平时的温和样子,挥退他就继续撕扯蛇妖骨血,力至疯魔处,她张口就想去吃。

"楼似玉!"宋立言怒斥,死死抓住她的双手。她自然是要挣扎的,可他不再让步,与她拆了两招之后,狠狠地给她的眉心贴上了静气符。

暴躁的动作戛然而止,楼似玉僵在原地,愣怔地抬眼望他。半晌,她眼里的金光闪了闪,慢慢退去,露出黑色的瞳仁来。

宋立言松了一口气,刚想斥责她怎么会连妖怪肉也吃,却见那好不容易恢复的眼眸里头突然涌出大滴大滴的眼泪,滚烫地砸下来。

"……"

众目睽睽之下,他自然不可能好生安慰她,她似乎也不需要他安慰,只是不停地掉眼泪,有几颗砸在他的手背上,烫得他颤了颤。

"木羲不是坏妖怪。"她哑声开口,委屈而执拗地解释,"他没有杀过人,也没有做过坏事,就想开个当铺看看人间烟火。妖不是他想成的,今日他也不想死。"

宋立言克制地收回手,不知该如何接话,只好沉默。

"你为什么不信这世上有好妖呢?"她皱眉,像是在问他,又像是自言自语。

"师弟!"叶见山捂着腰腹上的伤上前说道,"你万不能再被这妖女蛊惑了!"

那扫帚妖已经死了,她再蛊惑他有什么用?宋立言抿唇,悄无声息地将猰㺎剑按回了结界里。旁边的罗安河重伤昏迷,剩余之人全等着他下令,见他不动,也就纷纷站在原地,眼睁睁地看着剩余的蛇妖撤退干净。

地上血水混杂,楼似玉身上也干净不到哪里去,她索性直接蹲下来,任由裙摆浸在血里,伸手一点点将地上的木屑归拢,抓进荷包里。

叶见山示意上清司之人围住她,众人应意而动,轻微的脚步声环绕四周,楼似玉充耳不闻,仔仔细细地将木屑收拾好,起身给荷包打了个漂亮的蝴蝶结。

"我带他回家了。"她转过身,背对着宋立言摇了摇手。

"想往哪里走?"叶见山大喝一声,四周的上清司弟子立刻祭起降妖阵,剧烈的白光自下而上,将她的青丝照成了棕色。

楼似玉压根儿没理会,径直往前走,遇见白光的阵线,硬生生伸手去掰,硕大的尾巴摇了摇,施施然便消失在结界之中。

宋立言沉默地看着,没动。

上清司的降妖阵阵法精妙,绝不可能轻易被破解,她这么不当回事地走了,在场众人脸色都难看得要命。有人想迁怒宋立言,可看一眼尚在他肩上飞着的灭灵鼎,只能硬生生地将怒气咽回去。

"师弟,你怎么能放她走?"叶见山急忙问。

宋立言咳嗽一声,嘴角溢出血来。叶见山惊了,也顾不得责问什么了,慌忙让人收拾残局,再将他与罗安河带回去疗伤。

"勾水的内丹怎么办哪?"有人问了一句。

"落在地上就消失了,能往哪儿找?"别的人答他,"将这地方封起来,等清扫干净再说吧。"

这世上没有东西会凭空消失,方才地上有提前放好的阵法,直接将内丹夺走了。宋立言知道夺走内丹的是谁,但以眼下的形势来看,那东西留在原来的地方未尝不是一件好事,起码不用他再花心力护着,也不必再叫楼似玉操心。

最后一点宋立言只是随便想想,不是什么重要原因。

他跟着叶见山回衙门的时候忍不住问了一句:"师兄,师父教过你,遇见好妖该如何做吗?"

叶见山愣了愣,语气十分古怪地说:"这世上哪有什么好妖?妖与人势不两立,只有杀了人的妖和还没来得及杀人的妖罢了。"

宋立言皱眉,心里头一回产生了困惑感。

浮玉县的阴雨天气持续了三日,山上扬起的纸钱被雨水打湿,沉重地落进泥里。

楼似玉穿了一身素裙,撑伞站在墓碑前头,沉默地听着雨水落在纸伞上的声音。她面前的墓碑很新,连名字也没刻,但下头埋的宝贝不少,很多是古董,很值钱。

林梨花蹲在旁边,哭哭啼啼地给木羲说了好多话,楼似玉发现自己一个字也说不出来,捏着伞柄的指节连着脸色一起发白。她垂眸,心里越发堵得慌。

背后响起了蛇鳞在泥地上摩擦的声音,楼似玉没回头,只哑声问:"换地方了?"

美人蛇心情复杂地看着那墓碑,嗯了一声,化出人形上前,朝着墓碑拜了拜。

"我是真没想到,他竟会出来救你。"

憧憬着多活几百年的木掌柜,为了保命被断了一条胳膊的木掌柜,在那时候肯定是连一丝犹豫都不曾有,否则,他绝对来不及冲上去。

楼似玉觉得心口疼,略微恼怒地别开了脸:"说点儿别的。"

"别的就是,谢谢你。"美人蛇不好意思地搓了搓手,"谢谢你肯将圣物还给我们,之前的债,咱们一笔勾销。"

"你说得倒是轻巧。"楼似玉反问,"我帮了你那么多次,谁欠谁的债?"

"总之我不与你为难了,也……也不再执念常硕的内丹了。"美人蛇合眼,睫毛还是轻轻颤了颤,"蛇族此回伤亡过多,没有几百年是恢复不过来的。我身上有守护圣物和蛇族的重任,再不能意气用事。"

这倒是挺好,楼似玉点头。

美人蛇笑笑,朝她摆手:"我回去了,你自己……保重。"

这么肉麻的话,美人蛇是头一回对她说,不过楼似玉听着倒没任何不适感,甚至朝美人蛇微微屈膝,行了一个人界小姐标准的福礼。

美人蛇暗啐她扭捏，到底还是笑了，化回半人半蛇的模样，朝森林最深处行去，身影淡进雨幕里，再也瞧不见。

楼似玉时常会想，支撑她活过这一千多年的到底是什么？林梨花曾说是她的执念，可她觉得不全是。那个人每一世回到她面前的时间都太短，每一次也都没有什么好的结局，若她只靠执念，那这么多次被生死折磨，她早该崩溃了才对。

她支起火去点了广进当铺门口的丧灯，抬头望着灯笼里跳跃的光，突然反应过来，她所处的人界是温暖的，不仅因为有她想等的人，还因为身边有一直陪着她的人。柴米油盐，吵嘴欢笑，在她孤寂的日子里，是身边这群人在支撑着她。

那是无关男女之情的东西，但同样能照亮前方的路。

丧灯晃了晃，没粘牢的纸被风吹得擦在竹篾上哗啦啦直响，像极了木羲的咳嗽声。

"这才几日不见，小娘子怎么成这样了？"有人笑着走到门前，卷来一阵桂花香气。

楼似玉抬眼，毫不掩饰地露出自己的厌恶情绪："你怎么还没死啊？"

裴献赋很受伤，一手捂住心口，一手递来桂花："枉我如此倾心于你，你竟盼着我死？"

楼似玉没伸手接桂花，抱着胳膊冷笑，倚在门口说道："倾心二字可不是嘴皮上下一碰就能让人信服的，奴家这儿有刀，大人不妨将心窝子挖开给奴家看看？"

"一个女儿家，怎么能如此残忍呢？"裴献赋将桂花插在门边的墙缝里，陶醉地吸了一口气，"在下这次来，可又是给小娘子通风报信的，小娘子不谢便罢了，反倒这么凶。真将在下的心伤透了，往后再有事可没人帮你了。"

楼似玉打了个哈欠，半眯了眼，压根儿懒得听他废话，转身就要回铺子里。

"衙门的人在过来的路上喽。"裴献赋轻笑，"再过一会儿，掌灯客栈该被拆了，小娘子当真不在乎？"

楼似玉脚下一顿，黑着脸回头："你又搞什么把戏？"

"这可不关在下的事，拿走勾水的内丹的可是小娘子你。"裴献赋很无辜，"内丹没了，上清司的人还死了几十个，加上之前县上死的人命，还不够拆一个客栈？"

那怎么会算到她头上？楼似玉不信，推开他往外看去。

衙门离这里不远，转眼她就能看见一队衙差带着锄头、铁锤往这边来了。为首的是霍良，神色较为凝重。他硬着头皮站到掌灯客栈前头，来回踱了两步，抓了抓脑袋，才朝后头的人说："动手吧。"

他一直挺喜欢掌灯客栈，也觉得楼掌柜是个好人，若非不得已，他是不想来做这件事的。然而眼下想来，他来做反而更好，只要楼掌柜不出现……

"霍捕头？"

霍良还没想完就听见熟悉的声音在旁边响起，他身子一僵，手搁在腰间的刀柄上不敢扭头，大声喊："愣着干什么？动手啊！"

后头一群衙差举起家伙就想上前打砸，可一道影子闪过来，飞快地将他们拦住了。

"这是做什么呀？"楼似玉张开双臂，嗔怪地朝霍良跺脚，"我楼家祖传的客栈呢，哪里能说砸就砸？"

霍良不敢看她，抬头望天，嘴唇张开一小条缝，含糊地小声说："掌柜的快走。"

"嗯？"楼似玉没听明白，"您说什么？"

霍良头疼地揉了揉眉心，不待再说，旁边已然飞来几道白光，唰唰地缠上她的身子。

"还真的会出现，那我可不客气了。"罗安河大笑着从旁边走出来，脸上还有瘀青未散，中气也不是很足，可他带的人不少，呼啦啦出来一大片，都祭出了法器对着她。

原来如此，他们砸她的客栈，就是想逼她现身？楼似玉微微挑眉，脸一垮就挤出一副欲哭无泪的无辜表情，扭着身子哀哀叫唤："这是做什么呀，光天化日的，强抢民女呀？"

"哼，睁眼说什么瞎话，当日你帮着蛇妖抢夺内丹的时候不是威风得很吗？让老子瞧瞧，尾巴呢？"罗安河上前推了她一把。

楼似玉娇软地往后倒，被霍良堪堪接住，眼里的泪珠立马滚落下来："这都在说什么呀，奴家怎么听不明白？"

霍良也不知道怎么回事，就接到命令要通缉她，本以为是上回曹府命案被波及，可听罗大人这话又不像。帮妖怪抢内丹？楼掌柜一个柔弱的女子，哪儿做得出这种事？

他有些不悦,不着痕迹地将她扶起来护住。

罗安河费解地挠了挠胡楂儿:"怎么?你不是前些天那个狐妖?"

"大人冤枉哪,奴家是老实本分的生意人,从小就在这儿开客栈,怎么会是妖怪?"楼似玉抽抽搭搭地说,"您几位在说什么,奴家压根儿听不懂。"

有那么一瞬间,罗安河也怀疑自己是不是认错人了,这人脸上的神情实在太委屈无辜了,眼里也一片清澈,没有半丝撒谎的样子。可一定神,罗安河又觉得自己不瞎啊,这鼻子、眉毛、眼睛,整个浮玉县还能找出第二个来不成?

这又是妖怪的诡计!

罗安河恼怒地捋起袖子上前,想抓她,可霍良愣是挡在他前头不让。

"你这是何意?"罗安河不耐烦了,"再碍事,小心本官连你的捕头之位也一起免了。"

霍良心里本就不太舒坦,再听这句话,当真是忍不了了,沉声开口问:"宋大人何错之有?楼掌柜又何错之有?"

罗安河不可思议地打量他两眼,笑了:"你算什么东西,也敢来质问本官?"

"为官者为民为君,上坦荡对天地,下公正对苍生——此乃入仕时必习之语。若今日大人是为公要捕楼掌柜,属下一定听从。可眼下来看,大人以公权谋私欲,犯为官之大忌。"霍良不卑不亢,迎面直视他。

罗安河眼神古怪,伸手替他拍了拍肩上不存在的灰:"霍捕头,官职不高,话不少啊?懂得挺多?"

楼似玉暗暗担忧。她若化了妖力与他们当街冲突,那在宋立言那里就交代不过去了,所以她想装柔弱,好以人族的身份想法子脱困,没想到霍良站了出来。

他一个小捕头,怎么去对付这种大官哪?

楼似玉不忍心地往前站了站,张口刚想说话,肩膀却被霍良压了压,人又被按回了他身后。楼似玉抬眼看过去,发现他比以往任何一次站得都直,腰脊挺起来,侧脸的轮廓显出两分刚毅之意。

"大人既已夺了宋大人的印鉴,那不如替他开堂问审?否则,楼掌柜连个罪名也没有,卑职是不会抓的。"

"你不抓,还要拦着我抓?"

"是,守护浮玉县百姓是卑职的职责所在。"

"那正好。"罗安河皮笑肉不笑地说,"浮玉县百姓死伤无数,你失职了,随她一起进大牢吧。"

四周上清司弟子上前将他按住,后头的衙差们微有异议,可被罗安河一瞪也不敢多说什么。

"霍捕头,您这是干什么?"楼似玉急了,"何至于被奴家连累?"

霍良脸上没有丝毫慌张之色,他反而安慰她:"你我一起进去,倒是有个照应。"

谁要他照应啊?楼似玉直叹气,眼睁睁地看着自己和他一起被押往大牢。她几次想动手,硬是忍了下去。

"你别急。"霍良低声道,"他们若当真以强权压人,我有办法救你。"

"谢谢啊。"看了看他身上同自己一样多的锁链,楼似玉垮着脸笑不出来。他要是不进来,她还能偷溜出去,可他一跟着进来,她才真是束手无策。

牢房落了锁,罗安河走到栅栏外头,盯着楼似玉说:"内丹放去哪儿了?"

楼似玉眯着眼假笑:"奴家不知。"

"进都进来了,还有什么好嘴硬的?"他朝她扬了扬手里的断骨鞭,哼笑道,"想尝尝这滋味儿?"

"未有罪名而用刑是为私刑!"霍良怒道,"罗大人连王法也不顾了吗?"

罗安河一鞭子甩在栅栏上:"在这儿老子就是王法,你有本事去荒州州府大人那儿告老子。"

不算重的鞭子将栅栏上头的灰都抖了下来,楼似玉吭吭两声躲开。他拿的这玩意儿对人来说不算厉害,顶多破点儿皮肉,却能打出妖怪精魄,是个十分厉害的刑具。

可惜,她最不怕的就是用刑。

罗安河冷笑:"老子这鞭子是专门打妖怪的,打人不疼,打妖怪一打一个准。正好咱们霍捕头不是心疼你吗?用这个,你若当真不是妖怪,那我便伤不着你。"

"原来如此。咱们什么时候开始用刑哪?"

这兴奋的语气,她哪儿像是要挨打,活像是要去领钱了。罗安河分外着恼,挥手让人把她提去刑堂。霍良紧张地看着她的背影,抓着栅栏招来相熟的狱卒,低声耳语了两句。

宋立言正在庭院里悠闲地看着那一树树的桂花，不用他升堂，也不用他看文书，养伤这几日，他舒服地享受着难得的清净日子。

然而，一口香气还没吸进去，他就听得宋洵的声音在旁边炸响："大人，出事了！"

宋立言头疼地闭眼，叹气："你能不能过几天再同我说这句话？"

"可是大人，楼掌柜和霍捕头都被关进大牢了！"宋洵焦急地说，"牢房那边刚刚传来消息，罗大人似要用刑。"

宋立言眼皮一跳，转身抬眼："楼似玉进大牢我姑且能想明白缘由，霍良是怎么回事？"

"听说是护着楼掌柜，罗大人一气之下都给关进去了。"

"那他活该。"宋立言眼眸半合，嘴角微微往下抿，"罗安河显然不会放过楼似玉，他掺和什么？"

宋洵打量他两眼，小声道："您就不去看看？霍捕头与楼掌柜只是有些交情，尚且如此袒护她，大人与楼掌柜不是更加亲近？若大人无反应，难免让她觉得薄情。"

"她敢在那么多人面前露出狐狸尾巴，就该想到会有今日。她不但不跑，还敢回来，就表明已经做好了准备。"宋立言冷哼，"再者言，我本就薄情，她头一天知道？"

宋立言拂袖，恼怒地回了屋子。

宋洵看着他的背影，站在院子里想，他要不要帮自家大人去看看？他犹豫了一会儿，面前刚关上的房门又打开了。宋立言换了一身云青色锦袍，板着脸跨出门来，大步往外走去。

"大……大人？咱们去哪儿啊？"

"还能去哪儿？"宋立言出门上马，没好气地甩了一下鞭子。

他倒不是担心楼似玉，以她的本事，罗安河不可能把她如何了，他操心的是霍良。霍良不该护而乱护着，指不定打乱那狐狸的什么计划，到时候帮了倒忙，吃苦的还得是她。

墨发被马背上的风扬起来，宋立言冷漠地想，男人又不是光英雄救美出个风头就能得人芳心，还得长脑子不是？霍良这样，楼似玉还能念他的好？

能。

楼似玉岂止念霍良的好哇，甚至觉得他侠肝义胆菩萨在世，眼前这

267

些与他相熟的狱卒不但不难为她,挥鞭子都放轻了力道,还小声安抚她:"掌柜的别怕,咱们都是捕头的人。"

她都要觉得"捕头"是世上最好听的两个字了,感动地看着鞭子落下来,然后配合着嗷一声,楼似玉露出一副痛苦的表情,梗着脖子冲主位上喝茶的罗安河喊:"大人,冤枉哪!"

罗安河冷哼一声,放了手里的茶碗,大步走过来抢过狱卒手里的断骨鞭,一鞭子打在她的肩上。皮肉隔着衣裳发出了清脆的响声,楼似玉躲避不及,左脸嘴角边被刮出一道红痕,她忍不住咝了一声。

"这点儿小把戏,在本官这儿还糊弄不了。"他捏着鞭子指着她的脸,"弄张人皮不容易吧?早点儿交代内丹去处,我留你个全尸。"

楼似玉撇了撇嘴角,抽噎地吸了两口气,然后哇的一声哭了出来:"奴家当真是冤枉的呀,不明白大人说的内丹是什么。奴家不过是孤苦无依的小女子罢了,缘何要受这种苦头啊?呜呜呜……"

呜咽声悠长,越过墙上的煤油灯,穿透几道回廊,凄惨地落在一只皂靴跟前。那靴子顿了顿,接着加快了步子,跨进了刑堂。

于是罗安河第二道鞭子落下去的时候,一道白光突然挡过来,震得他往后一仰,差点儿闪了腰。

"宋立言!"这熟悉的气,不用看就知道是谁的,罗安河捂着腰眼吼,"你这是以下犯上,要掉脑袋的!"

宋立言伸手捂了捂自己的脑袋,抬眼看他:"我朝律法,以下犯上要受断头之刑,妄用私刑也要受断头之刑。一个脑袋落下去声不够响,我寻思着多一个来陪着师兄,也不枉你我同门一场。"

罗安河噎了噎,抬步凑近他些,低声道:"她是个妖怪,能用律法来论吗?"

"她哪里像个妖怪?"宋立言满眼不解之色,"不是个普普通通的掌柜吗?浮玉县衙门里一直有她的户籍,还有她缴税的凭证。"

宋立言言之凿凿的,要不是罗安河亲眼见过楼似玉化形,都要被蒙过去了。罗安河哈哈大笑,然后收声问他:"你当我是瞎的?"

"妖怪变化莫测,师兄也是知道的。当日街上所见狐妖并不是这位楼掌柜,楼掌柜也是受害者,师兄长我二十多岁,难道没看出来?"宋立言甚为失望地摇头,走去楼似玉身侧,轻轻抚平她肩上被鞭子抽出来的褶皱。

罗安河抱着胳膊看着他:"你以为这样说我就会信?"

宋立言叹了一口气,无奈地招手。后头站着的宋洵立马上前来,将一支灭神香递到罗安河面前。

"断骨鞭见效慢且费力,师兄不妨用这个试试。"

灭神香的确是最好的鉴定妖怪的宝贝,罗安河这次出门正好没带,不承想宋立言倒主动送来了?罗安河接过来仔细查验了真伪,就着墙上的油灯将香点了,往楼似玉面前放。

滚滚白雾从香头溢出来,瞬间涌满了整个刑堂,楼似玉被绑在木架上,表情疑惑地看着,眼神无辜又干净,任由白雾将她淹没,也没半点儿反应。

罗安河震惊了,捏着香往她身上挥,挥了好几次也不见效果。他瞪大了眼抓了抓自己的头发:"这怎么可能?"

"县上有狐妖作祟,一直没能抓住,那狐妖常常借楼掌柜的样貌出现,已经不是头一回了。师兄初来浮玉县,不知道情况罢了,也不必太自责。"宋立言善良地安慰他,"以权谋私误伤百姓,至多不过被参一本,只要州府大人护着,师兄你就不会有事。"

"……"罗安河怀疑地睨着他,"你是不是在这香里动了什么手脚?"

宋立言大方地朝他指了指外头:"岐斗山上能碰见妖怪,师兄可要去试试?"

灭神香若有问题,就不会涌出这么浓烈的白雾,罗安河心里也知道香不可能有问题,可还是觉得匪夷所思,迟迟不愿相信。

宋立言慢条斯理地将楼似玉手腕上绑着的绳子解开,问她:"掌柜的伤着了?"

他的眼眸看过来,传递了一丝怂恿之意。楼似玉立马来劲了,抓着他的腰带就哭:"大人,奴家要喊冤哪!奴家清清白白什么也没做,突然就被抓进大牢动了私刑,奴家手腕疼,肩膀疼,哪儿都疼!这事要是不给个公道,奴家也上州府大人那儿递状纸去!"

"掌柜的少安毋躁。"宋立言像模像样地宽慰她,"罗大人只是认错了人。"

"认错了人就可以动私刑了?咱们朝廷的律法是写着好看的?虽说民不与官斗,可天理昭昭哇,要不是大人及时赶到,奴家今儿被打死在这里也没处喊去。"

说着,她捂着脸往他怀里倒去。

宋立言不着痕迹地将她推开,再瞪她一眼,然后若无其事地转头对罗安河说:"此事的确是师兄做得不妥当。"

"这谁想得到啊……"罗安河还有点儿愣怔,看看楼似玉,再看看自己手里的灭神香,心想也对,这掌柜的身上没有妖气,的确是个普通人。

"那……"他挠挠头,"那本官给掌柜的赔个不是?"

罗安河意外地能屈能伸,楼似玉吓了一跳,打量他两眼,确定他是真被唬住了不是在说反话,才松了一口气:"既然如此,那大人先把霍捕头放了吧?"

"就算掌柜的不是妖怪,那霍良的忤逆之罪也是定下的。"罗安河语气一转,抬起了下巴,"用私刑是本官之过,可掌柜的本也有命案在身,待在大牢里不冤枉。"

"关于曹府的命案,"宋立言开口,"相关证据已经齐全,师兄既然在,不妨今日升堂。"

"县上的事还那么多,哪儿有空升堂?再关几日吧。"罗安河知道了她不是那狐妖,也就没兴趣了,拂袖往外走去,"你们把人给我看好了,楼掌柜和霍良,一个都不许往外放。"

"是。"四周的狱卒低声应下。

楼似玉目送他离开,扭头欣喜地说:"大人这一出英雄救美,真是得奴家欢心哪,有空请您喝酒!"

他的眼眸微有亮光,却又被主人克制的眼皮盖住一半,只留星星点点的光不小心从睫毛间泄出来。宋立言伸手拂开鼻息间飘散的白雾,板着脸说:"我是来看霍良的,顺便给掌柜的搭把手罢了。"

"哦对,霍捕头。"经他提醒,楼似玉连忙往牢房的方向走去,一边走一边小声说,"他不知道您来了,许是还担心着呢,奴家赶紧去报个平安。"

像霍良这样当真不畏强权的人,楼似玉只在书里看见过。趋利避害是人的本性,肯逆着人性来帮她的人,那定是将她当成知己好友了,她也不能辜负人家。

楼似玉步子又轻又快,整个人跟只蝴蝶似的飞扑到霍良的牢房的栅栏上。

"掌柜的?"霍良上下打量她一番,问道,"受刑了?"

"就一下,蚊子咬似的,不碍事。"楼似玉笑着朝他抱拳,"多谢您出手相助。"

霍良走到她跟前,皱眉盯着她的脸,半晌,伸手越过栅栏,指了指她脸侧的红痕。

"啊,这个,也没什么,不疼。"她大方地朝他摆手,然后笑道,"宋大人来看您了。"

楼似玉伸手指着后头,以为宋立言跟着她呢,谁知道扭头看过去,才发现那人慢悠悠地走在牢房拐角处,眉目低垂,看不清神情。

"宋大人?"她疑惑地喊。

宋立言没应,步子倒是稍稍加快了,走到跟前站定,抬眼看着霍良:"你出去的时候我同你怎么说的?"

霍良心虚地挠头:"大人让卑职尽分内之责。"

"你尽了吗?"

"没有……可是大人,楼掌柜当真没错,卑职为何要听令捕她?"霍良不明白,"若是大人下令,卑职尚且觉得情有可原,可那位罗大人从浦方下来,任意妄为,暴躁蛮横,他所为不妥,卑职也要听之任之?"

"你不听不任的后果就是被关在这里。"宋立言敲了敲他面前的栅栏,"怎么,心里惦记着搬救兵?"

霍良脸上一红,不好意思地低下头。

"还真是义薄云天哪。"宋立言望向头顶的房梁,不悦地说,"那就如此吧,反正本官也救不得你。"

楼似玉听越不对劲,忍不住开口:"大人,霍捕头做的也是好事呀,又没做错,您怎么还怪起他来了?"

宋立言敲着栅栏的手指僵了僵,他合了眼,半晌没说话。楼似玉想说点儿什么缓和气氛,就见这人挥袖,头也不回地走了。

"哎?大人?"她怔住了。

宋立言置若罔闻,觉得自己来这一趟实在多余,她又不会被打死,还有人护着,哪儿需要旁人操心?他步子越迈越大,很快消失在下一个拐角处。

第十二章
好大的醋味

　　熟悉宋立言如宋洵，一向知道自家大人嗜甜苦辣咸，但从不沾醋。面条里不能放醋，吃饺子也不能放，所以他一度以为，此生都不会在大人身边见识到醋味儿。

　　然而他没想到的是，这二十多年欠着的醋味儿，今儿一朝全还回来了。

　　宋洵行在宋立言身侧，想宽慰他："大人，掌柜的只是念霍捕头的恩情，又不是别的，您气什么？"

　　宋立言翻身上马，捏着缰绳，冷淡地说："我没生气。"

　　天色晚了，官邸里各扇窗户都被烛火映出了暖色。

　　宋立言半倚在软榻边擦拭獬豸剑，雪白的剑身散发着愉悦的光，似乎十分享受，嗶瑟地发出锋利的划空之声。袖子里的灭灵鼎忍不了了，突然蹿出来往他的掌心里钻。

　　宋立言连忙接住它，好奇地打量了一番，自言自语："分明是上清司最厉害的法器，也通灵性，可怎么就这么黏我？我又不是你的主人。"

　　灭灵鼎抗议地嗡鸣两下，然后继续往他的掌心里蹭，生生将獬豸剑挤到了一边，像个争宠的小孩儿。

　　宋立言叹息，拿拭剑帕也给它抹了抹，然后拎起它问："你这么厉害，为什么怕楼似玉？"

　　愉悦的嗡鸣声戛然而止，灭灵鼎老实地躺在他的手里，不动弹了。

　　他侧头看了一眼窗外。秋意浓了，外头又下起了夜雨，晚上各处都凉得很，牢里那种阴气重的地方应该更甚。虽然狱卒肯定会看霍良的面子给加被褥,但那里头毕竟不是什么好地方。

他起身踱了两步,瞥了一眼门的方向。

也就一眼,他没动什么心思,可桌上放着的灭灵鼎突然跳了起来,抵着他的背将他往外推。

"你干什么?"宋立言挪了两步,哭笑不得,"我没想出门,还下着雨。"

灭灵鼎没听,依旧冲撞着他的背,硬生生将他从屋子中间推去了房门口,还将门外放着的油纸伞扛到了他面前。

"……"这毕竟是上清司的圣物,它能有这么强烈的意愿,那就一定有它的道理,身为上清司弟子,他哪能不遵从?

宋立言接过伞,撑开一片雨幕,将灭灵鼎揣回袖子里,一脸正气地想,就当去巡逻了。

然而,潜入大牢之后,他半点儿声响也没敢出,跟做贼似的一路摸黑去找楼似玉的牢房。外头的狱卒睡得香甜,无人发现,他偷偷松了一口气,抓着栅栏往里头看去。

一双明媚的眼睛盛着窗外的月光,温柔地从栅栏里看着他。

宋立言吓得趔趄了一下,好悬没坐到地上。他微怒,咬牙道:"你吓唬人干什么?"

"奴家哪有吓唬人?"楼似玉抬袖掩唇,"奴家可是一直在这儿的,不速之客是大人您。"

宋立言没好气地将牢房打开,站直身子跨进去,看了一眼不远处牢房里睡着的霍员,闷声说道:"你竟然没逃狱。"

"反正也回不去掌灯客栈,住哪儿不是住啊?"楼似玉笑嘻嘻地在石床上坐下,仰头看着他,"不过大人能在这时候来看奴家,奴家当真高兴。"

"为何?"他别开眼,"白日里不是也来了?"

"白日里来的是县令宋大人,现在来的是动了凡心的宋立言,这哪儿一样呀?"楼似玉狡黠地晃着脚尖,"奴家原还在猜大人心里有没有奴家,眼下来看是不用猜了,奴家在大人心里宝贝得紧哪。"

"你胡说些什么?"黑暗里看不太清脸,但他的语气听起来是咬牙切齿的,"谁心里有你?"

楼似玉挑眉:"没奴家大人还半夜不睡觉专门跑来偷看?"

"睡不着,随便走走。"

宋立言冷哼一声,沉声道:"别把你对付别人的把戏用在我身上。"

楼似玉眨眼："没有呀，这是新的把戏，奴家只对大人用过。"

宋立言紧了紧牙槽，觉得自己是半夜送上门来给人戏弄的。他转身要走，手心却传来温软触感。

楼似玉小心翼翼地抓住他的手，见他回头，又露出个甜甜的笑容来。她抓着他轻轻晃了晃："外头还下着雨哪，大人好不容易来，不妨多留一会儿？"

最后一个字带着点儿软糯的鼻音，听得人的心也忍不住跟着软。宋立言心知肚明自己留下来就是意志不坚，但挣扎了几瞬，还是停下步子，板着脸问她："留下来做什么？"

"数星星？"楼似玉望向窗外，发现外头正下着雨，立马改口，"数雨滴也成。"

"……"宋立言觉得她是真的脑子不太好使。

"哎，哎，哎，大人别走，您有什么想问的事现在都可以问奴家。"楼似玉拼命拽住他，脚都蹬到石床边借力了，"您没有想知道的事了吗？"

这个倒是不错，宋立言当真往回走了两步，思忖片刻之后盯着她问："宋清玄为什么会和你走到一起？"

楼似玉微微一顿，垮了肩膀。她就知道他会问这方面的问题，不过现在听着这个名字，倒是没有以往那么难受了。

她想了想，摘下头上的珠钗，递到他跟前："这是他送我的，说是聘礼，可到底他也没能娶我过门。我是妖怪，他是上清司的人，但我与他做的是同样的事……"

"打住。"宋立言眯眼，"你这几句话里有半句真话吗？宋清玄既然是上清司的人，怎么可能与你做同样的事？"

"奴家现在做的才是大人应该做的事。这么多年以来，上清司寻找妖王的内丹从来不是为了摆上法阵镇压妖王，而是为了毁灭内丹，让妖王再无出世的可能，您被人骗了。"

"奴家虽不知是谁在后头搅弄风云，但此人颠倒黑白，其心可诛，大人万不可信。"

宋立言恍然点头，然后问她："那你为什么没有毁掉内丹，反而给我了？"

"奴家……"楼似玉张口才发现这事解释不通，有那么一瞬间傻眼了。

她是不是又跳入裴献赋的坑了？

裴献赋同她说，妖王出世，那个人也会跟着重现人界。她虽然没有相信，但到底动摇了一瞬。就这一瞬的工夫，她做了还宋立言内丹再让蛇族去抢回来的决定，一来可以使他免受丢失内丹之责，二来可以让蛇族保全内丹，留条退路。

而楼似玉没想到的是，这样一做，就再也无法让宋立言相信"销毁内丹"才是正确的路子。

她有点儿头疼。

"怎么，解释不下去了？"宋立言不悦地看着她。

楼似玉转脸就笑："那内丹是大人浴血奋战得来的，奴家不过捡个便宜，要是真将它毁了，大人还不得记恨奴家一辈子？比起天下苍生，奴家眼里还是大人更重要些，故而就还了。"

"你要真这么想，一开始就不该抢。"

"哎呀，那不是本能吗？再说了，若不抢，大人哪儿能陪奴家游湖呀？"她伸手捋了捋他的鬓发，眼里满是眷恋之色，仿佛又想起了那个绵软的吻，压不住的得意之色从眼角眉梢偷偷跑出来，整个人都明亮了两分。

宋立言垂眸看着她，突然觉得有些不舒坦。

"霍捕头不是也挺好？下次让他随你去游湖也可以。"

嗯？这是什么话？楼似玉没听明白，偷偷打量他，发现这人又像之前来天牢之时的模样了，四周气息阴沉，一股拒人千里的意味。

她犹豫地问："大人还在生霍捕头的气？"

宋立言冷漠地别开脸。

"不是啊……那……大人就是在生奴家的气？"

她怎么会有错？错的是他，他心神不定，六根未清，徒给自己增添烦恼。宋立言收回撑在墙上的手，有些懊恼。若她是个平民百姓还好说，可偏生是个妖，叫他杀不得也留不得，纠纠缠缠，不能安生。

这些复杂的情绪没藏住，全落进了楼似玉的眼里。她眨巴着眼瞧着，许久之后，突然踮起脚勾住他的脖子。

宋立言微微一惊："你做什……"

话没吐完，嘴就被人堵了。

牢房那一角没什么光，无形中给楼似玉壮了胆，她手上用力，愣是将他拉下来些，然后再狠狠地亲了上去。

宋立言一直僵着身子，恍然回神，嫌弃地将她拉开。

楼似玉以为自己惹他讨厌了，肩膀一缩就想跑路，然而不等她抬步，腰上就是一紧。宋立言捏着她的腰将她举起来些抵在墙上，让她堪堪能与自己平视,然后靠近她,犹豫一瞬,还是吻了上来。

"……"像有无数法阵同时在脑子里炸开似的,楼似玉傻眼了,酸麻的感觉从唇瓣一路蹿向四肢,她放在他肩上的手指都蜷缩起来。

雨打在油纸伞上稀里哗啦地响,宋立言撑伞离开了大牢。一纸青灰色的伞跟着从旁边缓缓移过来,伞面抬起,裴献赋看着宋立言的背影,轻轻给他鼓了鼓掌。

"真不愧是那人身上压得最深的一片魂哪,贪嗔痴俱全。"他感慨,"再没有比这更合适的了。"

雨声盖过了他的声音,没人听得见,就算听见了也没人能懂这话是什么意思。

两日之后,雨过天晴,街上的纸钱少了,行人多了,仿佛又回到了蛇妖入侵之前,一片繁荣热闹的日子。痛失亲人家眷的百姓在衙门的开仓抚慰下逐渐开始了新的生活,但也有不肯接受的人,执意击鼓,站在了公堂之上。

楼似玉一大早就被提审,跪在公堂下头直打哈欠。睨两眼上头看状纸的罗安河,她心想:明明是同样的缁衣官服,怎的宋立言穿起来英姿飒爽,落他身上就跟地痞流氓披锦衣似的呢?

"大人!"旁边有人喊了一嗓子,吓得她打了一个激灵,无奈地看过去。

曹夫人头戴小白花,满脸悲愤的表情:"我家老爷已经入土,可凶手还逍遥法外,恳请大人为民妇做主,今日就让凶手偿命!"

罗安河眯眼看着状纸,一副认真审查的模样,没接话。旁边站着的县丞瞥了他好几眼,终于忍不住上前提醒:"大人,下头的民妇在喊冤。"

"本官听得见,用不着你说。"罗安河没好气地放下状纸。

这曹家人也太没出息了,好歹是个大户人家,要告状罪名却只列个投毒杀人,人证没有物证也没有,真按状纸来,肯定一开口就被宋立言堵回来。

他眼珠子一转,拍了拍惊堂木:"犯人楼氏,信妖怪鬼神之说,不但有私自开设祭坛之举,还曾供奉妖神。此番浮玉县受巨蟒之祸,经查与楼氏有关,故按我朝律法,当斩首示众,以平民怨!"

外头观堂的人一阵欢呼,曹夫人愣了愣,迟疑地看了上头一眼,懂事地没吭声。她反正就要这楼似玉给她老爷陪葬,至于是什么罪名,她倒是不介意。

宋立言今日是来旁观的,知道罗安河不会轻易放了楼似玉,但没想到罗安河竟能当堂诬蔑人。宋立言撑着椅子要起身,想了想,又坐回去继续看。

"大人这话从何说起?"楼似玉好笑地说,"宋大人审案都讲真凭实据,难不成这惊堂木到了大人手里,就是空口白话便可定音的了?"

"你私设祭坛之事,浮玉县众人皆知,是为人证。衙门卷宗记载,七月半掌灯客栈有野狼闯入,衙差上门查看,掌柜的亲口说出'狼妖'二字,口供在此,是为物证。人证物证俱全,如何能说是空口白话?"

观审的百姓突然一阵骚动,接着分去两边站着,有一行人走了进来。

罗安河侧头看过去,瞧见个慈眉善目的男人把玩着一对油光发亮的大核桃走进来,一身藏蓝常服,腰坠紫绦玉佩,气度非凡。但哪怕他是笑着的,目光所落之处,被看着的人也忍不住打战。

"大人,您怎么过来了?"罗安河一扫之前的嚣张样子,迎上来,分外殷勤地请他上坐,搓手笑道,"最近不是去京都述职了吗?"

"是啊,刚回来就接到消息,说浮玉县出大事了,便过来看看。"他将核桃搓得嘎嘎直响,路过宋立言身前的时候停下了步子。

"霍大人。"宋立言朝他拱手。

霍鼎世赞叹地瞧着他:"你这小子的确是个好苗子,这才几年哪,就出落得如此厉害。"

说着,霍鼎世拍了拍宋立言肩上厚重的气。

宋立言谦虚地低头。

霍鼎世朝霍良说:"看看人家,你分明与人家是一样大的年纪,却远不如人家有本事。"

霍良心情复杂,旁边的罗安河神色比他更复杂,疑惑的目光在这三人之间来回扫了好几遍。他后知后觉地想起来,霍良姓霍,荒州州府霍大人好像也姓霍?可是,他没听说霍大人有子嗣啊?

"浮玉县出了这么大的事,按理也是要移交州府处置的,既然本官赶巧来了,这位置不如让本官来坐?"霍鼎世指了指堂上的主审位,看向罗安河。

罗安河哪儿敢拒绝,僵硬地笑着将头上的乌纱摘下,双手放去桌上:"您请。"

霍鼎世大方坐下，将状纸拿起来瞧了瞧，看向下头的曹夫人："原告要指被告投毒杀人，可有证据？"

曹夫人回过神来，战战兢兢地说："我家老爷寿宴上的菜肴全有毒，死伤几十余人，有医馆写的字据为证，府中丫鬟、小厮也都看见的，厨房里只有掌灯客栈的人进出。"

"被告可有冤屈？"

"有哇，天大的冤屈！"楼似玉连忙说，"宋大人与奴家一同去查过，毒在曹府的水井里，只要用水做菜，菜里都会染毒。这做菜哪里有不用水的？奴家也着实是受了无妄之灾，没收到酒席钱不说，还将客栈名声给赔进去了，谁会故意做这样的生意哪？"

"被告可有证据自证清白？"

"有，当日宋大人让人查过水井，井里之水确实有毒，案卷里有记载。并且早在曹家寿宴开场之前，府中就有丫鬟腹痛身亡，足以佐证。"霍良将备好的案卷呈上去，又说，"曹夫人丧夫难过，迁怒于楼掌柜，故而隐瞒丫鬟身亡之事，不巧在运送尸体之时被卑职撞破，眼下那丫鬟的尸身因为无亲眷认领，尚在义庄。"

霍鼎世觉得好笑："本官问被告，话怎么全是你说了？"

霍良正色道："卑职曾奉宋大人之命查过此案，早就该结案的，不承想又横生枝节，故而只能拿出手中证据，以正视听。"

曹夫人脸色难看，愤愤不平，跪下来朝霍鼎世磕头："民妇的夫君死得冤枉，总不能全怪那水井吧？就算是井里有毒，那毒肯定也是人为，请大老爷抓出凶手，替民妇的夫君报仇。"

霍鼎世仔细看了卷宗，喃喃道："蛇毒……这毒怎么可能投在井里呢？除非量大，否则压根儿不至于令人丧命。"

罗安河立马说道："下官方才就在审理此事，有人揭发那楼掌柜私自豢养巨蟒，导致县上死伤千人，这蛇毒旁人没有，她一定是有的。"

霍鼎世将卷宗放在桌上拍了拍，似笑非笑地看着他："巨蟒？这话你拿去糊弄别人还好说，同本官也敢胡诌？"

"大人。"宋立言出列，拱手道，"岐斗山上多巨蟒，但非人可养。前些日子巨蟒下山觅食，伤我县上百姓，下官已经带人上山剿灭，蛇尸均弃于碧波湖岸。为平民愤，也为给大人一个交代，下官请大人移驾，与众人一起前往碧波湖探个究竟。"

"哦？"霍鼎世来了兴致，"都除掉了？"

"是，巨蟒百余，皆斩首断七寸，堆积成山。"

霍鼎世惊叹了一声，起身往外走，众人跟上，霍良一把将楼似玉拉起来，顺手替她解开了脖子上的镣铐。

"多谢您。"枷锁脱落，楼似玉终于喘了一口气，欣喜地说，"想不到霍捕头还有此等靠山，倒是我瞎操心了。"

霍良不好意思地挠了挠头，小声嘀咕："我也不想麻烦他的，毕竟……可这回罗大人太过分了，若不请他来，你我连着宋大人都要为强权所压，实在不值当。"

楼似玉笑着拍手："霍捕头厉害，等这事了结，奴家请您喝酒。"

正走在她身后的宋立言听着这话就僵了僵，眼眸微眯，心想掌灯客栈的酒还真是便宜啊，谁都能请着喝。

"我不会喝酒。"霍良耳朵微红，"上回洗尘宴上不就闹笑话了？"

那是她用的迷魂法术，又不是他真的喝醉了。楼似玉难得地良心不安了一瞬，笑道："这回给您上些不烈的好酒。"

两人说说笑笑，仿佛已经脱罪了似的，讨论起下酒菜来了。宋立言冷笑，越过他们往前走，径自上马，跟上霍鼎世的马匹。

"立言。"霍鼎世朝他招手。

他应了一声，策马上去与之并排，听得霍鼎世小声问："霍良这孩子没给你添麻烦吧？"

"大人言重，霍捕头踏实能干，能得他相助，是下官的福气。"

"那就好。"霍鼎世搓着核桃叹气，"你也知道，这孩子一直惦记他娘的死，不肯认祖归宗，这么多年了老夫一直觉得亏欠他。这回难得他有事相求，老夫是说什么也要来一趟的。"

他说着又回头看了看楼似玉，眼里露出点儿揶揄之色："那姑娘是他的心上人吧？还没见过他这么护着谁。"

宋立言垂眸，没吭声。

霍鼎世也没注意他的表情，自顾自地说："他早该成家了，若这姑娘当真无辜，那老夫也乐得成全……扯远了，立言，这次老夫去京都见了你师父，他老人家让我转告你，红尘之劫在即，切忌大怒大悲。"

"多谢大人提点。"

应是这么应着，宋立言心里却觉得自家师父太小瞧他，就算是身处红尘，受人影响，但这点儿程度，何至于变成劫数？

一行人浩浩荡荡地往碧波湖去了，如宋立言所言，堆成山的巨蟒尸

279

体在丛林里散发着恶臭，亲眷为巨蟒所害的人当即跪下来哭号，有胆子大的人举起锄头上去把砸一番，胆小些的远远看一眼就跑走了。没过多久，消息传开，更多的百姓拥向碧波湖，哭声和骂声震天。

"我怎么早没想到这茬儿呢？"楼似玉懊恼不已地抱着旁边的树干，"早让人来看，客栈也不至于被打砸了呀。"

宋立言站在她身侧，冷声道："时机刚好，早一步晚一步都不妥。"

"那您给补贴客栈的修葺钱吗？"楼似玉眼巴巴地伸手。

"妄想。"他拂袖走开。

楼似玉垮了脸，继续抱着树干哀号，旁边的霍良看得好笑，上来低声道："总会有办法的，掌柜的别着急。"

"还是捕头您好啊。"楼似玉感激涕零，冲着宋立言的背影撇嘴，"不像有的人，翻脸不认人，无情又冷血。"

无情又冷血的宋立言朝天翻了个白眼，暗自发誓下回再也不上赶着帮她了，免得喂个白眼狼出来，还去冲别人甩尾巴。

"怨气太重，易生魑魅。"霍鼎世站在远处看着蛇尸上空飘浮的黑瘴，伸手抓来一缕，用力一捏便捏散了，"不宜久留。"

宋立言拱手答："已经让人准备牛车，不日便将它们运进岐斗山。"

申时一刻，公堂上的惊堂木拍下，楼似玉被判无罪。

围观百姓虽无人反驳，但也略有微词，嘟嘟囔囔地四散走了。县衙大门合上，霍鼎世突然开口："跪下。"

楼似玉扑通一声跪了个老实。

霍良好笑地看她一眼，掀起衣摆跪在她身边，小声道："他喊的是我。"

"啊？"楼似玉尴尬地笑了笑，一边爬起来一边问，"你跪什么呀？"

"以下犯上，论罪当罚。"霍良云淡风轻地答。

一听这话，楼似玉刚起一半的身子立马又跪了下去，她正色朝霍鼎世说："青天大老爷在上，民妇有话要说。"

"哦？"霍鼎世饶有兴致地端起茶杯，"你讲。"

"霍捕头当日并非有意犯上，而是为了阻止罗大人步入歧途。"她表情动容、激情盎然地说，"这怎么能算罪过呢？这是麻木河流之中逆流而上跃龙门的鱼，是黑暗之下坚定本心维护正义的光，是百姓的福气，是所有捕快看齐的方向啊！

"霍捕头会不知道忤逆罗大人是什么后果吗？他都知道，可他更知道奴家是无辜的。在同时面对一个无辜可怜的弱女子和自己头顶的乌纱帽时,我们的霍捕头毅然决然地选择了前者,用双手撑起了奴家头顶的天,让奴家相信咱们的官府是好的,是靠得住的!

"这样一个好捕头,大人若是罚了他,那民心怕是凉得跟一月的井水一般了!大人三思呀!"

罗安河听得目瞪口呆,嘴巴张得老大,一时合不拢。宋立言也呛了一口茶,心有余悸地将茶杯放远些。

主位上的霍鼎世沉默半晌,竟笑了出来:"这位掌柜的倒是好口才。"

"民妇是实话实说。"楼似玉正色道,"空口白话地瞎奉承是无法打动人的,霍捕头就是有这么好,民妇才说得出口来。"

"说到底,他就是出面帮你了。"

"他帮的不仅是民妇,还有这世间的正义。"

"得,正义就正义,但不管怎么说,霍良顶撞罗通判是事实。"霍鼎世撇了撇茶沫,抬眼看向她,"若本官真要罚他,掌柜的可愿替他分担些?"

"愿意。"楼似玉飞快地回答,"您让民妇一个人受了都成。"

她又不是忘恩负义之人,再说了,就她这身子,普通的刑罚也不能将她如何。她已经欠霍良人情了,总不能还让他遭罪,那就更还不清了。

她是这么想的,然而话说出去落在别人那儿,可就不是这个意思了。霍鼎世意味深长地轻轻点头,罗安河惊讶地看了看她又转去看宋立言,宋立言面无表情地喝着茶,看不出什么情绪。

良久,霍鼎世笑道:"既如此,那就打十个板子吧。"

"大人!"霍良有异议,刚皱眉喊了一声,就被上头一眼瞪了回来。

臭小子懂不懂路数啊?霍鼎世恨铁不成钢地摇头,这十个板子又打不死人,顶多打出点儿伤,不正好给他理由多去看人家吗?感情都是处出来的,两个人往来得多了,那男婚女嫁不就水到渠成了?

霍良看懂了自家老爹的意思,可觉得他误会了,自己对楼掌柜又不是男女之情,这哪儿跟哪儿啊?

不容他多议,霍鼎世安排了刑罚就往县衙内堂走了,宋立言跟着起身,一眼也没往下头瞧,冷漠地消失在屏风后头。

宋立言今日一整天神色都很平和,陪霍鼎世下了两盘棋,用了晚膳,再接了县令的印鉴,不管霍鼎世怎么夸赞,他始终没有半分骄傲之意。

霍鼎世感慨道:"赵老头的担心的确多余,不以物喜不以己悲,你这样的孩子,哪儿用历什么劫?"

宋立言应承了两句，替他安排了下榻之所，又指了些衙差好生看护，忙碌一通之后，才回到自己的屋里打算休息。

然而，他一推开房门，抬眼就撞见了楼似玉那张梨花带雨的脸。

"大人——"她娇嗔，"您可回来了！"

他退出去看了看门楣，确定是自己的房间之后，伸手将她拎出去，反手就要扣门。

"哎，哎，哎，别关！"楼似玉伸着脑袋硬将门卡住，可怜兮兮地说，"奴家刚受了刑罚过来，还指着大人赏口饭吃呢。"

"怎么不去找霍良？"他冷笑，"不是都舍身相护了，难道还吃不得一顿饭？"

楼似玉动了动鼻翼，狡黠地眨眼："大人晚上吃的饺子呀？连陈醋都备好了。"

宋立言松开门，扭头去内室坐下，背对着她。

楼似玉给了门外的宋洵一个放心的眼神，关上门蹦蹦跳跳到他身后，乖巧地替他揉捏肩膀："今儿这事，奴家的确得谢霍捕头，是他帮了忙对不对？奴家护着他，也没为别的，就是不想再欠人情。要是换作大人您，那奴家就不护了，奴家巴不得您被打个屁股开花，然后奴家端茶倒水日夜不离地伺候您。"

宋立言不以为然地冷哼，鼻音沉沉的。楼似玉听了，没把持住，按着肩膀的手滑下去搂住他，吧唧一口亲在他的耳朵上。

"……"宋立言浑身战栗，起身甩开她，咬牙切齿地说，"我看你是不想活了！"

"冤枉哪大人，奴家巴不得长命百岁，好一直陪着大人。"楼似玉拉了他的手，压住他的挣扎动作，硬是给握稳了，然后放在自己的脸侧蹭了蹭，抬眼看他，"不生气了可好？"

他收回自己的手，拂袖坐去桌边，闷声道："不是挨了板子？怎么还活蹦乱跳的？"

"那些板子没多大力道。"楼似玉嗅了嗅桌上的菜肴，双眼发光地将筷子塞进他的手里，"大人也该饿了，快先吃点儿东西。"

他扫一眼桌上，全是府中做腻了的菜色，本就没什么胃口，一看更不想抬筷："你想吃便自己吃吧。"

楼似玉也真不把自己当外人，闻言夹了一块烧鸡肉放进嘴里，"嗯"

了一声，愉悦地眯起眼睛，小脑袋止不住地点："好吃！"

宋立言觉得好笑："掌柜的以前没吃过鸡肉？"

"那倒不是，钱厨子会做烧鸡，也好吃，可大人府上的味道别有不同。"她吐掉骨头，又夹了一块鸡肉，含糊地说，"香料放得足，皮软糯，里头的肉嫩滑不干，一口咬下去汤汁满溢唇齿间，简直是人间美味。"

有那么夸张？宋立言怀疑地看着她，见她吃得津津有味，也觉得有些饿了。他提起筷子，试探着夹了块鸡肉来尝，发现当真比平时好吃了不少，便又多吃了两块。

"哎，这就对了，大人这么操劳，哪儿能不吃饭呢？"楼似玉拿过他的碗给他结结实实地压了一碗米饭，又给他夹肉夹菜，"都尝尝，这么一大桌子菜，浪费了多可惜。"

米饭被压得平整，堆上菜浸了油，显得分外不规矩，可他瞧着倒是意外地有胃口。瞥一眼她的动作，他学着将碗端起来，往嘴里刨了两口饭，嗯，还挺好吃。

楼似玉一手拿筷子，一手撑着下巴，目光落在他身上，控制不住地带了点儿慈爱之意。上清司里长大的孩子少有烟火气，但他不显得死板无趣，反而像一张空白的宣纸，等人沾染颜色上去。碗边的油、桌上不小心洒出来的茶，还有那微微鼓起的腮帮子，都让他看起来生动极了。

她喜欢这样的他。

"你看什么？"宋立言不悦。

"大人好看奴家才看呀。"她笑，"若是大人再笑上那么一笑，奴家愿意不吃不喝盯着大人到老。"

"你不要总说这样的话。"宋立言微恼，"说多了便没人会信。"

楼似玉眼眸一亮，问他："那说少些大人便信？"

"……"他放下吃空的碗，漱了口擦了嘴，正儿八经地问她："本官在你眼里是个好人？"

想起碧波湖边那成山的妖尸，楼似玉撇嘴摇头："算不上。"

"能给你带来什么重要的好处？"

"也没有。"

"那你天天说这么多甜言蜜语，为的是什么？"他想不明白。

楼似玉眼里闪过一丝狡诈之色，她嘿嘿笑道："这就是您不懂了吧？有个词儿叫潜移默化，这甜言蜜语说多了呀，大人就会记住奴家心悦于您这件事，一旦您记住了，上心了，那早晚也会心悦于奴家。"

宋立言恍然大悟，撑着桌沿欺身过来，小声道："那本官也有话要告诉你。"

"什么？"她兴奋地凑过去。

"本官绝不会心悦于一只狐妖。"他学着她的语气，一字一顿地说。

楼似玉垮了脸，分外不服气地甩出九条大尾巴，朝他摇了摇："不会心悦于一只狐妖，那奴家算九只，九只您总得试试。"

嚣张的妖气在房间里蔓延开，宋立言脸色一变，拍了桌子抽出獬豸剑。楼似玉早料到他会发火，收起尾巴往窗外跑，一边跑一边喊："动怒伤身，您喝口茶休息休息！"

还休息呢，他没被她气死都算好的。他之前还一直骗自己，说她不是妖怪，后来接受她是个妖怪但至少不曾在她身上闻见妖气。现在倒好，这人竟敢直接在他面前现原形！

更可怕的是，哪怕他已经抽出了獬豸剑，却也没有要立马朝她砍过去的意思。

宋立言觉得惭愧，对不起上清司的教导，也对不起自己立下的斩尽天下妖魔的誓言。

门外有人踩着了东西，"咔"的一声响，宋立言满是戾气地回眸呵斥："谁？"

一袭青衫扫过门槛，裴献赋笑眯眯地进门来，朝他拱手："大人，在下有事相告。"

宋立言眉梢微动。

离开衙门的楼似玉心情甚好，一路连蹦带跳地回到广进当铺，推开门就喊："梨花，咱们可以回客栈啦。"

林梨花化着原形从角落里出来，飞扑进她怀里，瑟瑟发抖："主子，您可算回来了。"

"怎么了？"楼似玉好奇地拎起她看了看，"怎么吓成了这样？"

"您感受不到吗？"林梨花哭丧着脸指了指外头岐斗山的方向，"那边有好强的怨气。"

"那是死去的蛇妖的怨气。"楼似玉拍了拍她的脑袋，"有什么好怕的？又不能吃了你。"

"不，不。"林梨花拼命摇头，"咱们这些修为不够的小妖对强者向来是最畏惧的，方圆百里之内只要有大妖即将诞生，我都能感觉到。

眼下岐斗山那边有很厉害的妖怪要出世了，我好害怕……"

厉害的妖怪出世？楼似玉顺着她的毛捋了捋，费解地嘀咕："厉害的妖怪出世，要么是修为足够的动物和死物妖化，要么是大妖诞小妖，前者肯定不足为患，至于后者……"

小妖王？

意识到这一茬儿，楼似玉浑身一僵，抱着林梨花推开窗户往外望，就见岐斗山附近黑瘴弥漫，逐渐蔓延至主山之巅。她瞳孔微缩，掐指一算，将林梨花放下来就走。

"主子？"林梨花吓得跟着她的脚踝蹿，跟跄着摔了几个跟头，"您要去哪儿？"

楼似玉拎起她往后放："你好生看家，我去去就回。若是一时半会儿没回来你也别慌，去秦掌柜那儿蹭饭吃便是。"

林梨花耷拉了耳朵目送她远去，感觉四周又有寒意袭来，连忙甩了尾巴往街上跑。

天色暗了，秦小刀正在收拾摆件铺子外的东西，冷不防见一团毛球蹿过来，下意识地伸手接住。

"稀客啊。"他笑，"你怎么来了？"

林梨花缩进他怀里瑟瑟发抖："我主子出远门了，让我来投奔你。"

"你那主子别的不会，占人便宜打人秋风倒是有一手。"秦小刀嗤之以鼻，却还是收下了她，将她抱进屋里，放在软软的棉絮上。

屋子里很暖和，林梨花渐渐安定下来，抬起脑袋四处打量一番，忍不住说："秦掌柜，这都多少年了，你怎么还是不会收拾屋子呀？"

四处的杂物堆得老高，他分明也算个有钱人，可目及之处除了货物就没别的了。一张床板半陈不新，就棉絮是刚打的，花纹却也是几百年前的老样式。

秦小刀不以为然："我一个人住，收拾屋子给谁看？"

想起自家主子说过的他的故事，林梨花不敢再接话，卷在棉絮上团成团，困倦地打了个哈欠。秦小刀归整好东西回来，见小狐狸已经睡熟了。他翻了个白眼，暗道这小家伙也真是不认生。

秦小刀坐在烛火边翻了翻皇历，粗糙的手指滑过一串儿日子，最后落在九月初九上头。他叹了一口气，将皇历合拢，又打开旁边的小匣子，拿出一块长命锁来。

同一片夜空下，宋立言显然也没有好觉可睡。他挣扎着从梦魇里醒来，披了外衣坐在窗台边，看着寂静的庭院出神，脑海里控制不住地响起裴献赋的声音。

"大人可要小心哪，楼掌柜爱惨了您的魂魄，指不定什么时候就动手取了去。"

"妖怪的真心放上秤都卖不了几文钱，大人难不成还当真了？"

"不信便不信罢，大人总觉得在下是骗子，楼掌柜是好人，那且等着看，看看是在下这骗子说的是真话，还是那位楼掌柜一直在骗您。"

宋立言好奇地看了看自己的掌心，楼似玉要他的魂魄做什么？她不是还曾给他喂魄护着他吗？又怎么可能主动来取他的魂魄。

他摇摇头，觉得好笑，饮两口冷茶，继续睡了去。

整个天地都在子时安静下来，虫鸟皆歇，只有岐斗山上的枯叶被人踩动，发出了"咯吱咯吱"的响声。

楼似玉攀着沿途的树干飞快地往山上爬，脚下不小心打滑，她干脆显出原形来，雪白的爪子踩进泥里稳住身子，继续往上蹿。

岐斗山的主峰最是难爬，过了半山腰基本再无活物，她这一抹雪色身影穿越其中显得格外打眼，故而没多久几柄生锈的铁戟就横在了她面前。

四周一点儿生人的气息都没有，举着铁戟的影子看不清是什么东西，但身上的妖力强大得可怕，还隐隐混着上清司的气。

"我有要紧事。"楼似玉朝他们作揖，"烦请让个道。"

黑影不会说话，只发出一种类似风灌进枯木里的声响，锈迹斑斑的长戟看起来不具威胁，可楼似玉不敢再往前，甚至连姿态都更卑微了些："若非燃眉之急，这地方我是断不会闯的，还请通融。"

说罢她咬破手指，以妖血画出三尺长的献祭符，送于它们跟前。艳红的精血浮于空中，被乌黑的影子一点点吞噬，铁戟磕碰几下，缓缓移开了。

楼似玉欣喜，飞快地蹿过去，大大的狐尾带起丛林间的落叶，窸窸窣窣响成一片。她灵活地跃上一块崖石，抬头瞭望，发现那团黑瘴已经在岐斗山之北下沉，如云生旋涡，千里翻涌汇聚成小小一缕，无声无息地没入繁茂的森林。

她皱眉，还待再往那头冲，一抬爪子却发现自己被树藤缠住了。楼似玉侧头，发现崖石旁边生着的千年古树垂下无数气根，像被风吹动似的，又往她的尾巴上绕过来。

"老家伙。"她不悦地开口,"你尝过狐火的滋味儿吗?"

枝叶颤了颤,古树的树干上缓缓开出一道口子,口子里钻出个土灰色的小老头,他没敢下来,只露着半个身子冲她说:"您息怒啊,我这三枝两叶的,哪儿够您的狐火烧?我这也是为您好,那头的怨气太重,您要是过去,怕是来不及做什么,就被怨气攻心走火入魔了。"

"荒唐。"楼似玉冷哼,"那怨气是我看着生出来的,原也在它旁边待过,怎不见我走火入魔?"

小老头连连叹气:"这团怨气已经不是最开始在山下的那一团了,一进岐斗山就有人行阵,将其提炼催化,眼下在山上的,已经是怨之极致,过处草木皆枯,活物触碰即入魔,您万万去不得。"

果然是有人暗中做手脚。楼似玉骂了一声,甩开树藤原地打了两个转。

"您也别太着急,这怨气虽强,可比起山北藏着的东西,也不算什么。"古树宽慰她,"就算这些怨气全给它吃了,那也是不够的。"

"我急的不是这怨气被它吃了,而是那东西竟然被人发现了。"楼似玉恼恨地说,"藏了几百年,一丝气息都没有的东西,我以为它是最安全的,谁承想竟在这时候被人拿出来利用。"

小老头被她浑身的戾气吓得抖了抖,钻回了树干里,树藤也老老实实地收起来,给她让出一条道。楼似玉跳下石头,不死心地往山北靠近。

雪白的狐毛渐渐被黑瘴缠上,楼似玉勉强行了半里路,终是扛不住,疾步后撤,可那黑瘴没打算放过她,顺着她的经脉翻涌,一路爬上她的眉心,她还没来得及反应,灿金的眼瞳就侵入了墨色东西,像琉璃上裂开的缝,渐渐裂到瞳孔最深处。

八月的最后一天,城外新坟上的纸钱落尽了,那场由蛇妖带来的灾祸也因为官府的抚恤渐渐过去,宋立言重新坐在公堂上审案,二十多桩堆积的旧案一审结,他长出了一口气,披上了宋洵递来的新斗篷。

"霍大人已经上路了,十几个人护着,应该不会出岔子。"宋洵小声向他禀告,顺便嘀咕,"罗安河还死赖着不肯走。"

"随他去吧。"宋立言迈出县衙大门,"只要不来找你我的麻烦,一切好说。"

宋洵应是,跟在他后头瞧了瞧自家大人走的方向,好奇地问:"大人要去哪儿?不骑马吗?"

"随便走走,你不必跟着。"

"是。"

他说是随便走走,可这条路再往前就只有一个掌灯客栈。宋立言心虚地踩着地上的方砖,暗道自己可不是故意要去看她的,只是有些日子没瞧见了,也不知道掌灯客栈重新开张了没有。

"糯米烧腊出笼了,新鲜的、热乎的,走过路过都来看看喽!"

旁边传来一阵吆喝声,宋立言停下步子,看看那瞬间排起队的小摊儿,有点儿嫌弃。可想了想,那人好像也没别的爱吃的东西,也就罢了,乖乖过去排进百姓之中。

这种事放在以前,他是无论如何都不可能做的,不合身份,麻烦,拥挤,嘈杂。可现在站在人群里,听着各种人叽叽喳喳地说着话,看看前头蒸笼里冒出来的热气,再被夕阳的余晖把影子拉长,宋立言突然明白了她所说的"人间烟火"是什么。

不像修炼时的目无一物,这些东西鲜活踏实得触手可及,哪怕一个糯米烧腊只要十文钱,想起她看见它时会有的表情,他也忍不住跟着亮了眼眸。

刚出笼的糯米烧腊香气四溢,宋立言嫌它太烫,让人用麻绳捆了,拎在手里晃着走。可没走两步,他伸手探了探,觉得这玩意儿经不住风吹,没吹两下就该凉透了,于是又把它抱起来,塞进斗篷里。

短短的一截路,宋大人折腾了好几个拿糯米烧腊的姿势,最后双手环抱着它站在掌灯客栈面前。

大门紧闭,一阵风吹过去,地上的枯叶打着旋儿跟着飞,客栈看起来完全没有要开张的意思。宋立言疑惑地看了看,正扭头打算走,余光瞥见门缝里夹着的一片枯叶。

这门被人打开过。

意识到这一点,他上前一推,没上闩的门扇吱呀一声朝两边退去,客栈里一股妖气卷出来,呛得他皱眉。

"楼似玉?"他喊了一声。

大堂里无人回应,他却能感觉到里面有人。宋立言跨进门,刚走了两步,身后起了一阵风。

大门啪地合上,他捏着剑柄转身,刚准备拔剑,就对上了楼似玉那双风情万种的眼。

他心口一跳,松了剑,皱眉斥她:"你在做什么?"

县上还有那么多上清司的高人在，她这妖气毫不掩饰，万一被人发现……

"咯咯咯。"她笑起来，眼波潋滟泛金，她伸手压上他的肩胛，半个身子倚进他怀里，撒娇似的说，"奴家还能做什么？自然是在等大人来。"

"呀，大人怎么又脸红？"她涂了蔻丹的手指抚上他的脸颊，一寸寸地摩挲，眼里满是惊叹之色，"原来奴家碰过的地方会更红啊？"

宋立言恼怒地想推开她，谁知这人软得跟没有骨头似的，顺着他伸出去的胳膊又缠上来，鼻尖蹭了蹭他的脖子，呼出两口热气："这里又没外人，大人恼什么？"

他还能恼什么？恼她轻浮，恼她不懂规矩，也恼自己……竟还不拔剑。

上清司的典籍里记载过一个傻书生，一身好根骨，修道的大材，却在修习途中被一个狐狸精骗了，弃道不顾，色迷心窍，终丧魂魄。这故事是被师父拿来给他当经念的，宋立言也觉得自己一定不会傻到那书生的地步，没想到当真轮到自己，他的反应也与那书生无差。

"你离我远点儿。"

楼似玉一张笑着的脸，在他这冷漠的五个字砸下的一瞬间就垮掉了，眉毛一点点往下耷，嘴角也撇起来，水灵灵的眼里飞快地涌出泪花，鼻尖也微微发红。

"你不喜欢我吗？"她哀哀地问，"哪怕我乖得同凡人一样，你也不喜欢我吗？"

不喜欢，他不可能会喜欢一个妖怪。

这话他是该说出去的，然而到了嘴边，又被她眼睑上掉下去的泪水给堵了回去。宋立言咬牙闭眼，心想自己怎么就摊上这么个人呢？他做什么都不对，什么都不做也不行。

他左思右想，掏出糯米烧腊，僵硬地塞进她的手里。

楼似玉愣了愣，捏着油纸包闻了闻，眼眸倏地亮起来，她呀了一声就抱着他亲了一口。

"大人怎知奴家想吃这个了？"

她动作太快，他来不及躲，脸上骤然被留了个唇印。宋立言恼火地抬袖去擦，楼似玉瞧见，又不乐意了，掰着他的脸在他擦掉的地方又亲了一口。

宋立言已经懒得反抗了，好气又好笑地睨着她，以为这一通下来她终于能消停了，谁知道她眼眸一闪，朱唇一张就含上了他的唇。

獬豸剑的白光很耀眼，震得她两缕青丝翻飞起来，从肩上垂坠到脸侧，楼似玉却像没发现一般，近乎贪婪地拥着他。

　　"我好想你呀。"她委屈地呢喃。

　　宋立言心口莫名其妙地跟着痛了一下，皱眉问她："想我什么？"

　　"想你给我熬的鸡汤，想你陪我看的月亮，想你带着烧腊和我去给邻居道歉，想你朝我走三步，给我套上你新买的铃铛。"她眼里雾蒙蒙的，又掉下水珠子来，"别的小狐狸都有家，你什么时候来接我回家呀？"

　　捏着獬豸剑的手僵了僵，他抬眼，终于发现面前这人有些不对劲。金瞳依旧很漂亮，可眼瞳里没有焦距，她像喝醉了的人，能说能走，却比平时大胆得多，也诚实得多。

　　理智告诉他，这个时候应该远离楼似玉，可鬼使神差地，他竟开口问了："我什么时候说了要接你回家？"

　　楼似玉愣怔地看着他，像受了什么天大的打击，整个人都灰暗了下去，蜷手蜷脚地缩成一团，眼眶发红："你不记得了呀。"

　　风吹得外头的纸灯笼晃了晃，光影几转，夜幕降临。

　　掌灯客栈的大门再次打开，宋立言抱着已经熟睡的人往衙门的方向走去，一袭罗裙飘飘入怀，惹得偶尔路过的行人投来艳羡的目光，但他脸色不太好看，一进官邸，四下的奴仆也不敢多问，纷纷行礼避让。

　　"大人回来了？"裴献赋靠在走廊的柱子上，笑吟吟地朝他招手。

　　宋立言侧头，几步停在裴献赋跟前，问道："你动的手脚？"

　　裴献赋惊恐地摇头，好笑地说："大人这说的是什么话？在下连楼掌柜怎么了都不知道，哪儿能动什么手脚？"

　　"前辈有本事让上清司众人都替您说话，还没本事蛊惑一个小妖？"

　　小……小妖？裴献赋看了一眼熟睡的楼似玉，沉默半晌，叹息地说："您也太替她谦虚了……"

　　宋立言有些不耐烦，刚想发作，裴献赋便识趣地说："在下是断不可能蛊惑她的，但在下是大夫，能医人也能治妖，眼下楼掌柜看起来没大碍，至多是遭受了什么变故，丢了一魂，大人不必太担心。"

　　她丢魂了？宋立言纳闷儿地想，他知道人丢了魂会大病，妖丢了魂是她这样的吗？

　　"可以放置不管？"他问。

　　裴献赋抬袖掩唇笑："也不能完全放着，少了一魂的妖脆弱得很，必定要黏着自己最信任的人，否则会因不安而暴怒伤人。"

宋立言收回目光,抱着人进了自己的房间。

"大人?"宋洵惊愕地迎上来,"您这是……"

"多拿床被子来,再添些女儿家的衣裳。"宋立言板着脸解释,"出了些变故,这几日她都要留在这里了。"

宋洵吓得差点儿咬着舌头,捂着自己的嘴,看看他又看看他怀里的人,脸憋得通红。

这也太……太快了吧?

宋立言丝毫不觉得哪里不妥,总归她不是人,不用守着人界男女之防那一套。他随便将她放在软榻上,收拾好自己就回内室歇下了。

然而第二天睡醒的时候,他觉得有点儿喘不过气,仿佛万钧大山压在心口上。他皱眉睁开眼,意外地望进两汪秋水里,秋水粼粼,映出他自己迷茫的脸来。

"你醒啦?"楼似玉笑得分外开心,身后的九条大尾巴塞满了半间屋子,殷勤地朝他摇了摇,就从屋顶上扫下来一片灰。

"咳咳咳。"宋立言掀开她,微恼地坐起来挥了挥衣袖,"你把尾巴收起来。"

楼似玉愣了愣,委屈地抱过一条尾巴摸了摸:"不好看吗?"

毛色纯净没有杂质,摸起来软得像云,她看起来分外喜欢自己的尾巴,双眼殷切地瞧着他,似乎只要他说一个不字,她立马又要哭出来。

宋立言冷眼瞧着,心想自己堂堂上清司的人,岂会因为怕一个妖哭而妥协?

"不好看……是不可能的——我话没说完,你把眼泪收回去。"他分外头疼地抹了把脸,"好看,就是碍事了些。"

楼似玉擦掉泪花笑了起来,一扭腰将尾巴缩得只剩三尺长,再次得意地朝他摇起来:"这样就不碍事了吧?"

"你喜欢即可。"宋立言起身去洗漱,连连叹气,"别叫外人发现了。"

"不会,奴家的尾巴只给大人看。"她机灵地收起尾巴,再放出来,脸上的笑意明媚极了,"外人想看都不成!"

谁没事想看九尾妖狐的尾巴?宋立言好笑地推开她,拧了水盆里的帕子擦脸。他刚擦两下,就瞧见旁边这人十分乖巧地把脸凑了过来。

"怎么?"他轻哼,"还得本官来伺候你?"

楼似玉不说话,只笑,把脸往他手里蹭。

这是个妖怪,大妖怪,不是什么可以逗弄的小动物——宋立言在心里警醒了自己一番，然后无奈地捏着帕子将她的脸擦干净，又端了漱口水，看着她咕噜噜地漱口。

"早膳想吃什么？"他问。

"酥饼。"她答。

宋立言很自然地把桌上摆着的酥饼放去她跟前，自己端起碗喝粥，喝着喝着觉得哪儿不对啊，楼似玉是少了魂，又不是少了胳膊腿，他在这儿照顾人家干什么？

宋立言恼恨地骂了自己两句，更衣出门，恶狠狠地警告她："妖气收敛起来，让人发现了我就杀了你。乖乖在屋里等着，不许乱跑！"

楼似玉抠着门，委屈地扁嘴："不能跟你一起去吗？"

"本官要去公堂，你觉得带个女眷像话吗？"

也对，楼似玉十分懂事地点头，目送他离开。

然而，当宋立言一本正经地坐在公堂上听下头的人申诉冤情的时候，他突然觉得桌子下头有什么东西在动，毛茸茸的，软乎乎的，蹭着他的腿一路爬上他的膝盖。

他心头一跳，黑了脸，低头掀开衣摆看去。

一只普通的白色小狐狸正趴在他的膝盖上，被他的动作惊到，两只耳朵都竖了起来。发现暴露了，她侧头，立马朝他露出一个讨好的笑容来。

"还请大人明鉴！"下头的人大号一声，跪下来磕得地板咚咚作响。

宋立言回神，惊觉自己还在审案，下头的人显然已经陈述过案情，就等他落判了。跪着的人磕得脑门儿发红，旁边站着的妇人也哭得梨花带雨，这场面，他要是让人再说一遍，似乎不太妥当；可要他盲判，那也有失公允。

公堂上一片安静，县令大人脸色铁青，寂静气氛从他捏着的惊堂木上蔓延开去，一直蔓延到午时微暖的晴空之上。

日头微偏，公审终于结束，围观的百姓鱼贯而出，议论纷纷。

"咱们这宋大人就是厉害啊，我瞧今日那原告和被告说得都有理，证据不足，压根儿分不出谁在撒谎。可他沉默三炷香时间，竟吓得那杀人凶手露了破绽。"

"谁说不是呢？宋大人这一招妙哇，无声胜有声。"

"往后没人再敢来公堂撒谎了吧？宋大人今日那脸色也忒吓人了……"

人群四散，霍良刚想上前恭维几句，结果就见方才还端正无比的大人低下头去在公案之下一阵捣鼓，半响后他抬头，气愤不已地逮着个东西凶巴巴地吼："你觉得是狐毛披风暖和还是狐毛手炉套合适？"

宋立言手里竟然抓着只雪白的狐狸，狐狸哀哀地挣扎叫唤，可怜兮兮的。

霍良大步上前，好奇地问："大人，这是……"

宋立言顿了顿，下意识地想把楼似玉藏起来，可一想她现在只是个普通狐狸模样，干脆抱进怀里，一本正经地说："这是西域进贡的雪狐，京都那边嫌太邪气，便送来本官这里养着。"

霍良纳闷儿地嘀咕："卑职怎么一点儿风声也没听见？"

"不是什么要紧事，你没听说也寻常。"宋立言捋着狐狸毛问他，"还有何事要禀？"

"回大人，楼掌柜好像失踪了。"霍良正了神色，拱手道，"卑职昨日去掌灯客栈，里面空无一人，四下街邻也都说没看见她，卑职恐她出什么意外，想请大人允准卑职带人去寻。"

怀里的小狐狸动了动，想冒头，却被抱着她的人一巴掌按了下去。宋立言冷淡地说："一个掌柜而已，不见了就不见了。你堂堂捕头，难不成只为她做事？"

"可是……"

"霍大人走之前特意吩咐过，让你摒弃杂念，好生建功立业，别想太多。"宋立言摆手，"去巡街便是，楼似玉的事不用你操心。"

霍良欲言又止，颇为不解地摸了摸后脑勺。他也没想太多啊，就是担心楼掌柜罢了。

"卑职先告退了。"他行礼，老老实实地退下。

宋立言淡漠地看着他的背影，从鼻子里哼出来一声，垂眸睨着怀里那小家伙："怎么？想用这狐狸的样子跟人相认？"

楼似玉神色迷茫地看着他："认什么？"

"霍良啊，你不是挺喜欢他？"

小狐狸困惑地眨眨眼，挠了挠耳朵："除了你，我还喜欢别人？"

"你是个花心的狐狸，喜欢的人很多。"他揪着她的尾巴没好气地说，"今儿看上这个，明儿垂涎那个，天天夸人好。"

"不可能！"小狐狸奓了毛，跳起来爬到他的脖颈间，使劲蹭了蹭，"我喜欢的只有你，没别人了。"

"……"宋立言不自在地别开脸，低声道，"还是个爱撒谎的狐狸。"

"我没有!"

小爪子胡乱刨着,却没伸出指甲来,只有厚厚软软的肉垫在他的脖子上挠着。宋立言觉得,大概是太痒了,所以情不自禁地笑了出来,伸手抓着上下乱蹿的小狐狸,一点儿体统都没了。

"宋大人。"有人喊了他一声。

宋立言僵了僵,想将楼似玉塞进衣袖,然而已经来不及了,罗安河几步跨到他跟前,抓过小狐狸的后颈,皱眉打量:"你怎么会带这种东西在身边?"

灵动的狐狸,浑身上下没一丝妖气,乖乖地蜷着爪子,无辜地望着他。宋立言昧着良心撒谎:"罗大人,这又不是妖物,你也要管不成?"

"雪狐,就算还没成妖,也不是什么吉祥物,万一哪天得了机缘成了妖,你当如何?"罗安河斥道,"狐妖当年可是位列五大妖族之首的厉害角色,你身为上清司之人,就应当远离。"

"在我身边的狐狸,成不了妖。"宋立言垂眸将她夺回来,冷声道,"罗大人就算长些年岁,也并非宋某的长辈,宋某行事,不必罗大人来教。"

"你这是一意孤行,冥顽不灵。"罗安河恼得咬牙。

宋立言不再理会他,抱着小狐狸大步往官邸走去,胳膊收得很紧,勒得楼似玉挣扎了两下才冒出脑袋喘了一口气,疑惑地抬眼看向他。

他的脸色不太好,眼底有奇怪的情绪在翻涌。他近乎蛮横地将她带走的同时,眉心好像有一股黑色的东西蹿出来,很细很少,一眨眼就不见了。

远处回廊之中有人站在竹帘后头,优哉游哉地喝着酒,食指伸出来一绕,那一缕黑气就缠上来,眷恋地盘旋在他的指尖上。

"人多欲而不知足,是为贪。占不该占之物,也为贪。"裴献赋翻手祭出法阵,将这黑气从中穿过,挥手扔出去,然后继续吊儿郎当地捏起酒壶,半合着眼轻嗅酒杯,"可惜了啊,宋大人。"

被扔出去的黑气飘浮于空中,似几缕青丝随风而动,只眨眼间,那黑气就化成了一片云,如墨染一般沉沉地朝岐斗山的方向压过去。

第十三章
从没舍得咬我

宋立言坐在屋子里生闷气。

他觉得自己太过心软,就算楼似玉现在看起来忘记了很多事,甚至有点儿傻,但她也是个妖,他怎么能好生养着她呢?就算不扔去大牢,也该弄个笼子关起来,怎么能让她到处乱窜呢?

"我想喝鸡汤。"怀里的小狐狸舒服地翻过身子,眯起眼朝他撒娇,"炖了一个时辰的那种。"

"没有。"他冷漠地将她推到旁边,"你晚膳才吃了三碗饭。"

楼似玉撇嘴,毛茸茸的身子挪啊挪的又钻回他怀里:"嘴馋了。"

她嘴馋了跟他有什么关系?他又不是她爹。宋立言拂袖起身,看着她骨碌碌地滚去地上,轻哼一声便想去拿文书来看,谁料刚跨出去一步,脚踝就被她抱住了。

宋立言眉梢一动,自若地继续往前走,任由她吊在自己的脚脖子上哀号:"鸡汤,老母鸡炖的鸡汤,放枸杞,放山药!"

他翻出要看的文书,优雅地展开。

"加姜片,加葱结,熬得咕噜冒泡泡!"

县丞有一处笔误,他拿朱笔勾出来,仔细写上批注。

"好香哪……"楼似玉馋得口水直流,打湿了他的裤腿。

宋立言额角鼓起两根青筋,啪地合上文书,拎起她的后颈皮往窗外扔去——

清净了,他也舒坦了。

窗外传来小狐狸的吱哇乱叫声,他充耳不闻,认真将一大摞文书逐一批阅归整,等最后一本文书被叠放好的时候,宋立言疲惫地扭了扭脖子,侧头看了一眼窗外。

外面安安静静的,没什么声响,连爪子刨地的动静都没了。

他疑惑地起身,打开门喊了一声:"宋洵。"

"大人?"

"那狐狸呢?"

宋洵左右看了看,纳闷儿地说:"不是一直在屋子里吗?小的在外头守着,没瞧见出来。"

他是在门外守着的,楼似玉是从窗口被扔出去的,他自然瞧不见。宋立言微恼地揉了揉眉心,拂袖绕去后院,没见着那家伙,便又往别处走。

厨房里已经没了灯火,门锁着,里头安安静静的。宋立言从外头路过,觉得不对,又倒了回来。他左右看看,飞身越过围墙,轻轻落地。

有血腥味儿从厨房里飘出来,很浓。宋立言一嗅就黑了脸,大步上前,一脚踹开了虚掩着的厨房门。

里头有东西被他吓了一跳,飞蹿起来打翻了灶台上的油碗,在翻窗逃跑的一瞬间,她停了下来,鼻尖微动,眼眸一亮:"你怎么找到我的?"

宋立言气得一把拎起她:"你在干什么?"

月光照出她嘴边的血迹,黑红一大片,楼似玉支支吾吾地挣扎两下,心虚得不敢看他。空气里的血腥味儿越来越浓,闻着不像是动物的血,宋立言心里一沉,找到油灯点亮,捏着往厨房的角落里照去。

一张惨白的女人脸,睁着双眼直视着他,长发散乱,瞳孔涣散,肚子上破了一个大窟窿,正潺潺地往外流着血。

"……"宋立言浑身紧绷,退了三大步,抓着楼似玉的手猛然用了力。

"啊,疼!"她挣扎起来,情急之下用爪子抓了他一下,又觉得不对,连忙将利爪收进肉垫里,软软地挠他,"快松手呀!"

宋立言眼前发黑,心头一股热血蹿上来,堵得他半晌没能说出话。他扶着旁边的柱子缓了缓,想平静地开口,声音却发颤:"我就不该相信你。"

楼似玉愣怔地看着他,一双眼无辜又茫然,要不是嘴角的血,他都要觉得自己冤枉她了。

"你想辩解吗?"他问。

楼似玉迷茫地看看他又看看角落里的尸体,压根儿不知道自己做错了什么，可她记得，以前只要她犯了错，舔舔他他就不生气了。于是她挣扎着抱住他的胳膊，顺着爬上他的肩想去舔他的脸。

然而，还不等她靠近，楼似玉就觉得一股大力将自己甩了出去，天旋地转之后，她砰的一声砸在了院子里。

灰尘四起，呛得她咳嗽不止。她捂了捂摔疼的前爪，一抬头就看见了雪白的獬豸剑。

宋立言提着剑朝她走过来，像很多斩妖的上清司人那样，冷漠又无情。可与寻常不同的是，他的眉间涌出了好多黑气，一股一股地四处飞散，连绵不绝。

嗔，怒者也，人为寻常事动寻常怒，是在人性之中，但为人动不可遏之大怒，则触七情，通六欲，乃上清大忌。

要是此时的楼似玉是清醒的，就知道大事不妙了，但很可惜，她的神智尚被怨气蒙蔽，她只知害怕后退，不知劝他收手，生命受到威胁的时候，甚至愚蠢地显出了原形。

比厨房还高的九尾白狐，毛色漂亮得像盈盈冬雪，妖气铺天盖地而来，惊醒了府里的罗安河和叶见山。

"妖孽！"罗安河化出双环攻了上去，出手又快又狠，叶见山替他守住破绽，也飞出一张黄符，化了千机网朝她罩下去。

九尾狐哀哀地朝宋立言叫了一声，然后猛地一动，分外灵活地躲开两个人的攻击，张口吐出金色妖气，击得叶见山后退三步吐了一口血。罗安河的铁环落了下来，她大尾一扫，直接将他整个人扫飞了出去，砸落在十丈之外的屋顶上。

强烈的妖气吸引了各处的上清司子弟，众人纷纷往官邸的方向赶过来，楼似玉察觉到了，但毫不畏惧，只舔了舔自己摔伤的地方。

然而，下一瞬，杀气凛然的獬豸剑划到了她跟前，倏地穿透她在舔的爪子，妖血瞬间飞溅上她雪白的皮毛，锥心的疼痛让她惨叫一声，另一只爪子立刻拍向来人。

锋利的狐爪在即将碰到他的一瞬间停滞下来，楼似玉低头，看清了握着剑的人是谁，爪子一点点地缩回了肉垫里。她委屈地红了眼，拿肉垫轻轻地蹭了蹭他。

宋立言抵住她的爪子，手上猛地炸开法阵。白光穿透她的皮毛，楼似玉长啸一声，甩开他就往外跑。

"抓住她！"上清司众人齐齐往外追，宋立言混在人群里走了几步，眼前发黑。

"大人可要小心哪。"踉跄之中,有人扶住了他,轻笑道,"大人这是被妖怪吸了阳气吗?路都走不稳了。"

宋立言心口犹如火灼,周身气息不受控制,他急急地喘了两口气,抓着这人的手喃喃说道:"裴献赋。"

"呀,还认得在下的声音?"裴献赋欣喜地看着从他额间散出来的黑气,带着欣赏的目光抬手勾弄,"大人气得不轻哪。"

"你是不是……早就知道她恢复了妖的本性?"宋立言觉得头疼,伸手捂着脑袋,艰难地问。

裴献赋不赞同地摇头,意味深长地说:"在下可不知道这回事。"

黑气越来越多,越来越浓,裴献赋贪婪地舔了舔嘴唇,假惺惺地说:"您可别气坏了身子,到时候楼掌柜可要心疼了。"

黑云蔽月,整个天地都暗了下来,浮玉县里起了一阵骚动,很快又平息了下去。

楼似玉伤了前爪,化了人形逃跑,在慌张寻不到路的当口,有人将她拉进了一间屋子。外头追捕的人失了血迹的线索,很快散远了,她惊魂不定地看着救他的人。

"幸会啊楼掌柜。"秦小刀眯眼盯着她,"你家梨花在我这儿才几天,就吃空了我的米缸,你什么时候送钱来赎她啊?"

楼似玉呆呆地伸着舌头舔了舔自己的手。

秦小刀这才发现她手上还有伤口,吓了一跳,吐掉牙签凑近她看了看:"怎么回事?怎么弄成这样了?"

楼似玉戒备地看着他,眼里满是疑惑之色:"你是谁?"

"……"秦小刀觉得见鬼了,要不是她这一身的狼狈样子,他都要觉得这人是故意想逃避林梨花的饭钱。

秦小刀指尖化出妖气,强行将她的伤口糊住,仔细看了看她的瞳孔,脸色微变。

"主子?我闻到主子的味道了!"林梨花从另一间屋子蹿过来,在地上一滚化出人形扑了过来,"主子!"

楼似玉被她吓得转身想跑,却直直撞上了背后的门板。咚的一声响,林梨花错愕地伸手,就见她双眼紧闭倒了下来。

"这……这是怎么了?"林梨花看向秦小刀。

秦小刀盯着楼似玉沉默半晌,食指在她的眉心点了一下。果然,一股黑气翻涌而出，在他的指尖上打了个旋儿，又钻了回去。

他红了眼，双手止不住地颤抖："孽镜怨气，这得多少命才能祭出来的腌臜东西，怎么会……怎么会又回来了？"

孽镜者，昭生前瞒天过海之罪也，有心不平或不肯认罚者，则生怨。正常而言，一人或一妖死后的孽镜怨气都不过轻轻一缕，颜色虽近墨却不浓郁，但楼似玉身上的孽镜怨气黑得发亮。

这样的怨气本是妖上好的养料，可对心正之妖而言，则会被蒙蔽心智，甚至催生心魔。

秦小刀想伸手去拿柜子里的白布，可指尖实在抖得厉害，半晌也没能拿下来。林梨花看得着急，将自家主子放在旁边软榻上，伸手帮他："秦掌柜你把话说清楚啊，孽镜怨气是怎么回事？我家主子要不要紧？"

"没……"秦小刀定了定神，将白布展开，一圈一圈绕上楼似玉的手，"这怨气不好对付，它缠上你的主子，虽不至于出大事，但似乎让她忘记了一些事，她不记得我，也不记得你。"

林梨花瞪大了眼："不记得你也就罢了，怎么连我也不记得？"

秦小刀睨她一眼："我认识你的主子比你认识她早了几百年，她要记得也是记得我。不过孽镜怨气在蒙蔽人的同时，会让她沉浸在此生最快乐的一段日子里，我估摸着她最快乐的时候就是一千年前，所以那之后的人和事她都不记得了。"

林梨花傻在原地，半晌才动了动鼻尖，红着眼睛问："那她这伤是怎么回事？"

"獬豸剑伤的，难以愈合。"

"……"

秦小刀将楼似玉抱去二楼的阁楼上藏好，再将她泄出来的妖气收敛干净。

于是，整个县衙里的人连带着几十个上清司的人搜寻一晚上，也没找到人。

天蒙蒙亮的时候，霍良跨进歇目阁里，看了看主位上撑着眉骨坐着的人，试探地开口："大人？"

宋立言抬头："有消息了？"

他的嗓音格外沙哑，像是染了风寒，吓得霍良没顾得上说别的事，先说："您加件衣裳吧。"

"无妨。"宋立言坐直身子，微微皱眉，"找到还是没找到？"

"没有。"霍良低头,"都说是只大的雪狐,可咱们都要把整个县城翻过来了,也没见着半根狐狸毛。"

宋立言神色微动,问道:"楼似玉呢?你不是也在找她,可找到了?"

霍良眼神复杂:"大人,您不是说不必操心楼掌柜的生死?卑职也就没让人找了,只去掌灯客栈看过两眼,她还没回去。"

宋立言沉默。他知道这浮玉县楼似玉比他更熟悉,想躲起来不是难事,但她受了伤,又不记得很多事,能跑去哪里?万一她被什么邪祟抓着利用……

宋立言意识到自己的情绪有些不对,凝神念了两遍静心咒。他现在要抓的是杀人凶手,不是什么落魄无依的可怜人,哪还能担心她?

"继续派人去找,连楼掌柜一并找。"他沉声吩咐,"留两个人给齐件作打下手即可。"

"是。"

出了人命的官邸厨房已经被围了起来,空气里血腥味儿极重,路过的小厮避之不及。

齐岷一身素黑长袍,刚检查完尸体出来就撞上了宋立言。他抬头打量宋立言两眼,纳闷儿地说:"大人这脸色,怎么跟里头那位一样发青?"

"没睡好。"宋立言摆手,"验尸结果如何?"

"死者为孕妇,怀胎六月有余,死因为兽爪断喉,死后肚腹被剖开,腹中胎儿下落不明。案发时辰应该是昨日戌时至亥时,厨房里有妖怪活动的痕迹,好几个狐爪印十分明显。"

宋立言垂眸,笼在袖子里的手紧了紧。

"不过,厨房里的狐爪印跟死者的伤口对不上。"齐岷纳闷儿地说,"厨房的另一侧还有半只死了的鸡,应该是那狐妖吃的。我没想明白,这狐妖放着人肉不吃,怎么去吃鸡了?"

宋立言心口一窒,下意识地抓住他的衣襟:"你说什么?"

齐岷被他吓了一跳,愣怔地看着他眼里的血丝:"我说那狐狸没吃人,吃鸡去了,否则厨房里的狐爪印上的血就该是人血而不是鸡血。"

宋立言愕然,眼珠子僵滞地转了转,缓缓将人松开。他想了想昨晚撞见的场景:血腥味儿十足的厨房、狐狸嘴边的血、角落里的尸体以及她心虚的眼神——怎么看都像是杀人后被他当场撞破。

可是,齐岷竟然说她没吃人肉?

"我想喝鸡汤。"怀里的小狐狸舒服地翻过身子,眯起眼朝他撒娇,

"炖了一个时辰的那种。"

她是真的馋了，所以自己去厨房找鸡肉吃，没人给她炖，她就吃生的，只是这样而已？

"死者……"他哑着嗓子问，"死者咽喉上的伤口，像狐妖所为吗？"

"就爪印而言，不像狐妖所为。四爪尖而细，掌印小而薄，更像是鼠妖或者别的体态小巧的妖怪。"

院子安静了一瞬。

罗安河从外头回来的时候，整个官邸都没亮灯，他一路带风地跨进宋立言的屋子，张口便骂："那么大的九尾狐妖，在你的眼皮子底下跑走了，你竟还缩在房间里不出去找？"

宋立言披着斗篷坐在软榻上看书，闻言没有侧头，只伸手将矮几上的茶杯翻过来一只，替他斟上茶。

罗安河端起茶来喝了个干净，将杯子拍在桌上："你有没有听老子说话？"

"狐妖跑走的时候，大人不在场？"宋立言轻声问。

罗安河顿了顿："我当时不还伤着呢吗？一不留神中了她的妖术，没能抓住她。可你不一样，你可是上清司嫡系弟子，手握灭灵鼎和獬豸剑两大法宝，怎么也没能抓住她？"

"宋某无能。"宋立言答。

过于耿直的四个字，堵得罗安河直瞪眼，好半晌也没能找到话来反驳他。不过，瞪着他的时候，罗安河突然觉得有哪里不对劲。

"你怎么回事？"他皱眉，"印堂发黑，气息散乱。上清司之人只要修为至臻界，都是断七情六欲，不沾染红尘俗思的。可你看看自己，眉目间全是红尘气息，心绪也起伏不定。但凡有个厉害的妖怪来，你怕是要被抓住破绽打个半死。"

宋立言不敢苟同地抬了抬眉毛，说他心绪起伏不定他认了，但要说他因此有什么破绽能被妖怪抓住，他是不信的。

罗安河也看出他的心思，冷哼道："我提醒你是为你好，你不信也罢，总归吃亏的不是我。"

他说完起身，气愤地甩袖离开。

宋立言疑惑地伸出手指，点了点自己的眉心。指腹摩挲，一片平坦，没察觉什么异样。

浮玉县下了一夜的雨，早晨天亮的时候，屋檐上还有雨水一串串地往下掉。楼似玉茫然地坐在二楼窗边,第十次扭过头问秦小刀:"我可以出去了吗?"

秦小刀气定神闲地舀着汤:"伤没好的人不能乱走。"

"可是……"她甩出大尾巴来,疑惑地说,"我又不是人哪。"

雪白的大尾巴往房梁上扫,灰直往下掉。秦小刀惨叫两声护住碗,眼睁睁地看着桌上的菜都蒙上了一层土色。

"……"他哭笑不得,将怀里干净的鸡汤递给她,"姑奶奶,伤没好的妖也不能乱走。"

刚熬好的鸡汤散发出十分诱人的香味,楼似玉欣喜地伸手要去接,才碰着碗,脑海里陡然飞过几个画面:

殷红的鸡血、雪白的獬豸剑、痛苦的长啸声。

眼瞳里金色与黑色的光撕裂碰撞,她啊地惨叫一声,跳起来打翻了汤碗,在屋子里蹿来蹿去,疼痛难忍,越过窗户便跳下了二楼。

"楼掌柜!"秦小刀大惊,慌忙想抓住她,却已经来不及。他抓着窗沿往下看,她已经落地往小巷子里跑了,大尾巴没有收起来,惊得早起的行人纷纷躲避。

街上这两日多的是巡逻的捕快,楼似玉没跑两步就被人察觉了,她以为自己会被围剿,但奇怪的是,那些人没有呼喊更多的人来抓她,反倒是悄悄地跟在后头。

她心里有怒气,跑到城郊便露了原形,凶巴巴地回头龇牙。不出所料,几个凡人捕快被她吓得扭头就跑,可有个人没跟着逃,朝她又走近两步。

"楼掌柜。"宋洵神色复杂地看着她,"大人让小的带您回去。"

楼似玉眼里黑气未散,她戒备地看着他,尾巴倒竖。

"您别生气了。"宋洵叹息,"大人知道错怪了您,几宿没睡好觉了。"

楼似玉低头舔了舔自己的爪子,冷哼一声往后退。他当时不相信她,现在再来说这些话有什么用?她连刨他一下都不敢伸爪子,他却舍得对她用獬豸剑,这剑伤有多疼他又不是不知道!

她甩甩尾巴,傲气地往岐斗山的方向走去。

"院子里还给您熬着鸡汤呢。"

"伤药也备了不少。"

"大人本该亲自出来找您的,但大人病了,有些严重,只能让小的出来。"

楼似玉爪子一顿,僵在了原地。宋洵一看就知道有戏,期盼地看着她。

然而，面前这大大的九尾狐妖转过身来，低下头红着眼睛问他："为什么我这么舍不得他，他却回回都舍得我？"

宋洄怔然，只觉得心里莫名其妙跟着难受，忍不住开口："其实大人他……"

不等他解释什么，楼似玉就化出了人形，板着脸冷漠地说："不就是想带我回去吗？走就是了。"

宋洄松了一口气，一边替她引路一边低声说："今日衙门开审了刚发生的命案，那妇人是死于鼠患，跟您没什么关系。"

他以为这样说清楚，多多少少能让楼掌柜心里舒坦些。可楼似玉听了这话，一点儿眼神变化也没有，一张脸绷得紧紧的。

于是宋洄想，楼掌柜这样的大妖怪，可能不在意这些事。

然而，当她站在宋立言面前，当他家那死要面子的主子僵硬地朝她伸出手时，楼掌柜的情绪似乎又是有波澜的。

"干什么？"她冷声问。

宋立言有些尴尬地动了动抬在空中的手指，也板着脸，可语气究竟是软了："不是伤着手了？给我看看。"

"不劳您费心。"她将手背在身后，倔强地说，"大人传唤我回来，可还有别的要事？若是没有，我便走了。"

面前这人慌了，几步走到她跟前，伸手便捏住了她的手腕，强硬地将她藏在身后的手拿出来。楼似玉拼命挣扎，还是没挣过他，包得跟粽子一样的白布又渗出血来，一大片红色痕迹洇开，止也止不住。

"好看吧？"她眯眼，"您要嫌不够，再补一剑？总归我是个妖怪，指不定什么时候就要吃人的。"

话没说完，她就感到手上一暖。楼似玉愣怔，回眸低头，宋立言抓着她的手里泛出白光，那光柔和而温暖，敛住她的妖血，一点点往她的伤口里带。

她喉咙有点儿发紧，鼻尖也发酸，她没好气地挣扎："不劳大人费心。"

宋立言的手分外有力气，哪怕只是轻轻握着，她也没能挣开。楼似玉有点儿恼，张口去咬他的手，嗷呜就是一口，尖牙陷进他的皮肉里，她恶狠狠地瞪着他，发出威胁的龇牙声。然而，宋立言别说松手了，连眉头也没皱一下，只专心替她回血。

屋子里安静下来，只有妖血的味道弥散，楼似玉咬着咬着就觉得难过极了。

他凭什么冤枉她呀？凭什么说拔剑就拔剑呀？哪怕他当时犹豫一下，多相信她一分，她也不至于连躲都没来得及躲。

有水珠落下来，啪嗒一声砸在他的手背上，宋立言动作一僵，睫毛颤了颤。

宋洄觉得气氛不太对，连忙踮脚退出去，顺手将雕花大门合上了。

在门关拢的一瞬间，宋立言伸手，猛地将面前这人抱进怀里。拇指在她的伤口附近摩挲着，下巴抵住她的发顶，他极轻极轻地叹了一口气："你别动。"

被一剑穿手的时候她也只是觉得疼，可现在被他抱着，楼似玉是真觉得天塌了似的委屈，再想忍着也呜咽出声："我咬人的，你给我松开！"

"你不咬人，你从来没舍得咬我。"宋立言嗓音沙哑，低头看了看自己手上的牙印，轻笑道，"这个不算。"

"你还知道我没舍得咬你……"她绷不住了，眼泪汹涌而出，抓着他的肩膀哭得直抖，"我那么听话，自打跟你回去开始就一个人也没再杀过，有人挑衅我都忍下来了，拼着自己挨打都没伤过谁！你不给我吃鸡汤……邻居家的小公子养狐狸都给喂熬好的鸡汤，你为什么不给我吃鸡汤？我自己去偷鸡……偷鸡该打，可你从来没打过我，这回怎么就直接拔剑了？我又没做什么天大的坏事，你凭什么带那么多人来杀我？"

宋立言听得心堵，喉结动了动，笨拙地抬起手抚了抚她的背，一下下地给她顺气："是我错了，可那些人不是我带来的，是你自己的妖气没藏住。"

"你还好意思说？谁把我甩出去的？谁对着我拔獬豸剑的？"

"是我。"他抿了抿唇，"抱歉。"

楼似玉鼻尖酸得厉害，埋在他肩上号啕大哭，连踢带踹地打他。宋立言抓着她受伤那只手没让动，余下的都安静承受了，眸子垂下来，看着她哭得通红的脸，他只觉得心口闷疼，又酸又胀，无所适从。

他怎么会摊上这么个妖呢？明知道她心里有别人，明知道她嘴里说的话不全是给他的，可看她哭，他就觉得自己罪孽深重，仿佛整个岐斗山压了过来，沉得他喘不过气。

最后一拳落在了他的掌心里，宋立言收拢手，将她按住，低声道："又流血了。"

楼似玉哭够了，肿着眼抽气："流干了正好给你拿去做披风。"

他哑然失笑，咳嗽了两声。

楼似玉心里一紧，突然想起宋洵说这人病重，连忙伸手往他的额头上放。

"哟——"她瞪大了眼，又气又好笑，"炖鸡的炉子呢？赶紧让人拿来放你的脑袋上，保管一会儿就能把鸡汤熬好。"

宋立言将她的手包扎妥当，又咳嗽了两声："没那么严重。"

"我看你就是故意的。"楼似玉鼻音甚重地嘟囔，"你知道冤枉了我不好收场，故意生病来让我心软。"

"我生病你会心软？"宋立言挑眉。

"会啊。"她老实巴交地说，"要不是宋洵说你生病了，我才不跟他回来。"

宋立言恍然点头，然后立马握拳抵着嘴咳嗽了好几声。

楼似玉睁着通红的眼气愤地瞪他。

"罢了。"他失笑，将她抱去软榻上，拉过小毯子替她仔细裹好，"在这里待着。"

"你又要去哪里？"她皱眉。

"生病了总得熬药吃。"宋立言说道，"我去去就回。"

楼似玉气鼓鼓地点头，目送他出去，又贪恋地嗅了嗅这满房间的熟悉味道。小毯子是他常用的，有他身上的气息，她忍不住化出原形，打着滚儿往毯子里钻，小爪子刨啊刨，没一会儿就将整齐的毯子刨得乱七八糟，雪白的小脑袋从缝隙里挤出来，舒坦地眯起了眼。

贪恋温暖是狐狸的天性，而她一直觉得，有他地方就是最暖和的。虽然她还有点儿生气，但他能发现是冤枉了她也真是太好了，她又能继续躺在他怀里睡觉了。

一想到这里，狐狸尾巴就止不住地摇了起来。

大抵是哭得乏了，楼似玉没一会儿就睡了过去。不知道睡了多久，她动了动鼻翼，闻到一股香味儿，睁开眼，耳朵也跟着立了起来。

宋立言从外头回来，往桌上放了两碗东西，然后拎了拎被她乱裹成一团的毯子，轻笑："倒也真听话，没乱跑。"

"那是，我一直很听话。"楼似玉轻哼一声，小下巴仰起来，分外得意。

面前这人有点儿嫌弃她这表情，可又很给面子，赞同地点了点头，伸手给她递来一碗东西，热腾腾的，散发着香气。

楼似玉愣然，呆呆地看了看他，又低头看看他手里的山药炖鸡汤，下巴都快掉进汤碗里了："你……你熬的？"

宋立言移开目光,平静地说:"隔壁家的小狐狸都有鸡汤吃,你也得有。下次想吃就找厨子做,不许直接拿嘴啃生鸡。"

他顿了顿,又补充道:"就算啃了,也不要偷藏着。"

楼似玉傻愣愣地接过汤碗抱着发呆,看着他坐到矮几另一侧去,优雅地开始喝面前那碗看起来就很苦的药。等他把药喝得见底了,她才后知后觉地反应过来,呷了一口碗里的鸡汤。

"如何?"他没看她,倒是问了一句。

坦白说,忘记放盐了,鸡肉没有去油,有点儿腻,可楼似玉咕咕噜几口就喝完了,大声回答他:"好喝!"

宋立言点头,很想端着架子,可还是忍不住跟着莞尔,看她化着原形蹿过来,他伸手接住,完全忘记了自己是上清司之人,不是个养狐狸的小公子。

"我不生你的气了。"她将脑袋蹭到他的掌心里,眯着眼睛说,"但下回,你得相信我。"

宋立言摸了两把狐狸毛,问她:"你是妖,我如何能笃定你不会妖性大发抑或是被人迷惑而伤人?"

"你直接问我呀。"楼似玉说,"上回我当真没明白自己做错了什么,但凡知道你怀疑我杀人,我肯定直接开口解释。不过,就算我不说你也要记得,只要我还喜欢你,就一定不会杀人。"

外头夕阳正好,透过花窗洒下光来,照得她满身金光,这狐妖就这么趴在他的膝盖上,眼神分外认真地说:"我发誓。"

他伸手碰了碰她的耳朵尖,看着那小东西灵活地闪躲抖动两下,宋立言用一种自己也没想到的温柔语气应了她:"好。"

楼似玉爬上他的肩膀亲了他一口。

宋立言将她拎下来,看了看爪子上的白布没再渗出血来,才又将她塞进怀里,摸了摸她的脑袋。

太阳下山了,最后一丝余晖被岐斗山吞没的时候,裴献赋正舒服地躺在庭院里的躺椅上。他没有端正仪态,半只腿搭在扶手上,有一下没一下地晃着,带着整张椅子也前后摇摆,青色的衣摆泛起褶皱又展平,周而复始,倒也没嫌无趣。

叶见山站在他旁边,清朗的声音里带着叹息之意:"痴者,不明事理、是非不分也。我原以为他就算破了贪和嗔,也绝不会触了痴。"

"情痴也是痴哪。"裴献赋轻笑，吊儿郎当地说，"红尘情劫一到，就算是咱们厉害得不得了的大人，也难免被蒙蔽双眼。"

"可惜了。"叶见山感慨。

"可惜了。"裴献赋也摇头。

裴献赋伸手，将空中飘浮的黑气扯下来一缕，愉悦地放在鼻尖轻嗅，然后化出法阵，送它们去往岐斗山。

岐斗山上的黑气越来越厚了，旁人看过去，只当是即将下雨的乌云，半分没在意。

楼似玉以养伤之名赖着让宋立言照顾，饭来张口衣来伸手，跟个大爷似的天天瘫着。宋立言也不知是愧疚想补偿还是怎么的，任由她作威作福，连上公堂也将她揣在袖子里，于是她就经常趴在他的腿上，听着公堂下头的喊冤声打瞌睡。

这天，她睡得鼻子上都呼出一个泡泡了，突然听得一个熟悉的声音响起："大人，草民冤枉！"

泡泡啪的一声破开，楼似玉睁眼抬头，刚想越过公案去看下面的情况，就被宋立言一巴掌按了回来。

"老实点儿。"他微怒。

楼似玉撇嘴，以魂音小声说道："我想看看下头那人是谁。"

宋立言按着她的脑袋没松，神色很复杂。他可以确定楼似玉失掉了一段记忆，不然不可能连李小二的声音都听不出来。但现在他可不敢让她想起什么，否则这祖宗当堂跳出去，那就没法儿收拾场面了。

"你有什么好冤枉的？陈妇的尸体被发现的时候，只有你在她身边，不是你还是谁？"

"小的当真只是赶路经过那土地庙，谁知道里头会有尸体？小的当即吓傻了没能走动而已，如何成了凶手？"李小二脸上带伤，万分苦涩地朝上头磕头，"请大人明鉴。"

宋立言看向旁边，齐岷掀开担架上盖着的白布，粗略查验一番之后，拱手道："大人，死者为年岁二十左右的妇人，身怀有孕，死因是被利器割喉，肚腹被剖开，胎儿不见踪影。"

又是孕妇？宋立言皱眉看他一眼，齐岷很快明白他的意思，微微摇头。

这次不是妖怪的手笔，死者身上没有妖气，也没有兽爪印，利器应该是刀剑一类的东西，的确是人为。但接连死两个孕妇，还都被剖开了肚子，说巧合未免有些牵强了。

"先将犯人收押起来,等尸体复检之后再论。"宋立言摆手。

李小二被架起来,惊慌地喊:"大人,小的当真不是凶手,您就算不相信小的,也该相信我们掌柜的!"

宋立言下意识地按了按怀里的小狐狸,发现她没什么反应,才松了一口气,板起脸来退堂。

"大人。"他刚走到后庭,霍良就追了上来,满脸为难地说,"方才那原告求见大人。"

"不是都退堂了,还见什么?"宋立言摇头,"不见,避嫌。"

"可是大人,他似乎被李小二临走时那句话给吓着了。"霍良苦笑,"外头早有传言说大人与那楼掌柜有私情,他听得么一句话,许是怕大人偏私,急急地想来求个公正。"

宋立言脸黑了:"本官在他们眼里竟是会偏私不公之人?你转告他便是,公堂之上只讲证据不讲人情。"宋立言拂袖就走,"别说是楼掌柜的人,就算是楼掌柜自己犯了法,也是一样。"

霍良拱手应是,目送他离开,忍不住叹了一口气。楼掌柜至今下落不明,他找遍了许多地方也没见踪迹,最近县上频出命案,也不知道她怎么样了。

袖子里的小狐狸动了动,露出两个尖耳朵和半个脑袋来。宋立言察觉到了,反手将房门关拢,任由她跳去软榻上。

"楼掌柜是谁?我吗?"楼似玉纳闷儿地用后爪挠了挠肚子,"先前也有人这么叫我,可我什么时候成掌柜的了?"

宋立言朝她勾了勾手,这小家伙反应极快,立马蹿到他怀里趴着,期盼地等他解惑。

"你都记得些什么?"他问,"关于自己的,抑或是我的。"

楼似玉很奇怪:"你是上清司弟子,我是被你捡回来的野狐妖,这有什么记得不记得的?前些日子我上山去给你找药草,好像摔了一跤,醒来就在客栈里了。不过……你不是京都的官吗,什么时候成的县令哪?"

宋立言掰过她的脸仔细瞧了瞧,看不出什么异常,便只能说:"你失了魂魄,忘掉了很多事。你后来开了间客栈名掌灯,我……我也就成了这里的县令。"

"我怎么会失了魂魄?"楼似玉摇头,"没有的。"

她现在这模样,说的话哪儿能信?宋立言犹豫片刻,还是决定带她去找裴献赋。

也不知为何，楼似玉就算是不记得很多事，在跨进裴献赋的房间的一瞬间，还是浑身的毛都乍了起来。几乎是下意识地，她看见裴献赋就想冲上去给他一爪子。

然而，在狐爪即将碰到他的一瞬，楼似玉就被宋立言拎住了后颈皮。

"楼掌柜挺有精神哪。"裴献赋不慌不忙地盯着她笑，"也是难得。"

楼似玉朝他龇牙，宋立言将她抱在怀里顺了顺毛，然后问："她丢失的一魂，怎么才能找回来？"

"她现在这模样不好吗？大人如何会想找回来？"裴献赋给他倒了杯茶，"她现在可是全心全意爱着大人您，若是魂归窍，就该记起大人不是那个人了。"

"……"宋立言垂眸，眼神晦暗不明。

楼似玉听不懂他这话是什么意思，挣扎着想抓他："你胡说什么？谁不是那个人？我看你浑身妖气，就不是个好东西。"

"冤枉哪掌柜的，在下可没少为掌柜的操心，怎么还落不得好呢？"裴献赋叹气，"您私闯岐斗山，误丢一魂，落得现在这个地步，可不是在下的过错。"

"你瞎说，我魂魄完好，何来丢了一魂之说？"

"若当真完好，您怎么会除了大人什么都不记得了呢？"裴献赋深深地看她一眼，"一千年的人界历练换来的成熟圆滑全然不见踪迹，掌柜的又回到了之前的骄纵模样，对着无辜的人也乱伸爪子，也不怕给大人惹麻烦。"

宋立言将她倒竖起来的尾巴压下去，心平气和地问："若是不找回来，对她有没有损害？"

"大人放心，掌柜的生龙活虎，能有什么损害？"裴献赋悠闲地抿着茶，"上好的神仙日子，姑且珍惜吧。一旦真的找回来，怕是没有现在这样逍遥喽。"

宋立言沉默良久，起身抱着怀里不停挣扎的小东西往外走。

魂魄缺了应该是要找的，这是常理，但听了裴献赋的一席话，他竟心生动摇之意。

"大人。"宋洵四处找他，冷不防瞧见身影，连忙跑过来说，"外头有人求见。"

"又是什么案子的原告不成？"

"不是，是摆件铺子的秦掌柜，说有关于楼掌柜的消息，想与大人面谈。"

秦掌柜？宋立言疑惑地停下脚步，怀里的狐狸倒是冒出脑袋来，挣扎着说："这个我记得，是不是一个穿金钱纹褂子的男人？上回我受伤跑出去，是他收留的我。"

宋立言皱眉："他看见你的原形了？"

"没有哇，我化的人形。"

宋立言心头微松，摆手："让他去前厅等我。"

"是。"

"他能有什么关于我的消息呀？"楼似玉爬到他的肩上乖乖地缩成一团，"我也就打翻了他的一碗鸡汤。"

宋立言没好气地说："你怎么去哪儿都要喝鸡汤？"

"也不是我要喝的，他自己就给我做了，他似乎跟我很熟。"楼似玉晃着尾巴圈在他的脖子上，"不过我只喝你做的鸡汤，又香又浓，可好喝了。"

宋立言耳根微红，哼了一声，将她拎下来塞回袖子里："我去看看那人，你不许出声。"

前厅里已经上了两盏茶，可秦小刀没喝，脸上虽还挂着商人惯有的笑意，但眼底一片紧绷之色。门外响起脚步声，他回头，看见宋大人表情严肃地跨了进来。

"草民见过大人。"秦小刀躬身下去，瞥见了他袖口露出来的一小截狐狸毛，心下一松，笑容顿时真挚了不少，"许久不曾拜见，大人风姿更胜从前。"

宋立言显然不想听这些奉承话："秦掌柜有话不妨直说。"

秦小刀单手负在背后，站直身子，笑道："大人与楼掌柜向来有交情，那草民也就开门见山了——上回匆忙之中见过楼掌柜一面，发现她顽疾缠身，不记得许多事。此等症状草民也有过，是沾染了不干净的东西，只有以至清无比之水洗之方可解，不知大人可晓得楼掌柜的下落？"

这话说得蹊跷，宋立言忍不住仔细打量他："至清之水是什么水？"

"这草民也不太清楚，以前是个云游的大师替草民消的灾，用的大概是他的血吧。"秦小刀笑得人畜无害。

他也是没办法了才会来找宋立言，被孽镜怨气缠身太久有损修为，况且楼似玉那么聪明的人竟然会中这样的招，加之岐斗山情况不妙，说明背后一定有人布局，这局只有她能解，她必须尽快醒过来。

秦小刀自认为这一套说辞天衣无缝，但不知道为什么，面前的宋大人听完神色很微妙，围着他踱了两步，突然拿出了灭灵鼎。

这东西可不是好玩儿的啊！秦小刀吓得后跳一步，脸色发白。

宋立言微微合眼："怕什么？"

"草民……草民没怕，只是大人这东西来得突然，草民被吓了一跳罢了。"秦小刀连忙打幌子，"这鼎好生精巧啊。"

"是啊，有缘得来的宝贝，正好秦掌柜也是做摆件生意的，不妨替本官看看，这东西值不值钱？"宋立言似笑非笑，将灭灵鼎递给他。

秦小刀脸都绿了，这谁敢接啊？除了楼似玉，旁人伸手过去那就是找死。

宋立言收回灭灵鼎，燃起黄符，符上蹿出三股烈火，直直朝秦小刀冲过去。两个人离得近，秦小刀躲无可躲，惨呼之后直接蜷身，身上冒出一层刺，竟将三昧真火挡了回来。

火焰炸在主位之上，砰的一声响，硬生生将墙砸出个洞来，整个官邸都跟着摇了摇。宋立言微微趔趄，秦小刀趁机遁地，逃得无影无踪。

墙灰落下来，呛得人直咳嗽，宋洵和外头守着的衙差冲了进来，急匆匆地拔刀问："大人，有刺客吗？"

宋立言拂开面前的灰，冷声道："带人去守着秦掌柜的摆件铺子，点灭神香。"

宋洵左右看了看，了然，应声退下。

当铺里的木掌柜是妖怪，摆件铺子里的秦掌柜也是妖怪，最重要的是，这两个人的修为竟都高到连他也没察觉。宋立言眯眼，将袖子里的小狐狸逮了出来。

小狐狸被拎着后颈皮，缩着四只爪子在他手里左右摇晃，分外无辜地用魂音问："我可以出声了吗？"

"可以。"宋立言面色不善，"本官还有很多话想问你。"

"问呀。"小狐狸殷勤地摇起尾巴。

"……"一对上她这清澈的眼睛，宋立言后知后觉地想起来，骗他的人是楼似玉，面前这只小狐狸什么也不记得。

他长叹一口气，将她抱进怀里摸了摸她的脑袋。

"方才那个我原本没认出来是什么妖怪，他刚才用了妖力，我倒是察觉了，是白仙家的。"

"白仙？"

"也就是刺猬妖,他们家的人一向清高,不屑以妖族自称,所以便唤之白仙,但其实就是普普通通的妖怪嘛,连我都比不上呢。"楼似玉得意地仰了仰下巴,"要我跟他斗法,肯定是我赢。"

刺猬妖?宋立言皱眉,想起了齐岷检验死在官邸里的女尸之后说的话——"凶手应该是鼠族一类身形小巧的妖怪,就鼠族之前的罪状来看,让他们担着这罪名也不冤枉。但自上次之后,浮玉县的确很少瞧见鼠妖,若有其他身形相似的妖怪,也可一查。"

巧了,刺猬正好与鼠妖身形相似。宋立言抿唇,抱着楼似玉赶往义庄。

"大人。"

齐岷今日正值休沐,十分头疼地问:"这给俸禄吗?"

"先前的女尸有线索了,你不好奇?"宋立言义正词严地斥责他,"为死者申冤,你怎么能计较俸禄?"

齐岷深深地看了他一眼:"大人与那楼掌柜在一起,别的好处没有,这抠门的样子倒是越来越像了。"

听见有人说自己,楼似玉从宋立言的怀里冒出个脑袋。

齐岷吓了一跳,往旁边挪了挪,捂着心口又气又笑:"这还弄成原形随身带着了?"

"出了点儿事,之后再同你解释。"宋立言捋了捋狐狸尾巴,"今日的线索全靠她了。"

马车飞快地往前跑,总算赶到了义庄。

宋立言走到那女尸旁边,双手将她抱过去:"你闻闻,是不是白仙的痕迹?"

女尸放了好几天,已经有些腐烂了,楼似玉干呕两下直挣扎:"我是狐狸,又不是猎犬!"

宋立言盯着她看。

"不是猎犬也有别的法子分辨,你先松开。"楼似玉耷拉着耳朵,做出让步,落在女尸上仔细瞧了瞧她脖颈间的抓痕,嘴里还在小声嘀咕,"老娘闯荡江湖的时候可没看过谁的脸色,也没为谁做过事,也就是你,给我使唤来使唤去的……"

"别抱怨了,看出来什么没?"宋立言戳了戳她的尾巴。

楼似玉嫌弃地用后爪将白布给女尸盖上,气哼哼地说:"爪印像成年的白仙所为,尸体上很干净,没有妖气,说明至少是百年的白仙。就我所知,白仙一族一直活跃在浮玉县,他们家妖后应该要产子了,少不得拿些冥婴去补身子。"

"冥婴？"

"就是还在肚子里不足月的胎儿。"楼似玉甚为嫌弃地说，"这种亏阴德的事也就他们做，还敢自称仙家呢。"

宋立言立刻转身吩咐宋洵："知会下去，加强巡逻，尤其是有孕妇的人家附近。"

"是。"

楼似玉看着宋洵跑走，低声道："没用的，白仙家会遁地的妖法，不好抓也不好防。"

"那也不能坐以待毙。"宋立言将她抱起来，用帕子擦了擦她的小爪子，"白仙的老巢在哪儿？"

楼似玉动了动耳朵："你又想去围魏救赵？"

"何为'又'？"宋立言抿了抿唇，"我……以前也做过这种事？"

"可不是嘛，几年前为了阻止鼠妖祸害人界，你还去为难常硕，逼得在民间作乱的鼠妖通通赶回老巢护驾。"楼似玉啧啧两声，"幸好回溯把常硕带走了，不然我还得替你操心。跟常硕打上一架，你就算能赢也得伤了元气，还怎么去对付妖王？"

齐岷听得愣了愣，宋立言眼皮也跳了跳。

楼似玉的记忆竟停留在妖王还在世的时候？那是多久以前的事了？

"你们怎么了？"楼似玉很纳闷儿，"表情怎么这么奇怪？"

"没事。"宋立言将她的脑袋按进自己怀里，手指仍有些被震惊后的余颤，"你说的白仙妖后产子，是……最近的事？"

"是啊，我算过了，大概怀德三年，他家小妖王就该出世了。"楼似玉瓮声瓮气地答。

怀德三年？齐岷忍不住倒吸一口凉气，现在是盛庆年间哪，他也算熟读史书，怀德三年往回数过去，怎么也是一千多年前了，一千多年前的妖后产子，如何会殃及现在的浮玉县孕妇？

宋立言显然也想到了这点，却不好直说，只顺着狐狸毛说："你带我去找白仙的老巢吧。"

"那好说，离这儿不远。"楼似玉落到地上，抬着爪子走了两步，又有些迟疑，"我虽然看不惯白仙家的作风，但他家妖王与我还算有些交情，这样带你过去，我怕脸面上不好看。"

一听这话，齐岷连黄符都塞回袖子里了。跟一千年前的妖王有交情，那这楼掌柜就不可能是他的符纸能对付的,还是省省吧。

宋立言给她支着:"伪装便是,你们狐妖一族应该擅长化形。"

"那不行,我答应过你就化那一个模样,免得你认不出我来。"楼似玉严肃地思考一番,叼过他手里刚刚给她擦爪子的手帕,抖了两下,挡在了自己尖尖的嘴巴上,"就这样吧,走。"

"……"宋立言心情复杂地跟着她往外走,心想看这伪装,她与那妖王的交情许是不太厚。

宋立言轻轻拍了拍她的脑袋,掀开车帘看向外头的路,问道:"你确定没指错方位?"

"没有,就是往这个方向。"楼似玉眯眼瞧了瞧,"行完这条路,再走半里就到了。"

"可是……"宋立言很是不解,"这是回城的路,再往里走半里,就是浮玉县城的大街上。白仙一族以你看来十分傲气,怎么会把老巢放在这凡人往来之地?"

楼似玉也跟着迷惑:"方向肯定没错的,只是这烟霞镇怎么变成这样了?以前没这么多房子啊,就一条安乐街。"

一千多年前的烟霞镇,能有条街也算厉害了。宋立言不再质疑,抱着她给宋洵指路。马车七拐八拐,最后停在了一个他们十分熟悉的地方。

"哎,这个地方我来过的。"楼似玉跳下车,疑惑地左右看了一圈,喃喃道,"怎么变成这样了?"

第十四章
事情的真相

凌乱的摆件铺子外头,尚未收起来的石雕和大花瓶被踹得东倒西歪,铺门半开,四下都埋伏着衙差,气氛紧张。

霍良看见从马车上下来的宋立言:"大人,您怎么还亲自过来了?"

之前这摆件铺子的秦掌柜有行刺未遂遁逃之嫌,宋洵让他们在这儿守着,没等来秦小刀,倒等来了宋大人。

宋立言欲言又止,看向旁边的楼似玉,后者鼻翼微动,左右嗅着什么。她无视了惊讶地看着她的霍良,一把扒开他进了铺子里。

她是绝对不可能找错地方的,这里就是白仙的老巢,只是,之前见过的宏伟壮观的山洞,不知为何变成了个破落的小铺子,没什么妖气,更没有白仙的痕迹。她这么敏锐的嗅觉,硬是仔细探查了小半个时辰,才隐隐找到端倪。

她扒开一堆厚厚的箱子,找到一个看起来年代久远的匣子,劈手打开,里头的锦缎上放着一块长命锁。

"这是什么?"宋立言站在她身侧问道。

楼似玉眼里满是震惊之色,她反复将那长命锁看了好几遍,才喃喃道:"这是我准备送给……送给小妖王的出生贺礼,阴铁打造的人界玩意儿,还没送出去呢,怎么就搁在这里了?"

她还记得这长命锁是她许久之前央着他画的图样,没敢告诉他是用来做什么的,只说要贺贵子降生,求了他好多天,才得他这不情不愿的几笔。样式简单,却带着妖界没有的人间烟火气,还被她施下一百年的修为,意图助那小妖王一程。

这东西应该是藏在她那里的啊?

眼里的黑气倏地裂开几道缝,金光乍现,又硬生生被后头翻涌上来的黑雾堵住。楼似玉闷哼一声,捏着长命锁抱住了自己的脑袋。

楼似玉使劲儿敲了敲自己的脑门儿,龇牙咧嘴地说:"我怎么觉得不太对劲?是我记错了,还是很多事我不记得了?这东西不该在这里,这地方也不该是这个模样,白仙、小妖王、岐斗山,怎么全都不对了?"

"别想了。"宋立言将手垫在她的脑门儿上,皱眉看她敲得毫不留情,低声说道,"找不到就罢了。"

楼似玉摇头,拉着他走到窗边,给他指外头的天空:"这情形分明是对的呀,天显异象,黑云压顶,白仙家的小妖王就快出来了,可白仙家的老巢怎么没了?……"

宋立言皱眉,正想仔细看看天上的黑云,就听得霍良在门外喊了一声:"大人!"语气紧绷,像是出了什么事。

宋立言立马转身出去,跨出门槛就见在场的衙差刀剑齐齐出鞘,面对着一个人。那人身上一片狼狈血迹,褂子脏污得都快看不清上头的铜钱花纹,他踉跄两步转过身来,抬起血红的眼。

秦小刀。

宋立言翻手捏出三张黄符,戒备地迎上他,可秦小刀身子不停摇晃,只往他的方向走了两步,就半跪了下去。他身子一落下,后头被挡着的人就露了出来,面带微笑,风度翩翩。

"裴前辈?"宋立言怔然。

裴献赋慢悠悠地朝秦小刀靠近,轻笑道:"想不到上街买个药材也能碰见白仙家的人,赶巧看见大人的马车,便送来此处给大人处置。"

楼似玉说过,白仙家的人擅长遁地之术,难以捕捉。可面前的秦小刀看起来已经没了遁地的力气,嘴边溢出大口大口的血,眼瞳也有些涣散。他修为不低,又有防身的法术,居然会被裴献赋伤成这样?

"大人。"秦小刀脸上没了商人的假笑,他艰难地牵动着嘴角,"救救楼掌柜,岐斗山……岐斗山要出大事……"

话音未落,后头一道黑气猛击过来,带起一阵凌厉的风,硬生生断了他的话。秦小刀闭眼,觉得自己必死无疑,可前头突然冒出一片金光,接着就是砰的一声巨响响起。

霍良被风吹得抬袖遮脸,眼睛一晃觉得自己好像看见了雪白的大尾巴,铺天盖地一卷,柔软却有气势,等这狂风过去,他慌忙放下袖子看去。

街道上干干净净的,除了楼掌柜不知何时站到了秦小刀的身前,别处一点儿变化也没有。

他眼花了?霍良纳闷儿地揉了揉眼。

"霍捕头。"宋立言的声音在旁边响起,"你先带人去这附近看看,遇见受惊的百姓,好生安抚一番。"

"是。"

无往结界一生,楼似玉也不藏着了,劈手甩下三道金光,将裴献赋击退两步,最后一道狠狠打在他的左肩上,脸上露出两分凶恶神色。

"住手。"宋立言低斥。

"他先动的手!"楼似玉扭头,满脸的杀气顿时变成委屈表情,"再说了,他又不是人。"

楼似玉耷拉了耳朵,尾巴也夹了起来,哼哼唧唧地将秦小刀扶起来,退回宋立言身边:"我好奇白仙家的事,得问个清楚,那人上来就想杀人灭口,居心不良。"

裴献赋一边痛得吸气一边苦笑:"冤枉哪,我上清司之人,遇妖则杀,怎么还叫居心不良了?宋大人眼里是最容不得妖怪的,就算在下不动手,他也会把这白仙给收了,不是吗?"

楼似玉噎了噎,瞥见宋立言脸色不对,立马借三分妖力给手里的秦小刀,助他就地遁走。

妖光一闪,秦小刀消失不见。

"你……"齐岷气得直瞪她,又看向宋立言:"大人,这你也容得?"

宋立言后知后觉地朝着秦小刀遁走的地方甩去一团白光,气势很足,可怎么都有点儿心虚找补的意思。齐岷气得直摇头,裴献赋却是一边咳血一边看着更为浓厚的黑气从宋立言的眉心飞散出来。

是非不分,痴妄横生。这短护得好哇,能让他省不少力气,若不是肩上的伤太疼,裴献赋都想鼓掌。

宋立言分外矛盾地收回手,瞪着楼似玉。

"他突然跑了,与我有什么相干?"楼似玉双手背在身后,抖了抖狐狸耳朵,甚是无辜地说,"大不了我替你去把他抓回来。"

"你抓得回来?"

"自然,我找得到他。"她朝他笑了笑,然后扭头就跑。

宋立言站在原地没动,默许了她的行为。

齐崐看得震惊不已，抓着他的衣襟说道："你还记得自己来这里是做什么的吗？"

"记得。"宋立言别开眼，"白仙为乱人界，与小妖王的诞生有关，既是如此，我便要查。"

"你是想查白仙，还是想纵容楼似玉？"齐崐气得额角青筋都鼓了出来，"她是个妖怪，妖怪！你让一个妖怪去抓另一个妖怪，是疯了不成？"

"……"也不知道为什么，宋立言就觉得楼似玉不会骗他，说会将秦小刀抓回来就一定会抓回来。而她……她在他眼里，怕是已经算不得妖怪了。

不是他要破例容忍妖怪，他只是信任她，而她恰好是个妖怪罢了。就算妖怪皆为孽障，一万只里才能碰见一只好的，那他也觉得，她就是那万里挑一的存在。

"下官会写信回京都。"齐崐失望地说，"这一回，下官也无法替大人隐瞒。"

宋立言颔首以示理解，收了无往结界，侧身说道："先将裴前辈带回去吧。"

齐崐扶着裴献赋，乘他的马车走了。

宋立言站在原地没动，身后已经关上的铺门突然吱呀一声打开了。

宋立言回神，戒备地左右看了看，反身回去摆件铺子里，轻轻合上门。

楼似玉的大尾巴雀跃地在他面前摇来摇去，他伸手拨开，迎上她邀功之意十足的脸："你看，信我总是没错的吧？"

她伸手往后指，宋立言顺着看过去，瞧见了奄奄一息的秦小刀。秦小刀侧躺在软榻上，只有眼珠子还能动，转过来看着宋立言，张了张嘴却没吐出声音。

"大人可别再动手了，他有话要说的。"楼似玉拽着他的袖子说，"那姓裴的下手太狠，秦掌柜就剩半条命了。"

宋立言斜眼道："我都让你带他走了，还能现在再杀他不成？"

楼似玉嘿嘿一笑，松开手随他一起走去秦小刀身边，手一翻便又借秦小刀几分妖气。不过她的妖气太强硬了些，呛得秦小刀直咳嗽，好半晌之后，他脸色好些，沙哑着嗓子喊："够了，够了……"

"我还有很多话想问你，你可别跟我客气。"楼似玉眯着眼笑，"等我问完了，你再死也无妨。"

秦小刀感叹："还真是千年前的楼掌柜，冷血无情，半点儿没有后来的楼掌柜招人喜欢。"

"你说什么？"楼似玉亮出爪子，"什么千年前？"

秦小刀咳出两口血沫，呸去地上，费力地说："您受孽镜怨气侵蚀，记忆停留在一千年以前，须得宋大人之血替你解了，你才能明白发生了什么事……重阳节将至，白仙家已经收好了九个四柱纯阴的冥婴，只等孽镜怨气足够，便要让小妖王再临世。"

楼似玉听得云里雾里的，找出那个长命锁，问他："小妖王不是本就要生出来了？我还备着贺礼呢。"

"那是一千多年前。"秦小刀颤抖着手想去碰长命锁，眼里渐渐涌出泪来，"已经一千多年了，白仙妖后临盆，遭大妖雍和攻巢，逃窜之中……遭遇不测，她拼着一身修为将腹中小妖王以软胎之形封印。"

楼似玉惊得差点儿将长命锁扔在地上，满眼都是难以置信之色："妖后死了，小妖王没能出世？那妖王浮山呢，难不成就这么眼睁睁地看着？"

秦小刀闭眼，嘴巴像涸辙之鲋似的艰难张合："白仙之王浮山，遇上清司围攻，战死于万人之前。"

"……"

楼似玉傻眼了，觉得他说的这些事太过荒诞，可他这模样又实在不像在撒谎。她心慌地扭头看向身后的宋立言，拽着他的衣袖扯了扯。

宋立言叹了一口气："这段故事上清司有记载，但说法有所不同。白仙妖王浮山几百年前战死，死前带了无数上清司人陪葬，罪孽深重，以至魂飞魄散，不得超生。"

"超不超生是你们凡人的说法，妖界不兴这个。"秦小刀嗤笑。

宋立言沉了脸。

楼似玉连忙起身挡在他面前，使劲挥着爪子打岔："这个不重要，不值得大人生气。"

说完，她又扭头做凶恶状："你还知道些什么，通通交代出来。"

秦小刀深深地看她一眼，沾满妖血的手指指向宋立言："他是你的劫数，一千年前是，一千年后也是，你们在一起，总有一个人要为这千百年来的腥风血雨付出生命的代价。"

楼似玉沉了脸，捋起袖子气愤地说："我现在就让你为自己的胡说付出生命的代价！"

宋立言头疼地将她揽住，抱回怀里箍好："刚才谁还在劝我？"

"大人没做错，现在动手也还来得及。"她直磨牙。

319

看她这样子,宋立言反倒冷静了,将她乱舞的双手抓回来放在她的小腹前按住,继续问:"以你之言,如今县上死的孕妇都与白仙家有关,可李小二牵扯的那桩案子,凶手是凡人。"

"大人一开始不也将我当成凡人吗?"秦小刀轻笑。

妖怪不会总以原形过活,偌大的浮玉县,能藏一个秦小刀,就能藏无数个白仙,有的会用原形杀人,有的也可以用人的手段加以迷惑。

宋立言恍然大悟,拿出一张黄符燃了,化出浮屠困,将他收了进去。

"你还要留着他?"楼似玉很意外。

宋立言气定神闲地说:"你不是已经找不到白仙的老巢了?他肯定找得到。"

楼似玉点头,没来得及再多话,眉心就被他点了一下化回了原形。他将她同浮屠困一起揣进袖袋,匆忙赶回县衙,让宋洵查找浮玉县的孕妇。

四柱纯阴,指的是一个人出生的年、月、日、时皆属阴,但胎儿尚未出生,要算准四柱纯阴实属为难,宋立言也没指望宋洵能立刻拿出结果,最好的办法还是围魏救赵。

宋立言回房换了一身衣裳,带够了黄符和法器,拎出楼似玉,眼里闪过一瞬迟疑之色。

楼似玉知道他想干什么,心里有些说不上来的失落感。她耷拉了耳朵,小声问:"我要是什么都想起来了,大人还会像这样将我带在身边吗?"

宋立言摇头,想起那浑身戒备的楼掌柜,半垂了眼眸道:"许是不能了。"

嘴巴撇了起来,楼似玉委屈地拿爪子碰了碰他的手腕:"那就这样吧,这样挺好的。"

"秦掌柜说了,你再不想起来什么,就会出大事。"宋立言召出獬豸剑,食指抵在剑刃上。

"嗷嗷嗷,我不要!"楼似玉猛地挣扎起来,飞起爪子拍开他的手,"谁知道他说的是真的还是假的?他是妖怪哪,万一有什么阴谋诡计……"这话说到后头,她自己也没底气,大大的眼眸里蒙上一层雾,可怜巴巴地看着他。

宋立言板着脸,努力想让自己看起来刚正不阿一些,可是面前这小家伙又哭了,泪水涟涟,甚至觉得狐狸的模样哭得不过瘾,化出人形泪眼蒙眬地趴在他的心口上:"我陪你一起去白仙老巢,咱们看看情况再说,行不行?"

宋立言心下动摇，然而也就一下，目光触及她那蒙着一层黑气的瞳孔，叹息一声，突然捏住她的下颌，张嘴含了上去。

熟悉的气息，温软缠绵的亲吻，他放在她耳侧的手轻轻颤了颤。

楼似玉傻眼了，一时忘记自己现在在哪儿，脑海里一片空白。她晕乎乎地伸着手去勾他的脖子，宋立言没抵触，还照顾她这娇小的个头，将身子微微俯下来了些。

这是梦吧？她傻笑着想，就算是梦也不敢梦见他这么温柔哪，他那书架上有本书是怎么写的来着？

感君不羞赧，回身就郎抱。

窗外卷进来的风半点儿不萧瑟，甚至带着春日的暖意，吹得她脸上绯红。纱帐轻起，檀香四散，屋子里一片旖旎缱绻气氛。

然而，就在她最觉情动之时，嘴里突然渡来一股血腥味儿。楼似玉猛地睁眼，皱眉想推开他，可宋立言抵着她的后颈丝毫不退，硬生生让她咽下这一口血，才失笑松手。

他唇上被自己咬破了口子，艳血点绛，给他平添两分妖娆气息。他喟叹一声，伸手想再摸摸她的头发，可瞧见她眼瞳里陡然裂开的黑气，顿了顿，手指一根根地收了回来。

楼似玉捂着喉咙大口大口地喘气，孽镜怨气退下瞳孔，她灵台有了一丝清醒，双目再睁，楼似玉反手化出法阵点上自己的眉心，神色痛苦地扯出一缕黑气，黑气连绵不断，如抽筋扒皮，她却下了狠手，扯出几尺黑气之后，长啸一声发力，将一团怨气尽数拔出，以掌击碎。

宋立言上前扶了她一把，触及她的衣袖，发现她浑身冷汗已经将衣裳浸湿，忍不住皱眉。

楼似玉回头看他，就瞧见他的眉心处的黑气，比她身上更盛。

"大人？"她惊得伸手想去拔，可那黑气一捏即散，不像她身上的附着，而像是他本人散发出来的。

楼似玉倒吸一口凉气，很快反应了过来，急声斥道："贪嗔痴乃你上清司大忌，你如何能动？历代嫡系弟子都恪守本分，哪怕有动情之人，也绝不会触发这些阴暗之物，你这么高的修为，怎么会连他们还不如？"

宋立言被她这急切的语气吼得愣怔了一瞬，待听清楚她说的是什么之后，脸色一沉，松开了她。

楼似玉哪儿还顾得上别的，施法击散他眉心散出来的黑气，再探他身上之气，发现混乱不堪，连忙翻他的袖子，拿出一张静气符，狠狠贴在了他的眉心上。

宋立言:"……"

"我都想起来了。"回忆起岐斗山上的异状,楼似玉嘴唇打战,"白仙家要祭出小妖王,有人想利用你,我是该回来提醒大人的,可我……我竟然也中招了。"

她慌忙探了探他身上,想看有没有特殊的法阵,宋立言冷着脸挡住了她。

"楼掌柜既然想起来了,那随本官一起去白仙老巢便是。"他说道,"其余的,不劳掌柜操心。"

宋立言拿出浮屠囷,问里头的秦小刀:"白仙巢穴搬去了何处?"

"岐斗山主峰之侧。"倒不是秦小刀要背叛白仙家,而是这地方就算他说出来,宋立言也去不成。岐斗山主峰,上清司禁地,就算宋立言有通天的本事,也不可能去剿灭白仙。

宋立言果然黑了脸,捏着浮屠囷半响没说话。

楼似玉试探着想把秦小刀救回来,可她刚偷偷伸手去碰浮屠囷,宋立言的目光就扫了过来。

宋立言漠然地看向门外,将浮屠囷收进袖袋,抬步往外走。楼似玉有些无措,左右看了看,也只能跟上去。

"大人。"宋洵正带着人在书房里整理户籍,看见他来,连忙递过来一摞册子,擦着汗道,"这些是他们刚刚送来的县上有孕之妇的名姓和住址,只打听来大概的月份。小的已经将阴月的标注出来,您过目。"

宋立言接过册子翻开,名字密密麻麻,朱笔所点没有一千也有八百,这还只是刚刚送来的。

楼似玉在一旁偷看,忍不住倒吸一口凉气:"这怎么找啊?……"

"大人。"霍良从外头回来,满脸是汗地拱手,"卑职无能,城西又有孕妇死于非命。"

"奴家以为,当下就是咱们在跟他们比谁更快,慢一步就是一条人命,不妨让奴家与秦掌柜好生聊聊?"

她殷切地说:"有些话大人就算逼问,秦掌柜也必不会说,但交给奴家来聊,便方便许多。"

他沉默半响,将浮屠囷递了过去。楼似玉伸手接浮屠囷,手指碰巧挨着他的指尖,宋立言想也不想就松了手,差点儿将浮屠囷摔去地上。

楼似玉手忙脚乱地接稳浮屠囷,又难过又好笑地看他一眼,心说这避嫌也太彻底了吧？不过，如此一来，他眉心的黑气倒是不见了，整个人又回到了最开始的模样，生人勿近。

她喟叹一声，抱着浮屠困找了间厢房，设下结界之后，把秦小刀放了出来。

秦小刀恨铁不成钢地说："你这吃里爬外的德行还真是千年不变。"

楼似玉翻了个白眼："秦掌柜，五十步何必笑百步？你费劲弄得一身伤，不就是想让我帮忙阻止你们白仙家那群不知天高地厚的妖怪？与族人意愿相悖，你也是吃里爬外。"

秦小刀冷哼一声："你瞎猜什么？我只想当个普通掌柜，不想管那么多事。"

世间万妖，有崇尚至高修为的，也有贪恋人界烟火的，木羲是后者，秦小刀亦是。秦小刀和楼似玉不一样，楼似玉是因为某个人才对所有凡人都慈悲，他则是天生喜欢与人亲近，打出生就喜欢挤人界的集市，听小贩的吆喝声，看孩童嬉戏。

一千年前雍和攻巢，秦小刀在护着白仙妖后逃亡途中看见了一个被妖气波及的凡人孩童，想也不想就将那孩子带上，一并逃离了浮玉县。他对人是友好善良的，不承想那孩子竟是雍和人的，恩将仇报，一路引着雍和寻到了他们的踪迹。

行至绝路，雍和妖力逼来，妖后的惨啸声和绝望的眼神是秦小刀一辈子挥不去的噩梦，午夜梦回，他常常惊醒坐在窗边，哪怕堵上耳朵，也能听见妖后凄凄地对他说："哥哥，你不救他不行吗？不行吗？"

"你是妖怪，妖怪为什么要同情凡人？"

"带他走吧，这是我最后求你的一件事。"

秦小刀眼瞳发红，闷声说道："白仙家要做什么事我管不着，你要做什么事我更是管不着，拉你一把，不过是念在这么多年相识的分儿上。"

楼似玉撑着下巴看着他："当年是你将小妖王送进岐斗山的，你知道他在哪儿，更知道如何施法他才能重临人世。"

"知道又如何？我不会告诉你的。"秦小刀哼笑，"那可是我的亲侄子，让他来这世上没什么不好。"

秦小刀表情轻松，语气自然，可楼似玉扫了一眼他微微颤抖的小腿，还是感叹道："你真想他临世，就不会在这个节骨眼上叫宋立言来救我。孽镜怨气、四柱纯阴的冥婴、宋大人的贪嗔痴之气，他们想要的东西都快全了，你若再不帮我这最后一把，那可就是前功尽弃。"

秦小刀没再接话，显出了原形——银灰色的刺猬，将自己蜷成一团，锋利的刺根根立起。

人活得久了，心里总会有一道自己过不去的坎儿，何况是活了上百年的妖呢？楼似玉其实很能理解秦小刀，他心里有对凡人的善念，但再也不敢表露，要是平时，她定饶了他了，可眼下不行。

楼似玉翻手化出金光，朝他的刺尖儿上轻轻点了一下。

若是什么攻击的法术，白仙身上的仙人衣定会将其反弹，可楼似玉的金光悄无声息地没入。秦小刀一直戒备着呢，但浑身一暖，一阵困意涌上来，他到底抵挡不住，昏睡了过去。

蛇芯吐露和蛇行的声音再度在大街上响起，秦小刀迷茫地发现自己回到了摆件铺子里，大门紧闭，街上妖气四溢，有孩童的哭声从远处传来，渐渐临近。

他从窗户的缝隙里看出去，又看见了那个梳着羊角辫、拿着半个破了的拨浪鼓的小女孩儿，她被两只蛇妖追赶，无助地号啕大哭。

指尖动了动，秦小刀觉得这场景他在哪里见过，可脑子里实在混沌，一时想不起来。

蛇妖已经逼近了小姑娘，血盆大口从上而下，只消一口，就能将这小姑娘生吞下去。秦小刀闭眼，手按在窗台上微微发抖。一瞬间他觉得整个天地都安静了下来，只有自己的心口还有声响。

他不会救她的，他说过再也不会对凡人施以援手，哪怕外头的小姑娘当真是普普通通的凡人，哪怕他现在孤身一人，已经无人可害……

蛇妖张嘴扑下来，弱小的生灵即将化为妖腹中的血水。

秦小刀睁开了眼。

蛇妖的利齿已经挨着了小姑娘的衣裳，可接着一道光乍起，硬生生将它的嘴角撕开，有风拂过，小姑娘落进了人的怀里，被抱到了旁边的屋顶上。

秦小刀大口大口地喘着气，脸上满是懊恼之色，连抱着人的手都在颤抖。他不该救的，不能救的，他的一时仁慈带来的是自己的亲妹妹惨死，已经有教训在前了，他怎么还要出手？

他眼睛红得厉害，整个人也跟着战栗，浑身上下都透出不安的气息，连带着四周的景象都有些摇晃。

"谢谢你。"怀里的小姑娘突然开了口。

秦小刀浑身一震，难以置信地低头。

满脸脏污的小姑娘抬头冲他笑了，将自己手里那残破的拨浪鼓递给他，脆生生地重复："谢谢你。"

做了好事得到的应该是感谢，救人本身是没有错的。

秦小刀哽咽，五大三粗的汉子颤抖着手接过那半个拨浪鼓，蹲在屋顶上直抹鼻涕。

············

夕阳西下，余晖将房顶上两个影子拉得很长，街道上的蛇妖不见了，秦小刀也没在意，轻轻晃了晃那拨浪鼓，抹了把脸笑着说："你分明是个狐妖，怎的这般会安慰人？"

旁边脏兮兮的小姑娘化成一道金光，楼似玉的面容显了出来，她轻笑道："你当这么多年我是怎么过来的？要是连安慰人都不会，我掌灯客栈还怎么在浮玉县混哪？"

"狡诈的狐妖。"

"那也比你这心眼小的刺猬好。"楼似玉撇了撇嘴，"是非因果，她看不开，你也要跟着看不开不成？死钻牛角尖。"

"可我对不起她。"秦小刀垂眸看着拨浪鼓上的断裂面，"当时要是不救那个孩子，兴许我还能带她逃回浮山身边。"

楼似玉优雅地翻了个白眼："最烦你这样的人了，自责起来什么事都往自己身上揽，分明可以往好处想，却偏要作茧自缚。说好听些是善良，说不好听些就是懦弱，连承认事实的勇气都没有——你当年就算不救那孩子，雍和就当真追不上妖后？就算你带着妖后逃回浮山身边，他就真能抵过上清司数万的降妖高人？"

秦小刀沉默片刻，苦笑道："这世间之事不是向来如此？你若成了，千万人等着夸赞效仿；你若败了，那纵使有千万处为难，人们也只会谈及你若不败会如何，进而将罪名全推至你一人头上。"

楼似玉轻踹他的脚跟，"没出息，活该愁苦这么多年，就算别人不放过你，你还不会偷偷放过你自己吗？"

秦小刀睨她一眼："你就是想帮宋立言策反我。"

楼似玉不否认，抱着胳膊睨着他。

秦小刀盯着手里的拨浪鼓发了许久的呆，神色渐渐平和，又挂上了他那属于商人的笑意："你帮我个忙，我便告诉你他们是如何来找四柱纯阴之婴的。"

"……"楼似玉不悦地磨牙。

县衙的书房里,宋立言与众人一起翻阅着户籍,眼眸半垂,睫毛落下一片阴影,整个人显得更加冷漠。宋洵偷偷打量他好几眼,心里直纳闷儿。最近这几日大人一直心情很好,整个人都柔软了不少,今日这是怎么了?活像是被人伤了心,板着脸与人赌气。

"大人。"楼掌柜提着裙摆回来了,手里捏着一张纸,进来拉着他往外走,"奴家找到了。"

宋立言挣开她,步子倒是没停下,甚至走到了她前头去:"带路。"

县衙门口就一匹马,还是单鞍的,楼似玉左右看看,躲到一个无人的角落里化出原形,往他怀里钻:"城东永槐街的瞿宅。"

宋立言面无表情地将她扔下地,掏出千里符给她贴上。

楼似玉:"……"

四周景象模糊拉长,楼似玉转瞬就到了瞿宅的庭院里,还来不及同他说什么,就闻见一股浓厚的人血味儿。

"红珞,我的好媳妇,怎么会遇见这样的事啊?!"头发花白的老夫人被下人搀扶着,哭得身子直往旁边倒,"白发人送黑发人哪……"

楼似玉心里一惊,也顾不得自己还是原形了,连忙跳进那房间,往血腥味儿最浓的地方看——晚了,女尸横在软榻上,已经被盖上了白布。

宅中上下一片哀哭,甚至无人注意到有狐狸进来了。宋立言左右看了看,进去将她带出来,问道:"可还有别的去处?"

楼似玉也不想计较什么骑马不骑马了,从他袖子里翻出千里符,立刻赶往下一户人家。

然而,白仙的动作始终比他们快一步,下一个李家,他们到的时候死者刚被人发现;再下一个洪家,楼似玉眼睁睁地看着那孕妇咽气;到最后一户刘宅,宋立言总算在白仙动手之前闯了进去,劈手甩下了缠妖绳。

化着人形的刺猬妖闻见上清司的气息就有意遁逃,但楼似玉早有准备,指尖往地上点去,普通的地面泛起金光,任凭刺猬妖撞破了额角也土遁不了。上头的缠妖绳落下,哪怕刺猬妖祭出了仙人衣也被捆成了一团。

"啊——"受惊的孕妇后知后觉地尖叫出声,浑身战栗,冷汗霎时渗透衣裳。楼似玉低头看了看自己,确定自己是人形,便上前安慰她:"夫人莫怕,他已经伤不了你了。"

恐惧之色已经深入孕妇的瞳孔,她压根儿听不进楼似玉的话,尖叫连连,脸色发白,不停地在太师椅里挣扎。她情绪太过激动,没一会儿就吃痛地捂住了自己的肚腹。

"怎么回事?娘子?娘子!"家宅里其余的人总算被吸引过来了。

宋立言看了一眼地上的白仙,暗道不妙,连忙给他贴上了隐蔽符。于是一群人进来的时候,就只看见一对陌生男女围着他们家怀孕的女眷,女眷还被吓得惊慌不已。

"你们是什么人?干什么的?!"当家人怒斥,几个姑姨连忙上去查看孕妇的情况,七手八脚地将她抬去床铺上。

宋立言皱眉,觉得这场面有些百口莫辩,可楼似玉倒是不慌不忙地开口了:"方才有人意图加害于尊夫人,奴家与这位大人是追他而来,路过相救,尊夫人怕的并不是我们。"

那当家人狐疑地打量他们,还没得出个定论,就听得内室里有人惊叫一声:"阿黄快来,你媳妇见红了!"没片刻内室里就传出他的号哭声,楼似玉听得心里发紧,恶狠狠地踹了地上的白仙一脚:"这样都没保住。"

宋立言侧眸看了看四周围着的家奴,低声问:"这是最后一户?"

"是。"楼似玉分外头疼,"他们的九个冥婴齐全了。"

宋立言伸手点了点内室的方向,问道:"这个也算吗?"

楼似玉猛地反应过来,婴儿就算死了,也没被白仙带走,要凑齐冥婴,除非⋯⋯

灵光闪至的一瞬间,她和宋立言都感觉到一股妖气从窗外冲进了内室。楼似玉慌忙想去拦,可旁边的家奴硬是将她押住了,呵斥道:"老实点儿!"

宋立言的情况与她一样,他想用法术,但四周家奴离得太近,稍不注意就会被察觉,他有所顾忌,动作就慢了,妖气转瞬即逝,第九个冥婴随之消失不见。

他沉了眼神,翻手将地上的白仙收进了灭灵鼎。

孕妇姑且被救回来了,但孩子没了,当家人红着眼冲他们吼:"杀人偿命,我要将你们送去官府关进大牢!"

宋立言不悦地看着他,想表明身份,楼似玉扑上来拦住了他,转身柔声道:"我与他皆不是要害尊夫人,当家的节哀顺变。要去衙门也行,让下人押我们去便是,当家的多陪陪夫人才好。"

这温柔又体贴的模样,哪怕是他之前也是没见过的,宋立言有点儿意外，抬头望见她那温和的眼神，微微不悦。

当家人也被她这态度弄迷糊了，惊疑不定地看着她："你们别想着耍花样。"

"不耍，你什么时候去衙门都能见着我们。"楼似玉笑了笑。

当家人一步三回头地走了，楼似玉叹了一口气，跟着家奴一起往外走，侧头想与宋立言说句话，却发现他落在后头两步，一张脸冷得像深秋落下来的雨。

"大人怎么又气上了？"楼似玉哭笑不得，"你我去衙门又不会有事，何必这么在意？"

"楼掌柜认识那人？"他问。

她摇头："素昧平生，只是他痛失爱子已经够难过了，咱们如何还能再去为难人家？"

宋立言冷笑："当初看掌柜的挤对那些卖菜人，倒是不似眼下这般慈悲。"

楼似玉听明白了："大人觉得奴家在装模作样？"

她觉得有些好笑，不等他回答便说："我也失去过爱人，知道痛失所爱是什么滋味。那人只是个凡人，一时生气迁怒他人再正常不过，又何必与他计较？"

"……"宋立言不说话了，连余光也没有给她，径直跨出了大门。

冥婴聚齐之后，白仙停止了动作，县里因为这几起人命官司闹得不可开交，楼似玉和宋立言却在房间里齐齐沉默地看向远处的岐斗山。

天黑了下来，岐斗山上空飘浮的乌云却在黑夜之中显了出来，旋涡越来越深，电闪雷鸣之后，整个浮玉县都跟着下起了雨。

淅淅沥沥的声音和着秋日的凉风，让人遍体生寒，窗边摆着的插花被吹得摇晃，屋子里的纱幔也是起起落落，尽显萧瑟。一道惊雷划空落下来，天地跟着震了震，宋立言袖子里的灭灵鼎唰地飞出来，在窗边转了好几个圈，焦躁不安。宋立言看了一眼，伸手将它捉回来，盯着发了一会儿呆，突然开口："我不能上岐斗山，它能不能？"

楼似玉看穿了他的想法，直摇头："它就算能，离开了您也只能将本事发挥十中之一。"

"你不是很厉害吗？"宋立言嗤笑，"也曾用妖气控制过它。"

他说的是碧波湖边那一战，她情急之下暗自用妖力支援灭灵鼎，她本以为不会被发现的,结果他早就知道了?

"那也是它看在你的分儿上给了两分薄面,眼下这情况要奴家带它去岐斗山,实在是杯水车薪。"

宋立言闷哼一声,捏着灭灵鼎继续看向外头。

闪电将黑夜照成了白昼,云层之上雷声滚滚,由远及近,从高至低,像要将整个人世劈开似的。已经熄灯的人家里响起孩童的啼哭声,伴着家犬的狂吠声,引得远处山上也响起了两声狼嚎。

楼似玉搓了搓肩膀,挪着身子朝他的方向靠了靠。

她是怕冷贪暖的,随时都喜欢往他怀里钻,若是现在她还什么都不记得,定会化了原形同他撒娇了。可惜她已经变回了楼似玉,哪怕是想靠近他,眼里都带着顾忌和迟疑之色。

一千年前的楼似玉深爱且毫无防备地依赖着那个跟他很像的人,那么一千年后的楼似玉,对他又是何种感情?

紧闭着的房门骤然被人拍响,满屋的寂静气氛瞬间被打破。

楼似玉受惊回头,看见一个黑影一边拍门一边喊:"宋立言,宋立言你快出来!"

是罗安河的声音,宋立言皱眉,慢条斯理地起身拉开门闩。

罗安河直接冲了进来,一把抓住他的衣襟,恼道:"有妖王要现世了,你怎么还在屋子里待着?!"

"不然该去何处?"宋立言平静地反问,"上岐斗山主峰去阻拦?"

罗安河噎了噎,恼怒地将他往后推,接着就看见了窗边软榻上裹成一团的楼似玉。

"你……你们……"罗安河看看她又看看宋立言,气极反笑,"我上清司嫡系弟子就是与旁人不同,泰山崩于前还能与女人厮混,真是给赵清怀长脸!"

宋立言心情不佳,连话都懒得回。楼似玉倒是挖了挖耳朵,笑嘻嘻地说:"您这么大岁数了,遇见事还只知道来找这弱冠之年的师弟,也挺给罗永笙长脸的。"

罗安河祭出双环砸了过去。

楼似玉睨着那飞过来的东西,好奇地伸着指尖轻轻接住,万钧之力在她的手上消散,她翻来覆去将双环看了看,嫌弃地说:"什么破玩意儿,也拿来我面前舞。"

说罢,她随手给他扔了回来。

329

宋立言瞥了一眼，好心提醒："别接。"

罗安河哪里会让自己的武器摔在地上？骂了一声就朝它们伸手，咔的一声巨响，他接住双环的同时脚下地砖裂开，巨大的冲力让他喉咙一甜，他还没反应过来怎么回事，人就半跪了下去。

这怎么可能？罗安河难以置信地抬起自己止不住发颤的手，气愤地想站起来，可一动身子，他惊恐地发现，自己手脚皆软，丹田阵痛，一点儿力也使不上来了。

"你……"罗安河白了脸，"你废了我的修为？"

楼似玉不感兴趣地扭头继续去看窗外，闪电的光将她的脸映得格外森冷。宋立言袖手旁观，突然想起她之前那凶巴巴的狐狸模样，小声嘀咕什么来着？

——老娘闯荡江湖的时候可没看过谁的脸色，也没为谁做过事，也就是你，给我使唤来使唤去的。

面前的楼似玉当真像换了一个人，也只有在他跟前，满脸都是讨好之色。她图什么呢？她有这样的妖力，能轻松伤了罗安河，那一定也能轻松制住他，只是，她从来没真正朝他动过手。

"趁老娘没采取你这提议之前，赶紧滚！"

罗安河气得嘴唇直抖，撑着地站起来，身子直晃，还是靠宋立言扶了一把才站稳。然而，他转头就将怒意撒到了宋立言头上："你与妖怪为伍，还伙同妖怪重伤同门，这件事我不会就这么算了的！"

宋立言有些头疼，冷眼看着他，甚至有一股想把他往楼似玉面前推两步的冲动。

幸好，罗安河被这一击给震慑到了，飞快地跑走，头也没回。

外头的雨势骤然变大，最后一道银光劈在岐斗山上，整个天地都暗了下去。

楼似玉抱着膝盖看着，感叹："迟了几百年，小妖王终于还是临世了。"